Volker Klüpfel/Michael Kobr
Seegrund

PIPER

Zu diesem Buch

Statt Kässpatzen essen zu dürfen, muss Kluftinger, der kultige Kommissar aus Kempten, seinen neuen Fall lösen: Im Allgäu liegt verwunschen im Wald der Alatsee, den viele Geheimnisse umgeben. Dort macht Kluftinger eine schreckliche Entdeckung – in einer riesigen roten Lache liegt ein lebloser Taucher. Ein fürchterliches Blutbad? Bald stellt sich heraus, dass bei bestimmten Witterungsverhältnissen eine seltsame organische Substanz in dem See nach oben treibt. Was aber ist mit dem Taucher geschehen? Kluftinger, der diesmal bei den Ermittlungen sehr zu seinem Missfallen weibliche Unterstützung von der Kripo Füssen erhält, steht lange vor einem Rätsel. Der Schlüssel zur Lösung des Falles muss tief auf dem Grund des geheimnisvollen, sagenumwobenen Sees liegen. Viele scheinen etwas zu wissen, doch überall trifft der Kommissar auf eine Mauer des Schweigens … Kluftingers dritter Fall von dem erfolgreichen Allgäuer Autoren-Duo Volker Klüpfel und Michael Kobr.

Volker Klüpfel, 1971 in Kempten geboren, studierte Politologie und Geschichte, war Redakteur in der Kultur-/Journal-Redaktion der Augsburger Allgemeinen und wohnt mit seiner Familie in Augsburg.

Michael Kobr, 1973 in Kempten geboren, studierte Romanistik und Germanistik, ist Lehrer und wohnt mit seiner Frau und seinen Töchtern im Allgäu.

Klüpfel und Kobr sind seit der Schulzeit befreundet. Nach ihrem Überraschungserfolg »Milchgeld« erschienen »Erntedank«, ausgezeichnet mit dem Bayerischen Kunstförderpreis 2005 in der Sparte Literatur, »Seegrund«, »Laienspiel«, für das die Autoren den Weltbild-Leserpreis Corine 2008 erhielten, »Rauhnacht« und »Schutzpatron« sowie »Zwei Einzelzimmer, bitte!«. Zudem gewannen sie 2008 und 2009 die MIMI, den Krimi-Publikumspreis des Deutschen Buchhandels, und wurden 2011 mit dem Kulturpreis Bayern ausgezeichnet.
Weiteres unter: www.kommissar-kluftinger.de

Volker Klüpfel / Michael Kobr

Seegrund

Ein Klufti-Roman

Piper München Zürich

Mehr über unsere Autoren und Bücher:
www.piper.de

Dieser Roman nimmt Bezug auf tatsächliche Ereignisse. Die zitieren historischen Dokumente sind authentisch und werden hier zum Teil erstmals veröffentlicht.

Von Volker Klüpfel und Michael Kobr liegen bei Piper vor:
Milchgeld
Erntedank
Seegrund
Laienspiel
Rauhnacht
Schutzpatron
Zwei Einzelzimmer, bitte!

MIX
Papier aus verantwortungsvollen Quellen
FSC® C014496
www.fsc.org

Taschenbuchsonderausgabe
Juni 2013

Umschlaggestaltung: bürosüd°, München
Satz: EDV-Fotosatz Huber/Verlagsservice G. Pfeifer, Germering
Papier: DANUBE extra white FSC, Salzer/St. Pölten, Austria
Druck und Bindung: GGP Media GmbH, Pößneck
Printed in Germany ISBN 978-3-492-30302-6

»Oh dear, how marvellous, just like in Disneyland!«

Kluftingers Englisch war nicht besonders gut, aber den von der kamerabehängten älteren Frau mit Baseballkappe und riesiger Sonnenbrille ausgerufenen Satz hatte er verstanden. »Hast du das gehört? Wie in Disneyland. Priml! Erst Busladungen voller grinsender und knipsender Japaner und jetzt das. Komm, Erika, wir gehen!«

Es war elf Uhr dreißig. Kluftinger stand mit seiner Frau am Ticketcenter der Königsschlösser Hohenschwangau und Neuschwanstein bei Füssen und war alles andere als gut gelaunt. Nicht nur, weil er fürs bayerische Zuckerbäckerschloss nicht viel übrig hatte. Auch seine Sympathie für die Besucherhorden aus aller Welt, die sich als nicht enden wollender, wuselnder, schnatternder Strom über das Allgäu ergossen, hielt sich in Grenzen. Aber schließlich hatte er doch eingewilligt, ihren Sohn Markus und dessen neue Freundin hier in Füssen abzuholen. Die beiden hatten auf ihrem Weg in die Weihnachtsferien bei Freunden Station gemacht und angekündigt, Heiligabend mit Kluftingers verbringen zu wollen, was Erika in helle Aufregung versetzt hatte. Anscheinend war es Markus ernst mit seiner neuen Liebe, sonst hätte er sie seinen Eltern niemals bereits nach drei Monaten vorgestellt. Die meisten der zahlreichen Vorgängerinnen hatten sie gar nicht erst kennen gelernt.

»Jetzt mecker halt nicht dauernd rum! Heut ist so ein strahlender Wintertag. Wo doch dein Sohn endlich mal wieder heimkommt. Und auf die Miki bin ich schon so gespannt …«

»Auf wen?«

»Auf die Miki, die neue Freundin vom Markus!«

»Wie heißt die? Micky? Micky Maus? Passt ja wunderbar nach Disneyland! Und wie heißt sie richtig?«

»Der Markus erzählt immer nur von der Miki. Vielleicht Michaela … Alles, was ich weiß, ist, dass sie auch in Erlangen studiert und zweiundzwanzig Jahre alt ist. Und eine Überraschung gibt es noch, die er mir am Telefon nicht verraten wollte.«

»Ach so? Bringt sie ihren Hund Pluto mit, oder was?«

»Jetzt hör bloß auf! Sonst fährt sie gleich mit dem nächsten Zug zurück.«

»Wieso? Gibt's denn einen Direktzug Füssen – Entenhausen?«

Erika ignorierte die weiteren Sticheleien ihres Mannes. Sie wusste, dass dies das beste Rezept war, um zu verhindern, dass er einen einmal für gut befundenen Witz den ganzen Tag über in Varianten wiederholte. Da seine Spitzen nun ungehört verhallten, beschloss er, still vor sich hin zu schmollen.

»So, hammer's dann?« Kluftinger drehte sich um. Ein Mann schaute missmutig von einem Kutschbock auf ihn herab und gab ihm mit einer Geste zu verstehen, dass er ihm und seiner von zwei glockenbehängten Ponys gezogenen Kutsche im Weg stand. Kluftinger trat einen Schritt zur Seite und winkte die Kutsche mit einer übertrieben freundlichen Geste vorbei. Dieses spöttische Winken hielt die japanische Reisegruppe auf den Sitzen offenbar für einen Ausdruck Allgäuer Gastfreundschaft und winkte ekstatisch zurück.

Kluftinger fragte sich, wie viel eine solche Fahrt wohl kostete. Zehn oder gar zwanzig Euro? Der Kommissar der Kemptener Kriminalpolizei überlegte, ob dies schon den Tatbestand des Wuchers erfüllte, wurde aber vom Anblick eines Pferdes abgelenkt, das seine Äpfel genau vor einem Souvenirladen fallen ließ. Auch wenn er sonst nichts mit Pferden anfangen konnte, fühlte er sich dem Vierbeiner in diesem Moment eigentümlich seelenverwandt.

Fassungslos wurde er schließlich Zeuge, wie sich Dutzende Japaner gegenseitig vor einem ordinären Schild fotografierten, auf dem lediglich ein Symbol für Neuschwanstein und ein Hinweis auf den halbstündigen Fußmarsch zum Schloss zu sehen waren. Ihm würde dieses Volk ein ewiges Rätsel bleiben.

Ein paar Meter neben dem Schild nahm Kluftinger eine junge Japanerin wahr, die keinen Fotoapparat in der Hand hatte und auch keiner Gruppe anzugehören schien. Die Frau teilte den um sie herumfließenden Touristenstrom wie ein Stein das Wasser eines Baches. Sie ließ sich mit geschlossenen Augen von der Vormittagssonne bescheinen und wirkte auf den Kommissar recht attraktiv – für eine Asiatin jedenfalls. Als sie anfing, in ihrem kleinen Lederrucksack zu kramen, fiel ihr die Sonnenbrille aus dem pechschwarzen Haar. Sie schien den Verlust nicht bemerkt zu haben. Er zögerte. Was ging es ihn an? Andererseits: Dafür, dass die junge Frau sich so touristenuntypisch verhielt, konnte man schon einmal Kavalier spielen. Er gab sich also einen Ruck und ging auf sie zu, bückte sich und hielt ihr schließlich verlegen lächelnd die Brille hin.

»Hier, bitte. Verloren. Your sunbrill, Miss. Please!«

Noch bevor die Frau antworten konnte, ertönte hinter Kluftinger eine vertraute Stimme.

»Ja Vatter, habt ihr euch schon bekannt gemacht!«

Er drehte sich um. Fragend blickte er in das Gesicht seines Sohnes. Er war so perplex, dass er vergaß, ihn zu begrüßen.

»Wo ist denn Mama?«, fragte Markus mit breitem Grinsen.

Verwirrt deutete Kluftinger auf Erika.

»Wie jetzt ›bekannt gemacht‹?«, fragte er verdutzt, doch sein Sohn wurde schon heftig von seiner Mutter geherzt. Während Kluftinger noch über Markus' Worte sinnierte, hörte er hinter sich eine glockenhelle Stimme.

»Ja, das ist ja ein Zufall, nicht wahr? Dann darf ich mich mal vorstellen: Ich bin also die Yumiko. Und vielen Dank für die Sonnenbrille, Herr Kluftinger. Ich hatte gar nicht bemerkt, dass sie mir aus dem Haar gerutscht ist.« Mit einem strahlenden Lächeln blickte die hübsche Asiatin von eben den Kommissar an und wartete auf eine Antwort.

Erst nach und nach sickerte die Erkenntnis durch, dass vor ihm Markus' neue Freundin stand. Ihr Deutsch ist absolut akzentfrei, schoss es Kluftinger durch den Kopf. Yumiko … Miki: Dafür stand also die Abkürzung. Warum hatte Markus ihnen aber auch nichts verraten? Dann wäre er jetzt nicht dagestanden wie ein begossener Pudel.

Die junge Frau wurde etwas unsicher und Kluftinger war klar, dass er nun etwas sagen musste. »Ich, … schön, ja, gut … bin also der Vater … Fräulein«, krächzte er verlegen. Seine Wangen glühten. Ihm war bewusst, dass die Aktion von vorhin für ewig in den Bestand jener Geschichten aufgenommen werden würde, die bei Familienfeiern immer dann erzählt wurden, wenn die Gespräche ins Stocken gerieten und man zur Auflockerung einen Idioten brauchte, über den man lachen konnte.

»Sagen Sie doch bitte Miki zu mir, das tun alle.« Ihr tadelloses Deutsch klang nach seiner tölpelhaften Ansprache in seinen Ohren wie Hohn. Weil er immer noch wie erstarrt dastand, schob sich Erika an ihm vorbei und umarmte die junge Frau, als wäre sie ihre beste Freundin. Seine Frau war viel offener und aufgeschlossener als er, und die meisten Leute hätten wohl gesagt, auch herzlicher. Sie schien nicht im Geringsten verunsichert, weil Miki eine Asiatin war, und wenn, ließ sie es sich nicht anmerken. Oder hatte sie davon gewusst und es ihrem Mann verschwiegen? Er hatte ja nichts gegen Ausländer. Um Gottes willen, nein. Auch wenn er fremden Kulturen gegenüber immer etwas zurückhaltend war, fand er andere Lebensweisen durchaus interessant und respektierte sie auch. Er schaute sogar ab und zu das Auslandsjournal im Fernsehen an.

Aber dieses Interesse beschränkte sich auf die Rolle des Beobachters. Sobald er – meist von seiner Frau – genötigt wurde, an diesen fremden Kulturen aktiv teilzuhaben, wuchs im Kommissar der Argwohn. Immer wenn Erika versuchte, fremdländische Ideen in Form von ausländischem Essen, exotischen Früchten oder Sprachlern-Kassetten zu Hause einzuschleusen, streikte er.

»Komm jetzt, wir gehen!«, riss ihn Erika aus seinen Gedanken und zupfte ihn am Ärmel. Er stand noch immer wie angewurzelt da, was ihm schlagartig bewusst wurde und noch einmal einen Hitzeschub verursachte.

»Wohin?«, wollte er wissen. Seine Stimme klang belegt. Er nahm sich vor, sich von nun an so normal wie nur irgend möglich zu verhalten und sich nichts mehr anmerken zu lassen.

»Na, aufs Schloss!«, lachte Erika.

»Also«, Kluftinger blickte in Richtung der Menschenmassen, die sich mittlerweile durch die langen Absperrungsreihen vor den Kassen schlängelten, »ich glaub, wir lassen das heut. Schaut mal, wie's da zugeht. Da sind wieder die ganzen Japaner umeinander!«

Wie ein kleines Kind, das nach einem Sturz einige Augenblicke braucht, um den Schmerz zu realisieren, benötigte auch Kluftingers Gehirn ein paar Sekunden, um die Worte zu verarbeiten. Dann brach die Scham über das eben Gesagte wie eine heiße Woge über ihn herein. Erika starrte ihn entsetzt an, Markus musterte ihn mit zusammengekniffen Augen – nur Yumiko begann plötzlich schallend zu lachen.

»Ich weiß«, gluckste sie. »Manchmal hab ich das Gefühl, meine Landsleute haben Angst, dass man ihnen die Sehenswürdigkeiten wegnimmt, wenn sie nicht schnell genug hinrennen. Und diese vielen Fotos, die sie machen! Ich frage mich immer, wer wohl all die schrecklichen Bilder zu Hause ansehen muss.«

Kluftingers Pulsschlag verlangsamte sich wieder. Das schien ja ein ganz patentes Mädle zu sein. Und was sie da über ihre Landsleute gesagt hatte, das war von einer bewundernswerten Selbsterkenntnis. Genauso dachte er doch auch! Er wollte ihr eifrig beipflichten, als ihm sein Sohn zuvorkam: »Na ja, im Ausland sind die Deutschen auch nicht viel besser. Besetzen morgens um sechs schon ihre Liegestühle, von wo aus sie dann ihre bleichen Bäuche in die Sonne strecken. Ob sie in Italien, Spanien oder der Türkei sind, ist ihnen dabei egal, vielleicht wissen sie es manchmal gar nicht. In den Anlagen sieht es ja auch immer gleich aus. Und unter landestypischer Küche verstehen sie die landestypisch deutsche. Also Bratwurst, Jägermeister, Warsteiner und paniertes Schnitzel!«

Erika, deren Harmonie-Radar einen aufkeimenden Vater-Sohn-Konflikt ortete, die sich ihren vorweihnachtlichen Familienfrieden aber nicht von einem Generationenstreit zunichte machen lassen wollte, mischte sich mit den Worten »Schwarze Schafe gibt's halt überall!« ein. Während sie dies sagte, fixierte sie ihren Mann mit stechendem Blick. Jeder Versuch, das Thema weiter zu vertiefen, hätte die wohlbekannte Mutter-Sohn-Allianz wieder hergestellt, das wusste Kluftinger. Yumiko schien die Einzige zu sein, die ihm seinen Ausspruch von eben nicht übel nahm.

Deswegen lenkte er ein und sagte: »Ich mein nur, da müssen wir ja so lang anstehen und vergeuden unseren ganzen Tag. Aber wenn ihr, also wenn die Miki …«

»Schon recht, Vatter. Die Miki hat eh schon gesagt, dass sie nicht unbedingt aufs Schloss will. Sie steht nämlich nicht auf plakative Alpenromantik. Stell dir vor: Obwohl sie Japanerin ist!«

»Vielleicht fahren wir zum Forggensee«, schlug Kluftinger vor, nun ehrlich bemüht, die Situation zu retten und sich als vollendeter Fremdenführer zu präsentieren.

Zu seiner großen Überraschung wurde seine Idee sofort positiv aufgenommen.

Zehn Minuten später saßen alle in Kluftingers altem Passat und fuhren in Richtung Füssen. Dass Kluftinger auf dem Weg zum Auto unaufgefordert Yumikos Gepäck getragen hatte, hatte er für einen großen Akt weltmännischer Höflichkeit gehalten, der ihm bestimmt auch Pluspunkte bei seiner Frau einbringen würde. Die hatte es aber einfach nur als selbstverständlich angesehen.

»Hast du das gewusst?«

»Hm?«

»Hast du das gewusst, mit der Japanerin?« Kluftinger drehte das Radio lauter und beugte sich zu seiner Frau.

»Ich versteh dich nicht. Ob ich was gewusst habe?«, erwiderte Erika laut.

Markus und Yumiko blickten auf.

»Ob … äh … ihr gewusst habt, dass es auf dem Forggensee ein Schiff gibt, wollt ich wissen.«

Markus und Erika runzelten die Stirn. Natürlich wussten sie das.

»Ja, Yumiko, einer der tollsten Seen überhaupt ist das, der Forggensee«, tönte der Kommissar stolz. »Und seit einigen Jahren gibt es da ein Musical-Theater. Da spielt man nur ein einziges Stück, das Ludwig-Musical. Das Haus hat man extra dafür gebaut. Toll, gell?«

Yumiko hörte aufmerksam zu.

»Bayern hat früher nämlich einen König gehabt. Der hat viele Schlösser gebaut. Übrigens auch Neuschwanstein. Und von diesem König handelt das Stück. Man nennt ihn auch den Märchenkönig.«

Yumiko erwiderte begeistert: »Dann wird Sie bestimmt auch die Diplomarbeit von Frank, Markus' Freund, interessieren. Worum geht's da noch? Ach ja, die ›Analyse historischer Fakten über König Ludwig II. von Bayern und deren historisierend-dramatische Adaption auf der Bühne‹. Stimmt's?«

Markus nickte.

Kluftinger sah sie entgeistert im Rückspiegel an und sagte dann nach einer Pause: »Ja, Markus, die Arbeit musst du mir unbedingt mal geben. Das Thema … beschäftigt mich auch schon eine ganze Weile.«

Einige Minuten fuhren sie, ohne dass jemand etwas sagte, dann platzte Kluftinger heraus: »Märchenkönig heißt der übrigens, weil er so verschnörkelte Sachen gebaut hat. Wie im Märchen eben. Und der König war auch ganz oft hier am Forggensee. Da ist er dann auch gestorben. Unter ganz mysteriösen Umständen ertrunken und nur sein Leibarzt Doktor Gulden war dabei. Man weiß es nicht, aber der hatte vielleicht auch was damit zu tun.« Kluftinger ging immer mehr in seiner Rolle als Reiseführer auf.

»Gudden und Starnberger See, den Forggensee gab es damals noch gar nicht. Aber der Rest stimmt ungefähr, gell Vatter?«

»Für was lässt man dich schließlich studieren?«, brummte Kluftinger zurück.

»Hat Frank gestern nicht gesagt, dass auch der Arzt ertrunken ist?«, fragte Yumiko mit ehrlichem Interesse.

Kluftinger geriet ins Schwitzen: »Ja, das ist ja allgemein bekannt. Jedenfalls ein ganz romantischer See. Wie aus dem Bilderbuch. Im Sommer hätten wir auch mit dem Schiff fahren können, dann hätten wir einen ganz tollen Blick auf die Königsschlösser gehabt. Aber jetzt ist er vielleicht sogar zugefroren.« Er war nicht zu bremsen.

Schließlich bog der Wagen auf den Parkplatz an der Bootsanlegestelle ein.

»… wirklich ein Schmuck … oha!«

»Oh, das ist aber mal nicht so schön, Herr Kluftinger«, sagte Yumiko leise. »Was ist da bloß passiert?« Sie schien ehrlich besorgt, möglicherweise gerade Zeugin einer mittleren Umweltkatastrophe geworden zu sein. Markus konnte sein Lachen kaum noch unterdrücken, sagte aber nichts, denn er wollte zu gerne sehen, wie sich sein Vater aus der Affäre ziehen würde.

Vor ihnen erstreckte sich eine riesige, unansehnliche, grau-braune Fläche mit einigen kleinen, von dünnem Eis überzogenen Tümpeln.

»Kruzinesn! Da hab ich jetzt gar nicht dran gedacht.«

»Ist es schlimm?«, fragte Yumiko und jetzt platzte es aus Markus heraus: »Der Forggensee ist ein Stausee, der jeden Winter abgelassen wird!« Alle stimmten in das Gelächter mit ein, nur Kluftinger saß mit hochrotem Kopf am Steuer und starrte auf das, was im Sommer noch ein wunderschöner See gewesen war.

»Dann fahr mer jetzt halt heim. Da ist es auch schön«, sagte er gereizt und wendete den Wagen. Mit jedem gefahrenen Kilometer verschlechterte sich seine Laune. Er verabscheute sinnlose Fahrten. Wenn er nur an die Spritkosten dachte – von der Abnutzung ganz zu schweigen …

Dabei fuhr er in letzter Zeit günstiger, weil er billigeren Biodiesel tankte. Eigentlich war der alte Passat nicht dafür zugelassen. Aber die Aussicht, dass möglicherweise auf lange Sicht Schäden am Motor entstehen würden, konnten ihm bei einem zwanzig Jahre alten Wagen kaum schrecken. Überhaupt schenkte er solchen Prognosen einer verschwörerischen Koalition aus Werkstätten, Autoherstellern, Politik, Industrie und Ölscheichs wenig Glauben. Letztlich zählte nur ein Argument: Rapsöl war zehn Cent billiger.

»Ach komm, wenn wir schon mal hier sind«, insistierte Erika. »Gehen wir halt ein bissle spazieren. Oder wir kehren irgendwo gemütlich ein. Wir könnten auch auf den Tegelberg fahren, mit der Gondel.«

»Nein, die Yumiko hat ein bisschen Höhenangst, da ist die Gondel nicht so gut«, wandte Markus ein.

Kluftinger war erleichtert. Vier Berg- und Talfahrten auf den Tegelberg – Yumiko musste ihn ja nicht schon am ersten Tag ihres Besuches ein Wochengehalt kosten.

»Du hast doch einen Kuchen gebacken, da wär's doch ein Schmarrn, unterwegs noch einzukehren. Fahren wir halt zum ... zum Alatsee!« Kluftinger nahm erleichtert zur Kenntnis, dass er damit einen mehrheitsfähigen Vorschlag gemacht hatte.

Die Fahrt zu dem malerisch gelegenen See verlief ohne weitere Zwischenfälle – wenn man davon absah, dass Kluftinger den in einem Suzuki vor ihm fahrenden Mann, der seiner Meinung nach viel zu langsam unterwegs war, mit den Worten »Jetzt fahr halt endlich zu mit deiner blöden Reisschüssel!« zur Eile angetrieben hatte. Die darauf einsetzende Stille machte dem Kommissar so zu schaffen, dass er freimütig erzählte, er sei froh darüber, dass er heute bei der Kälte die dicke, lange Frotteeunterhose angezogen habe. Dann stellte er das Radio lauter und bekam deshalb nicht mit, wie Markus seine Freundin in den Arm nahm und ihr zuflüsterte: »Wenn du mir nach dem Besuch bei meinen Eltern nicht davonläufst, dann muss es wahre Liebe sein.«

Der »ganz schön anstrengende Fußmarsch«, der von Kluftinger im Auto angekündigt worden war, hatte sich im Nachhinein als gemächlicher Spaziergang von einer knappen halben Stunde auf einer Teerstraße durch den Wald entpuppt. Auf dem Weg hatte Kluftinger Yumiko noch über die möglichen alpinen Gefahren im Winter aufgeklärt und eindringlich gewarnt, dass man auch flache Teerstücke um diese Jahreszeit nicht unterschätzen dürfe. Yumiko ließ sich ihre Freude darüber nicht anmerken, dass Kluftinger bei dem leichten Anstieg so ins Schnaufen geriet, dass ihm eine Unterhaltung unmöglich wurde.

»Also, wisst ihr was? Nach der kleinen Bergtour würde ich euch glatt zu einer Brotzeit einladen!«, verkündete der Kommissar dann generös, wobei seine Großzügigkeit von der Tatsache befördert wurde, dass sich sein Appetit inzwischen zu einem quälenden Hungergefühl ausgewachsen hatte. Er deutete auf ein altes Gasthaus, dessen Umrisse man durch die kahlen Äste der Laubbäume hinter dem Parkplatz vor dem See sehen konnte. Dort mussten die vier jedoch feststellen, dass aus der Brotzeit zunächst nichts werden würde: Das Restaurant öffnete erst um vierzehn Uhr. Wohl oder übel entschlossen sie sich, noch eine Runde um den See zu drehen.

Der Alatsee lag idyllisch in einem kleinen Kessel, von allen Seiten mit dichtem Wald umgeben. An der Südostseite ragte majestätisch der Gipfel des Säulings über den Bäumen auf. Es war ein Tag, wie gemacht für Fotografen, um diese kitschigen, aber doch irgendwie beeindruckenden Bilder zu schießen, die man in den Kalendern fand, die von Banken, Apotheken und Tankstellen verschenkt wurden, dachte sich Kluftinger: Der kleine Bergsee glänzte in der Sonne, die von einem wolkenlosen Himmel schien.

Immer wieder rieselten glitzernde Flocken von den Ästen der Bäume auf sie herab. Unter ihren Füßen knirschte der Schnee, die Luft war klar und rein.

»Herrlich, oder? Kein einziger Tourist da heroben!«, jubilierte Kluftinger. Er war stolz. Stolz auf »sein« Allgäu, das so schön sein konnte, dass er sich manchmal selbst wie ein staunender Tourist vorkam. Und stolz darauf, dass er es heute einem ausländischen Gast präsentieren konnte.

»Ob es wohl weiße Weihnachten gibt?«, wollte Yumiko wissen, die von dem Anblick der pittoresken Landschaft sichtlich verzaubert war.

Ohne eine Antwort abzuwarten, fuhr sie voller Überschwang fort: »Hoffentlich taut der Schnee nicht weg. Dort, wo wir in Japan wohnen, gibt es nie Schnee an Weihnachten.«

Kluftinger holte gerade Luft, um Yumiko davon zu unterrichten, dass weiße Weihnachten hier zum guten Ton gehörten, da merkte er, dass ihr Blick starr wurde und sie mit geweiteten Augen an ihm vorbei sah.

Scheint sie ja nicht sonderlich zu interessieren, wie's bei uns hier so zugeht, dachte er ärgerlich und wollte sich schon abwenden, als er sah, wie sie ihre ohnehin schon schmalen Lippen so stark aufeinander presste, dass nur noch ein dünner Strich sichtbar war. Ihr Gesicht wurde aschfahl. Dann begann ihr Unterkiefer zu zittern. Kluftinger bekam eine Gänsehaut: Irgendetwas schien der Freundin seines Sohnes schreckliche Angst einzujagen.

Langsam drehte er sich in die Richtung, in die Yumiko starrte. Während dieser langsamen Bewegung fragte er sich, was die Japanerin so erschreckt haben könnte, hier, in der idyllischen Kulisse eines Allgäuer Bergsees. Er versuchte, sich vorzubereiten auf das, was er gleich sehen würde: Vielleicht ein totes Eichhörnchen? Ein verendetes Reh? Doch irgendwie ahnte er, dass der Schrecken in den dunkelbraunen Augen der jungen Frau von etwas Schlimmerem herrühren musste. Und dann sah es auch er.

Mit einem Schlag schien es kälter als zuvor. Sein Blick wurde ebenso starr wie der von Yumiko. Er schluckte, schloss für einen Moment die Augen, öffnete sie wieder – was er sah, war real: Etwa zehn Meter entfernt, nur wenige Schritte vom Seeufer, lag ein Mann im Schnee. Er steckte in einem eng anliegenden schwarzen Anzug und lag auf dem Bauch, die Arme weit vom Körper weggestreckt. Er war nicht besonders groß, wirkte aber muskulös. Der Kopf lag so, dass der Kommissar das Gesicht nicht sehen konnte. Dunkelblondes Haar klebte nass am Schädel des jungen Mannes. Doch Kluftingers und Yumikos Aufmerksamkeit wurde von einem anderen Detail gefangen genommen: In einem Radius von beinahe zwei Metern um den Körper hatte sich der Schnee dunkelrot verfärbt. Offensichtlich lag der Mann in einer unvorstellbar großen Blutlache.

»Scheiße«, flüsterte Yumiko und riss Kluftinger damit aus seiner Erstarrung. Er drehte sich zu ihr um und versperrte ihr die Sicht.

»Schau nicht hin«, sagte er, doch sie neigte den Kopf und blickte an ihm vorbei. Unbeholfen nahm er sie bei den Schultern und drehte sie von dem grauenvollen Anblick weg.

»Na, ihr scheint euch ja schon gut zu versteh…« Markus und Erika hatten zu ihnen aufgeschlossen. Abrupt brach Markus seinen Satz ab, öffnete den Mund und drehte sich dann blitzschnell zu seiner Mutter um.

»Nicht, Mama! Schau nicht hin!«

Sie erkannte an der Stimme ihres Sohnes, dass er es ernst meinte, wagte aber trotzdem einen Blick an ihm vorbei. Ihr Unterkiefer klappte herunter und ihre Augen weiteten sich. Zu Tode erschrocken barg sie ihren Kopf an Markus' Schulter und begann zu zittern.

Einen kurzen Moment standen die vier einfach nur da. Von weitem sahen sie vermutlich aus wie zwei verliebte Pärchen, die den wunderschönen Tag zu einem romantischen Spaziergang nutzten. Erst nach einigen Sekunden, in denen nur ihr aufgeregtes Keuchen zu hören war, fragte Markus in die Stille: »Um Gottes willen, Vatter, was ist da los?«

»Ihr geht wieder auf den Weg zurück. Das ist kein Spaß!« Der Kommissar hatte sich endlich gefangen, schob Yumiko zu seinem Sohn und näherte sich langsam dem leblosen Körper. Erst jetzt erkannte er, dass die schwarze Kleidung des Mannes ein Taucheranzug war.

Seine Nackenhaare stellten sich auf, als er die Ausmaße der roten Lache aus der Nähe sah. Der Mann musste praktisch völlig ausgeblutet sein. Er drehte sich zu Markus um, der ihn fragend ansah.

»Er ist …«, er musste sich räuspern, bevor er fortfahren konnte. »Er ist tot. Bei dem Blutverlust und der Kälte …«

Als er dies sagte, begann Erika zu schluchzen. Erst jetzt wurde Kluftinger bewusst, wie schrecklich dies alles für die beiden Frauen sein musste.

Sein Sohn, der Psychologie studierte und sich auf forensische Psychiatrie und Kriminologie spezialisiert hatte, hatte schon ein paar Tote zu Gesicht bekommen. Aber Erika und Yumiko? Er lief zu ihnen zurück und sagte keuchend: »Bitte, Markus, bring die beiden doch endlich weg. Erika, sei ganz ruhig, es …« Er überlegte kurz, was er sagen konnte, um die Situation für seine Frau erträglicher zu machen, doch es fiel ihm nichts ein.

»Es wird schon wieder gut«, brachte er schließlich heraus, und noch während er die Worte sprach, merkte er, wie absurd sie klangen. Nichts würde gut. Hatte man einmal eine Leiche gesehen, zumal eine, die so schrecklich zugerichtet war, veränderte sich etwas. Auch er hatte das erfahren. Es waren vor allem die Bilder, die blieben. Die einen zu den unmöglichsten Momenten heimsuchten. Vor denen es kein Entrinnen gab. Es war noch mehr. Er hatte nicht gewollt, dass Erika so etwas widerfuhr. Aber nun war es zu spät.

Er zog sein Handy aus der Tasche, tippte eine Nummer ein und hielt es ans Ohr. Als er nichts hörte, schaute er aufs Display und fluchte: »Zefix, kein Netz! Wofür hat man die Dinger denn überhaupt?« Mit diesen Worten steckte er das Telefon wieder weg, überlegte kurz und sagte dann ruhig und mit einer Schärfe, die Markus selten bei ihm gehört hatte: »Du schaust jetzt sofort, dass du mit den Frauen zu dem Gasthof da hinten kommst, und klingelst den Besitzer raus. Ruf dann auf der Stelle in Kempten bei der Einsatzleitung an und sag, die sollen den Erkennungsdienst schicken. Den Willi Renn, falls er im Lande ist, hörst du?«

Als Markus keine Anstalten machte, zu gehen, schob er nach: »Sofort, klar? Und bestell für die beiden was Warmes zu trinken, das kann eine Weile dauern hier.«

Langsam setzte sich Markus mit den beiden Frauen in Bewegung. Erst, als die drei nicht mehr zu sehen waren, ging Kluftinger wieder zur Leiche. Er war nun ganz allein mit dem leblosen Körper. Eine Gänsehaut breitete sich auf seinen Armen aus. Für einen Moment spielte er mit dem Gedanken, ihnen zu folgen und einfach auf das Eintreffen der Kollegen zu warten. Doch er verwarf ihn gleich wieder. Er musste hier bleiben und zumindest sicherstellen, dass niemand sich dem Leichnam näherte. Außerdem hatte er dafür Sorge zu tragen, dass ab jetzt keine Spuren mehr verwischt wurden. Willi würde sonst zu Recht außer sich sein.

Willi! Kluftinger wünschte sich, der Chef des Erkennungsdienstes wäre hier. Denn dies war für den Kommissar eine völlig ungewohnte Situation. Normalerweise war er so ziemlich der Letzte, der an einen Tatort kam. Dann herrschte bereits geschäftiges Treiben: Blaulichter, umhereilende Menschen, Stimmengewirr – das war die Atmosphäre, die er von Tatorten kannte. Nicht diese gespenstische Stille.

Natürlich beklagte er sich regelmäßig darüber, schimpfte, dass er sich bei so einem Tumult nicht richtig konzentrieren könne, dass das kein Arbeiten sei bei diesem Lärm und dass sie sich nicht im Wirtshaus befänden. Aber erst jetzt wurde ihm klar, dass gerade diese Rituale ihm eine gewisse Sicherheit gaben. Dass sie ihm halfen, seine chronische Leichenunverträglichkeit besser in den Griff zu bekommen. Doch nun war er allein. Und der leblose Körper neben ihm ließ ihn dies besonders deutlich spüren.

Vorsichtig drehte er den Kopf in Richtung des Leichnams. Obwohl es so kalt war, dass sein Atem wie eine weiße Wolke vor seinem Gesicht schwebte, wurde ihm mit einem Mal unangenehm heiß. Das Blut, das den Schnee so rot gefärbt hatte, musste aus einer riesigen Wunde sein. Übelkeit kroch seine Kehle hinauf. Er drehte sich wieder weg und pfiff unzusammenhängende Töne in die Winterlandschaft. Nach wenigen Sekunden wurde ihm bewusst, wie erbärmlich das war, und er presste die Lippen wieder zusammen.

Himmelherrgottsakrament, du bist Kriminalbeamter, jetzt reiß dich mal ein bisschen zusammen, schimpfte er in Gedanken mit sich selbst. Es wäre ziemlich peinlich, wenn er die Fragen seiner Kollegen alle mit einem »Weiß nicht. Hab nicht hingeschaut« würde beantworten müssen.

Er ging ein paar Schritte auf den Körper zu und betrachtete alles genau. Sein Verstand übernahm nun wieder die Regie und verdrängte das Unbehagen, das ihn eben noch gelähmt hatte.

»Was ist mit dir passiert?«, fragte er halblaut. Es war eine alte Angewohnheit des Kommissars, am Tatort imaginäre Gespräche zu führen. »Das hilft mir, meine Gedanken zu ordnen«, sagte er immer, wenn ihn jemand darauf ansprach. Sein Blick wanderte an dem Körper entlang zum Wasser. Der Taucheranzug glänzte in der Sonne. Jetzt erst fiel ihm auf, dass der Mann weder die dazugehörige Brille trug noch irgendwo eine Sauerstoffflasche zu sehen war. Er verbiss sich einen Fluch – so wichtige Details hätte er sofort entdecken müssen.

»Na gut, du wolltest also tauchen gehen. Mitten im Winter? Da musst du ja schon einen ganz besonderen Grund gehabt haben. Und ohne Luft und Brille wolltest du sicher nicht ins Wasser, denk ich mir.«

Die alles beherrschende Frage in Kluftingers Kopf war nun: Warum hatte der Mann so viel Blut verloren? Im Wasser konnte er sich diese

Verletzung wohl kaum zugezogen haben, sonst hätte er es sicher nicht mehr bis ans Ufer geschafft. Aber wenn er an Land verletzt worden wäre, hätten irgendwo Blutspuren zu seiner jetzigen Position führen müssen. Das heißt: Es hätten überhaupt irgendwelche Spuren hierher und vor allem von hier weg führen müssen. Er musste also direkt aus dem See gekommen sein, denn da war nur dieser unbeschreiblich große, rote Kreis inmitten unberührten, makellos weißen Schnees.

Er schloss die Augen. Und dann sah er es. Es war paradox, aber bei ihm funktionierte das fast immer. Wenn er die Augen schloss, blieb ein Bild zurück, das ihm in der Regel mehr sagte als das, das er mit offenen Augen sah. In seinem Kopfbild konnte er Gegenstände beliebig aus- oder einblenden, umstellen und neu arrangieren. Er öffnete die Augen wieder. Tatsächlich, er hatte sich nicht getäuscht, da war etwas. Beide Arme des Mannes waren weit vom Körper weggestreckt, die linke Hand ragte mit den Fingerspitzen aus dem Blutkreis heraus. Und dort, direkt neben der Hand und teilweise von ihr verdeckt, war ein Zeichen. Kluftinger sah es jetzt ganz deutlich. Dunkelrot und tellergroß prangte es auf dem Schnee. War das ein Buchstabe? Ein Bild? Ein Symbol? Es war mit zittriger Hand gezogen und sah irgendwie altertümlich und unheimlich aus, auch wenn Kluftinger nicht hätte erklären können, warum.

Die rechte Hand des Mannes war verdreht, schien gebrochen oder verrenkt. Wenn er Rechtshänder war, würde das zumindest die ungelenke Linienführung erklären. Außerdem musste er es im Todeskampf hier in den Schnee gezeichnet haben: einen Kreis mit drei davon ausgehenden, am Ende geknickten Linien.

Kluftinger schauderte bei dem Gedanken, dass dies die letzte Botschaft war, die der Sterbende der Nachwelt hatte zukommen lassen – möglicherweise der Schlüssel zu diesem … diesem Vorfall, dachte der Kommissar. Einen Fall wollte er es zu diesem frühen Zeitpunkt noch nicht nennen. Doch was sollte dieses kryptische Zeichen bedeuten?

dete unsanft auf dem Rücken und krabbelte mit hektischen Bewegungen noch ein paar Meter weiter weg. Das Blut rauschte in seinen Ohren, als er keuchend dalag und entsetzt auf den Toten vor sich starrte. Sein Gehirn versuchte zu verstehen, was gerade geschehen war: Der Körper vor ihm hatte gezuckt. Der Mann lebte! Aber das war unmöglich. Kein Mensch konnte einen derartigen Blutverlust überstehen. Und doch hatte er sich gerade bewegt. Sollte er gerade erst gestorben sein und noch Muskelzuckungen haben? Kluftinger hatte davon gehört, dass es so etwas gab. Er erinnerte sich auch an die Zeiten, als er mit seinem Vater manchmal zum Angeln gegangen war. Wenn sie dann Aale mit nach Hause gebracht hatten, bot sich ihnen ein besonderes Schauspiel: Die Tiere zuckten noch, als sie gehäutet, ausgenommen und gewaschen waren. Ob es so etwas bei Menschen auch gab?

Oder sollte er es sich nur eingebildet haben? Die Hand zuckte ein zweites Mal. Wesentlich schwächer als vorher, aber doch sichtbar. Nein, jetzt gab es keinen Zweifel mehr: Die Leiche war gar keine Leiche!

Fieberhaft überlegte der Kommissar, was er nun tun sollte. Er musste helfen, denn auch wenn der Mann noch am Leben war, war er zumindest sehr, sehr schwer verletzt. Er wusste nicht, wie lange er hier schon in der Kälte gelegen hatte. Kälte! Natürlich, er musste ihn vor der Kälte schützen. Sofort zog sich Kluftinger mit zitternden Fingern seinen Lodenmantel aus, drehte den Mann um und wunderte sich, dass das Bild, das er sah, nicht annähernd so grauenvoll war, wie er es sich vorgestellt hatte: Der Neoprenanzug schien unversehrt, kein Schnitt oder Riss, aus dem Blut sickerte. Der Kommissar breitete den Mantel über ihm aus. Dann warf er zum ersten Mal einen Blick in das Gesicht. Es war das Gesicht eines jungen Mannes, höchstens dreißig, schätzte er: Er war leichenblass, die Lippen blau angelaufen, die Haare klebten an seinem kantigen Schädel. Kluftinger dachte nach. Sollte er hier warten oder seinem Sohn und den beiden Frauen hinterherlaufen, um im Gasthaus einen Krankenwagen zu alarmieren?

»Mein Gott Vatter, was ist denn hier los?« Markus war plötzlich in der Biegung des Weges aufgetaucht. Er klang schockiert, was Kluftinger nicht wunderte. Er musste ihn für verrückt halten, schließlich ging er noch davon aus, dass es sich bei dem Mann am Ufer um einen Toten handelte.

»Er lebt!«, rief Kluftinger ihm zu.

»Was?«

»Er lebt. Der Mann ist nicht tot, er lebt noch.«

Markus sah seinen Vater prüfend an.

»Nein, ich spinn nicht. Er lebt.«

»Aber wie … ich meine, das Blut …«

»Ich hab keine Ahnung. Lauf so schnell du kannst zurück und hol den Notarzt. Am besten per Hubschrauber. Lange hält der bestimmt nicht mehr durch.«

Markus machte auf dem Absatz kehrt und rannte zurück.

Zum zweiten Mal wurde Kluftinger am Ufer zurückgelassen, doch diesmal war es anders. Der Mann lebte, und Kluftinger hatte dafür zu sorgen, dass es auch so blieb. Aber es war schon lange her, dass er einen Erste-Hilfe-Kurs besucht hatte. Zwar war es eigentlich Pflicht, in regelmäßigen Abständen daran teilzunehmen. Aber Kluftinger kannte den Leiter der Personalabteilung und seitdem er einmal den Ladendiebstahl von dessen Tochter sehr diskret behandelt hatte, machte der die Einträge in die Personalakte auch ohne, dass Kluftinger die Kurse besuchen musste.

Das rächte sich nun. Der Kommissar zermarterte sich das Hirn, wie er am besten helfen könnte, den Zustand des Mannes zu stabilisieren … Stabilisieren, das war es! Er erinnerte sich an eine Maßnahme, die bei Bewusstlosen durchgeführt wurde. Stabile Seitenlage nannte sich das und Kluftinger war sich ziemlich sicher, dass er die notwendigen Handgriffe noch zusammenbringen würde. Er kniete sich hin und schob vorsichtig seine Hand unter den Rücken des Mannes. Gerade als er dessen rechten Arm nach hinten schieben wollte, hörte er hinter sich einen Schrei. Er fuhr zusammen und drehte sich um. Sein Sohn stürmte auf ihn zu: »Hey, Vatter! Spinnst du? Lass den Mann los.«

Kluftinger wich augenblicklich einen Schritt zurück.

»Was hast du denn vor?«, fragte Markus keuchend.

»Ich wollte nur … man muss doch … stabile Seitenlage!«

»Stabile Seitenlage?«, wiederholte Markus ungläubig. »Willst du ihm jetzt endgültig den Rest geben?«

»Nein, nein. Ich meine, dann …«, er dachte kurz nach, um dann im Brustton der Überzeugung fortzufahren, »… dann beatmen wir ihn eben.«

»Herrgott, Vatter, er atmet doch! Sag mal, müsst ihr nicht regelmäßig diese Erste-Hilfe-Kurse machen?«

Kluftinger wurde rot. »Jetzt schwätz hier nicht g'scheit rum, schlag lieber was vor.«

»Na, wir müssen vor allem die Blutung stillen. Falls es da noch was zu stillen gibt …«

»Hab ja schon geschaut, ob er blutet. Kontrollier's halt selber noch mal, wenn du so schlau bist. Du wirst da auch nix finden!«

Markus zog den Lodenmantel seines Vaters von dem Verletzten und begann, ihn abzutasten. Kluftinger sah halb erschreckt und halb bewundernd, dass sein Sohn offenbar überhaupt keine Skrupel hatte, den Toten … den Verletzten anzufassen.

Doch bis auf eine kleine Schnittwunde an der Hand fand er nichts, was auch nur annähernd für einen derartigen Blutverlust verantwortlich hätte sein können. Ratlos blickten sie sich an.

»Ob er vielleicht innere Blutungen …«, begann Kluftinger, brach den Satz aber ab, weil er selbst einsah, dass dabei keine wirklich intelligente Frage herauskommen würde.

Markus wollte gerade etwas erwidern, da hörten sie über sich die Rotorblätter eines Hubschraubers rattern. Sie winkten dem Piloten und wenige Minuten später rannten zwei Rettungshelfer in orangefarbenen Jacken und einer gefalteten Trage auf sie zu. Mit etwas Abstand folgte ein Mann mit einem Koffer, offenbar der Notarzt.

Kluftinger deutete auf die Gestalt am Boden, gab sich als Polizeibeamter zu erkennen und klärte die Retter über seine bisherigen »Befunde« auf. Kurz darauf kam ein Wagen den engen Fußweg entlanggefahren. Kluftinger versuchte, durch das Gebüsch den Fahrer zu erkennen: Es war Willi Renn, der Leiter des Erkennungsdienstes. Der Kommissar war erleichtert, ihn zu sehen. Jetzt nahm der Tatort langsam wieder »normale« Züge an. Er erhob sich und ging auf das Auto zu, dem eine kleine, dürre Gestalt mit einer dicken Pudelmütze auf dem Kopf entstieg. Willi wirkte auf den Kommissar kleiner als sonst, weil seine Füße in monströsen Winterstiefeln steckten, wie sie in den achtziger Jahren modern gewesen waren – Moonboots hatte man sie genannt, und sie verliehen dem Träger tatsächlich ein bisschen das Aussehen eines Astronauten. Jedenfalls Willi Renn, der zu beinahe einem Drittel in den Stiefeln verschwand.

»Willi, endlich! Gut, dass du da bist.«

»Heu, was gibt's? Muss ich mir Sorgen machen?«

»Wieso Sorgen?«

»Na, weil du dich noch nie so gefreut hast, mich zu sehen.«

Kluftinger winkte ab. Natürlich waren sie sich nicht immer grün, aber er hatte nie die Kompetenz des Erkennungsdienstlers angezweifelt, den seine Kollegen nur »den Wühler« nannten, weil er oft in den unmöglichsten Verrenkungen nach Tatortspuren suchte.

»Das ist eine komische G'schicht.«

»Keine Zeit für Geschichten. Wo ist die Leiche?«

»Genau darum geht's ja: Es gibt keine.«

»Bitte? Du willst mir doch nicht etwa sagen, dass du eine komplette Leiche verloren hast? Das trau ich ja nicht einmal dir zu, Klufti.«

»Nein, nein, natürlich nicht. Es ist so – die Leiche ist gar nicht tot.«

»Die Leiche ist nicht tot?« Renn blickte ihn verblüfft an.

»Na, ich mein: Es ist halt keine Leiche, der Mann. Weil er noch lebt.«

Kluftinger zeigte auf die beiden Sanitäter hinter sich, die den Verletzten inzwischen auf die Trage gelegt und in eine golden glänzende Folie gewickelt hatten. Einer von ihnen hielt eine Infusion hoch, deren Schlauch unter der Rettungsdecke verschwand.

»Er sah nur so tot aus – wegen des vielen Bluts.«

Willi Renn ging mit Kluftinger zu den Sanitätern. Er blickte nur kurz auf den roten Fleck, zuckte mit den Schultern und fragte: »Welches Blut?«

»Bist du blind? Da ist doch alles rot!«

Renn schüttelte den Kopf: »Das ist kein Blut.«

Geschockt starrte ihn der Kommissar an. »Was sagst du da?«

»Dass das kein Blut ist. Glaub mir, damit kenn ich mich aus.«

Kluftinger verstand überhaupt nichts mehr. Doch ehe er weiter darüber nachdenken konnte, bekam Willi Renn große Augen, stapfte an ihm vorbei und begann zu schreien: »Sagen Sie mal, zertrampeln Sie hier eigentlich absichtlich alle Spuren? Glauben Sie, dass wir in diesem Schlachtfeld noch irgendwas finden werden?«

Der Notarzt, ein etwa dreißigjähriger Mann mit Nickelbrille, sah ihn entgeistert an. »Ich mache hier nur meinen Job«, raunzte er zurück. Kluftinger hätte schwören können, dass er noch ein gemurmeltes »Gartenzwerg« gehört hatte.

Renn hob sofort zu einer Schimpftirade an, deren Heftigkeit die Sanitäter überraschte. Was Tatortspuren betraf, verstand er keinen Spaß. Und obwohl er gut einen Kopf kleiner war als die beiden jungen Männer, wirkten sie eingeschüchtert.

»Wir packen nur noch zusammen«, sagte der Mann mit der Nickelbrille kleinlaut und stopfte die Utensilien in seinen Koffer. Als er ihn noch einmal kurz abstellen wollte, stieß Kluftinger einen Schrei aus.

»Nicht! Das Zeichen!«

Der Arzt blieb wie vom Donner gerührt stehen und bewegte sich nicht mehr. Kluftinger eilte zu ihm und schob ihn sanft aus dem rot gefärbten Schnee. Dann zeigte er mit ausgestreckter Hand auf das Schriftzeichen, das er vorher entdeckt hatte.

Willi Renn nickte anerkennend: »Respekt. Aus dir wird noch mal ein richtiger Erkennungsdienstler.«

Obwohl in dem Lob ein ironischer Unterton mitschwang, fühlte sich Kluftinger geschmeichelt.

»Also, wir fliegen, meine Herren«, sagte der Arzt hastig im Gehen. »Der Verletzte kommt ins Kemptener Krankenhaus. Er ist völlig unterkühlt, die Überlebenschancen sind nicht die besten, zumal er nur schlecht erstversorgt war. Ich nehme an, der alte Mantel gehört Ihnen. Wir haben ihn mit eingepackt.«

»Ja natürlich, das ist mein Wintermantel! Ich hol mir den im Krankenhaus ab.«

Erst jetzt konnte Renn einen unverstellten Blick auf den Platz werfen, auf dem der Mann bisher gelegen hatte. Er sah ihn sich eine Weile an, dann verengten sich die Augen hinter den dicken Gläsern der viel zu großen Hornbrille zu Schlitzen und seine Mundwinkel senkten sich. Für einen Augenblick hatte Kluftinger den Eindruck, sein Kollege würde gleich anfangen zu weinen, dann öffnete der den Mund und fluchte lautstark, bevor er zu jammern begann: »Schau dir das mal an! Schau's dir an. Alles zerstört. Alles hin. Wie soll ich da noch was Vernünftiges finden?«

Kluftinger folgte seinem Blick und er musste zugeben, dass es wüst aussah: Der Kreis aus rotem … was auch immer … war kein Kreis mehr. Alles war übersät mit Fußabdrücken.

Ein Geräusch hinter ihnen ließ Kluftinger herumfahren. Es waren Erika und Yumiko, die sich ihnen langsam näherten. Erika war bleich und auch Yumiko stand der Schrecken noch ins Gesicht geschrieben. Kluftinger hatte die beiden fast vergessen. Auch Renn drehte sich um. Erst jetzt schien er auch Markus zu bemerken, der still hinter ihnen gestanden hatte.

»Da habt ihr euch ja den richtigen Ort für einen Familienausflug ausgesucht!«, sagte der Erkennungsdienstler. Und als er sah, dass Erika noch immer leicht zitterte, fuhr er fort: »Erika, geh doch ins Café und trink was.«

»Da komm ich doch gerade her. Ich wollte nur ...«

»Es wäre jetzt wirklich besser für dich, wieder reinzugehen. Dein Sohn bringt dich bestimmt hin«, unterbrach sie Renn und nickte Markus zu. Dass er eigentlich meinte, es wäre besser für ihn und seine Arbeit, behielt er für sich.

Dann wandte er sich an Yumiko: »Nicht bleiben hier«, sagte er betont langsam und laut. »Gehen Neuschwanstein, da mehr sehen.«

Er blickte Kluftinger an, verdrehte die Augen und seufzte: »Touristen!«

Im Kommissar regte sich plötzlich ein Beschützerinstinkt gegenüber Yumiko und er platzte heraus: »He, benimm dich mal. Das ist ... meine ... Schwiegertochter.«

Im selben Moment erstarrte er über den Satz. Auch Markus schien geschockt, blickte dann aber amüsiert drein. »Na, so schnell geht's jetzt auch wieder nicht«, sagte er zu seinem Vater.

»Ich mein, na ja ... du weißt schon.«

Willi Renn lief rot an: »Ach so, das wusste ich ja nicht. Dann bitt ich vielmals um Entschuldigung. Und meinen Glückwunsch natürlich. Da bist du ja sozusagen ein echter Glückskeks, Markus, oder?«

»Schon gut«, winkte Kluftinger ab. Ausgerechnet vor Renn musste ihm dieser Fauxpas unterlaufen. Es würde in der Direktion innerhalb weniger Tage auch beim Hausmeister angekommen sein, dafür würde Willi schon sorgen.

»Können wir uns jetzt mal wieder um die Sache hier kümmern?«, lenkte Kluftinger die Aufmerksamkeit nun etwas gereizt wieder auf den Fall. »Was kannst du denn zu dem Zeichen sagen?«

Renns Stirn legte sich in Falten. »Also, sieht irgendwie germanisch aus, oder so«, vermutete er. »Vielleicht wissen ja die Kollegen was«, sagte er und deutete auf den Weg, auf dem nun in einiger Entfernung mehrere Polizeiwagen und auch einige Zivilfahrzeuge heranfuhren. »Friedel Marx natürlich wieder vorne weg«, fügte Renn kopfschüttelnd hinzu.

Kluftinger kannte Friedel Marx von einigen Telefonaten. Er war seit ein paar Jahren in der Dienststelle Füssen tätig, die wiederum der Kemptener Direktion unterstellt war. Vor allem seine heisere Stimme, die auf einen starken Raucher schließen ließ, war in seiner Erinnerung haften geblieben. Getroffen hatte er ihn allerdings noch nie.

Es war ihm plötzlich unangenehm, dass er hier mit seiner ganzen Familie stand, während die Kollegen aus Kempten und Füssen anrollten. Er nahm Markus zur Seite und bat ihn, mit den beiden Frauen nach Hause zu fahren, das sei nun wirklich nichts mehr für sie, sie bräuchten jetzt sicher etwas Ruhe. Markus nickte verständnisvoll, auch wenn Kluftinger ihm anmerkte, dass er gerne noch dageblieben wäre. Nachdenklich sah der Kommissar den dreien nach, wie sie Arm in Arm im Wald verschwanden.

Jetzt erst bemerkte Kluftinger, dass er unsäglich fror. »Du, Willi, hättest du noch einen Kittel für mich?«

»Schau mal im Auto. Meine Frau hat da gestern einen Sack für die Kleidersammlung reingelegt. Vielleicht ist da was drin.«

Das Auto seines Kollegen hatte mit seinem eins gemeinsam: das Alter. Wie Kluftingers grauer Passat war Renns 3er-BMW gut und gern zwanzig Jahre alt. Der Passat jedoch war eindeutig von der mangelnden Pflege seines Besitzers wie von dessen wenig achtsamer Fahrweise gezeichnet. Nicht so der weiße BMW. Wie aus dem Ei gepellt stand er im Schnee, als wäre er gerade einem Achtzigerjahre-Werbespot entsprungen: blütenweiß mit einem roten, hellblauen und dunkelblauen Streifen, der sich quer über die Motorhaube und das Dach bis zur hinteren Tür zog. Vorn und hinten prangte ein mächtiger Spoiler; der vordere hatte im Moment eher das Aussehen und die Funktion eines Schneepfluges. Alle Kollegen wussten um Renns Liebe zu diesem Automobil. Er hatte den Wagen einst sehr teuer gebraucht gekauft und wusch, wienerte und polierte ihn jedes Wochenende. Dass das Auto weder mit einem geregelten Katalysator noch mit modernen Fahrhilfen oder Sicherheitseinrichtungen ausgestattet war, störte Renn ebensowenig wie Kluftinger bei seinem Passat. Nur mit dem Verbrauch des BMW hätte Kluftinger sicher so seine Probleme gehabt:

Der VW begnügte sich bei schonender Fahrweise mit sechs Litern, Renns Auto genehmigte sich etwa dreizehn vom feinen »Super Plus«. Für irgendetwas müsse man ja arbeiten, sagte der Kollege dann gern.

Kluftinger sperrte den Kofferraum auf, von dessen Boden man sorglos hätte essen können und in dem es roch wie in einem neuen Auto. Er öffnete einen weißen Plastiksack, in dem sich neben einigen T-Shirts, Unterhosen und Blusen ganz unten auch ein dunkelbrauner Wildledermantel mit dickem Pelzbesatz an Kragen und Ärmeln befand. Erika hatte lange einen ähnlichen gehabt.

Missmutig steckte er einen Arm in den Mantel und merkte, dass er viel zu eng war. Also hängte er ihn sich um, verknotete die Ärmel auf der Brust und setzte sich eine Pelzmütze auf, die er ebenfalls in dem Sack gefunden hatte.

»Nastrovje, Genosse Kluftowitsch«, rief Renn ihm grinsend zu, als der Kommissar zurückkam. Den »abgesägten Astronauten«, der Kluftinger auf der Zunge lag, verkniff er sich.

Noch einmal ging er in die Hocke und besah sich intensiv die Stelle, an der der Mann gelegen hatte. Mit dem Zeigefinger zeichnete er in der Luft das geheimnisvolle Zeichen nach.

»Na, das sieht ja ganz schön wüst aus hier.« Kluftinger erkannte die Stimme sofort. Sie gehörte Friedel Marx, der dicht hinter ihm stand. Er hatte den Eindruck, dass die Stimmlage des Füssener Beamten seit ihrem letzten Telefonat eine weitere Oktave nach unten gerutscht war.

Kluftinger stand ächzend auf und begann, noch während er sich umdrehte: »So, grüß Gott, Herr Mar…« Er verstummte. Sein Mund blieb offen stehen. Friedel Marx stand vor ihm und grinste.

»Irgendwann musste es ja mal so kommen«, sagte Marx.

Kluftinger hatte sich noch immer nicht gefangen. Der Mann, mit dem er schon Dutzende Male telefoniert hatte – war eine Frau. Sie war ein wenig kleiner als der Kommissar und auch wenn ihre Erscheinung nicht gerade sehr feminin war, war sie zweifelsohne weiblichen Geschlechts: Ihre aschblonden Haare waren schulterlang und fielen ihr strähnig in die Stirn, ihre Haut wirkte gelb und ledrig, die Nase war mit einem Höcker versehen und ragte spitz aus ihrem faltigen Gesicht. Eine Hand hatte sie in einem speckigen grauen Anorak vergraben, in der anderen hielt sie einen Zigarillo.

»Herr … Frau … ich meine«, Kluftinger wusste nicht, was er sagen sollte. Seine Nase leuchtete rot.

»Frau Marx, wenn's recht ist«, sagte die Beamtin kurz.

Kluftinger atmete tief durch. »Sie hätten doch mal was sagen können, am Telefon mein ich!«

Marx nahm einen tiefen Zug von ihrem Zigarillo. Kluftinger erkannte, dass sie den Rauch inhalierte. Er war selbst einer guten Zigarre dann und wann nicht abgeneigt, aber auf die Idee, sie auf Lunge zu rauchen, war er noch nie gekommen. Immerhin war seine Vermutung Marx' Zigarettenkonsum betreffend korrekt gewesen.

»Also, das ist mir jetzt natürlich schrecklich peinlich. Aber Sie hätten doch wirklich mal …«

»Trösten Sie sich, Herr Kluftinger. Sie sind nicht der Einzige, der mich am Telefon mit ›Herr‹ anspricht. Ich hab irgendwann einfach aufgehört, die Leute zu verbessern. Ist doch eigentlich eh wurscht.«

»Na ja, wenn Sie's so sehen. Aber die Stimme … und Ihr Name.«

»Ja, ich weiß. Aber wenn Sie Friedrun heißen würden, dann würden Sie sich auch einen Spitznamen zulegen.«

Kluftinger entspannte sich etwas. Friedel Marx schien seine Verwechslung gelassen zu nehmen. »Vornamen kann man sich eben nicht aussuchen, was?«, sagte er und lächelte.

»Stimmt. Haben Sie ähnliche Erblasten zu tragen?«

»Kann man so sagen.« Er dachte kurz nach, ob er ihr seine Vornamen verraten sollte. Eigentlich ging er damit relativ diskret um und seine Kollegen in Kempten wussten auch, dass er keinen besonderen Wert darauf legte, damit gerufen zu werden. Er entschied sich dennoch dafür. Vielleicht würde dieses vertrauliche Detail seinen Ausrutscher wieder wettmachen.

»Wenn ich mich also noch einmal vorstellen darf, mein Name ist …«

»Würd's euch was ausmachen, euer Schwätzchen woanders zu halten?« Willi Renn unterbrach sie in seiner gewohnt rüden Art. Er war jetzt wieder ganz in seinem Element; ein großer Teil seiner Abteilung war angerückt und Renn dirigierte sie wie ein Kapellmeister.

»Natürlich nicht«, sagte Kluftinger und zog seine Kollegin zur Seite. Die peinliche Begrüßung hatte ihn aus dem Konzept gebracht, doch nun war er wieder ganz bei der Sache.

Auch Frau Marx wurde nun wieder sachlich. »Sieht nach einem ganz schönen Blutbad aus«, sagte sie und saugte an ihrem Zigarillo.

»Ja, gell, das hab ich auch erst gedacht. Aber der Willi behauptet steif und fest, das sei gar kein Blut.«

»Behauptet nicht, weiß!«, schrie Renn zu ihnen herüber.

»Herrgottzack, der hört auch alles«, flüsterte Kluftinger.

»Würden Sie mich jetzt bitte mal informieren?«, fragte Friedel Marx ungeduldig.

»Natürlich, entschuldigen Sie.«

Kluftinger erzählte ihr von dem Mann in der vermeintlichen Blutlache, von dem geheimnisvollen Zeichen und seiner Überraschung, als er merkte, dass die »Leiche« noch am Leben war. Seine Kollegin hörte ihm aufmerksam zu, sah ihn aber nicht an, sondern schaute den Kollegen der Spurensicherung dabei zu, wie sie in dem zerwühlten Schnee nach Hinweisen suchten.

»Taucheranzug, sagen Sie?«, fragte sie schließlich.

»Ja, er hatte einen Taucheranzug an. Allerdings waren weder Flaschen noch eine Taucherbrille zu finden.«

Sie blies den Rauch in die kalte Winterluft, sah ihm versonnen nach und sagte dann: »Hm. Komisch. Tauchen ist hier seit vielen Jahren strengstens verboten. Es gibt auch häufig Kontrollen.«

»Ach …«

»Ja. Zu viele Unfälle. Ist wohl ziemlich gefährlich hier. Ich kenn mich damit nicht so aus. Hat scheinbar was mit der Zusammensetzung des Wassers zu tun. Vielleicht sollten wir da ansetzen.«

Kluftinger sah sie entgeistert an. Das war natürlich sein Fall, das war ihr doch hoffentlich klar. Und wenn hier jemand sagen würde, wo was anzusetzen war, war er das und sonst niemand. Als er gerade Atem holte, um ihr genau das mitzuteilen, drehte sie sich um und stapfte zu ihrem Auto. Als sie es erreicht hatte, wandte sie sich zum Kommissar und rief: »Wo bleiben Sie denn, Kollege? Hier können Sie nichts mehr tun. Wir sollten mit der Arbeit beginnen. Und Ihnen wird sicher auch kalt sein. Steht Ihnen übrigens nicht schlecht, der Pelz, Kollegin.« Dann stimmte sie ein so heiseres Gelächter an, dass es Kluftinger eiskalt den Rücken hinunterlief.

Auf der Fahrt in das Füssener Büro ließ sich Kluftinger die seltsamen Ereignisse des heutigen Tages noch einmal durch den Kopf gehen. Alles hatte sich heute als anders erwiesen, als es zunächst den Anschein gehabt hatte: Die Freundin seines Sohnes war keine Micky, sondern eine Yumiko, sein Füssener Kollege war eine Kollegin, das Blut war gar keins und die Leiche nicht tot.

Als sie die Tür zu Marx' Büro aufschlossen, brummte ihm ob so vieler unerwarteter Wendungen der Kopf. Immerhin: Das Büro von Friedel Marx präsentierte sich ihm genau so, wie er es sich vorgestellt hatte. Der Schreibtisch war unter Papierbergen vergraben, überall lagen angebrochene Zigarilloschachteln herum, der Aschenbecher quoll über vor ausgedrückten Kippen. Die ehemals cremeweiße Tastatur des Computers hatte inzwischen eine dunkelgraue Farbe angenommen. Die Marx rauchte offenbar alles, was ihr zwischen die Finger kam.

Kluftinger hatte sich kaum gesetzt, da hörte er hinter sich schon wieder das Geräusch eines Streichholzes und bläulicher Rauch erfüllte das Zimmer. Die Beamtin setzte sich hinter den Schreibtisch, zog eine Schublade auf und holte eine Flasche und zwei Gläser hervor.

»Den brauchen wir jetzt«, sagte sie und goss eine klare Flüssigkeit ein.

»Enzian. Selbstgebrannt, von einem Freund. Höllisch gut«, beantwortete sie den fragenden Blick des Kommissars.

Kluftinger, der eigentlich kein Schnapstrinker war, schon gar nicht im Dienst, dachte, dass ihn der Alkohol zumindest ein bisschen aufwärmen würde, und nahm sich das Glas. Sie prosteten sich zu und schütteten die Flüssigkeit ihre Kehlen hinunter.

Ein, zwei Sekunden passierte gar nichts, dann breitete sich im Rachen des Kommissars eine Hitze aus, als habe er sich Benzin in den Hals gegossen und angezündet. Mit aller Macht unterdrückte er seinen Hustenreiz, denn er sah, dass Friedel Marx mit dem scharfen Getränk überhaupt keine Probleme hatte. Fast kam es ihm vor, als warte sie nur darauf, dass er diesbezüglich Schwäche zeigen würde.

»Hm-hm, ganz ordentlich«, versuchte er deswegen gelassen zu sagen, doch es kam heiserer heraus, als er gewollt hatte.

Als ihm auch noch Tränen in die Augen schossen, wandte er sich schnell ab und hängte den Pelzmantel und die Mütze an die Garderobe in Marx' Büro.

»Noch einen?«, fragte Friedel Marx mit Blick auf die Flasche.

»Nein, nein, wir müssen ja noch was arbeiten.«

Sie legte die Flasche wieder in die Schublade und sah den Kommissar an. »Ich danke Ihnen, dass Sie bereits alles in die Wege geleitet haben. Ich kann mich ja jetzt um den Rest kümmern. Wissen Sie, ich dachte, ich fange gleich mal …«

»Liebe Frau Kollegin«, unterbrach sie der Kommissar. »Ich will Ihnen da jetzt nicht vorgreifen, aber da ich den Mann gefunden habe, werde ich mich auch der Sache annehmen.«

»Hören Sie, Herr Kluftinger«, brummte Friedel Marx, »es ist Usus bei uns, den Fall im Zuständigkeitsbereich der Kollegen zu belassen, bei denen er passiert ist.« Sie nahm einen tiefen Zug an ihrem Zigarillo, kniff die Augen zusammen und fuhr fort, wobei sie den Rauch beim Sprechen bedrohlich aus ihrem Mund quellen ließ. »Natürlich haben Sie als ranghöherer Beamter das Recht, alles an sich zu reißen, aber es ist eine Frage des Stils, ob man von diesem Recht auch tatsächlich Gebrauch macht.«

»So war das doch nicht gemeint«, versuchte Kluftinger etwas eingeschüchtert, sie zu besänftigen. »Ich wollte ja nur vorschlagen, dass wir die ganze Sache von Kempten aus koordinieren und Sie natürlich mit im Team sind.« Das hatte der Kommissar zwar überhaupt nicht vorschlagen wollen, aber es erschien ihm in diesem Moment, ganz allein mit der Kette rauchenden Beamtin im fremden Büro, das Klügste zu sein. Die endgültige Arbeitsaufteilung könnten sie ja dann immer noch zu seinen Gunsten festlegen – in Kempten natürlich.

Sie musterte ihn misstrauisch und lenkte schließlich ein. »Na gut. Dann können wir jetzt endlich mit der Ermittlung anfangen. Ich würde sagen, ich knöpfe mir so schnell wie möglich mal die Tauchclubs in der Umgebung vor. Vielleicht kennen die unseren Herrn. Das ist doch auch in Ihrem Sinne, dass wir schnellstmöglich seine Identität feststellen, oder?«

»Äh, ja, ja, natürlich, Identität. Ganz wichtig.«

Sie saßen noch eine Weile im Büro und sprachen über ein paar Details, als Kluftingers Handy klingelte. »Ja? Willi, servus. Hast du schon was für uns? Die rote Flüssigkeit, verstehe … Wollte ich dich auch noch fragen. Gut, dass du selber daran denkst. Und was … ach so, klar. Ja, gut, bis morgen dann.«

Friedel Marx blickte den Kommissar gespannt an.

»Er konnte das Zeug nicht identifizieren, das wir … das ich zunächst für Blut gehalten habe.«

»Hm.«

»Aber etwas hat er doch herausgefunden, noch vor Ort.«

»Und zwar?«

»Dass es organisch ist. Keine synthetische Verbindung. Keine Farbe oder so was. Willi hat etwas Derartiges auch noch nie gesehen. Sie machen gleich eine umfangreiche Testreihe. Mehr weiß er noch nicht.«

Seine Kollegin machte ein besorgtes Gesicht. »Klingt ja rätselhaft«, sagte sie mehr zu sich selbst.

Auch Kluftinger hatte kein gutes Gefühl. Er hatte nicht die leiseste Ahnung, wohin sie diese Sache führen würde.

»Ich glaub, hier können wir nix mehr machen. Ich würde vorschlagen, wir treffen uns morgen zur Morgenlage-Besprechung in Kempten? Da können wir dann alles Weitere klären. Auch mit den Kollegen.« Kluftinger stand auf und ging zur Tür. Friedel Marx war sitzen geblieben. Als er schon an der Tür stand und sich verabschieden wollte, zögerte er. Er drehte sich noch einmal um. Marx grinste ihn an.

»Brauchen Sie ein Taxi?«, fragte sie mit spöttischem Unterton.

»Ich … äh …«

»Kommen Sie, ich fahr Sie schnell heim.«

Das konnte ja eine heitere Zusammenarbeit werden, dachte er beim Hinausgehen.

Während der Fahrt nach Altusried, Kluftingers Wohnort, hatten sie beschlossen, noch kurz im Kemptener Krankenhaus vorbeizuschauen, in das der Verletzte gebracht worden war. Als sie vor dem Klinikum parkten, dachte Kluftinger, dass die Fahrt so oder so hier geendet hätte, denn Marx fuhr in seinen Augen wie eine Geisteskranke. Dass sie das »Ich fahr Sie *schnell* heim« so wörtlich nehmen würde, hätte er nicht gedacht. Dabei rauchte sie einen Zigarillo nach dem anderen, so dass der Kommissar das Gefühl hatte, draußen noch nachzuqualmen. Eine Bemerkung hatte er sich aufgrund der sowieso schon angespannten

Stimmung verkniffen, auch wenn ihm jetzt speiübel war. Er war froh, etwas auslüften zu können.

Die Kälte fühlte sich angenehm an – während der Fahrt hatten im Wagen mindestens dreißig Grad geherrscht, weil Marx Heizung und Gebläse in ihrem Subaru auf höchster Stufe gehabt hatte. Außerdem freute er sich diebisch darüber, dass seine Kollegin nun den Mantel aus der Kleidersammlung in ihrem Büro hängen hatte. Sollte sie doch schauen, wie sie ihn wieder loswürde.

»Na, hat Sie wohl ganz schön mitgenommen, was? Sie sind etwas blass um die Nase«, sagte seine Kollegin auf dem Weg zum Klinikeingang. Wegen der aufkeimenden Zornesröte wirkten Kluftingers Wangen gleich wieder etwas rosiger.

Am Eingang blieben sie vor der Tür stehen. Marx musste ihren Zigarillo noch fertig rauchen.

Auf der Station, in die der Mann gebracht worden war, gingen sie einen langen, menschenleeren Gang entlang. Nur das Klacken ihrer Absätze auf dem grünglänzenden Linoleumboden war zu hören. Kluftinger fühlte sich unwohl in Krankenhäusern. Allein der Geruch jagte ihm Schauer über den Rücken: Die Desinfektionsmittel vermochten nicht, den Muff des Gemäuers zu übertünchen. Und über allem lag diese Ahnung menschlichen Siechtums. Dazu die gespenstische Stille, die an diesem Sonntag hier herrschte. Er vermied auch immer, in Krankenhäusern oder Arztpraxen irgendwelche Dinge zu berühren. Schließlich wusste man nie, welche Krankheitserreger daran hingen.

Endlich waren sie am Schwesternzimmer der Station angelangt. Eine ältere Frau und eine Krankenschwester, die Kluftinger auf höchstens achtzehn Jahre schätzte, tranken gerade Kaffee. Erstaunt blickten sie die beiden Polizeibeamten an. Die ältere holte gerade Luft, um etwas zu sagen, da kam ihr Kluftinger zuvor.

»Kripo Kempten, ich …«

»Und Kripo Füssen!«

Entgeistert drehte sich Kluftinger zu seiner Kollegin. Für einen Augenblick hatte er vergessen, was er sagen wollte, dann wollte er fortfahren, doch diesmal fiel ihm die Krankenschwester ins Wort: »Ach Füssen, klar. Sie kommen wegen dem Mann, gell? Ich ruf gleich den Arzt.«

Wenige Minuten später stand ein etwa sechzigjähriger Mann in weißem Kittel vor ihnen. Er sah sie aus müden Augen an, blätterte in einer Krankenakte herum und sagte dann: »Also, der Patient hat ein Schädel-Hirn-Trauma, ein starker Aufprall oder Schlag, vermute ich. Die rechte Hand ist geprellt. Und vor allem natürlich die schwere Unterkühlung. Die hat dafür gesorgt, dass er ins Koma gefallen ist. Seine Chancen stehen nicht gerade gut. Eine Stunde später und wir hätten nichts mehr machen können.«

»Keine Schnittwunden?«

»Jetzt schon.«

»Bitte?«

Der Arzt blickte von einem zum anderen. »Seine Schulter war ziemlich lädiert, wir mussten sie operieren. Schade um die schöne Tätowierung.«

»Können wir ihn sprechen?«, fragte der Kommissar.

Die müden Augen des Arztes wurden für einen Augenblick hellwach und es blitzte Kampfeslust in ihnen auf, die aber gleich wieder erlosch. »Schon mal mit einem Komapatienten ein Pläuschchen gehabt? Ist eine ziemlich einseitige Angelegenheit!« Dann drehte er sich um und ging grußlos.

Kluftinger schlug die Augen auf und klappte sie sofort reflexartig wieder zu. Zu früh, viel zu früh. Er hatte ganz und gar nicht gut geschlafen. Immer wieder hatte er sich hin und her gedreht, die Bettdecke gewendet, weil ihm zu warm war, und schließlich zweimal Erika angestoßen, als diese leicht geschnarcht hatte. Dann war es ihm zu stickig geworden und er hatte ein Fenster gekippt, woraufhin er fror und sich in völliger Dunkelheit eine Wolldecke aus dem Schrank holte.

Erst in den frühen Morgenstunden hatte er ein wenig Schlaf gefunden, war aber schnell wieder aufgewacht, als Erika das Bett verließ und ins Bad ging. Und nun schepperte ihm der alte Radiowecker blechern aus seinem kleinen Lautsprecher »Jingle Bells« entgegen. Weihnachten stand vor der Tür – auch das noch! Mürrisch tastete er nach der »Snooze«-Taste, deren genaue Bedeutung der Kommissar zwar nicht kannte, die aber – so hatte ihn die Erfahrung gelehrt – den infernalischen Krach, nach dem sich selbst sein Lieblingssender »Bayern 1« so früh am Tag anhörte, für neun Minuten unterbrach. Kluftinger drehte sich auf die andere Seite und schlief gleich darauf wieder ein. Drei solcher »Umdrehphasen« hatte er seit Jahren eingeplant, bis es wirklich Zeit wurde, aufzustehen – ganz zum Leidwesen seiner nicht berufstätigen Frau, die dadurch ebenfalls bereits um Viertel nach sechs hellwach war. Nur an Tagen, die überhaupt nichts Gutes verhießen, gönnte sich der Kommissar ein weiteres Mal »Snooze«. So wie heute.

Nicht nur, dass ihm ein neuer mysteriöser Fall bevorstand. Auch spürte er die ersten Vorboten einer Erkältung aufziehen. Kein Wunder, hatte er doch gestern viel zu lang in der Kälte gestanden. Beim Schlucken kratzte es leicht im Hals und er verspürte einen permanenten Niesreiz.

Schließlich wälzte er sich ächzend aus dem Bett und ging zum »G'wandsessel«, einer Sitzgelegenheit, die seit dem ersten Tag, an dem sie im Schlafzimmer gestanden hatte, von Kleidung bedeckt war. Kluftingers Vortagsgarderobe – einschließlich Unterhose und Socken – befand sich noch darauf. Er zog diese komplett wieder an. Dann kramte er im Schrank seinen alten Lodenmantel heraus. Er war zwar an den Ärmeln zu kurz und spannte um den Bauch. Aber sein aktueller, den er gestern dem Verletzten übergeworfen hatte, war ja noch nicht gereinigt worden. Die Leute vom Krankenhaus hatten ihm das Kleidungsstück gestern in einer Tüte mitgegeben. Kluftinger war sich nicht sicher, wie viele Waschgänge es brauchen würde, bis er wieder hineinschlüpfen konnte, ohne eine Gänsehaut zu bekommen.

Nach seiner Morgentoilette ging er etwas weniger schlecht aufgelegt in die Küche. Er fragte sich, warum Erika heute schon so früh aufgestanden war. Seit Markus aus dem Haus war und sie nur noch ihren Mann zu versorgen hatte, blieb sie fast immer liegen, bis er mit der Zeitungslektüre fertig war und bereits seinen ersten Pulverkaffee getrunken hatte. Es hatte sich eingebürgert, dass er das Frühstück herrichtete: Pulverkaffee, zwei Tassen, zwei Brettchen, vier Scheiben Schwarzbrot, Butter, ein Glas Marmelade, Dosenmilch und zwei Messer. Jeden Tag. Ein Umstand, den Kluftinger gern in Diskussionen über sein angeblich mangelndes Engagement im Haushalt anführte.

Heute aber roch es bereits nach frisch aufgebrühtem Filterkaffee. Sie war vermutlich aufgestanden, weil es ihm nicht ganz so gut ging und wollte ihn ein wenig verwöhnen. Kluftinger lächelte. Er liebte sie – auch weil sie nach so vielen Jahren noch immer so um sein Wohlergehen besorgt war. Mit einem warmen Gefühl im Magen öffnete er die Küchentür.

»Ja so was, du bist ja schon auf! Guten Morgen«, trällerte er vergnügt. Erika stand an der Arbeitsplatte und presste Orangen aus. Was Kluftinger in der Küche sah, ließ ihn all die Unbill des anbrechenden Tages vergessen: Sie hatte ihm ein Verwöhnfrühstück zubereitet, das seinesgleichen suchte. Auf dem Tisch stand Joghurt, den Kluftinger zwar nicht mochte, der aber dekorativ aussah; Obstsalat war in einer Schale angerichtet, auf zwei Holzbrettchen fanden sich Wurst und Käse. Er erblickte neben drei Gläsern Konfitüre sogar ihr gutes Honiggefäß in Form eines gelben Bienenstocks aus Porzellan. Selbst das Früchtebrot, das Erika zwei Tage vorher gemacht hatte, weil Markus es in der Vorweihnachtszeit so gerne aß, hatte seine Frau ihm hingestellt. Er durfte es anschneiden. Weil er gestresst war und es ihm heute nicht gut ging. Einfach so.

Heiser röchelte die Kaffeemaschine. Bald würde Erika ihm eine Tasse bringen. Wenn sie den Saft gepresst hatte. Er küsste sie auf die Wange.

Verwundert sah Erika ihren Mann an, der sich auf seinen angestammten Platz auf der Eckbank niederließ.

»Frische Vitamine aus der Orange. Das ist genau das Richtige im Winter!«

Erika runzelte die Stirn. Sie konnte die gute Stimmung des ihr angetrauten Morgenmuffels nicht recht einordnen.

Sie holte eine Packung »Sonntagsbrötchen« aus dem Kühlschrank. Die standen normalerweise nur an besonderen Sonn- und Feiertagen auf dem Tisch: Die frisch gebackenen Semmeln und Hörnchen aus der seltsamen Dose, die man an der Tischkante aufschlagen musste, um sie aufzubrechen, bevor der Teig herausquoll. Dass diese unförmigen, blassen Häufchen im Ofen so stark aufgingen, faszinierte ihn jedes Mal aufs Neue.

In diese Gedanken versunken griff Kluftinger zum Brotmesser, setzte es am Früchtebrot an, wurde aber von einem leichten Schlag auf die Finger unterbrochen und hielt abrupt inne.

Kluftinger ließ den Wagen laufen, während er auf dem Parkplatz vor dem Supermarkt im Kemptener Norden sein Frühstück verzehrte, das in diesem Fall aus einer Flasche Kakao und zwei Hausmachersalami-Semmeln bestand. Ins Büro wollte er noch nicht, frieren auch nicht. Und so hatte er es wenigstens warm. Wie seine Familie jetzt.

Wie eine Furie hatte sie ihn angefaucht, mit einer Dose in der Hand, aus der Teig quoll. Was ihm einfalle. Einfach anzufangen, obwohl die Kinder noch schliefen. Wo sie extra so schöne Platten hergerichtet hatte.

Natürlich, als er wortlos aufgestanden war, um ohne Frühstück, ohne Kaffee aus dem Haus zu gehen, hatte sie ihm nachgerufen, sie mache ihm noch ein Wurstbrot, mit leerem Magen solle er doch nicht zur Arbeit. Nur die Dekoration habe er nicht zerstören sollen. Aber da war es schon zu spät.

Kluftinger saß in seinem Passat und schüttelte den Kopf. Wenn es um ihren Sohn ging, dann kannte Erika manchmal kein Maß mehr, dachte er und schob sich den Rest seiner Semmel in den Mund. Da wollte er doch lieber in sein Büro, da war er der Chef im Ring, der Herr im Haus, der Silberrücken unter all den Gorillas.

Beim Öffnen der Bürotür schlug Kluftinger ein strenger Geruch entgegen. Er konnte ihn wegen des heraufziehenden Schnupfens erst nicht so recht identifizieren, dann aber sah er, woher er kam: Friedel Marx saß bereits an *seinem* Schreibtisch, hatte *seine* Mitarbeiter um sich versammelt und – rauchte!

Er grüßte seine Kollegen, die ihm kaum Aufmerksamkeit schenkten. Die Marx nickte ihm sachlich zu, dann wandte sie sich wieder Maier, Strobl und Hefele zu, offenbar um das weitere Vorgehen im neuen Fall zu besprechen.

Kluftinger stand verloren in seinem eigenen Büro, zunächst geschockt, dann zunehmend wütend. Er ging zuerst zur Kaffeemaschine. Vielleicht würde das längst überfällige Getränk ihn etwas beruhigen. Doch die silbrige Isolierkanne war leer.

Roland Hefele rief ihm zu: »Mach dir halt einen Pulverkaffee, der normale ist aus. Der hat grad für uns gereicht.«

Wortlos hastete der Kommissar aus dem Zimmer und ließ lautstark die Tür hinter sich ins Schloss fallen. Er lief ins Büro von Sandy Henske, der Abteilungssekretärin, um sich von ihr einen Kaffee machen und vor allem mental für die Konfrontation mit seiner Füssener Kollegin rüsten zu lassen. Er würde dieser Friedel schon zeigen, wo der Bartel den Most holt. Doch das Sekretariat war leer. Sollte Friedel Marx sie mit irgendeinem Auftrag losgeschickt haben? Das ging zu weit. Die sollte ihn kennen lernen. Wutentbrannt stürmte er in sein Zimmer.

»Frau Marx, wo ist Sandy Henske? Meinen Sie nicht, dass Sie Ihre Kompetenzen hier ganz gewaltig überschreiten?«

Die Kollegen sahen ihren Vorgesetzten mit erschrockenem Gesichtsausdruck an. Friedel Marx blickte ungerührt auf, legte ihren Zigarillo auf einem Aschenbecher ab und antwortete: »Guten Morgen, Herr Kollege. Leider weiß ich weder, wo Ihre Sandy ist, noch, wer das überhaupt ist. Wir haben hier nur ein bisschen über den Fall gesprochen, weil Sie ja noch nicht da waren. Ich hoffe, das war in Ihrem Sinne?«

Mit diesen Worten stand sie auf, nahm ihren Aschenbecher mit, ging an Kluftinger vorbei und setzte sich in einen Stuhl, der an der hinteren Wand des Zimmers stand.

»Die Sandy hat heute Vormittag frei, die kommt erst später, Chef«, merkte Eugen Strobl an.

Mit rotem Kopf stand Kluftinger da, alle Augen waren auf ihn gerichtet. Der Wind, den er gerade noch in den Segeln hatte, war abgeflaut. Alles, worüber er sich jetzt noch ärgerte, war er selbst. Wie er sich so vor der Marx hatte gehen lassen können … Diese Runde ging eindeutig an sie.

»Müssen Ihre Mitarbeiter es denn nicht mit Ihnen absprechen, wenn sie frei nehmen wollen?«, fragte Marx in zuckersüßem Tonfall.

Kluftinger sagte kein Wort mehr. Scham und Zorn färbten sein Gesicht tiefrot.

Bevor er etwas sagen konnte, ergriff Friedel Marx wieder das Wort. Offensichtlich war ihr Selbstbewusstsein von Kluftingers Auftritt noch nicht einmal an der Oberfläche angekratzt worden: »Wie schon gesagt, Herr Kluftinger, ich habe die Aufgaben bereits verteilt. Wir werden Sie ganz kurz aufklären. Kollege Strobl ist von mir damit betraut worden …« Sie hielt inne. In der Tür stand Willi Renn. Über seine Hornbrille hinweg blickte er in den Raum und grüßte in die Runde. »Seit wann wird bei dir denn geraucht, Kollege? Geräuchertes hält sich zwar länger, das gilt aber nur für totes Fleisch. Da hab ich Erfahrung.«

Keiner der Anwesenden lachte – außer Friedel Marx. Ihr heiseres Lachen ging aber schnell in einen rasselnden Husten über.

»Falls ich zu spät bin, dann entschuldige ich mich. Ich musste da noch was klären wegen eurer roten Flüssigkeit. Es handelt sich da um …«

»Willi, warte noch und setz dich, wir bringen den Kluftinger grade auf den Stand der Dinge und für dich ist das sicher auch interessant«, sagte Hefele.

Der Kommissar konnte das alles nicht glauben. »Danke, aber über den aktuellen Stand der Ermittlungen bin ich durchaus im Bilde und wir können weitermachen, wo ihr gerade aufgehört habt.« Kluftinger hatte zwar keine Ahnung, worüber sie bisher gesprochen hatten, aber viel konnte heute noch nicht passiert sein und das Wenige würde er nachher noch schnell in den Akten nachlesen. Er übernahm wieder die Leitung der Besprechung, die anderen verhielten sich still. Bis auf Marx' röchelnde Hustenanfälle dann und wann.

Der Mann, den er am Seeufer gefunden hatte, lag noch immer im Koma, seine Identität war nach wie vor ungeklärt.

»Willi, was gibt's Neues von der seltsamen Flüssigkeit?«, wollte Kluftinger wissen.

»Also, ich bin gerade mit einer Testreihe fertig geworden und werde versuchen, euch die Ergebnisse so zu erklären, dass ihr sie versteht.«

Die anderen sahen sich fragend an. Sie wussten nicht, ob Renn einen Spaß gemacht hatte. Er traute ihnen in wissenschaftlichen Belangen wenig zu, das zumindest wussten sie.

»Gut. Dass es kein Blut war, war von Anfang an klar.« Er blickte Kluftinger an und der verdrehte die Augen. »Seit gestern wisst ihr, dass es sich um eine organische Substanz handelt, und jetzt kann ich euch immerhin sagen, dass es Bakterien sind. Sehr, sehr seltene, purpurfarbene Bakterien.«

Nachdem Renn geendet hatte, verließ er den Raum, schließlich habe er noch genug Material vom Vortag auszuwerten. Vorher aber drückte er Richard Maier noch einen kleinen, feuerzeuggroßen

Gegenstand in die Hand. »Hab alles draufgeladen«, sagte er noch und verschwand.

Kluftinger erinnerte sich, dass Markus ihm gestern einen Vortrag über so genannte MP3-Player gehalten hatte, die er etwa so beschrieben hatte wie das Ding, das Maier nun in Händen hielt. Er hatte auch erzählt, dass man damit Musik aus dem Internet herunterladen könne und er es so schon zu einer stattlichen Plattensammlung gebracht habe. Als er seinem Vater gegenüber erwähnte, dass das Ganze zwar ungefährlich, aber doch ein bisschen illegal sei, hatte der zu einem Vortrag über Staatsbürgerpflichten und Gesetzestreue angehoben. Doch Markus hatte seine Kritik mit den Worten »Das macht doch jeder!« vom Tisch gewischt. »Irgendwann kann man sich auch die Kässpatzen aus dem Netz laden«, hatte Kluftinger schließlich resigniert abgewinkt.

Wenn in seiner Abteilung etwas Illegales vor sich ging, war das aber eine andere Geschichte. »Richard, falls ihr da etwas Ungesetzliches macht – ihr wisst, ihr seid Beamte! Außerdem möchte ich diese Dinger nicht im Büro sehen. Wir sind hier bei der Arbeit, nicht am Strand!«

Maier hatte keinen blassen Schimmer, was sein Chef meinte, bekam aber sofort ein schlechtes Gewissen.

Den fragenden Blick des Kollegen beantwortete Kluftinger mit einem Kopfnicken: »Da, das Ding. Habt ihr euch da was runtergeladen?«

Maier war erleichtert: »Ach, das meinst du.« Dann klärte er Kluftinger auf: Renn hatte die Bilder vom Tatort auf einen Datenstick geladen.

Als sich das Gelächter gelegt hatte und Kluftinger peinlich berührt die Sitzung beenden wollte, bat Maier sie noch kurz ins Nebenzimmer.

Dort waren die Scheiben bereits verdunkelt und ein Beamer warf ein gestochen scharfes Bild des Zeichens aus dem Schnee auf eine Leinwand. Kluftinger war baff, das hatte Maier ganz ohne sein Wissen organisiert. Seit einer Fortbildung vor einigen Jahren, für deren Genehmigung Kluftinger sich noch heute verfluchte, schwor sein Kollege auf diese Art der kreativen Polizeiarbeit. »Brainstorming«, nannte er das. Da Maier für derartigen Firlefanz von Direktionsleiter

Dietmar Lodenbacher volle Unterstützung bekam, waren Kluftinger die Hände gebunden. Mit einem tiefen Seufzer setzte er sich und hörte zu, wie Maier erzählte, er habe bereits eine »Flipchart« hergerichtet, auf die man jetzt »clustern« könne, was so viel heiße wie »Muster erstellen« und fast so innovativ sei wie »Mindmapping«, wobei eine »Mindmap« natürlich organischer sei als ein nüchternes Cluster.

Dann sagte Maier etwas, was für Kluftinger besser in eine Selbsthilfegruppe meditierender Männer gepasst hätte: »Wir sagen jetzt alle, was dieses Zeichen für uns bedeutet. Alles ist zugelassen. Niemand braucht sich für seine Antwort zu schämen. Jeder Beitrag kann uns auf unserem Weg weiterbringen.«

Im Handumdrehen standen vier Begriffe auf dem Papier: »Wappen«, »Rune«, »Russisches Schriftzeichen«, »Ägyptische Hieroglyphe«. Kluftinger fühlte sich verpflichtet, ebenfalls etwas beizutragen und warf gelangweilt ein »Japanisches oder asiatisches Schriftzeichen« in die Runde. Anschließend ergötzte er sich an den Einfällen seiner Kollegen, wobei mit zunehmender Dauer seine Gewissheit wuchs, dass man mit solchen neumodischen Methoden auch nicht weiter kam als früher. Wer etwas wusste, sollte es sagen, fand er. Dazu hatte man früher keine Diaprojektoren und Tafeln mit Papier drauf gebraucht.

Während er noch darüber nachdachte, füllte sich der Chart mit weiteren Begriffen: »Yin und Yang« stand da ebenso zu lesen wie »Esoterisches Mondzeichen«, »Schwingungsdiagramm« und »Wiedehopf«. Wer auf den Wiedehopf gekommen war, hatte Kluftinger nicht mitbekommen.

Maier machte zu alldem ein ernstes Gesicht. Ebenso ernst wies er darauf hin, dass er nun all den Hinweisen nachgehen wolle. Außerdem werde er das »Cluster« abtippen und jedem als »Handout« zur Verfügung stellen. Kluftinger kam sich vor wie in einem schlecht synchronisierten amerikanischen Film.

»Roland, ich bitte dich, mir bei der Recherche zu helfen«, schloss Maier.

Hefele tat so, als habe er dies nicht mitbekommen. Als Maier aber nicht locker ließ, versuchte der rundliche, kleine Kollege, der schon rein äußerlich nichts mit dem hageren Maier mit seinem korrekten, pomadigen Scheitel gemein hatte, sich herauszuwinden: »Viel zu tun«, hörte Kluftinger ihn sagen, »wichtiger Anruf« und »Magendrücken«.

Der Kommissar rätselte unterdessen, was heute Morgen wohl geschehen sein mochte, das seine Autorität so nachhaltig untergraben hatte. Maier fragte seinen Vorgesetzten schon gar nicht mehr nach Anweisungen, er vergab stattdessen selbstständig Direktiven an die Kollegen. Kluftinger hatte aber keine Lust, die Dinge zurechtzurücken, solange Frau Marx noch anwesend war. Das würde er mit Maier unter vier Augen klären.

»Danke, Richard, wir sprechen uns heute noch!«, unterbrach er schließlich das Geplänkel seiner Kollegen.

»Eugen und ich fahren jetzt nach Füssen. Wir versuchen bei den Tauchclubs und Tauchläden etwas herauszubekommen. Also, an die Arbeit, Männer! Heute Nachmittag neue Lagebesprechung. Und wenn ihr bitte auch mit eurer Routinearbeit weitermacht. Ihr wisst, dass sich die Evaluationsgruppe für Anfang nächsten Jahres angesagt hat – da heißt's Aufräumen im Archiv. So kann ich die da nicht hineinlassen.«

»Die hat sicher noch nie länger einen Freund gehabt, was meinst du? Die benimmt sich ja wie ein Kerl!«

Kluftinger wusste sofort, dass Strobl den Neuzugang aus Füssen meinte. Eine Weile war nur das Nageln des betagten Dieselmotors in Kluftingers Passat zu hören. Er benutzte seinen alten, grauen Familienkombi lieber als irgendeinen Dienstwagen. Und solange man die gefahrenen Kilometer abrechnen konnte, würde das auch so bleiben.

»Hm, vor so einem Kette rauchenden Mannweib hätte ich Angst, glaub ich«, gab Kluftinger schließlich zu.

Mit Strobl verband ihn mehr als einige gemeinsame Fälle. Sie waren Freunde, auch wenn sie sich so gut wie nie privat sahen. Sie verstanden sich ohne Worte, wussten, dass sie sich blind aufeinander verlassen konnten. Sie kannten die Stärken und Schwächen des anderen und wussten damit umzugehen. Kluftinger schlug seinen Kollegen dafür seit drei Jahren zur Beförderung vor. Was der Kommissar vor allem an ihm schätzte, waren Gespräche wie dieses. Mit den anderen aus der Abteilung hätte er nicht so offen reden können.

»Kann ich verstehen«, sagte Strobl verständnisvoll. »Raucht Zigarillos wie ein Schlot, säuft, rast beim Autofahren … Wahrscheinlich pinkelt sie im Stehen.«

»Wer weiß«, seufzte Kluftinger und drehte Bayern 1, den einzigen in seinem Radio eingespeicherten Sender, lauter. »Nur gut, dass sie extra fährt. Weißt du, was die im Auto hört?«

Strobl sah Kluftinger fragend an.

»Hörbücher!«, versetzte Kluftinger und erntete dafür einen angewiderten Blick seines Kollegen.

Mit einem melodischen Klingelton verkündete die Eingangstüre des Tauchladens in Füssen das Eintreten dreier vermeintlicher Kunden. Die Beamten hatten sich kurz vorher noch darauf verständigt, sich nicht sofort als Polizeibeamte auszugeben. Eigentlich gab es dafür keinen bestimmten Grund, Kluftinger folgte lediglich einem vagen Gefühl.

Offenbar überrascht vom zahlreichen Besuch, blickte der Verkäufer hinter der Theke von einem Magazin auf. Die drei Polizisten hatten sich im Laden verteilt und begutachteten beiläufig die ausgestellten Artikel.

»Grüß Gott, kann ich Ihnen helfen?«, fragte der Mann, ein drahtiger, für diese Jahreszeit erstaunlich braun gebrannter Mittvierziger den Kommissar, der ihm am nächsten stand.

»Ich … ich wollt mich mal ganz allgemein informieren«, sagte der und fuhr, als er den abschätzigen Blick des Verkäufers bemerkte, etwas verunsichert fort: »Was Sie so Neues da haben zum Dings … zum Tauchen.«

Der Verkäufer musterte ihn von oben bis unten und fragte dann zweifelnd: »Sind Sie denn schon mal getaucht?«

Kluftinger warf einen Blick zu seinen Kollegen. Strobl stand nur wenige Meter von ihm entfernt und hielt eine Taucherbrille gegen das Licht, Marx war etwas weiter hinten bei den Neoprenanzügen.

»Na ja …«, er räusperte sich, »… also jetzt nicht so direkt. Ich … ich wollt halt mal so schauen. Wegen dem Tauchen.«

»Ich helfe Ihnen ja gern, aber ich muss natürlich wissen, was für Tauchgänge Sie schon gemacht haben, was Sie für ein Equipment haben und ob Sie bestimmte Marken bevorzugen. Wenn Sie jetzt einen Scuba-Lungenautomaten haben, nur so als Beispiel, dann würde ich auch die entsprechenden Masken empfehlen.«

»Ach so, ja ja, klar. Nein. Ich bin halt im Urlaub mal so ein bissle geschnorchelt. Und früher in der Schule beim Tauchen war ich eigentlich immer …«

Der Verkäufer ließ ihn gar nicht erst ausreden. Mit einem Seufzen sagte er: »Anfänger also, hm? Wir brauchen dann wohl die ganze Palette. Haben Sie sich schon irgendwo angemeldet? Tauchkurs, meine ich. Und haben Sie sich schon mal durchchecken lassen? Beim Arzt? Sie wissen schon, dass Tauchen eine ziemliche Belastung für den Kreislauf darstellt.«

Strobl prustete los. Er hatte alles mitangehört, aber ein scharfer Blick seines Chefs brachte ihn wieder zur Räson. Marx hatte sich inzwischen zu Kluftinger und dem Verkäufer gesellt, was dem Kommissar gar nicht recht war.

»Das ist ja wohl meine Sache«, sagte Kluftinger etwas ungehalten. »Ich wollte ja nur ganz allgemein … kann man hier in der Gegend eigentlich irgendwo tauchen?«, fragte er schließlich, um die Prozedur abzukürzen.

»Ja, es gibt hier in der Nähe ein paar ganz schöne Seen. Aber anfangen sollten Sie auf jeden Fall erst mal im Hallenbad. Mit einem Kurs. Also wissen Sie«, bei diesen Worten wandte er sich Friedel Marx zu, »es geht mich im Prinzip ja nichts an, aber ich nehme meinen Job hier ernst. Und ich bin mir nicht sicher, ob Tauchen für Ihren Mann das Richtige ist.«

Das Blut schoss dem Kommissar in den Kopf. »Oh, nein, nein, um Gottes … ich meine … wir sind nicht verheiratet.«

Auf einmal senkte der Verkäufer seine Stimme und blickte ihn verschwörerisch an: »Also, wenn Sie's für was ganz anderes brauchen als zum Tauchen … hab ich auch kein Problem damit.«

Es trat eine längere Stille ein, die Kluftinger, der den Vorschlag gemacht hatte, sich inkognito umzusehen, mit den Worten durchbrach: »Wir sind von der Polizei. Kluftinger mein Name, das ist mein Kollege Eugen Strobl und das meine Kollegin Friedel Marx. Aus

Füssen.« Das Wort »Kollegin« betonte Kluftinger besonders stark, vielleicht zu stark, wie er dachte, als er sah, wie sich die Gesichtszüge der Beamtin verhärteten. Strobl hatte Mühe, sein Grinsen zu unterdrücken. Kluftinger war knallrot im Gesicht.

»Oh, Polizei, ich hatte ja keine Ahnung. Entschuldigen Sie vielmals. Ich … bitte, verstehen Sie mich nicht falsch. Das war nicht böse gemeint, ich … Ist etwas passiert?«

Kluftinger wollte gerade antworten, da kam ihm seine Kollegin zuvor: »Ja, wir haben am Alatsee einen Taucher gefunden. Schwer verletzt. Wir haben …«

»Am Alatsee? Das kann nicht sein. Da ist Tauchen verboten.«

»Wieso?«

»Hm, das hat was mit dem Wasser zu tun. Das war eigentlich schon immer so. Zu gefährlich da oben.«

»Was heißt schon immer?«, wollte Kluftinger wissen.

»Mindestens seit ich hier bin, also seit zwanzig Jahren darf man da nicht mehr tauchen. Wie gesagt: das Wasser. Ziemlich trüb und sauerstoffarm.«

»Was heißt sauerstoffarm? Man taucht doch eh mit seinem eigenen Sauerstoff«, warf Strobl ein.

»Ein berechtigter Einwand. Ja, das schon, aber … na, das ist ein bisschen kompliziert. Jedenfalls ist das gefährlich. Eigentlich halten sich die Leute an dieses Verbot.«

Kluftinger schaltete sich wieder ein. »Und doch hat sich jemand nicht daran gehalten. Wir haben ihn am Ufer gefunden.« Kluftinger kramte ein Foto aus seiner Tasche, das den Taucher auf der Krankentrage zeigte. Ohne das vermeintliche Blut drumherum.

Der Verkäufer schüttelte den Kopf. »Das gibt's doch nicht.«

»Kennen Sie den Mann?«, hakte Kluftinger hastig nach.

»Nein, nein, ich meine nur: die Ausrüstung. Überhaupt nicht wintertauglich. Kein Wunder, dass er … Er ist doch nicht tot?«

Der Kommissar schüttelte den Kopf.

»Welche Flaschen hat er benutzt?«, fuhr der Geschäftsinhaber fort.

»Wir haben keine gefunden.«

Der Verkäufer sah die drei Beamten ungläubig an. »Wollte er sich umbringen?« Er dachte kurz nach und fragte dann: »Was ist mit seinem Partner?«

»Was für ein Partner?«

»Es ist nie ratsam, ohne Partner zu tauchen. Aber im Winter wäre es reinster Selbstmord.«

»Interessant.« Kluftinger nickte seinen Kollegen zu. »Ein zweiter Taucher also.«

»Aber wissen Sie was? Fragen Sie doch mal den Appel. Michael Appel. Der ist der Vorsitzende des hiesigen Tauchclubs.«

»Der mit dem Kitschladen?«, fragte Marx.

»Der mit den Souvenirs. Genau. Der weiß sicher mehr als ich. Bei mir kaufen zwar viele ein, aber ich tauche hier ja nicht.«

Als sie vor dem Geschäft standen, schüttelte Kluftinger den Kopf.

»Was ist?«, fragte Strobl.

»Tauchclub im Allgäu … also ich weiß nicht.«

»Wieso, es gibt doch viele Leute, die gern tauchen. Ist ein beliebter Sport.«

»Weiß ich ja. Ich finde nur, es ist so, wie der Mann gesagt hat: Er taucht auch lieber woanders. Ich meine, das ist was für den Urlaub. Schließlich gibt's in Dubai auch keinen Alpenverein.«

»Woher wollen Sie das wissen?«, schaltete sich Friedel Marx ein. »Die bauen da gerade eine riesige Kugel, die ein ganzes Skigebiet beherbergen soll. Unter einer Glaskuppel. Würde mich nicht wundern, wenn die dafür auch einen Alpenverein gründen würden.«

Durch ihre Bemerkung erinnerte sie Kluftinger daran, dass er sie eigentlich so schnell wie möglich hatte loswerden wollen. »Frau Marx, Sie können ja jetzt mal in Ihr Büro gehen, wir schaffen das schon.«

»In mein Büro? Was soll ich denn da?«

»Na, Sie haben bestimmt einiges zu erledigen, oder?«

»Ja, deswegen bin ich doch hier. Was sollte ich wohl im Büro erledigen?«

»Na ja … Sachen eben.« Kluftinger wurde unsicher. Ihm fiel auf die Schnelle nichts ein, womit er seine Kollegin hätte beschäftigen können. Mit einem Seufzen stapfte er durch den Schnee zum Auto.

»Zwei Taucher, hat er gesagt.«

Kluftinger stieg am großen Parkplatz am Fuße von Schloss Neuschwanstein aus dem Wagen und blickte seine Kollegen an.

»Na, so überraschend ist das ja nicht gerade«, warf Friedel Marx ein. »Irgendjemand muss ihm ja die Verletzungen beigebracht haben.«

»Hätte ihm auch so passiert sein können«, erwiderte Kluftinger mehr der Form halber, denn er glaubte selbst nicht daran.

»Ist aber sehr unwahrscheinlich«, fand auch Strobl.

Der Kommissar bedachte ihn mit einem strafenden Blick. Dass er in seiner Anwesenheit der Füssener Kollegin Recht gab, ärgerte ihn.

»Sicher, nicht sehr wahrscheinlich. Aber dass da noch ein zweiter Taucher war, ist auch nicht gesagt. Wenn es verboten war, dort zu tauchen, wollte er vielleicht lieber allein hin«, parierte der Kommissar.

Die anderen blieben stehen. Kluftinger sah auf und bemerkte, dass sie inzwischen den Souvenirladen erreicht hatten.

»Appell's-Souvenier's« stand auf einem geschnitzten Holzschild, das über der Tür hing. Kluftinger verzog das Gesicht. Dieser permanent falsche Gebrauch des Genitiv-S in Verbindung mit einem Apostroph verursachte ihm beinahe körperliche Schmerzen. Dass die Rechtschreibreform das jetzt »legalisieren« wollte, machte die Sache in seinen Augen nicht besser. Vor allem bei Krimskrams-Läden, Handyshops und Frisörgeschäften schien der schlampige Umgang mit der deutschen Sprache zum guten Ton zu gehören. Jeder, der »hip« sein wollte, eiferte der englischen Sprache nach – mit oft haarsträubenden Folgen. »Ronny's Bierstüble« und »Hilde's Wurstbude« waren noch die harmloseren Beispiele. Einmal hatte er auf einem Markt tatsächlich ein Schild gesehen, das auf frisch zubereitete »Hot Dog's« hinwies. Davon hätten wohl sogar die Amerikaner Magenweh bekommen.

Dass hier auch noch »Souvenir« falsch geschrieben war, hätte Kluftinger beinahe übersehen. »Auf geht's«, sagte er schließlich und musste lachen, als er an die Schreibweise dieser Aufforderung dachte. Die anderen sahen ihn fragend an, doch er schüttelte nur den Kopf.

Als er den Laden betrat, gefror sein Grinsen. Er hatte nur ein Klischeebild von Souvenirläden im Kopf: In seiner Vorstellung quollen sie über vor Krimskrams, hatten enge Gänge, die mit geschmacklosem Kitsch voll gestellt waren, und waren voller Touristen, die all diesen Krempel kauften. Der, den er gerade betreten hatte, quoll über vor

Krimskrams, die engen Gänge waren voll gestellt mit geschmacklosem Kitsch und ein Japaner stand an der Kasse und ließ geräuschvoll mindestens ein Dutzend Schweizer Messer auf die Theke fallen. Kluftinger musterte die Regalwände. Zu viele Details verhinderten, dass sein Blick irgendwo hätte haften bleiben können. Er wanderte vorbei an kristallenen Schwänen, König-Ludwig-Kaffeetassen, König-Ludwig-Armbanduhren und rosafarbenen Plüsch-Pantoffeln mit gesticktem König-Ludwig-Konterfei. Eine Gänsehaut bekam er beim Anblick eines Bierkrugs mit Zinndeckel und goldenem Krönchen: Reliefartig trat daraus ein Schwan hervor, auf dessen Bauch sich Schloss Neuschwanstein erhob.

Gleich daneben standen Schneekugeln in allen Variationen, die entweder putzige Versionen von Schloss Neuschwanstein, Pferdekutschen oder den Thron von König Ludwig mit Kunstschnee berieselten. Kluftinger bezweifelte, dass es jemals auch *im* Schloss geschneit hatte, doch solche Details schienen außer ihn hier niemanden zu kümmern. Ihn erinnerten die mit Flüssigkeit gefüllten Kugeln stark an die »Trophäensammlung« in Willi Renns Büro. Nur waren es dort Finger, Hände und der Teil eines menschlichen Kiefers, die in gelblicher Lösung für die Nachwelt konserviert wurden. Es schauderte ihn jedes Mal, wenn sein Blick auf die eingelegten Körperteile fiel. Dasselbe Schaudern befiel ihn auch jetzt. Je länger er auf die glänzenden Glaskugeln starrte, desto mehr kam ihm deren Inhalt ebenso leblos vor: das kitschige Schloss, die Allgäuer Hügellandschaft zur Postkartenidylle degradiert, konserviert und eingelegt. Hier wurde nicht Heimat verkauft, dachte er sich. Hier wurde die Heimat *verkauft*.

Kluftinger ging an einem langen Regal vorbei, in dem sich »Leuchthäuser« stapelten, die laut Zertifikat allesamt aus Rothenburg ob der Tauber stammten und romantische Fachwerkhäuschen in Franken darstellten. Hier, mitten im Allgäu, fanden sich neben dem Weißenburger Rathaus und der Nürnberger Burg auch der »Nachtwächterturm« aus Dinkelsbühl. Scheinbar musste man sich gar nicht mehr die Mühe machen, in die Orte selbst zu reisen – überall gab es mittlerweile denselben Quatsch. Auf die Häuschen folgten einige kulinarische Highlights wie Nürnberger Bratwürstchen und Münchener Weißwürste in der Dose. Immerhin: Die Kässpatzen gab es noch nicht in der Blechbüchse.

Dann fiel Kluftingers Blick auf eine besondere Abart des Souvenirgeschäfts: Vor ihm stand ein weißer Bierkrug, dessen Flanke das Konterfei des verstorbenen Ministerpräsidenten Franz-Josef Strauß zierte. Spielte der, fünfzehn Jahre nach seinem Tod, bereits in der »König-Ludwig-Liga«? Kluftinger packte die Neugier. Auf dem Zinndeckel prangte ein Bayerischer Löwe, unter dem farbigen Bild, das Strauß an seinem Schreibtisch zeigte, standen die Worte: »In dankbarer Erinnerung unserem Ministerpräsidenten«. Kluftinger öffnete den Deckel und sah in den Krug hinein. Dort hatte man dem verstorbenen Politiker eine Sprechblase mit dem Text »Oans geht no« verpasst und im Deckel fand sich in Kursivschrift in das Zinn geprägt: *»Everybody's darling is everybody's Depp. F.-J. Strauß.«* Beim Blick auf das Preisschild blieb Kluftinger dann endgültig die Luft weg: vierundneunzig Euro! Hier gab es nur einen Deppen: den Käufer.

Plötzlich zuckte er zusammen, denn eine Frau stieß einen schrillen Schrei aus und zeigte mit dem Finger auf eine Kuckucksuhr an der Wand. Sie hatte gerade zur vollen Stunde geschlagen und aus dem Türchen fuhr eine rosafarbene Kutsche, deren Passagier einen mit Hermelin besetzten blauen Mantel trug. Dazu klingelte die Uhr die ersten Takte der Bayernhymne.

»Die muss ich haben«, seufzte die Frau verzückt, »irgendwas Typisches müssen wir mit nach Hause bringen.«

Kluftinger hätte gute Lust gehabt, sie einer ausführlichen Personenkontrolle zu unterziehen, aber der Schock saß zu tief. So stimmte er nur in das Seufzen der Frau ein und sagte halblaut zu sich selbst: »Allgäuer Kuckucksuhren. Wahrscheinlich aus frischem Kuhhorn, dafür sind wir ja berühmt.«

»Was ist berühmt?«, fragte Strobl, der sich unbemerkt zum Kommissar gesellt hatte.

»Ach nix. Was hast du da?«

»Neuer Trend, kennst du die schon?« Er hielt dem Kommissar einen Packen Bücher unter die Nase. »Allgäu-Krimis«, sagte er in feierlichem Tonfall. »Jetzt werden wir berühmt!«

»Das hat uns grad noch gefehlt.« Kluftinger, schüttelte den Kopf und ging zur Kasse.

Dort versuchte der Verkäufer gerade dem Japaner klarzumachen, dass er die Mehrwertsteuer bei der Ausreise nicht zurückbekommen werde. Dennoch ließ der sich vom »No. Nix back, money bleibt hier« nicht die Laune verderben und legte zu den fünfzehn Schweizermessern noch eine hellblaue Büste des Märchenkönigs, die, so der Verkäufer, je nach Wetterlage die Farbe ändern könne.

»When it's bad, wird's rosa. Pink, you know?«

Der Asiate nickte lächelnd und kramte seinen Geldbeutel heraus.

»So einen Scheißdreck kann man auch nur den Japsen andrehen«, flüsterte Strobl dem Kommissar ins Ohr.

Kluftingers Gesicht verfärbte sich. Der Zwiespalt, in dem er sich befand, entlud sich in einem Wutanfall. »Himmelherrgott, Eugen, wie redest denn du daher. Man könnt dich grad für einen Rassisten halten.« Strobl, der ihn völlig entgeistert anstarrte, tat ihm sofort leid.

»Weißt du«, sagte Kluftinger in versöhnlicherem Ton, »die haben nicht sehr viel Urlaub, das muss man verstehen. Die können nur einen oberflächlichen Blick auf unser Land werfen und sind doch froh, wenn sie eine Erinnerung mit nach Hause nehmen.« Immer wenn er »die« sagte, dachte er dabei an Yumiko.

Strobl zuckte nur mit den Achseln: »Wenn du meinst …«

Kluftinger beobachtete fasziniert den Asiaten, der die Figur wie ein Baby in der Armbeuge aus dem Geschäft trug und sie dabei mit leuchtenden Augen ansah. Da kam ihm eine Idee.

»Der Appel wär jetzt frei«, hörte er Friedel Marx drängende Stimme hinter sich.

Kluftinger wandte sich dem Inhaber des Souvenirladens zu. Ob der tatsächlich der Vorsitzende des Tauchclubs war? Der kleine Mann, der das Rentenalter schon längst überschritten haben musste, stand leicht gebeugt vor ihnen und erinnerte ihn irgendwie an Dagobert Duck. Sobald ein Tourist den Laden betrat, schienen in seinen Augen Banknoten aufzuleuchten. Misstrauisch musterte der seinen Besuch. Einheimische gehörten wohl nicht gerade zur Stammkundschaft.

»Was gibt's«, raunzte er sie über den Tresen an.

Der Kommissar stellte sich und seine Kollegen vor. Er zeigte dem Verkäufer das Foto des Verletzten, auf dem man gut das Zeichen erkennen konnte, das der in den Schnee gemalt hatte, was dieser sofort mit einem »Kenn ich nicht« quittierte.

»Immer mit der Ruhe, ich hab Sie doch noch gar nicht danach gefragt.«

»Wollten Sie mich vielleicht nicht danach fragen?«

»Das schon, aber …«

»Also: Kenn ich nicht!«

»Wollen Sie nicht noch mal nachdenken? Das kam ja jetzt sehr schnell.«

»Ich weiß, wen ich kenne. Und den …«, er warf noch einmal einen flüchtigen Blick auf das Bild, »kenn ich nicht.«

»Wir haben den Mann am Alatsee gefunden … sehr, sehr schwer verletzt. Der Mann schwebt in Lebensgefahr. Wie gesagt, am Alatsee …« Kluftinger machte eine Pause, in die Friedel Marx hineinplatzte: »… wo er beim Tauchen war.«

Kluftinger belegte sie mit einem strafenden Blick. Er lobte sich ungern selbst – eine Eigenschaft, für die er sich übrigens sehr gerne selbst lobte –, aber er hatte sich im Laufe der Jahre gute Verhörtechniken zugelegt, bei denen es oft auch auf die Pausen ankam. Einer Stille in einem Gespräch hielten nicht viele Menschen stand. Und die, die etwas zu verbergen hatten, schon gar nicht. Eine Stille gab ihm Zeit, sein Gegenüber genau zu mustern und jede kleine Reaktion geistig zu notieren. Doch die Stille nutzte ihm nur, wenn niemand hineinplatzte, wie es seine Kollegin eben getan hatte.

»Im Alatsee? Das glaub ich nicht, weil da das Tauchen verboten ist.«

»Hm, das scheint ja so ziemlich jeder hier zu wissen. Wissen Sie auch, warum?«, hakte Kluftinger nach, um Marx keine Chance zu geben, sich noch einmal einzumischen.

»Zu gefährlich.«

»Aber er hat doch da getaucht.«

Der Verkäufer blickte sie aus zusammengekniffenen Augen an. Kluftinger kam es vor, als würde er sich seine nächsten Worte genau überlegen.

»Also, na ja, es gab immer wieder solche Fälle. Manche haben ihren Leichtsinn dann mit dem Leben bezahlt. Aber Sie wissen ja: Alles, was verboten ist, zieht die Leute an. Die kriegen ihren Kick erst dann, wenn es wirklich gefährlich wird.«

»Kennen Sie solche Leute?«

Wieder kniff der Mann seine Augen zusammen. »Ich nehme an, Sie fragen mich das in meiner Funktion als Vorsitzender des Tauchclubs? Natürlich kenne ich solche Leute. Wer nicht? Aber hören Sie: Tauchen ist eine wunderbare Sache. Leni Riefenstahl ist noch mit hundert Jahren getaucht. Und auch ich gedenke, das bis ins hohe Alter zu tun.«

Als er Kluftingers prüfenden Blick bemerkte, schob er nach: »Bis in ein noch höheres Alter, als ich es schon erreicht habe.«

»Sollen Sie ja. Wir wollten ja nur wissen …«

Der Mann ließ Kluftinger nicht ausreden. »Tauchen ist nichts Ungesetzliches. Wenn man sich an die Regeln hält, ist es in Ordnung. Und ich halte mich an die Regeln, oder bezweifeln Sie das?«

Bisher hatte Kluftinger das nicht getan, aber dass der Mann nun so vehement darauf bestand, machte ihn doch stutzig.

»Ich tue nichts Illegales, wenn ich Ihnen jetzt und hier keine Namen nenne. Ich war noch im Krieg. Und wissen Sie, was ich da bitterlich lernen musste? Kameradenschweine werden bestraft. Irgendwann. Früher oder später. Und Kameradschaft ist wichtig in unserem Hobby, wissen Sie? Da muss man hundertprozentig aufeinander bauen können.«

»Vielen Dank, Herr …«

»… Appel.«

»Vielen Dank, Herr Appel. Das genügt uns fürs Erste. Kann sein, dass wir noch einmal wiederkommen.« Kluftinger wusste, dass das nicht nur sein konnte, sondern sicher war. Aber heute wäre aus dem Souvenirhändler sicher nichts mehr herauszuholen gewesen.

»Immer gerne«, sagte der Verkäufer, doch Kluftinger konnte sich des Eindrucks nicht erwehren, dass er genau das Gegenteil meinte.

Als sie aus der drangvollen Enge des Souvenirladens wieder nach draußen traten, fühlte sich der Kommissar erleichtert. »Überprüfen Sie den mal. Kam mir schon sehr komisch vor mit seinem Kameradengeschwätz«, sagte er zu seiner Füssener Kollegin.

»Also, ich weiß nicht. Der Herr Appel ist eigentlich … und was heißt ›schon sehr komisch‹? Wo soll ich denn da ansetzen?«

Der Kommissar, der keine Lust hatte, sich auf eine Diskussion einzulassen, warf Strobl einen Blick zu, mit dem er ihm zu verstehen gab, dass er die Kollegin in seine Arbeitsweise einweisen sollte. Er selbst ging noch einmal in den Laden zurück, weil er sich an einen Gedanken erinnerte, den er vorhin gehabt hatte. Als er sich wieder zu den anderen gesellte, fiel keinem der Kollegen sein seltsam ausgebeulter Wintermantel auf.

Zur selben Zeit

Er wartete mehrere Minuten, um sicherzugehen, dass der Kommissar nicht noch einmal zurückkehren würde. Dann nahm er mit zitternden Fingern den Telefonhörer, wählte, legte wieder auf, weil er sich vertippt hatte, und wählte erneut. Er bebte innerlich, während er wartete. Dann wurde abgenommen. Er sammelte sich, atmete tief durch und begann zu sprechen, wobei er die Hand schützend vor die Sprechmuschel hielt.

Etwas Schreckliches sei passiert, flüsterte er in den Hörer. Er sei aufgeflogen, was sie jetzt machen sollten, wie es weitergehe, was …

Das Wort wurde ihm abgeschnitten. Er hörte angestrengt zu, nickte bisweilen oder brummte bestätigend in den Hörer.

Viel schlimmer, sagte er schließlich lauter, als er es gewollt hatte, und blickte sich erschrocken im Laden um, doch niemand beachtete ihn. Er sei nicht nur einfach so aufgeflogen, er sei halbtot, flüsterte er wieder. Man müsse Hans Bescheid sagen, der wisse immer, was zu tun sei. Und sie müssten sich unbedingt treffen, so schnell wie möglich.

Wieder schwieg er eine Weile, dann schüttelte er heftig den Kopf: Nein, ein Unfall sei es gewiss nicht gewesen, so wie der Polizist reagiert habe, vermute der ein Verbrechen. Er lachte erst bitter auf, dann senkte er noch einmal die Stimme und hauchte kaum hörbar: Er wisse es, weil er es benutzt habe.

Dann seufzte er und sagte: Genau. Das Zeichen!

Sie hatten sich darauf verständigt, zum Alatsee zu fahren, wo sie den Unbekannten gefunden hatten. Friedel Marx hatte zwar den Vorschlag gemacht, zunächst zurück ins Büro zu fahren, aber Kluftinger hatte sich durchgesetzt. Er wollte in dem Restaurant am See nachfragen, ob irgendjemand etwas Ungewöhnliches beobachtet habe. Jetzt saßen sie still im Auto. Kluftinger zufrieden, Marx beleidigt. Diesen Eindruck hatte jedenfalls Strobl, der ebenfalls schwieg, weil er das Gefühl hatte, jeglicher Kommentar könnte ihm als Parteinahme für die eine oder andere Seite ausgelegt werden. Er befürchtete, dass sich zwischen Kluftinger und der Füssener Beamtin ein handfester Streit entwickelte, der ihm persönlich zwar egal war, der aber die Arbeit unnötig erschweren würde.

Sie bogen von der Hauptstraße etwas oberhalb des neuen Füssener Grenztunnels ab und fuhren die schmale Straße in Richtung Alatsee. Strobl konnte sich nicht erinnern, schon einmal hier gewesen zu sein. Dabei war er im Sommer an vielen Seen im Allgäu zu finden, meist mit dem Fahrrad, denn er und seine Frau waren sehr sportlich und nutzten jede sich bietende Gelegenheit, mehr von ihrer Heimat zu erkunden. Doch an den Alatsee hatte es ihn noch nie verschlagen. Das wunderte ihn eigentlich, denn der See galt als einer der schönsten im weiten Umkreis. Manche aber sprachen auch anders über das Gewässer. Dunkle Geheimnisse sollten sich in den Tiefen verbergen, unerklärliche Vorkommnisse hätten dort immer wieder die Leute verschreckt und auch das Wasser sei anders als in anderen Seen.

»Kannst gleich da vorne parken«, sagte Kluftinger und vertrieb Strobls düstere Gedanken.

Kluftinger fröstelte, als sie aus dem Auto stiegen und auf das Ufer zuliefen. Er stemmte seine Hände regelrecht in die Taschen und fragte sich, warum es ihm heute so viel kälter als gestern vorkam. Während sie gingen, wanderte sein Blick unweigerlich wieder in Richtung der Stelle, an der er mit dem verletzten jungen Mann allein gewesen war. Auch einen Tag später war er noch erleichtert, dass es sich nicht um eine Leiche gehandelt hatte.

Plötzlich stutzte er. Er blieb stehen und kniff die Augen zusammen.

»Ist was, Kollege?«, raunzte ihm die Marx zu, die mit Kluftinger zusammenstieß, weil sie ihren Kopf als Schutz vor dem Schnee, der seit gestern Nacht unaufhörlich fiel, gebeugt hatte.

Er schüttelte den Kopf: »Geht ihr mal vor, ich hab noch was vergessen.« Das entsprach nicht ganz der Wahrheit. Er hatte etwas gesehen und wollte dieser Sache kurz nachgehen, hatte aber keine Lust, seinen Kollegen – vor allem seiner Kollegin – zu erklären, worum es sich handelte. Denn wenn er sich irrte, würde er am Schluss nur dumm dastehen. Er wartete also, bis die beiden an der Weggabelung in Richtung Gasthaus abgebogen waren. Dann lief er los. Allerdings in die entgegengesetzte Richtung wie die anderen. Genau auf das zu, was er gerade entdeckt hatte: Er ging langsam auf den Rauch zu, der aus dem Wald aufstieg, unweit der Stelle, an der sie den Mann gefunden hatten. Sollte sich da jemand aufhalten? Vielleicht schon gestern aufgehalten haben?

Er folgte der kleinen Rauchwolke, passierte die Fundstelle, warf einen kurzen Blick darauf und ging dann hastig weiter, bog um ein paar Bäume, die in den Weg hineinragten – und blickte direkt auf eine kleine Holzhütte, die sich dort an den Waldrand schmiegte. Aus einem Ofenrohr quoll weißer Qualm.

Aufgeregt lief Kluftinger darauf zu. Von hier hatte man einen ungehinderten Blick fast auf den ganzen See. Wenn dort jemand … Er wagte nicht, den Gedanken zu Ende zu denken. Er umrundete die Hütte, dann blieb er mit hängenden Schultern stehen. So etwas hatte er noch nie gesehen: Sie hatte keine Tür. Irritiert ging er zu einem der kleinen Fenster und drückte sein Gesicht dagegen. In der Hütte war es zu dunkel, als dass er etwas hätte erkennen können. Er ging noch näher heran und hielt die Handflächen schützend um seine Augen. Aber es war einfach nichts …

»Was willst du?«

Mit einem Satz drehte sich Kluftinger um. Sein Herz hatte einen Schlag übersprungen, so war er erschrocken. Erst nach ein paar Sekunden fing er sich wieder und sah, wer da vor ihm stand. Oder besser gesagt: was. Sein Gegenüber war etwa einen Kopf größer als er selbst, seine Augen leuchteten hell aus der sonnengegerbten, ledrigen Haut, die zum großen Teil von einem zotteligen Vollbart verborgen wurde. Die dunkelblonden Haare waren zu dicken, filzigen Würsten zusammengedreht, an deren Spitzen bunte Glasperlen gegeneinander klackten. Eine vollverspiegelte Sonnenbrille, die der Mann über die Stirn geschoben hatte, hielt ihm die Strähnen aus dem Gesicht. Obwohl es sehr kalt war, hatte er nur eine Jeans und einen grauen Wollpulli an. Auf seinen Unterarmen ruhte ein großer Stoß langer Holzscheite und Reisig.

»Hallo, hörst du mich?«

Der Kommissar räusperte sich. »Grüß Gott, Kluftinger, Kripo Kempten. Ich wollte fragen, ob Sie gestern auch hier gewesen sind.«

»Ich bin immer hier, denn nur hier wird meine Seele eins mit dem Qi des Waldes«, sagte sein Gegenüber.

Kluftinger hob die Augenbrauen. Er ging gar nicht auf die blumige Erklärung ein und fragte weiter: »Auch zwischen sechs und zwölf Uhr?«

»Was ist schon Zeit? Was sind Stunden, Minuten im großen Kontext des Seins?«

Kluftinger runzelte die Stirn. Alkohol? Mentale Störung? Vielleicht auch Drogen, dachte er. So wie der Mann aussah … Er startete einen letzten Versuch mit einer ganz einfachen Frage: »Wie heißen Sie?«

»Sie nennen mich ›Der mit dem Wald lebt‹. Ich bin der örtliche Schamane«, antwortete der Mann und trieb damit dem Kommissar die Zornesröte ins Gesicht. Es kam ihm vor, als wolle ihn der zottelige Schrat zum Narren halten.

»Jetzt passen Sie mal auf: Ich bin Kluftinger, Kriminalhauptkommissar, auch genannt ›Der sich nicht gern verarschen lässt‹. Und jetzt hätte ich gerne Ihren vollen Namen, klar?«

Der andere schien von der Schärfe in Kluftingers Worten irritiert und presste dann zähneknirschend hervor: »Schnalke. Norbert Schnalke.«

Kluftinger hatte alle Mühe, nicht spontan loszulachen, so sehr stand der Name des Mannes in Widerspruch zu seinem esoterischen Naturgehabe.

»Na also, Herr Schnalke«, erwiderte Kluftinger genüsslich und hatte das Gefühl, als zucke der Mann bei der Nennung seines Namens regelrecht zusammen, »waren Sie nun gestern hier oder nicht?«

»Ja, ich war hier«, antwortete er etwas weniger poetisch und zappelte dabei unruhig hin und her. »Wieso willst du das denn wissen?«

Kluftinger ignorierte die Tatsache, dass ihn der Fremde duzte und fuhr fort: »Nun, wenn dem so ist, hätte ich ein paar Fragen an Sie.«

»Können wir dazu reingehen?«, fragte der selbsternannte Schamane und deutete dabei mit dem Kopf auf seine Füße. Erst jetzt bemerkte der Kommissar, dass er weder Schuhe noch Socken trug. Nun war ihm auch klar, weshalb er so unruhig hin und her zappelte.

»Natürlich«, sagte Kluftinger, besann sich dann aber, dass er ja gar keine Tür gesehen hatte und fügte hinzu: »Nach Ihnen.«

Schnalke ging an ihm vorbei, drückte das kleine Fenster auf, vor dem sie standen, schmiss das Holz hinein und hechtete hinterher. Kluftinger sah, wie er sich im Inneren auf einer Matratze abrollte.

»Wo wär denn die Tür?«, rief ihm Kluftinger unsicher hinterher. Ihm war klar, dass er einen ähnlich akrobatischen Einstieg nie und nimmer hinbekommen würde.

»Keine Tür!«

»Keine Tür?«

»Nein, da haut das Qi ab.«

»Aha, und wer bitte ist dieses Tschi? Ist das Ihr Haustier, oder was?« Kluftinger stellte sich ein Wiesel oder einen ähnlichen Nager vor.

Der Mann sah ihn mit großen Augen an und trat ans Fenster. »Das Qi ist die Lebensenergie, die uns alle durchströmt. Auch dich!« Dann drehte er sich vom Fenster weg und rief ihm über die Schulter zu: »Neben dem Fenster liegt ein Schemel auf dem Boden. Mit dem kannst du reinsteigen.«

Tatsächlich entdeckte Kluftinger die Einstiegshilfe und kletterte ungelenk nach drinnen.

Das Erste, was ihm dort auffiel, war die unerträgliche, schwüle Hitze. Es herrschten weit über vierzig Grad in dem kleinen, stickigen Raum. Außerdem fehlten dem Zimmer jegliche Möbel. Lediglich ein paar große Strohsäcke lagen herum. An einer Wand war ein Regal angebracht, auf dem allerlei Krimskrams herumlag. Darauf stand ein Käfig mit einem Kaninchen. Der Rest des Raumes wurde beherrscht von einem riesigen, seltsam geformten Ofen: Schmal und länglich wie ein halbiertes U-Boot stand er auf dem gestampften Lehmboden, die Oberfläche war aus rohem Metall, das mit Flugrost überzogen war. Es sah so aus, als habe der Mann den Ofen selbst zusammengeschweißt. Auf dem Unterteil ruhte eine Metallplatte, auf der mehrere verschieden große Emailletöpfe mit Wasser vor sich hin dampften und Treibhausatmosphäre verbreiteten.

Kluftinger wischte sich die ersten Schweißtröpfchen von der Stirn: »Was für eine Temperatur haben Sie denn hier drin?«

»Findest du es zu kalt?«, fragte der Bärtige schnell und blickte ihn besorgt an. Dann lief er zu dem Regal, holte den Käfig mit einem kleinen, grauen Kaninchen hervor, griff sich ein paar der schwarzen Köttelchen, die darin lagen, roch daran und sagte erleichtert: »Nein, nein, da irrst du dich. Ist genau richtig.«

Kluftinger, der zwischen Ekel und Erstaunen hin und her gerissen war, versuchte, ruhig zu bleiben. Immerhin hatte er wichtige Fragen auf dem Herzen. »Nein, ich find es nicht zu kalt. Zu warm, meinte ich, viel zu warm!«

»Oh nein. Es ist vielleicht etwas ungewohnt für dich, aber du musst es nur zulassen. Was du hier fühlst, ist die Wärme und Feuchte des Mutterschoßes.«

Priml! Dieser verwirrte Aushilfsindianer sollte ihm weiterhelfen? Kluftinger zweifelte ernsthaft daran, doch zumindest einmal wollte er es noch versuchen. Sollte er wieder so einen bizarren Schmarrn zur Antwort bekommen, würde er eben einfach gehen und den Mann mit seinem ganzen … was auch immer er hier eben tat, alleine lassen.

»Fönst du dein Haar?«, fragte der Mann plötzlich und Kluftinger war so verwirrt, dass er ihm wahrheitsgemäß mit »Ja« antwortete.

»Hör auf damit!«, kam die Antwort wie aus der Pistole geschossen. Schnalke sah dabei aus, als meine er es todernst.

Beinahe hätte Kluftinger »Warum« gefragt, doch er hatte sich Gott sei Dank rechtzeitig wieder im Griff und sagte stattdessen: »Waren Sie nun gestern hier?«

»Ja, wie schon gesagt: Ich bin immer hier. Jemand muss sich ja um das seelische Gleichgewicht des Sees kümmern. Er ist noch nicht über den Tunnelbau hinweg, aber es geht ihm besser.«

»Ach was … äh … haben Sie gestern irgendetwas Ungewöhnliches bemerkt? Wir haben diesen Mann hier gefunden.«

Er reichte ihm ein Foto von dem jungen Mann in der roten Lache. Als Schnalke es in Händen hielt, wurde er bleich. Offenbar kannte er den Mann, mutmaßte Kluftinger und gratulierte sich bereits zu seiner Hartnäckigkeit.

»Blutet er wieder?«, fragte der Schamane flüsternd.

»Der Mann? Nein, wir haben …«

»Nicht der Mann. Der See! Blutet er wieder?«

Jetzt riss Kluftinger der Geduldsfaden: »Herrgottnochmal, könnten Sie mal auf meine Fragen antworten?«

Schnalke setzte sich auf einen der Strohsäcke, griff nach hinten und holte ein hölzernes Gebilde hervor, das ein bisschen wie eine Pyramide aussah. Es bestand aus kleinen Holzleisten, die an den Enden mit Kügelchen aus Knetmasse zusammengefügt worden waren. Er setzte es sich zu Kluftingers großem Erstaunen auf und schüttelte dann den Kopf. »Stell mir eine andere Frage. Etwas, was dich bewegt.«

Resigniert ließ sich Kluftinger nun ebenfalls auf einem Strohsack nieder. Verzweifelt sagte er: »Mich bewegt eben diese Frage: Haben Sie gestern irgendetwas gesehen?«

»Nein!«

Kluftinger seufzte. Wenigstens hatte er nun eine klare Antwort bekommen, auch wenn er damit letztlich nichts anfangen konnte.

»Du bist ein Fisch«, überraschte ihn sein Gegenüber auf einmal mit einer neuen Erkenntnis.

Der Kommissar sah ihn prüfend an. Was wollte er ihm damit nun wieder sagen?

»Als Sternzeichen, ich meine, du bist als Sternzeichen Fisch.«

Kluftinger war verblüfft. Der Bärtige hatte Recht. Er nickte und wollte ihn gerade fragen, wie er darauf gekommen sei, da schob der Mann nach: »Es wäre besser, du wärst als Wassermann geboren worden.«

»Soso.« Kluftinger stand auf. Es war Zeit, zu gehen. Den Sud aus verschiedenen Wurzeln, den ihm der Schamane anbot und in den er zuvor noch Tannenreisig und etwas, das aussah wie Sägemehl, gegeben hatte, lehnte er dankend ab.

»Dann wirst du krank«, prognostizierte ihm Schnalke, doch das war Kluftinger egal. Er würde krank werden, wenn er noch länger hier bliebe. Als er aus dem Fenster geklettert war, wirkte die schneidend kalte Luft wie eine Befreiung. Er drehte sich noch einmal um und sah, wie der Mann ein Scheit aus dem Ofen nahm, es ausblies und mit dem qualmenden Holz Kreise über dem Strohsack in die Luft malte, auf dem Kluftinger eben gesessen hatte. Kopfschüttelnd wandte sich der Kommissar um und ging schnellen Schrittes in Richtung See.

Als er ihn schon fast erreicht hatte, hielt er auf einmal inne, weil aus der Hütte Musik ertönte, die klang, als komme sie von einer Harfe.

Noch einmal drehte er sich um und sah Norbert Schnalke am Fenster stehen. Im Arm hielt er eine kleine Lyra, auf der er mit einer Hand herumzupfte. Er rief ihm etwas nach: »Es würde mich nicht wundern, wenn der Seegrund die Antwort auf deine Fragen hätte.«

Als Kluftinger die Gaststätte am Ostufer des Sees betrat, schlug ihm feuchtwarme Luft entgegen, angereichert mit allerlei kräftigen Düften. Es roch nach gebratenem Fleisch, nach frisch gekochter Suppe, nach … Kluftinger überlegte, welche Gewürze es waren, die besonders hervorstachen … genau: Paprika und Kümmel. An den Wänden hingen Fotos von Landschaften, die ganz offensichtlich nicht das Allgäu zeigten. Auf manchen waren riesige, ziemlich flache Grassteppen zu sehen, auf anderen helle Pferde, riesige Kuhherden, tanzende Menschen und hölzerne Schöpfbrunnen.

Er sah seine Kollegen auf einer Eckbank am Fenster die Speisekarte studieren und setzte sich zu ihnen. Als sie ihn fragten, was er denn eben so lange gemacht habe, winkte er ab und griff sich ebenfalls die Karte. Schnell hatten sie alle gewählt: Strobl bestellte sich eine Forelle »Müllerin«, während Friedel Marx sich für ein paniertes Schnitzel entschied – überbacken mit Bergkäse, dazu Pommes »mit ordentlich Mayo«, wie sie verlangte, und Kartoffelsalat. Auf Nachfrage des Obers bestätigte sie tatsächlich: »Ja, beides, Pommes und Kartoffelsalat. Ich mag Kartoffeln.«

»Ich nehm die Kässpatzen«, sagte Kluftinger und schüttelte leicht den Kopf, als er an die Zusammenstellung dachte, die seine Kollegin gewählt hatte.

»Die von der Tageskarte?«, erkundigte sich der Ober noch einmal beim Kommissar, was dieser mit einem Kopfnicken quittierte.

»Das Lokal hat vor ein paar Jahren ein Ungar übernommen«, sagte Marx und blies dabei Kluftinger den Rauch eines frisch angezündeten Zigarillos ins Gesicht. »Deswegen auch die Fotos von der Puszta«, ergänzte sie.

»Ja, ja, freilich. Schön, die Puszta«, antwortete der Kommissar und ließ sich sein Erstaunen über die Geographiekenntnisse seiner Kollegin nicht anmerken.

Bis der Ober das Essen brachte, unterhielten sie sich angeregt über den Fall, und es entspann sich zum ersten Mal so etwas wie ein kollegiales Miteinander. Dann kam das Essen.

»Einmal das Schnitzel für die Dame … die Forelle … und die Kässpatzen ungarischer Art.«

Kluftinger hatte bereits angesetzt, um dem Ober ein »Danke« zu erwidern, da erstarrte er mit offenem Mund.

»Wohl bekomm's, die Herrschaften«, sagte der Ober und wuselte davon.

Mit großem Appetit machten sich Kluftingers Kollegen über das Essen her, während er mit weit aufgerissenen Augen auf den Teller vor sich starrte: Es waren unverkennbar Spätzle, die darauf lagen, allerdings nicht gelblich-weiß, sondern rötlich – unter einem Berg Paprika, Zwiebeln und etwas, das aussah wie zu lange gebratene Peperoni.

»Dass du die ungarischen Kässpatzen genommen hast, hätte ich nicht gedacht. Du wirst noch mal richtig weltmännisch«, sagte Strobl mit vollem Mund. Kluftinger hob den Kopf und betrachtete die Tafel, die neben der Eingangstüre hing: »Kässpatzen ungarische Art« stand dort, direkt darüber prangte das Wort »Tageskarte«.

Er begann zu schwitzen. Es machte jetzt keinen Sinn, darüber zu lamentieren, wie jemand auf die aberwitzige Idee kommen konnte, Kässpatzen mit Gulasch oder Letscho zu kreuzen. Tatsache war, dass das Ergebnis dieser Kreuzung nun dampfend vor ihm auf dem Tisch stand.

»Haben Sie keinen Hunger?«, fragte Friedel Marx und der lange Käsefaden, der sich von ihrer Unterlippe bis zum Schnitzel auf ihrem Teller zog, lenkte den Kommissar für einen kurzen Moment ab. Er wollte sich vor seiner Kollegin keine Blöße geben und auch Strobl wollte er nicht Lügen strafen. Also ignorierte er einfach die Tatsache, dass das, was sich da vor ihm auf dem Tisch befand, einer kulinarischen Vergewaltigung seiner Leibspeise gleichkam. Als er sich die erste Gabel in den Mund schob, wiederholte er innerlich wie ein Mantra, dass es sich nur um Spätzle handle – viel zu weich gekochte, wie er ganz nebenbei bemerkte –, die mit einer Menge undefinierbaren Gemüses und ein paar zu scharfen Gewürzen angerichtet waren.

Der Selbstbetrug half. Nicht gut, aber besser, als er dachte. Als er alles mit einem großen Schluck Spezi hinunterspülen wollte, bemerkte er, dass das Bier und der Korn, den seine Kollegin bestellt hatte, vor ihm standen, bei ihr dagegen sein alkoholfreies Getränk.

Offenbar war der Ober in der Annahme, eine solche Kombination könne nur ein Männermagen verkraften, für diese Verwechslung verantwortlich. Und ein wenig fühlte sich Kluftinger tatsächlich in seiner Männlichkeit gekränkt, obwohl er sich schon als Jugendlicher selten an pubertären, angeblich männliche Härte unter Beweis stellenden Sauf- und Fressgelagen beteiligt hatte.

Marx war mit den Pommes Frites schon fast zu Ende und machte sich nun über den Kartoffelsalat her.

Er nahm noch ein paar Bissen des lukullischen Zwitters zu sich, wobei er einmal mehr feststellte, dass der Grundsatz seines Vaters in solchen Situationen – »Der Hunger treibt's nei!« – nicht auf jede beliebige Konstellation von Lebensmitteln anwendbar war. Dann schob er den Teller beiseite und sagte: »Ich lass mal den Wirt kommen, dann können wir ihn wegen gestern fragen.«

Die anderen nickten nur. Sie waren noch zu sehr mit ihrem Essen beschäftigt. Angewidert beobachtete Kluftinger, dass Friedel Marx während des Essens ab und zu an ihrem Zigarillo zog.

Plötzlich hallte eine schrille Stimme durch den Raum: »Wos? Keina gutän Spatzän?« Ein kleiner Mann mit dunklem Haar, das ihm bis zu den Schultern reichte, marschierte schnurstracks auf den Kommissar zu, seinen Blick zwischen ihm und seinem halbvollen Teller hin und her schwenkend. Kluftinger verstand sofort: »Nein, nein, das Essen war gut, ich hab Sie nur rufen lassen, weil …«

»Wos? Geb ditsch neu, kain Probläm.«

Kluftinger spürte, wie sich die Aufmerksamkeit der anderen Gäste des Lokals auf seinen Tisch verlagerte. Seine Wangen glühten. »Nein, wirklich nicht, es war sehr gut, sehr, sehr gut«, beeilte er sich, zu sagen. »Ich möchte nachher noch weiter essen.«

Doch der Wirt wiederholte nur stoisch »Kain Probläm« und wollte Kluftinger den Teller wegziehen. Der hielt ihn aber fest und versicherte, dass er noch gar nicht fertig sei, er habe nur eine Pause gemacht und er habe ihn wirklich wegen etwas anderem rufen lassen. Es entstand ein kurzes Gerangel, bis Kluftinger der Kragen platzte, er mit der flachen Hand auf die Tischplatte schlug und zischte: »Setzen! Polizei!«

Der Wirt sah ihn mit großen Augen an und nahm Platz. Ob es wegen der Autorität in Kluftingers Stimme war oder wegen der, die in dem Wörtchen Polizei mitschwang, wusste der Kommissar nicht.

Kluftinger versuchte, den Ungarn zu beruhigen. »Es ist nichts passiert, hören Sie? Wir haben nur ein paar Fragen.«

Der Wirt starrte ihn weiter mit weit aufgerissenen Augen an.

»Nix pa-ssiert? Ver-stan-den?«

Der Wirt zeigte keine Reaktion.

Kluftinger dachte kurz nach und versuchte es mit einer anderen Wendung: »Kein Problem …«

Jetzt hellte sich der Blick seines Gegenübers auf und er nickte heftig. »Kain Probläm, kain Probläm«, wiederholte er. Ganz offensichtlich schienen sich die wenigen Brocken Deutsch, die der Wirt beherrschte, auf diese Redewendung und ansonsten auf kulinarische Belange zu beschränken.

»Hören Sie, Herr …«

»Székesfehérvár.«

Kluftinger stutzte. Der Name erschien ihm völlig unaussprechlich. Höflichkeitshalber nickte er dennoch und wiederholte den Namen, nuschelte dabei aber so stark, dass das, was dabei herauskam, ein bisschen wie »Scheckbetrüger« klang. »Wir müssen etwas Wichtiges fragen. Haben Sie das verstanden?«

Der Mann blickte unsicher in die Gesichter der zwei anderen Beamten am Tisch und begann zaghaft zu nicken.

»Gut. Also, ist Ihnen hier irgendetwas Ungewöhnliches aufgefallen? Haben Sie etwas am See gesehen? Gestern, meine ich.«

Wieder musterte der Mann sie und antwortete dann: »Nix gesähn.«

Kluftinger seufzte.

Er wusste nicht, ob die Einsilbigkeit des Mannes wirklich von dessen Verständnisschwierigkeiten herrührte oder ob er irgendetwas vor ihm verbergen wollte. Doch auch mehrmaliges Nachhaken brachte kein anderes Ergebnis und so gab er es schließlich auf. Er entließ den Wirt wieder in seine Küche.

»Mach dir nix draus«, sagte Strobl, erhob sich und klopfte dem Kommissar auf die Schulter. »War sowieso nicht wahrscheinlich, dass irgendjemand was gesehen hat. Ich geh mal schnell aufs Klo. Bin gleich wieder da.«

Kluftinger sah ihm hinterher. Er fühlte ein gewisses Unbehagen, mit seiner Kollegin allein am Tisch zurückzubleiben. Außerdem meldete sich auch bei ihm nun ein körperliches Bedürfnis.

In die sofort nach Strobls Aufstehen einsetzende, beklemmende Stille rief er seinem Kollegen hinterher: »Ich geh dann nachher auch gleich noch.« Und fragte sich im selben Moment, warum er den Satz überhaupt ausgesprochen hatte.

Während er dieser Frage nachsann, tauchte Friedel Marx aus ihrem Schnitzelteller auf und murmelte zwischen zwei geschickt vollgeladenen Gabeln: »Gehen S' halt gleich mit. Ich versteh eh nicht, warum Männer immer schichtweise zum Brunzen gehen.«

Kluftinger, der gerade den letzten Schluck aus seinem Spezi nahm, verschluckte sich heftig.

Er war kein Freund von Kraft- oder Fäkalausdrücken, wenn man von seinem Hang zum Fluchen absah. Besonders abstoßend fand er derartige Begriffe aber, wenn sie aus Frauenmündern kamen. Nun war Friedel Marx in seinen Augen zwar keine typische Vertreterin des weiblichen Geschlechts und ganz sicher auch keine besonders zierliche, zimperliche oder gar anmutige, und sie verstand es, ihre femininen Merkmale besser zu kaschieren als andere. Aber sie war eine Frau und als solche hatte sie derartige Dinge nicht zu sagen, fand Kluftinger. Dass sie es dennoch tat, passte ebenso gut in Kluftingers Bild von ihr, wie es ihn abstieß. Er wusste nicht, was er darauf erwidern sollte, doch seine Kollegin erwartete offenbar auch keine Antwort, denn sie hatte sich wieder über ihren Teller gebeugt und war damit beschäftigt, die letzten drei Happen ihres Schnitzels mit einem einzigen Bissen zu vertilgen. So männlich wie ihre Ausdrucksweise schienen auch ihre Tischmanieren zu sein.

Dankbar registrierte Kluftinger, dass Strobl an der Theke vorbei wieder auf ihren Tisch zulief und ihre Zweisamkeit, die so gar nichts Trautes an sich hatte, wieder beendete. Er warf seinem Kollegen einen dankbaren Blick zu, dann erst bemerkte er dessen Aufregung. Seine Gesichtszüge waren angespannt und seine Mundwinkel zuckten. Bevor er sich setzte, beugte er sich zu seinem Chef hinunter und flüsterte ihm etwas ins Ohr. Kluftinger sah ihn ungläubig an.

»Draußen?«, vergewisserte er sich flüsternd.

Strobl nickte.

Langsam erhob sich nun auch der Kommissar und verschwand in dem Gang, aus dem kurz zuvor sein Kollege gekommen war. Friedel Marx beobachtete die beiden und folgte dem Kommissar mit fragenden Blicken.

»Was gibt's denn?«, fragte sie ebenfalls flüsternd, auch wenn sie nicht genau wusste, warum.

Doch Strobl schüttelte nur den Kopf.

Wenige Augenblicke später kehrte der Kommissar zurück. Auch er wirkte nun angespannt. Als er sich setzte, nickte er Strobl zu, worauf dieser den Ober bat, er möge doch noch einmal den Wirt holen.

Als der sich wieder zu ihnen an den Tisch gesetzt hatte, tauschten die beiden Kemptener Beamten noch einmal kurz einen Blick, bevor sie im Stakkato ihre Fragen abschossen. Sie ließen ihn gar nicht dazu kommen, ausführlich zu antworten.

»So, Herr Schickedans …«

»Székesfehérvár!«

»… man darf also nicht tauchen im See?«

»… na, nix …«

»Und das macht auch niemand?«

»… no, mein ich …«

»Und da sind Sie sich ganz sicher.«

Friedel Marx beobachtete ihre Kollegen mit wachsendem Unverständnis. Irgendetwas mussten sie auf ihrem Weg zur Toilette entdeckt haben. Von ihrem Platz aus konnte sie jedoch nichts erkennen. Da die beiden Kommissare sie sowieso nicht an der Befragung teilhaben ließen, stand sie auf und begab sich ebenfalls in den Flur. Langsam ging sie den spärlich beleuchteten Gang entlang. Sie lief an einem Zimmer mit halb angelehnter Tür vorbei, weiter in Richtung der … Plötzlich blieb sie stehen. Eine innere Stimme hatte sie anhalten lassen. Irgendetwas hatte sie in dem Zimmer, an dem sie gerade vorbeigekommen war, gesehen. Das heißt: Richtig gesehen hatte sie es nicht, aber es hatte genügt, um ihr Unterbewusstsein zu aktivieren, das ihr nun gebot, umzukehren. Sie ging die paar Schritte zurück und stieß die Türe ganz auf. Als sie ins Innere blickte, wusste sie, warum ihre beiden Kollegen so geschäftig getan hatten. In dem Raum hingen, feinsäuberlich aufgereiht, etwa zehn schwarzglänzende Taucheranzüge an einer Wäscheleine.

Friedel Marx beeilte sich, in die Gaststube zurückzukehren, denn sie wollte unbedingt hören, was der Wirt dazu zu sagen hatte. Ihr war er gleich komisch vorgekommen, jetzt ärgerte es sie, dass sie nichts gesagt hatte.

Kluftingers Gesicht war rot angelaufen, als er mit mühsam im Zaum gehaltener Lautstärke zischte: »Jetzt sagen Sie endlich, wem die Taucheranzüge gehören.«

Der Mann wirkte hilflos, fuchtelte mit den Händen herum und sagte: »No, von Analys'n … mein … Sohn …«

»Ihrem Sohn? Gehören sie Ihrem Sohn?«, setzte Strobl nach.

»Nein, nix Sohn, kommt …«

Er fing an zu keuchen und Marx hatte Angst, er würde jeden Moment umkippen.

»Wissen Sie was?«, sagte Kluftinger schließlich. »Bevor Sie sich hier dumm stellen, kommen Sie besser mal mit. Wir werden Ihnen auch einen Dolmetscher zur Verfügung stellen, und dann werden wir sehr schnell rausfinden, was es mit diesen Taucheranzügen auf sich hat.«

Der Kommissar wartete noch einen Augenblick, ob es sich der Wirt noch einmal überlegen würde und sich seine Deutschkenntnisse angesichts dieser Ankündigung verbessern würden, doch der seufzte nur, zuckte mit den Schultern und stand auf. Zusammen verließen sie schweigend das Lokal.

Als das Quartett in der Polizeidirektion Kempten ankam und die Türe zu Kluftingers Büro öffnete, saßen Richard Maier, Roland Hefele und Kluftingers Sekretärin in der Sitzgruppe und tranken Kaffee.

»Oh, ich hoffe, ich störe das Kaffeekränzchen der Herrschaften nicht allzu sehr«, begrüßte sie der Kommissar.

Hefele, der sich nicht sicher war, ob der Kommissar einen Scherz gemacht hatte, entschied sich vorsichtshalber herzhaft zu lachen. Maier hingegen verschluckte sich am Kaffee, sprang auf und lief dem Kommissar entgegen. »Also, wir haben … wirklich, wir sind …«, stotterte er.

»Richie, beruhig dich, war doch nur ein Spaß«, beschwichtigte ihn Kluftinger.

Hefele grinste, vor allem aus Freude darüber, dass er sich im Gegensatz zu seinem Kollegen für die richtige Reaktion entschieden hatte.

»So, meine Herren«, sagte der Kommissar, wurde durch ein Räuspern seiner Sekretärin aber unterbrochen. »... und meine Dame«, fügte er hinzu und als er Sandy Henske dabei ansah, fiel ihm auf, dass sie beim Frisör gewesen sein musste. Wahrscheinlich heute Morgen. Ihre Haare waren für ihre Verhältnisse ungewöhnlich kurz und hatten einen leicht rötlichen Farbton. Um seinen eben begangenen Fauxpas wieder auszubügeln, setzte er zu einem Kompliment an. »Ich hab Sie ja gar nicht gleich erkannt, so fesch sehen Sie heute aus. Waren S' beim Frisör, hm?«

Sandy stand auf, lächelte den Kommissar an und sagte im Vorbeigehen: »Ja, vorletzte Woche.«

Als sie die Tür geschlossen hatte und Kluftinger in die grinsenden Gesichter seiner Kollegen blickte, fuhr er in geschäftigem Ton fort: »Würde sich jetzt mal jemand um Herrn ... Schreckens...ding kümmern? Eugen, nimm dir noch jemanden mit!«

Strobl nickte Hefele zu und die beiden verließen mit dem ungarischen Wirt, der aussah, als würde er jeden Moment zu weinen anfangen, das Zimmer. Maier wurde von seinem Chef mit den Worten »Zu dir komme ich gleich« fortgeschickt. Zurück blieben der Kommissar und seine Füssener Kollegin. Kluftinger verfluchte sich, dass ausgerechnet er dafür gesorgt hatte, dass sie nun alleine hier in seinem Büro standen. Er überlegte kurz, öffnete die Tür und rief seiner Sekretärin. »Sandy, zeigen Sie Frau Marx hier doch bitte mal, wo sie sich hinsetzen kann. Am besten vielleicht ...«, er dachte kurz nach, »... bei Maier, da ist doch noch so ein Praktikantenplatz frei.« Schnell wandte er sich seiner Kollegin zu: »Also, nicht, dass ich meine, dass Sie wie ein ... na ja, also da ist jedenfalls noch Platz. Da können Sie auch rauchen, der Maier hat sicher nichts dagegen. Sie können sich derweil ja auch einen Kaffee machen.«

»Kommt ja überhaupt nicht in Frage«, mischte sich Sandy ein. »Natürlich mache ich Ihnen den Kaffee«, sagte sie, lächelte Friedel Marx dabei freundlich an und verließ mit ihr das Büro. Sie schien sich darüber zu freuen, dass sie weibliche Verstärkung bekommen hatte. Kluftinger fand, dass sie gut Mutter und Tochter hätten sein können –

beziehungsweise Vater und Tochter, je nachdem, wie man es betrachtete.

Als er nun allein in seinem Büro stand und ein bisschen zur Ruhe kam, meldete sich wieder das Kratzen in seinem Hals. Er hoffte inständig, dass sich damit keine allzu schlimme Erkältung ankündigen würde, auch wenn er wusste, dass seine Erkältungen eigentlich immer mit einem Kratzen im Hals begannen und zudem eigentlich immer recht schlimm ausfielen. Er wusste, dass sein Leben für mindestens eine Woche durch die üblichen Begleiterscheinungen der Erkältung unnötig beschwerlich werden würde.

Dabei kam sein Schnupfen im Winter so sicher wie das Sodbrennen nach den Kässpatzen. Er begriff das nicht: Die Menschen bauten sich Raumstationen, bohrten sich in das Innerste der Erde und erfanden sogar Telefone, die – bei der richtigen Bedienung – Fotos machten. Doch sie waren nicht intelligent genug, sich im Winter vor Erkältungen zu schützen. Ähnlich war es mit dem Sonnenbrand im Sommer: Natürlich wusste man, was passiert, wenn man sich ohne den entsprechenden Lichtschutzfaktor den Strahlen aussetzte. Auf den käsigen Körpern blässlicher Mitteleuropäer taten die ihr unheilvolles Werk. Trotzdem holten sich die Menschen jedes Jahr mit beharrlicher Regelmäßigkeit rote Nasen, brennende Rücken und sich abschälende Stirnglatzen. Und wenn er Menschen dachte, meinte er sich selbst. Die Erkältung und der Sonnenbrand gehörten bei ihm zum Jahreszyklus wie das Schuhekaufen im Schlussverkauf.

Er kramte in seiner Schreibtischschublade nach einem Halsbonbon und fand tatsächlich eines mit Salbeigeschmack, das am Boden festgeklebt war. Nachdem er einige Haare und ein paar Späne aus dem Bleistiftspitzer, die an dem Bonbon haften geblieben waren, entfernt hatte, schob er es sich angewidert in den Mund. Seinem Hals ging es auf der Stelle besser und es keimte Hoffnung in ihm auf, dass er noch einmal die Kurve kriegen würde.

Dann ließ er sich auf seinem Stuhl nieder und überlegte, was er nun tun sollte. Er hätte seinen Kollegen bei der Vernehmung des ungarischen Wirts helfen können, verspürte aber nur geringe Lust dazu. Er würde das Ergebnis auch so erfahren und wie es aussah, stand die ganze Sache kurz vor ihrem Abschluss. Obwohl er sich noch überhaupt keinen Reim darauf machen konnte, worum es dabei überhaupt ging.

Ob er die Sache mit dem Evaluationsteam angehen sollte? Das Archiv auf Vordermann bringen? Alte Akten endlich abschließen? Was war denn – nüchtern betrachtet – schon wirklich passiert? Gut, man hatte einen verletzten Mann gefunden, dessen Identität noch ungeklärt war. Kluftinger gestand sich insgeheim ein, dass er unbewusst mit allen Mitteln versuchte, die leidige Archivarbeit vor sich her zu schieben.

Er entschloss sich, ganz im Sinne eben dieser Taktik, bei Willi Renn vorbeizuschauen, auch wenn es dafür eigentlich keine wirkliche Veranlassung gab. Er hatte einfach das Bedürfnis, nach der angespannten Stimmung des bisherigen Tages eine nette Unterhaltung zu führen.

Als er die Türe zu Renns Büro öffnete, verfluchte er sich für diese Entscheidung: Sein Chef Dietmar Lodenbacher saß dort auf einem Stuhl an der Wand, ihm gegenüber hatte sich Renn hinter einer Kamera platziert. Offenbar ließ Lodenbacher gerade Porträt-Aufnahmen machen, was nicht ungewöhnlich war: Viele Kollegen kamen zu Renn, wenn sie neue Passfotos für den Dienstausweis oder die Personalakten brauchten. Der Leiter des Erkennungsdienstes verfügte in seinem Raum über eine professionelle Fotoausrüstung. Zwar war sie eigentlich dazu da, Straffällige für die Polizeiakten im Bild festzuhalten, doch Renns Fotokünste konnten mit jedem Studio mithalten, was ihm regen Zulauf bescherte.

Kluftinger machte auf dem Absatz kehrt, um wieder hinauszugehen, denn auf die Fragen seines Chefs hatte er nun wirklich am allerwenigsten Lust. Doch Renn hatte ihn bereits gesehen und winkte ihn zu sich: »Klufti, gut, dass du da bist. Ich wollt eh noch was mit dir besprechen. Mach nur das hier noch schnell fertig.«

Kluftinger verzog das Gesicht und setzte sich widerwillig an Renns Schreibtisch. Im Vorbeigehen nickte er Lodenbacher zu, den das Auftauchen des Kommissars ebenso wenig zu erfreuen schien. Kluftinger bekam auch sofort den Grund dafür geliefert.

»So, jetzt lächeln Sie mal ein bisschen, sonst erschrickt Ihre Frau ja, wenn sie das Geschenk auspackt und Sie auf dem Bild wie ein Verbrecher ausschauen.«

Lodenbacher lächelte gequält. Ihm war es sichtlich unangenehm, dass Kluftinger mitbekam, dass er die Arbeitszeit und die Gerätschaften der Polizei für private Zwecke nutzte. Wo er doch seine Mitarbeiter regelmäßig darauf hinwies, genau das nicht zu tun. »Dös is Staatseigentum und so muaß ma damit aa umgeh«, pflegte er dann immer zu sagen. In Zukunft würde er diese Gardinenpredigt im breiten niederbayerischen Idiom Lodenbachers wohl etwas seltener hören, dachte Kluftinger. Er begann, die Situation zu genießen.

Mit einem Seufzen lehnte er sich im Schreibtischstuhl zurück und verschränkte die Hände hinter dem Kopf. Es sah wirklich komisch aus: Der Chef der Polizeidirektion saß auf demselben Hocker, auf dem sonst die schweren Jungs Platz nahmen, und blickte in dieselbe Kamera, in die auch sie ihre missmutigen Gesichter hielten. Lodenbacher trug eines seiner marineblauen Sakkos mit Goldknöpfen und seidenem Einstecktuch.

»Vielleicht moch ma oafoch nochher weida. Sie homm bestimmt wichtige Sochan zum Beredn, Herr Renn«, wollte Lodenbacher die Fotositzung beenden und erhob sich.

»Nix da, Sie bleiben sitzen. Und keinen Mucks, sonst wird das hier nix. Also, jetzt geben S' sich noch mal ein bisschen Mühe und schauen S' nett. Dass Ihre Frau auch sieht, dass Sie sie lieb haben und vermissen, während Sie auf der Arbeit sind! Und jetzt noch mal ganz freundlich: Kriminalpolizeiiiiiiiiiiii …«

Über das tiefbraune Gesicht Lodenbachers legte sich ein verzerrtes Lächeln, gepaart mit einem gewollt romantischen Blick, und der Mann im dunklen Anzug und dem schneeweißen Haar verlor auf einmal jeden Anflug von Seriosität, um die er sonst immer so bemüht war.

Ein anerkennendes Grinsen huschte über Kluftingers Gesicht. So traute sich außer Willi Renn keiner mit dem Chef zu reden. Renn nahm eben nie ein Blatt vor den Mund, das hatte er selbst auch schon oft genug zu spüren bekommen.

Renn blickte prüfend auf das Display der Digitalkamera auf dem Stativ und schüttelte den Kopf: »Ein letztes Mal noch, dann hammer's. Und bitte ganz freundlich: Sayonaraaaaaaaaaa!«

Der Kommissar setzte sich sofort kerzengerade hin. Das galt ihm, da gab es keine Zweifel. Willi hatte die Sache mit der »Schwiegertochter« also noch nicht vergessen.

Eilig erhob sich Lodenbacher, legte seine Hand auf die Türklinke und drehte sich noch einmal um. »Sogn S' amoi, Herr Kluftinga, wia steht's? Homm S' Eahna Archiv jetzt scho in Ordnung? Und san Sie in der Soch scho weidakemma, de wos i Eahna gemm hob, letzte Woch? Wissn S' scho, dös mit dem Schneider, der d'Leit ausgschmiert hot mit dene Moßanzüg?«

Kluftinger seufzte. Er wusste nicht, was Lodenbacher mit dieser Betrugssache hatte. Seit letzter Woche nervte er ihn jeden Tag damit. Ein neu eröffnetes Bekleidungshaus hatte damit geworben, für Discountpreise Maßanzüge anzufertigen, und einige modebewusste und gutgläubige Allgäuer hatten nach dem Maßnehmen auch eifrig ihre Kreditkarten gezückt und im Voraus bezahlt. Die Firma jedoch war auf einmal geschlossen, die Betreiber hatten sich abgesetzt und die Kunden hatten mit langen Gesichtern dagestanden. Kluftinger wusste von seiner Frau, dass auch der Mann von Erikas bester Freundin, Doktor Langhammer, der Altusrieder Arzt und Kluftingers Intimfeind, zu den Betrugsopfern gehörte. Auch deshalb fand er die Sache nicht *so* dramatisch. Der Kommissar vermutete aber, dass entweder ein Bekannter Lodenbachers, ein wichtiger Politiker oder er selbst zu den Geschädigten gehörten, weil es der Polizeidirektor gar so wichtig damit hatte.

»Herr Lodenbacher, ich hab's doch bei der Morgenlage gesagt, dass das nicht so schnell geht.« Kluftinger gebrauchte absichtlich dieses Wort, weil er wusste, dass sein Chef den vermeintlich schickeren Begriff »Jour Fixe« bevorzugte. »Ich bin doch auch noch an der Füssener Sache dran.«

»Wos, i hob scho gheat. Dös is doch blos a Unfoih, needwohr? Do kennan se de Kolleng voa Oat drum kimman!«

»Unfall? Also, da haben Sie wohl was falsch verstanden. Oder, Willi?«

»Ja, Herr Lodenbacher, Unfall kann ich nach meinen Ergebnissen und auch nach dem Bericht der Ärzte aus dem Klinikum ausschließen. Die Wunde am Kopf kann sich der Mann … wisst ihr eigentlich schon, wer es ist?«

Kluftinger schüttelte den Kopf.

»Also, die Wunde kann sich der Unbekannte unmöglich selbst zugefügt haben. Irgendwie hat er es dann noch ans Ufer geschafft und nur Herrn Kluftingers Geistesgegenwart ist es zu verdanken, dass wir heute nicht einen Mord untersuchen müssen.«

Einen Tag zuvor

Als der Außenbordmotor des kleinen Bootes zu röhren begann, sandte die Sonne gerade ihre ersten milchigen Strahlen ins Tal. Hier wurde es immer erst spät hell, gerade im Winter. Die gewaltigen Gipfel, die sich um den See erhoben, wirkten wie ein Schutzwall gegen den anbrechenden Tag. Ein zarter Dunstschleier lag auf der Wasseroberfläche und ließ die Landschaft märchenhaft und unheimlich zugleich erscheinen. Gerade war noch ein goldener Herbst über die Landschaft gezogen, nun herrschte bereits tiefer Winter, der hier oben endlos schien.

Doch dafür hatte er heute keinen Blick. Seine Augen waren starr auf seinen Vordermann gerichtet. Vor seinem geistigen Auge spielte sich die Szene noch einmal ab. Er war furchtbar erschrocken, als ihm klar geworden war, wobei er ihn da erwischt hatte.

Sicher, er hatte gewusst, dass er die Augen aufhalten musste. Er war gewarnt worden. Von ihm. Sie seien schlau. Man hatte ihm gesagt, was dann zu tun sei. Er solle keine Skrupel haben, es ginge um etwas ganz Großes.

Er schwitzte. Es war eisig kalt, aber er fühlte, wie sich unter seinem Taucheranzug ein Schweißfilm bildete. Würde er es tun können? War er so abgebrüht? Aber was blieb ihm denn anderes übrig?

Er erstarrte, als der andere sich umdrehte. Erriet er seine Gedanken? Unsinn. Er schüttelte den Kopf. Dann stellte er den Motor ab. Mitten auf dem See. Die Stelle war gut, da waren sie sich einig. Auch wenn sie nicht das gleiche Ziel verfolgten. Der andere stand auf und das Boot schwankte. Er musste sich festhalten. Auf einmal stieg nie gekannte, rasende Wut in ihm auf. Ja, er würde es tun, und es würde ihm nicht das Geringste ausmachen.

Dann ging alles ganz schnell: Als sich der andere über den Bootsrand beugte, um die Wassertemperatur zu testen, nahm er die Pressluftflasche. Er hob sie mit beiden Händen über seinen Kopf, ließ sie mit Wucht niedersausen und traf den jungen Mann mit einer Kraft, die ihn selbst überraschte. Nur das dumpfe Geräusch des Aufpralls war zu hören, dann sackte der andere lautlos in sich zusammen und glitt in den See.

Plötzlich war seine Wut verschwunden. Er starrte auf die Flasche in seinen Händen und namenloses Entsetzen ergriff ihn. Weg! Das war sein einziger Gedanke. Nur weg von hier! Er warf den Motor an. Sein Herz raste, als er aufs Ufer zuhielt. Er drehte sich nicht mehr um. Es war, als wolle er vor seiner eigenen Tat davonlaufen. Doch insgeheim wusste er, dass ihm das nicht gelingen würde.

Lodenbacher bekam einen roten Kopf: »Herrschofftszeitn, do macht grod jeda, wos er wui!« Mit diesen Worten ging er hinaus und ließ die Tür lautstark hinter sich ins Schloss fallen.

Die beiden Kollegen, die er zurückließ, sahen sich für eine Sekunde lang an und prusteten dann wie aufs Stichwort los.

Dann wollte Kluftinger wissen, was Renn ihm eigentlich zeigen wollte.

»Ach ja, gut, dass du mich dran erinnerst. Wart nur schnell, ich lad das noch auf den PC.« Er schraubte die Kamera vom Stativ und setzte sich an seinen Schreibtisch. »Nicht, dass ich die Sitzung mit dem Lodenbacher wiederholen muss. Ist nicht gerade ein Kinderspiel, dem Herrn ein Lächeln abzuringen.«

Er zog die Speicherkarte aus der Kamera und steckte sie in eine schmale Öffnung am Computer. Kluftinger sah ihm aufmerksam zu, denn er hatte den gleichen Schlitz an seinem PC, bisher aber noch nicht herausgefunden, wozu er diente.

»Was zum Christkind für seine Frau«, bemerkte Renn, als der Computer anzeigte, dass die Bilder geladen wurden. Kurze Zeit später füllte das Porträt des Direktionsleiters den Bildschirm. Es sah in Kluftingers Augen sehr professionell aus, wie beim Fotografen aufgenommen. Als sich Renn von der Qualität der Bilder überzeugt hatte, drehte er sich zum Kommissar. Die kleinen Äuglein hinter der dicken Hornbrille blitzten schelmisch, als er seine Stimme senkte und sagte: »Soll ich dir mal was zeigen? Ganz neues Programm. Hab ich erst seit ein paar Tagen.«

Kluftinger zuckte mit den Schultern. Er interessierte sich nicht sonderlich für die Feinheiten der Verwaltungssoftware, ganz im Gegensatz zu Renn, der eine geradezu kindliche Freude entwickeln konnte, wenn neue Gerätschaften oder Programme in die polizeiliche Datenverarbeitung Einzug hielten. Da der Kollege sich offenbar so sehr darauf freute, auch ihn an dieser geheimen Welt teilhaben zu lassen, antwortete er mit geheucheltem Interesse: »Ach was, zeig mal!«

»Schau genau hin.«

Erst konnte Kluftinger nichts erkennen, doch dann fing Lodenbachers Nase plötzlich an zu wachsen. Aus dem sowieso schon stattlichen Organ wurde ein riesiger, rundlicher Zinken. Kluftinger staunte. So was konnte man mit Computern heutzutage machen?

»Das gibt's ja gar nicht. Er sieht ja aus wie ein … Nashorn«, befand der Kommissar und brach dann in schallendes Gelächter aus.

»Wart, das geht noch weiter«, freute sich Renn. Nun ließ er die Stirn des Polizeidirektors schrumpfen, so dass dieser das Aussehen eines missmutigen Schlumpfs annahm.

»Genau, genau«, rief Kluftinger euphorisch aus. »Und jetzt die Ohren. Wo er … doch immer alles ganz genau … hört.« Sein Lachen steigerte sich zu einem hysterischen Glucksen und er hatte Mühe, den Satz überhaupt herauszubekommen.

Renn ließ nun auch Lodenbachers Ohren wachsen. Als Krönung zauberte er ihm noch ein Grinsen auf die Lippen, das von einem Ohrläppchen zum anderen reichte, und ließ seine Augen anschwellen.

»So …fe… fertig.« Vor lauter Lachen schossen Renn die Tränen in die Augen.

Einen Moment lang saßen sie einfach nur da und lachten. Als sie langsam wieder zu Atem kamen, seufzte Kluftinger und wollte wissen, ob er das Bild für die anderen Kollegen mitnehmen könne.

»Klar, kein Problem, ich druck's dir aus. Aber pass bloß auf, dass der Chef dich damit nicht sieht.«

»Ja, ja, da würde er ganz schön große Augen bekommen …«

Noch einmal prusteten sie los und schlugen sich gegenseitig auf die Schulter. Kluftinger konnte sich nicht erinnern, jemals so einen vergnüglichen Augenblick mit seinem Kollegen erlebt zu haben.

Schließlich holte Renn tief Luft, räusperte sich und sagte: »Du, ich hol mal schnell das, was ich dir noch zeigen wollte.«

Kluftinger setzte sich auf den Schreibtischstuhl und betrachtete das Bild. Das müsste man auf T-Shirts drucken und an die ganze Abteilung verschenken, dachte er und hing ein paar Sekunden diesem Gedanken nach.

Er stellte sich Lodenbachers Überraschung vor, wenn er eines Tages zur Arbeit kommen würde und alle sein Schlumpfgesicht auf der Brust tragen würden. Das würde ein …

»Wo is'n da Herr Renn hi, Kluftinga?«

Kluftinger riss es so, dass er um ein Haar vom Stuhl gefallen wäre. Er starrte zur Tür hinüber. Dietmar Lodenbacher streckte den Kopf herein und suchte nach dem Kollegen, für den er gerade noch Modell gesessen hatte.

»Ich … also er … ich …« Der Kommissar bekam einen knallroten Kopf.

»Er, i – wissn S' nix Bessers? Wo is'n jetza der Renn?«, wollte Lodenbacher wissen, stieß die Türe ganz auf und trat ein.

Kluftinger geriet in Panik. Wenn sein Chef hier herüberkommen würde, wenn er … Er musste sofort das Foto vom Bildschirm verschwinden lassen. Aber wie? Computer waren nicht gerade seine Stärke und dieses Programm war völlig neu für ihn. Er spürte, wie sich auf seiner Stirn kleine Schweißtröpfchen bildeten. Schnell griff er sich die Maus und klickte mit ihr wahllos auf der Programmoberfläche herum.

»Herr Kluftinga, I reed mit Eahna! Kennan S' des vielleicht aa spaata fertig mochn? Wos homm S' denn do so Wichtigs?«

Lodenbacher setzte sich neugierig in Bewegung, worauf der Kommissar den Mauszeiger wie eine Fliege mit angesengtem Hinterteil auf dem Bildschirm umherwuseln ließ. Immer unkoordinierter wurden seine Bewegungen, immer hektischer wurde sein Klicken. Da! Gerade hatte sich etwas getan, das Bild veränderte sich – es wurde größer! Schalt den Bildschirm aus!, schrie eine panische Stimme in Kluftingers Kopf, doch Renn hatte einen dieser modernen Flatscreens und Kluftinger sah an dem chromfarbenen Gehäuse keinen Netzschalter. Er spürte, wie ihm ein Tropfen Schweiß in den Nacken rann. Gleich würde sein Chef ihn erreicht haben …

»Ich weiß verdammt noch mal nicht, wo er ist«, schrie der Kommissar unvermittelt aus vollem Hals mit sich überschlagender Stimme.

Lodenbacher blieb wie angewurzelt stehen und sah den Kommissar schockiert an. Er rang ein paar Sekunden um Fassung, dann sah Kluftinger, wie sein Gegenüber ebenfalls rot anlief und ihn anfuhr: »Ja, sann Sie narrisch. Ja, kennan S' des ned normal song?«

Kluftinger atmete auf. Sollte ihn sein Chef doch ruhig für ungehobelt halten, das war immer noch besser, als wenn der sein Kasperlgesicht auf dem Bildschirm entdecken würde. Und genau genommen würde sich damit sowieso nichts an Lodenbachers Einschätzung dem Kommissar gegenüber ändern, schließlich hatte der ihm mehr als einmal zu verstehen gegeben, dass er ihn für respektlos, unhöflich und taktlos hielt.

»Entschuldigung, ich bin etwas …« Kluftinger überlegte: Was war er etwas? Er hatte den Satz angefangen, ohne darüber nachzudenken, wie er ihn beenden sollte. Etwas müde? Dann würde Lodenbacher lapidar mit einem »Schlofan S' Eahna aus!« antworten. Verkatert? Unwirsch?

»… erkältet«, seufzte er schließlich.

Lodenbacher entspannte sich. Kluftinger wusste, dass er es gern sah, wenn sich die Kollegen krank, am besten noch mit Fieber zur Arbeit schleppten. »Tüchtig« nannte er das. Als »deppert« pflegte Kluftinger es zu bezeichnen. Dennoch war er stolz darauf, dass er in seiner langen Karriere insgesamt nur fünf Fehltage zu verzeichnen hatte. Innerlich war er eben doch ein korrekterer Beamter, als er es sich selbst eingestanden hätte.

Sein Vorgesetzter zeigte sich einigermaßen verständnisvoll, beharrte jedoch auf der Feststellung, dass er nicht so arg hätte schreien müssen.

»Ja, Sie haben ja Recht. Aber dann kommen auch noch der Stress und die viele Arbeit dazu«, erwiderte der Kommissar und zeigte bei dem Wort Arbeit ganz unbewusst auf den Bildschirm vor ihm.

Damit weckte er erneut Lodenbachers Neugier: »Genau, jetzt song S', wos homm S' do so Wichtigs?«

Kluftinger sprang aus dem Stuhl und stellte sich zwischen ihn und den Bildschirm.

»Nein, ich mein nicht hier, das mit der Arbeit war ganz allgemein gesprochen.«

Lodenbacher versuchte, an ihm vorbei zu schauen, doch jedes Mal, wenn der eine Bewegung machte, lehnte sich Kluftinger in dieselbe Richtung. Sie sahen aus wie zwei Clowns im Zirkus bei der berühmten »Spiegelnummer«. Es kam ihm kindisch vor und er überlegte, wie er die Situation noch retten könnte, bevor sein Vorgesetzter misstrauisch würde. Er musste ihm irgendetwas geben, ihm sozusagen einen Knochen hinwerfen, mit dem er sich …

»Herr Lodenbacher, wie ist es eigentlich bei der Feierstunde gelaufen?«, fragte er plötzlich. Er wusste, dass sein Chef vor kurzem für die positive Entwicklung der Aufklärungsquote unter seiner dreijährigen »Regentschaft«, wie sie es gerne nannten, offiziell gewürdigt worden war. Sie waren die erfolgreichste Direktion in Bayern geworden, was Lodenbacher auf seinen phänomenalen Führungsstil schob. Kluftinger wusste, dass sein Chef sich sehr gebauchpinselt gefühlt hatte durch die Anwesenheit des Oberbürgermeisters, des Landrats und sogar eines

Staatssekretärs aus dem Innenministerium. Er wurde nicht müde, davon zu erzählen. Normalerweise ging Kluftinger solchen Gesprächen aus dem Weg, doch heute hatte er keine andere Wahl.

Lodenbachers Miene hellte sich sofort auf.

»Ja, hob i Eahna dös no gor ned vazöiht?«, fragte er und begann sofort, die Reden der Politiker im Wortlaut wiederzugeben und auch die Speisekarte detailliert zu rezitieren.

Kluftinger hörte ihm scheinbar aufmerksam zu, warf ab und an ein paar kleine, Interesse heuchelnde Floskeln wie »Wirklich?« oder »Ach, das hat er gesagt?« oder »Ha, so was aber auch!« ein und dirigierte Lodenbacher dabei ganz langsam und vorsichtig in Richtung der Zimmertüre. Als sie sie erreicht hatten, öffnete er sie, sagte »Danke, dass Sie mir das jetzt erzählt haben, Herr Lodenbacher. Amüsant, wirklich« und schob seinen Chef sanft in den Gang. Er blieb noch einen Augenblick stehen, um zu hören, ob er wieder hereinkommen würde.

Als ausreichend Zeit verstrichen war, atmete er tief aus und ging in den Nebenraum, in dem sich ein kleines Waschbecken befand. Er benetzte seine Hände und vergrub dann sein schweißnasses Gesicht in ihnen. Das war ja gerade noch einmal gut gegangen, dachte er und betrachtete sein gerötetes Antlitz im Spiegel.

Im selben Moment hörte er, wie im anderen Zimmer die Tür wieder aufging.

»I hobs ganz vergessn Eahna zum Varzöihn, wia da Herr Landrot auf Sie zum Sprecha kemma is …«

Kluftinger stürzte ins Zimmer zurück und sah Lodenbacher, der hinter dem Schreibtisch stand und auf den Computerbildschirm blickte. Seine Augen waren zusammengekniffen, seinem Gesicht war keine Regung abzulesen. Kluftinger spürte, wie sich unter ihm der Boden auftat. Wie sollte er das nur erklären? Er wollte die Schuld nicht auf Willi Renn abwälzen, obwohl der es doch gewesen war, der Lodenbachers Konterfei so entstellt hatte. Auch wenn Kluftinger viele Macken hatte – Kollegen zu verpetzen gehörte nicht dazu.

»Hören Sie, Herr Lodenbacher …«, setzte er schuldbewusst an und sah, wie sich der Mund des Direktionsleiters zu einem Grinsen verzog, bis er plötzlich lauthals zu lachen begann. Kluftinger verstand die Welt nicht mehr. Selbstironie, Humor überhaupt, gehörte nicht gerade zu Lodenbachers Stärken.

»Des is ja voglwuid«, sagte sein Chef schließlich, nachdem er sich wieder etwas gefangen hatte. »Mei, lossn S' eahm des bloß ned seng.«

Kluftingers Blick war ein einziges großes Fragezeichen.

»Dös is doch der Renn, oder? Freile!« Und wieder schüttelte sich der Polizeichef vor Lachen. Er konnte sich gar nicht satt sehen an dem Bild, das er für das verzerrte Konterfei des Erkennungsdienstlers hielt. Erst nach mehreren Minuten löste er sich von dem Foto. Im Hinausgehen hörte Kluftinger ihn noch sagen: »De Ohrwaschl san super. Gwiß wohr. Oba jetz dean S' wieda wos Gscheits, gean S'?«

Dann fiel die Tür ins Schloss.

Kluftinger ließ sich mit zitternden Beinen auf den Schreibtischstuhl sinken. Er starrte das Bild an: Tatsächlich hatte es eine gewisse Ähnlichkeit mit Willi Renn, vor allem, da man – nachdem Kluftinger die Ansicht versehentlich vergrößert hatte – die Kleidung der Person auf dem Foto nun nicht mehr sah. Er konnte kaum glauben, welch ein Glück er gehabt hatte. Der Vorfall hätte sicherlich eine Abmahnung nach sich gezogen. Nun war er es, der herzlich lachen musste.

In diesem Moment kehrte Willi Renn zurück.

»Also Klufti, du bist ganz schön leicht zu unterhalten«, spottete er. »Jetzt beruhig dich mal wieder, ich hab hier nämlich was für dich.«

Er legte ihm zwei Computerausdrucke hin, die beide linsengroße, rötliche Punkte zeigten, nur dass auf dem einen Blatt mehrere hundert davon zu sehen waren, auf dem anderen dagegen nur ein paar vereinzelte. Daneben standen eine Menge Zahlen und einige chemische Formeln.

»Und?«, fragte der Kommissar.

»Also, das hier rechts, mit den vielen Kreisen, das ist eine Vergrößerung der Flüssigkeit, die um den Unbekannten herum lag. Das, von dem du dachtest, es sei Blut.« Bei diesen Worten sah Renn den Kommissar über seine dicken Brillengläser hinweg an.

Kluftinger verdrehte die Augen und drängte ihn fortzufahren.

»Also, das Foto links stammt von einer Probe, die ich, weil ich halt immer an alles denke, vor dem Heimfahren noch an einer ganz anderen Stelle des Sees genommen habe.«

Er sah den Kommissar an, als erwarte er nun schon dafür eine gewisse Anerkennung. Doch Kluftinger hatte noch keine Ahnung, worauf er hinaus wollte.

»Also«, fuhr Renn seufzend fort, »was siehst du auf den Bildern?«

»Hm, viele so … Bollen«, antwortete der Kommissar etwas unsicher.

Renn zog die Augenbrauen hoch. »Sonst noch was?«

»Na ja, auf dem einen Ausdruck sind mehr von diesen Bollen.«

»Gut. Also, das mit den vielen … ›Bollen‹ zeigt die Bakterien, die durch ihr massenhaftes Auftreten diese rote Flüssigkeit bilden. Das mit den wenigen ist das normale Seewasser, mit identischen Bakterien, nur viel weniger davon.«

Jetzt hellte sich Kluftingers Miene auf. »Das heißt also, wenn ich das mal ganz laienhaft zusammenfassen darf: Die Bakterien sind nicht von außen gekommen. Es gibt sie im See, an manchen Stellen mehr, an anderen weniger. Wir können also nicht nur eine absichtliche Vergiftung oder so was ausschließen, wir müssen nur nach einer Häufung dieser Bakterien suchen, dann wissen wir, wo der Mann getaucht ist.« Kluftinger dachte kurz nach und schob dann hinterher: »Und vielleicht auch, was er dort gesucht hat.«

Zufrieden grinste Renn den Kommissar an. »Du schaltest schnell. Ich würde dich glatt als Lehrling einstellen.«

»Danke, ich hab mein Auskommen.« Mit diesen Worten verließ der Kommissar das Zimmer.

Als er draußen war, kam ihm Renn hinterher und sagte, dass er ihm schnell noch den Ausdruck von Lodenbachers Knautschgesicht mache.

Doch der Kommissar winkte ab: »Nein, lass mal gut sein. Lösch's einfach!«

Als er sein Büro betrat, warteten alle Kollegen außer Friedel Marx bereits ungeduldig auf ihn.

»Wo warst du denn, ich hab dich gesucht?«, fragte Hefele.

»Fängst du jetzt auch schon an wie meine Frau?«

»Nein, wir wollten dir ja nur sagen, dass wir den Wirt wieder haben gehen lassen.«

»Was? Wieso das denn?«

»Siehst du, jetzt willst du's doch wissen.«

»Jetzt komm schon, sag, was los ist.«

Hefele nickte Strobl zu, der die Vernehmung geleitet hatte.

»Also, der Ungar hat sich nicht dumm gestellt, der kann einfach nicht besser Deutsch. Sein Sohn, der sonst für ihn dolmetscht, war heute nicht da. Egal, jedenfalls hat er versucht, uns zu sagen, dass die Taucheranzüge einem Forscherteam gehören, das bei ihm im Gasthof wohnt.«

»Da haben wir aber niemand gesehen.«

»Die sind auch nicht jeden Tag da, sondern immer nur einige Zeit, dann fahren sie wieder.«

»Aha, und was genau untersuchen sie?«

»Also, dazu hat dann selbst sein Ungarisch nicht gereicht.«

»Stimmt denn das auch? Ruft doch mal bei der Stadt Füssen an, die müssen …«

»Hab ich schon«, unterbrach ihn Hefele. »Ist mir alles bestätigt worden. Ich hab auch die Nummer von der Uni in München, wo sie herkommen. Aber da ist niemand mehr zu erreichen.«

Kluftinger blickte seine Kollegen der Reihe nach an. Dann zuckte er mit den Schultern: »Also, dann ist ja wohl alles erledigt für heut. Gut mitgedacht, Männer. Was Neues vom Krankenhaus? … Unverändert? Dann lasst uns mal Feierabend machen. Aber morgen früh wird als Erstes bei der Uni angerufen, dann wissen wir schon einmal, um wen es sich hier handelt!«

Seine Kollegen nickten und verließen eilig das Büro.

»Nicht, dass er es sich noch anders überlegt«, hörte er Hefele im Hinausgehen noch flüstern.

Es hatte noch einmal ein bisschen geschneit und die Straßen waren von einer rutschigen, aber schön anzusehenden Schneeschicht überzogen. Kluftinger genoss den Anblick und es machte ihm auch nichts aus, dass er langsam nach Hause fahren musste. Draußen ging das letzte Zwielicht des Tages bereits in die Nacht über. Der Schnee auf der Straße dämpfte die Geräusche. Wie auf Watte brummte der alte Passat nach Hause. Da schoss Kluftinger plötzlich das Blut in den Kopf: Friedel Marx. Er hatte sie in Maiers Büro verfrachtet und ihr nicht

Bescheid gegeben, als er die anderen Kollegen heimgeschickt hatte. Peinlich berührt wählte er auf dem Handy Maiers Nummer, die er unter der Kurzwahltaste »0« eingespeichert hatte, und wartete lange, bis sich schließlich die Kollegin aus Füssen meldete.

»Ähm, Frau Marx? Ja, Kluftinger hier. Ich ... also, ich habe noch ein paar Sachen zu erledigen, lästige Routinearbeiten«, log er. »Wenn Sie wollen, können Sie jetzt nach Hause gehen. Ich werde auch nicht mehr extra ins Büro kommen, wenn ich mit ... den Sachen fertig bin. Schönen Feierabend dann, gell?«

Als er auflegte, fühlte er sich erleichtert, fast beschwingt. Zwar hatte er ein schlechtes Gewissen, dass er die Kollegin vergessen hatte, doch dieses Gefühl wurde überlagert von einem anderen, das sagte: Geschieht ihr recht! Mit diesem Gefühl im Magen wurde er übermütig und drückte ein klein wenig zu stark aufs Gas, was seinen alten Passat leicht ins Schleudern brachte. Gerade noch rechtzeitig vor einer großen Plakatwand am Ortsausgang brachte er das Auto zum Stehen. Er atmete tief durch, dann fiel sein Blick auf die Werbetafel.

»Restaurant Han Po – Running Sushi« stand auf der weißen Tafel, die ein roter Punkt zierte – unverkennbar die japanische Flagge. Und tatsächlich las Kluftinger etwas kleiner darunter »Japanische Spezialitäten – jetzt neu in Kempten«. Er blickte, mit dem Passat halb auf der Straße, halb in der Wiese stehend, staunend auf die Werbung. War es Zufall, dass er im Moment ständig auf irgendetwas Fernöstliches traf? Oder fielen ihm solche Dinge jetzt nur stärker auf, weil Markus' Freundin aus Asien kam? Lautete die tiefenpsychologische Erklärung, dass er unterbewusst die Möglichkeit verdrängte, aus der Beziehung der beiden könne etwas Dauerhaftes werden? War es dasselbe Phänomen wie damals, als er und Erika, noch unverheiratet, Angst hatten, sie könnte schwanger sein, und er plötzlich nur noch Kinderwägen und stillende Mütter sah?

Ohne eine Antwort gefunden zu haben, startete er den Motor, um ihn kurz danach gleich wieder abzustellen, sein Handy zu nehmen und die Nummer des »Han Po« zu wählen. Er lächelte dabei, denn er war stolz. Stolz auf sich und seinen weltmännischen Einfall.

Die montägliche Musikprobe hatte er bereits am Vormittag mit Verweis auf seinen Gast aus dem fernen Asien abgesagt. Dass sein Gast genau genommen im gar nicht so fernen Erlangen wohnte, hatte er dabei verschwiegen.

Warum also nicht japanisches Essen? Sicher, es kostete ihn einige Überwindung, die Kässpatzen, die montags auf seinem häuslichen Speiseplan standen, gegen Fisch einzutauschen. Aber da sie heute Yumiko sowieso ausführen wollten, konnte er demonstrieren, dass er Markus' Freundin quasi in die Familie aufnahm. Und die Enten beim Asiaten, das musste man ja sagen, waren knusprig und gut gewürzt.

»Ressaura Han Po, gudde Dah?«

»Ja, grüß Gott. Bin ich da beim Japaner?«

»Hapanise Ressaura, ja bidtä?«

»Ja, hier wär Kluftinger. Ich hätt gern einen Tisch bestellt für heut Abend, für vier Leut.«

»Vi Pasona? Wivie Oua bidtä?«

»Was?«

»Wivie Oua bidtä?«

»Ach so, um achte.«

»Zwanse Oua. In Odnug. Wolle sizze Bann?«

»Was?«

»Sizze Bann für Sushi?«

Kluftinger glaubte zu verstehen. Er wusste, dass man in Japan gern zum Essen am Boden saß, um einen Tisch mit abgesägten Beinen.

»Ja, ja. An der Bank, bitte. Bank und Tisch und zwei Stühle.«

Am anderen Ende blieb es still, was Kluftinger als Zustimmung und gleichzeitig als Buchungsbestätigung auffasste und auflegte.

Dass er zwanzig Minuten und die Hilfe des »Tenorhorns« aus der Musikkappelle, Gregor Merk und dessen Jeep, gebraucht hatte, um seinen Wagen wieder aus der Wiese zu bekommen, würde sich trotz oder gerade wegen der Schweigepflicht, die Kluftinger seinem Musikkollegen auferlegt hatte, bis zur nächsten Probe am Montag bereits wie ein Lauffeuer im Dorf verbreitet haben.

Missmutig klopfte er vor der Garage notdürftig mit den Schuhen den Schnee von seinem Auto, der sich in den Radkästen verfangen und mittlerweile zu betonharten Stollen verdichtet hatte.

»Schau, das war damals in Porto Recanati, Markus, weißt du noch?«, hörte er, als er in seine Hauspantoffeln schlüpfte. Im Wohnzimmer saßen Yumiko, Markus und Erika und sahen sich alte Familienfotos an. Sie klangen vergnügt. Er brachte schnell das Mitbringsel, das er im Souvenirladen erstanden hatte und jetzt wieder unter seinem Mantel verbarg, ins Schlafzimmer.

Kluftinger seufzte zufrieden, als er wieder im Flur stand und den Mantel aufhängte. Hier zu Hause war sein Refugium, sein Rückzugsraum. Hier gab es mal eine Meinungsverschiedenheit wie heute Morgen, Missverständnisse, manchmal auch handfeste Reibereien. Aber grundsätzlich, das wusste er, war seine Familie intakt. Sie hielten zusammen. Hier wurde jeder akzeptiert, egal, was er getan hatte, wen er mitbrachte, wie er aussah. Sogar, wenn er aus Asien kam.

»Ui, schau, Markus, der Vatter am Strand! In seiner alten Badehose … wie ein Walross!«

Kluftinger schluckte. »Wenn Gott nicht gewollt hätte, dass es korpulente Menschen gibt, hätte er ihnen kleinere Mägen und weniger Hunger gegeben«, sagte er, als er das Wohnzimmer betrat. Überrascht blickten die drei auf und versuchten, ihr Grinsen zu verbergen. Kluftinger fand das noch beleidigender als ihr offenes Gelächter.

Dennoch schmollte er nicht, denn er brannte zu sehr darauf, seine Überraschung zu präsentieren. Die würden Augen machen, wenn er sie nach Kempten fahren würde. Ins japanische Restaurant.

»Wir haben doch gesagt, wir gehen zum Mondwirt!«, flüsterte Erika auf der Fahrt in die Stadt ihrem Mann so leise zu, dass es die Kinder nicht hören konnten.

»Lass dich überraschen«, trällerte er und ahmte dabei einen holländischen Akzent nach.

Unterhalb der mächtigen barocken Fassade der St.-Lorenz-Basilika, in deren Beleuchtung die Schneeflocken einen munteren Tanz aufführten, stellte der Kommissar den Passat ab.

»Ein Wintermärchen!«, schwärmte Kluftinger und machte keine Anstalten auszusteigen. Stattdessen blickte er gebannt auf den stolzen Kirchenbau.

»Und deshalb sind wir jetzt hierher gefahren?«, erkundigte sein Sohn sich ungläubig. »Wollten wir nicht essen gehen?«

Kluftinger grinste und verkündete stolz: »Kinder, keine Sorge, heute lade ich euch nicht nur in den langweiligen Mondwirt ein. Heut essen wir mal was anderes. Ein Experiment. Kommt mit!«

Durch den Schnee, der mittlerweile gut zehn Zentimeter hoch auf dem Gehsteig lag, stapften die vier an der Basilika vorbei auf ein alteingesessenes Lokal zu, das für seine bodenständige Kost bekannt war.

»Oh nein«, heulte Markus auf, »das nenne ich ein Experiment, Vatter! Lapprige Kässpatzen im ›Stiefel‹. Gewagt, gewagt!«

»Jetzt komm, Markus, immerhin mal woanders als beim Mondwirt!«, verteidigte Erika ihren Mann.

»Schon recht, macht's nur so weiter! Das nächste Mal bleib ich halt daheim«, spielte der Kommissar den Beleidigten.

»Ach Vatter, dann hätten wir ja niemanden mehr zum Ärgern«, rief Markus und warf einen Schneeball in Kluftingers Kragen. Sofort entspann sich zwischen Vater und Sohn eine wilde und lautstarke Schlacht, die die beiden Frauen kopfschüttelnd, aber wohlwollend beobachteten. Erika lächelte, als sie sagte: »Eigentlich sind doch alle Männer nur zu groß gewachsene kleine Buben – egal wie alt sie sind. Sogar mein Brummbär!«

Als sich das Scharmützel der beiden wieder gelegt hatte, waren alle vier bereits weit vom Eingang des »Stiefel« entfernt.

Nachdem sie einen kleinen Torbogen passiert hatten, blieb der Kommissar so abrupt stehen, dass Yumiko und Markus ihn aus Versehen von hinten anrempelten.

»Und?« Erika war mittlerweile genervt. »Sind wir bald da?«

»Wir sind schon da!«

»Wo?«

»Na da-ha!«, grinste Kluftinger vergnügt.

Es dauerte einige Augenblicke, bis alle verstanden hatten.

»Heu ... ja ... jetzt aber«, war das Einzige, was Erika herausbrachte. Sie war völlig perplex. Ihr Mann wollte japanisch essen gehen? Er, der bei einer Forelle Müllerin stets nach Würmern im Fleisch suchte und der jeden Karpfen blau einer fachmännischen Obduktion unterzog, wollte Sushi zu sich nehmen?

Kluftinger genoss ihr ungläubiges Staunen. Stolz stand er am Eingang des Lokals, als wäre es sein eigenes. Er hatte mal wieder alle überrascht.

Trunken vor Selbstzufriedenheit ging er als Erster hinein. So bekam er auch nicht mit, wie Yumiko ihrem Freund zuflüsterte: »Er meint es doch irgendwie lieb, dein Papa. Dann gibt's halt mal wieder Japanisch.«

»Konban ha.«

Der Asiate im Lokal blickte verständnislos drein. »You speak English?«, fragte er schließlich.

»Sag's noch mal, Miki!«, flüsterte Markus.

»Ich weiß nicht ... Also gut! Konban ha.«

»No speak dis! Speak English?«

»Yes, we do. I'm sorry, you're not from Japan, are you?«, gab Yumiko in geschliffenem Oxfordenglisch zurück.

»Hanoi!«

So viel Kluftinger mitbekommen hatte, kam der Ober nicht aus Japan, sondern aus Vietnam. Das hätte er nicht vermutet. In den Augen des Kommissars wäre er als lupenreiner Japaner durchgegangen. Anderseits: Wie hatte er sich eigentlich einen lupenreinen Japaner vorgestellt? Ganz zu schweigen von einem Vietnamesen? Viele Fallstricke, die es zu umgehen galt. Kluftinger wusste schon, warum er sich so ungern aufs internationale Parkett begab.

Er fand es schade, dass kein echter Japaner vor ihnen stand. Er hätte zu gern das Gesicht des Kellners gesehen, wenn der in seiner Muttersprache begrüßt worden wäre.

Doch er dachte nicht weiter über die mangelnde »Fälschungssicherheit« von Asiaten nach, denn sein Blick fiel nun in die Gaststube. Seine Augen weiteten sich: Er wusste ja, dass aus Asien viele Innovationen kamen, die mit Automatisierung und Rationalisierung zu tun hatten. Aber das schlug dem Fass doch den Boden aus: Mitten durch das Lokal, vorbei an den Tischen und den Gästen, die dort saßen, fuhr ein Fließband! Kluftinger schüttelte den Kopf.

Es machte die ganze Atmosphäre des Lokals kaputt, das ansonsten – zumindest für einen Asiaten – recht passabel eingerichtet war: keine putzigen Landschaftsspringbrunnen, keine goldglänzenden Drachenköpfe an der Wand. Eher ein zurückhaltender, eleganter Raum – bis auf das Fließband. Und das alles nur, weil man so vielleicht eine halbe Kellnerstelle einsparen konnte.

Bevor er seinem Unmut darüber Ausdruck verleihen konnte, stand bereits der breit grinsende Ober vor ihm: »So, Sie habe resaviaht?«

»Woll, für Kluftinger, vier Leut.« Als er daraufhin in ein zwar immer noch lächelndes, aber etwas hilfloses Gesicht blickte, wiederholte er, diesmal ohne Dialekteinfärbung: »Vier Personen. Kluftinger.«

»Momä, bidtä«, tönte der Vietnamese mit heller Stimme und weiterhin stoisch lächelnd, bevor er zu einem kleinen Tischchen wuselte und aufgeregt in einem Kalender blätterte.

»Welchä Name, bidtä?«

»Kluftinger.«

Wieder senkte der Ober seinen Blick und blätterte hektisch die Seiten seines kleinen Büchleins um. Zwischendurch blickte er auf und schenkte ihnen ein strahlendes Lächeln. Kluftinger bekam langsam das Gefühl, dass er seine Reservierung verschwitzt hatte.

»Ein Tisch mit Bank war das für uns«, wollte er ihm auf die Sprünge helfen und erntete dafür verwunderte Blicke seiner Familie.

Der Vietnamese grinste wieder und sagte: »Ah kleine Momä bidtä!« Dann machte er auf dem Absatz kehrt und verschwand in der Küche. Wenig später kam ein weiterer Asiate hinzu, auch er lächelte freundlich und fragte: »Sie habe resaviaht?«

Kluftinger atmete tief durch. Er verlor langsam die Geduld, wollte aber Yumikos Landsleute oder Volksleute oder Kontinentalgenossen oder wie man das in diesem Fall auch nennen mochte, nicht vor ihr brüskieren.

»Ja. Kluftinger, vier, mit Bank«, gab er kurz zurück. Wieder sah Erika ihn verständnislos an.

»Momä, bidtä«, rief er und beugte sich ebenso wie sein Kollege vorher über das kleine Büchlein, raschelte darin herum und sah sie von Zeit zu Zeit grinsend an.

Kluftinger blickte sich um. Nur zwei Tische waren besetzt, einer von einem jungen Pärchen mit einem Kind, der andere von zwei älteren Frauen. Warum gab man ihnen nicht einfach irgendeinen Tisch?

»Hören Sie«, setzte er an, wurde aber vom Ober unterbrochen.

»Ah ja, habe schon. Wuffihaa!«

Kluftinger wusste nicht, was er ihm damit sagen wollte. Vielleicht handelte es sich um eine asiatische Entschuldigungsfloskel, dachte er und nickte wohlwollend, um seinem Gegenüber zu zeigen, dass er die Entschuldigung annehme. Dabei beugte er seinen Kopf ungewöhnlich tief.

»Wuffihaa«, wiederholte der Ober und zeigte auf den Tisch. Kluftinger missfiel, dass es einer jener Tische war, an denen das Geschirr auf dem Fließband vorbeifuhr. Er überlegte sich, ob er einen anderen verlangen sollte, da fiel sein Blick auf das Schildchen darauf. »Reserviert Wuffihar«, stand dort zu lesen.

Sie setzten sich.

»Hast du das schon mal gegessen?«, fragte der Kommissar Yumiko, die neben ihm Platz genommen hatte und ebenfalls die Speisekarte studierte. »Hört sich eigentlich ganz gut an.«

Yumiko senkte verlegen den Kopf und lächelte. Über ihre Wangen legte sich eine zarte Röte. Sie setzte ihr süßestes Schwiegertochterlächeln auf und sagte mit einem verschämten Blick auf die Speisekarte: »Also … ›All you can eat‹ heißt wörtlich eigentlich so viel wie ›Alles, was du essen kannst‹. Das bedeutet, dass …«

Kluftinger unterbrach sie mit einem übertrieben lauten Lachen: »Ha. Das war ja nur ein … Scherz.« Dann versteckte er seine rot glühenden Wangen hinter der Speisekarte. Im Augenwinkel beobachtete er dabei die Teller, die auf dem Band vorbeifuhren. Sie waren offenbar gebraucht, denn es befanden sich nur noch kleine Speisereste darauf. Ein Schauer lief ihm über den Rücken und er hatte auf einmal gar keinen Hunger mehr. Unmotiviert blätterte er die Speisekarte durch. Von Maki war da zu lesen, es gab Surimi, Sashimi und Futomaki. Futo kannte er, das waren japanische Betten, wobei er sich nicht sicher war, was das in diesem Zusammenhang bedeutete.

Plötzlich hellte sich Kluftingers Miene auf. »Also, ich nehm einmal das Büffet. Da kann man nix falsch machen. Und ihr?« Die drei anderen nickten zustimmend und Kluftinger winkte dem Ober.

»Bidtä?«

Der Kommissar zeigte wortlos auf die entsprechende Stelle in der Speisekarte.

»Viermal bitte. Und für mich ein Bier.«

Als ihm drei Minuten später der Mann aus einer kleinen Flasche sein Getränk eingoss, stellte Kluftinger mit Entsetzen fest, dass es aus Japan kam, um dann auf dem Etikett auch noch zu lesen, dass es aus Reis gebraut war. In diesem Moment verbeugte sich der Ober mit den Worten »Viamal Essä. Guta Appetih bidtä!« und entfernte sich.

Kluftinger verstand nicht. Er hatte nichts zu Essen hingestellt, nicht einmal Teller fürs Büffet. Wo stand das überhaupt? Er blickte sich um, als er Zeuge eines schockierenden Vorfalls wurde: Zwei Tische weiter langte eine junge Frau auf das Fließband und nahm sich einen der Teller heraus. Er konnte es nicht fassen und sah mit vor Entsetzen geweiteten Augen, wie sie die Reste von diesem fremden Teller aß. Kluftinger wollte seine Entdeckung eben den anderen mitteilen, da musste er fassungslos mit ansehen, wie sich auch Markus am Fließband bediente!

»Also Pfui Teufel, Markus, jetzt wart halt, bis er uns was bringt! Du wirst ja wohl nicht die Reste von den anderen essen wollen. Himmelherrgott, graust's dir denn vor gar nix?«, zischte er.

Markus murmelte halb genervt, halb peinlich berührt: »Vatter, das ist unser Essen, da kannst du dir was rausnehmen.«

Kluftinger und Erika sahen sich an und in den Augen seiner Frau erkannte der Kommissar, dass auch sie das nicht gewusst hatte.

Da hätte er aber auch draufkommen können, dachte sich Kluftinger. Jetzt, da er sich das Band genauer besah, bemerkte er, dass es sich um kleine, eigentlich recht appetitlich aussehende Häppchen handelte. Sicher die Vorspeise zu ihrem Menü. Er überlegte lange, welches der kleinen Tellerchen er nehmen sollte. Mehrmals zog er seine ausgestreckte Hand wieder zurück, weil er sich nicht entscheiden konnte.

»Das da, Markus, gibst du mir das raus?«

Markus hatte gerade danach gegriffen, da überlegte er es sich anders: »Ach nein, stell's wieder rein, ich nehm das mit der Gurke … oder doch lieber… hm, was nehm ich denn …«

»Vatter, du kannst so viele Teller nehmen, wie du willst!«

Kluftinger schaute seinen Sohn verlegen an: »Ach so, ich mein … ja, so ist das, ich weiß schon. Dann gib mir einfach mal die nächsten drei, die vorbeikommen.«

Das erste der besagten Plastiktellerchen trug eine Reiskugel – für Kluftinger, der auch beim Eiscafé das Wort »Kugel« noch nie verwendet hatte, ein »Bollen« mit Lachs obenauf.

»Du,Yumiko, was ist jetzt das genau?«, wollte Kluftinger wissen.

»Das ist Nigiri-Maki.«

Der Kommissar blickte sie entgeistert an. Dann räusperte er sich und antwortete: »Ah so. Lecker.«

Er ließ die beiden Stäbchen, die neben seinem Teller lagen, aus der Papierhülle gleiten. Er hatte noch nie mit Stäbchen gegessen, wollte aber keine Gabel bestellen, sondern sich lieber als Mann von Welt präsentieren. Wenn das eine Milliarde Chinesen kann, werde ich das auch noch hinbringen, dachte er. Doch als die Papierhülle abgestreift war, begann er zu schwitzen: Statt der erwarteten zwei kam nur ein hölzernes Stäbchen heraus. Das hatte allerdings zwei Enden. Er hatte immer gedacht, dass die Chinesen mit zwei Stäbchen aßen. Andererseits: Die Japaner waren ja keine Chinesen. Er sah sich das Hölzchen noch einmal genau an und fand, dass es ein bisschen aussah wie eine Gabel. Also spießte er es in das erste Reisröllchen und führte es zum Mund.

»Soll ich es Ihnen zeigen?«, fragte daraufhin Yumiko und ihm wurde klar, dass er mit seiner Vermutung daneben gelegen hatte. Er wurde rot, als er erfuhr, dass man die Stäbchen auseinander brechen musste.

Bereitwillig ließ sich Kluftinger nun in die Geheimnisse der asiatischen Esskultur einweisen.

Zur Verwunderung aller erwies sich Kluftinger als sehr talentierter Schüler und schon nach wenigen Minuten beherrschte er das Essen mit dem fremden Werkzeug.

Und es schmeckte ihm sogar leidlich. Dafür, dass es Fisch war jedenfalls, den er sonst wegen der glitschigen Haut mied. Lediglich die Tatsache, dass der Reis eiskalt war, dämpfte seine Begeisterung etwas. War ja auch kein Wunder, dachte sich der Kommissar, das Zeug fuhr schließlich schon den ganzen Abend lang im Kreis.

»Und, schmeckt's Ihnen, Herr Kluftinger?«, fragte Yumiko, als er gerade eine Sushi-Rolle in ihre Einzelteile zerlegte: Er praktizierte eine Art »Trennkost«, wobei er den Fisch aus Höflichkeit – und weil das ja schließlich das Teure am Ganzen war – ebenfalls aß, die grüne Hülle, von der er glaubte, es sei Spinat, aber liegen ließ. Hätte er gewusst, dass es sich um getrocknete Algen handelte, hätte er wohl auch den Reis, der damit in Berührung gekommen war, stehen lassen.

»Ja, schmeckt gut, könnte aber ein bissle wärmer sein. Wird vielleicht Zeit, dass wir uns den Hauptgang holen, von der Vorspeise haben wir ja jetzt genug gegessen. Oder bringen die uns den?«

Markus verdrehte die Augen. »Die warmen Sachen fahren doch oben! Das ist die Hauptspeise.«

Priml. Die Kinder hielten ihn mittlerweile bestimmt für den letzten Provinztrottel. Wäre er nur nicht auf diese blöde Idee gekommen. Alles nur, weil seine Winterreifen so abgefahren waren, dass er ins Schleudern geraten war und dieses vermaledeite Plakat entdeckt hatte. Beim Mondwirt oder im Stiefel hätte er sich sicher gefühlt, gewissermaßen ein Heimspiel gehabt. Und wie die Kässpatzen im Mond schmeckten … Mit all den geschmälzten Zwiebeln!

Resigniert griff sich Kluftinger ein Tellerchen, auf dem sich ein ausgebackenes Stück befand. Immerhin: So ähnlich sah das Essen beim Chinesen auch immer aus, und das war warm und eigentlich ganz schmackhaft. Also goss er noch etwas Sojasauce darüber, um den deftigen Geschmack zu unterstreichen, fasste mit beiden Stäbchen das längliche Stückchen und biss hinein. Und wünschte sich sofort, er hätte es nicht getan: Es war das grässlichste Geschmackserlebnis, seit ihm sein Jugendfreund vor gut vierzig Jahren einmal eine Schnecke in den Kakao geworfen hatte. Der salzig-vergorene Geschmack der Sojasauce vermischte sich mit einer so aggressiven Honigsüße, dass ihm seine Zahnhälse wehtaten. Er war schockiert, statt herzhaftem Hühnerfleisch nun etwas Süßes im Mund zu haben. Doch das Schlimmste war die Konsistenz: Die Füllung war weich und nach dem ersten Biss ergoss sie sich aus ihrer Kruste in seinen Rachen. Der Anblick seines Tellers gab ihm den Rest: Aus dem Backteig quoll grau-grünlicher Schleim.

Er versicherte sich mit einem verstohlenen Blick, dass die anderen ihn nicht beachteten, und griff sich seine Serviette. Nach einem erneuten Kontrollblick hielt er sich diese vors Gesicht, holte tief Luft und tat dann, als schnäuze er herzhaft. Dabei spuckte er unbemerkt den schleimigen Bissen hinein, knüllte das Papier zusammen und legte es neben sich auf den Stuhl. Erleichtert blickte er zu den anderen, die sich erst jetzt wieder ihm zuwandten:

»Gut die Banane, oder?«, grinste Markus

Kluftinger seufzte gelöst: Gott sei Dank, nur Banane, dachte er. Das ging ja noch.

Er nahm einen großen Schluck seines Reisbiers und wollte gerade etwas Lobendes über die japanische Küche von sich geben, als am Nachbartisch lautes Gezeter ertönte.

»Nathanael, hörst du auf, du Ferkel!«, schimpfte die Mutter mit ihrem Kind. »Da ist ja widerlich!« Der Mann stimmte ihr energisch zu: »Also wirklich, Nathanael. Du kannst doch nicht einfach dein Essen in die Serviette spucken! Sag halt, wenn es dir nicht schmeckt.«

»Der Onkel da drüben hat's auch gemacht!«

Kluftinger lief knallrot an: »Also, so ein Rotzbub! Habt ihr das gehört? Keine Erziehung haben diese Fratzen heute mehr!« Dann versuchte er, ihre Aufmerksamkeit wieder aufs Essen zu lenken. »Das Hellgrüne sieht auch ganz gut aus. Yumiko, gibst du mir das rüber?«

Er zeigte auf ein kleines Schälchen mit einer hellgrünen Paste, die für ihn wie Pistazienmarzipan oder eine andere süße Leckerei aussah. Schlimmer als die Banane konnte es auf keinen Fall sein.

»Das ist Wasabi«, erklärte Markus, dessen dozierender Tonfall Kluftinger missfiel.

»Hört sich gut an«, sagte er lächelnd und jonglierte einen walnussgroßen Bissen auf seinen Stäbchen in den Mund.

»Vatter, das ist viel zu scharf!«

»Ich bin doch kein Weich…«, brachte Kluftinger noch heraus, dann machte sich in seinem Rachen ein Feuer breit, dass es ihm die Tränen in die Augen trieb. Als er zum ersten Mal Luft zu holen versuchte, wurde der beißende Geschmack in Mund und Nase so schlimm, dass er reflexartig aufsprang. Es ging nicht anders. Er musste auf die Toilette und sich den Mund auswaschen.

»Aber echt, Vatter, dass du heute freiwillig beim Sushi-Essen warst – Respekt!« Markus nickte anerkennend, als sie auf dem Weg zum Auto waren. »Und dass Wasabi japanischer Meerrettich ist, konntest du ja nicht wissen. Und am Schluss hast du ja noch richtig zugelangt, als wir schon alle satt waren.«

»Du, Räucherlachs ess ich ja ab und zu ganz gern. Der fischelt wenigstens nicht so. Und der Meerrettich hat meinen Schnupfen für einen Moment regelrecht verjagt«, erklärte der Kommissar.

»Na ja, aber ich hätte gedacht, dass es dir ein bissle graust vor dem rohen Fisch.«

»Jetzt verkauf deinen alten Vater mal nicht für dumm! Rohen Fisch zu servieren, da hätte in Deutschland die Lebensmittelaufsicht was dagegen.«

Als er in die Gesichter der anderen schaute, wurde ihm schlagartig klar, dass sein Sohn die Wahrheit gesagt hatte. Ebenso schlagartig verlor sein Gesicht an Farbe und sein Magen begann zu rumoren …

Kluftinger fühlte sich elend, als er an diesem kalten Morgen mit dem Aufzug in sein Büro im zweiten Stock der Polizeidirektion fuhr. Seine aufkommende Erkältung, von der er gehofft hatte, er könnte sie noch einmal im Keim ersticken, hatte sich fast zu einem vollständigen Schnupfen ausgewachsen. Sein Kopf tat ihm weh und er nahm seine Umwelt durch einen kaum merklichen, aber doch allgegenwärtigen Schleier wahr. Außerdem hatte er nichts gefrühstückt, weil es seit dem unfreiwilligen Fischessen am gestrigen Abend in seinem Magen gärte. Als sein Sohn ihm gesagt hatte, dass es roher Fisch war, den er da aus purer Gastfreundschaft verspeist hatte, war es losgegangen. Der Fisch war bestimmt aus einem atomar und bakteriell verseuchten japanischen Industriehafen und monatelang in unzureichend gekühlten tschechischen Lastwagen quer durch Europa gekarrt worden, so dass ganze Viren-Familien mit Viren-Großmüttern, die unzählige Virenenkel hüteten, in seinem Magen-Darm-Trakt nun eine neue Heimat gefunden hatten.

Wäre ich doch gestern nur nicht auf diese Schnapsidee mit dem neuen Lokal gekommen, verfluchte er sich. Er haderte nach vermeintlichen Fehlentscheidungen immer lange mit sich und stellte sich vor, wie schön und einfach das Leben doch verlaufen wäre, hätte er sich anders entschieden. Auch wenn es zu spät war und ihm eigentlich nur zusätzliche Kopfschmerzen bereitete, konnte er nicht davon lassen: Hätte ich doch meinen Lodenmantel nicht in der Kälte ausgezogen, wäre ich doch gestern nicht so unvorsichtig heimgefahren und hätte das Schild nicht gesehen. Hätte … wäre … sollte – es half nichts. Es war nun einmal so gekommen, damit musste er sich abfinden. Just in diesem Moment meldete sich sein Magen mit dumpfem Grollen und er legte die Hand auf seinen Bauch, als ob er damit irgendeinen therapeutischen Effekt erzielen könnte.

Mit einem hellen Gong öffnete sich die Aufzugtür und er trat in den Gang. Dort stand seine Sekretärin am Kopierer, sah ihn ein paar Sekunden lang an und fragte dann lapidar: »Kamillentee?«

Er nickte schwach und verschwand in sein Büro. Es war schon erstaunlich, wie Sandy Henske gelernt hatte, seine Stimmung und sogar seinen Gesundheitszustand mit nur einem Blick zu erraten. Das schaffte nicht einmal seine Frau. Während er noch darüber nachsann und den Schal, den er anbehielt, etwas lockerte, kam Sandy mit einem Tablett herein, auf dem sich neben einer Thermoskanne und einer Tasse einige Teebeutel befanden. Einer hing bereits in der Tasse und ein kräftiges Kamillenaroma breitete sich im ganzen Raum aus. Obwohl durch Kluftingers verstopfte Nase nur wenige Duftmoleküle drangen, nahm auch er diesen Geruch wahr – und fühlte sich gleich noch kränker. Er trank niemals Tee, wenn er gesund war, und so weckte der Duft von Tee bei ihm die Assoziation von Elend und Siechtum.

»Nu setzen Sie sisch erst mal, und dann trinken Sie ne Tasse Tee mit Honig, dann wird's gleisch besser.« In Sandys Worten lag ein Trost, der ihm gut tat, auch wenn er sich nie ganz sicher war, ob sie ihn in seiner Pein wirklich ernst nahm. Aber ihre Worte halfen trotzdem, wie damals bei seiner Mutter, als schon die Vorhersage, wenn er dies oder das tue, werde es ihm wieder besser gehen, eine psychologische Heilwirkung erzielt hatte. Seine Frau dagegen schien das ganze Ausmaß seines Leidens oft nicht zu erfassen und speiste ihn mit Sätzen ab wie »Wird schon wieder« oder »Jetzt hab dich halt nicht gar so«.

Die Tür öffnete sich und Maier, Strobl und Hefele betraten das Büro. Als sie Kluftinger mit seinem Schal am Schreibtisch sitzen sahen und den Tee rochen, warfen sie sich viel sagende Blicke zu.

»Oh Gott, ist es schon wieder so weit?«, flüsterte Hefele den anderen zu.

»Morgen, die Herren. Und, geht's gut?« Friedel Marx kam gleich nach ihnen ins Zimmer und blickte sich um. Sie verstand das betretene Schweigen nicht, das ihre Frage ausgelöst hatte. Erst als die drei Kommissare mit ihren Köpfen verstohlen auf Kluftinger wiesen, begriff sie.

»Na, Kollege, ist Ihnen die frische Luft im Ostallgäu nicht bekommen?«, fragte sie mit einem höhnischen Unterton in der Stimme. Die anderen zogen erschrocken die Köpfe ein: Sie wussten, dass ihr Chef, der durchaus für einen Scherz zu haben war, keinen Spaß verstand, wenn es um Kommentare zu seinem angeschlagenen Gesundheitszustand ging. »Wir haben da Reizklima, wissen Sie?«

»Ist nicht so schlimm«, krächzte er ärger, als es eigentlich nötig gewesen wäre, als wolle er Marx für ihre forsche Frage nachträglich ein schlechtes Gewissen bereiten.

»Wenn Sie mich fragen: Rauchen Sie Rillos. Ich war seit zwanzig Jahren nicht mehr krank. Geräuchert hält halt länger, gell?« Mit diesen Worten warf sie die kleine Zigarre, die sie bis auf einen winzigen Stummel aufgeraucht hatte, in den Aschenbecher auf dem Sofatischchen, wo sie noch leicht vor sich hin qualmte. Als Kluftinger das sah, wurde ihm noch heißer, als es ihm wegen seines Schals sowieso schon war. Zigarrenrauch vertrug sich seiner Meinung nach ganz und gar nicht mit einer Erkältung. Sollte die Kollegin in den nächsten Tagen auch nur mit dem Gedanken spielen, in seiner Nähe zu paffen, würde sie ihn mal richtig kennen lernen.

Sandy erriet offenbar seine Gedanken, denn sie nahm den Aschenbecher auf ihrem Weg nach draußen an sich. Fast wie früher seine Mutter verließ sie mit den Worten »Wenn Sie was brauchen, rufen Sie einfach!« den Raum. Das Grinsen, das sie den anderen drei Kommissaren dabei zuwarf, bemerkte er nicht.

»So, was gibt's denn heute Morgen?«, fragte Kluftinger in die Runde.

»Wir wollten doch in der Uni München anrufen, wegen dem Forscherteam«, antwortete Maier.

»Uni, ach ja, genau.« Kluftinger nahm den Hörer, überlegte dann kurz und streckte ihn von sich weg. »Bitte, das muss jemand anders machen. Meine Stimme …«

Die anderen zögerten etwas zu lange, als dass Kluftinger nicht bemerkt hätte, dass sie seine Aufforderung überzogen fanden. Bevor er darauf reagieren konnte, nahm Friedel Marx, die von den Kollegen vorher über den aktuellen Stand informiert worden war, den Hörer und wählte die Münchener Nummer. Kluftinger stellte den Lautsprecher des Telefons an und alle lauschten gespannt.

»Technische Universität München, Naturwissenschaftliche Fakultät?«

»Grüß Gott, hier spricht Friedel Marx von der Kripo Füssen.«

Kluftinger räusperte sich.

»… und Kempten«, ergänzte die Beamtin. »Könnten Sie mich wohl mit Herrn Bittner verbinden?«

»Professor Adrian Bittner, Lehrstuhl für Mikrobiologie oder Hausmeister Erwin Bittner von der Mensa?«

»Den Professor, bitte!«

»Natürlich, einen Augenblick, Herr Marx, ich verbinde.«

Als die Dame am anderen Ende der Leitung »Herr Marx« sagte, riss es die Kommissare regelrecht. Unsicher sahen sie zur Kollegin, ob diese die Verwechslung mit Humor nehmen würde. Nur über Kluftingers Gesicht huschte das erste Mal an diesem Tag ein Lächeln.

»Frau …«, beeilte sie sich, nachzuschieben, doch da zeigte ein Knacken in der Leitung an, dass ihre Gesprächspartnerin sie bereits weitergeleitet hatte. Marx zuckte mit den Schultern und lauschte der Musik, die in der Warteschleife gespielt wurde, eine Hammondorgelversion des Lieds »Guantanamera«.

»Lehrstuhl für Mikrobiologie, Griesser hier.«

»Marx, Kripo … Kempten, grüß Gott. Der Herr Professor Bittner …«

»… ist leider nicht da. Er hat ein Forschungssemester und ist viel unterwegs.«

»Hm, ach so, wie kann ich ihn denn erreichen?«

»Gar nicht, fürchte ich, er ist gerade auf dem Weg nach Füssen, wo er …«

»Füssen?«

»Ja, dort führt Professor Bittner zurzeit eine Versuchsreihe an einem See durch.«

»Sehr gut. Wissen Sie auch, wann er dort eintreffen wird?«

»Also, genau kann ich es nicht sagen, er ist seit etwa einer halben Stunde unterwegs.«

»Vielen Dank.«

»Gerne, Herr Marx.«

Die männlichen Beamten bissen sich auf die Lippen, um nicht lachen zu müssen.

»Dann haben wir ja noch etwas Zeit, um alles Weitere zu besprechen«, ergriff Kluftinger das Wort.

Die anderen sahen sich ratlos an.

»Wie ... meinst du jetzt ›alles Weitere‹?«, fragte Maier zaghaft.

»Na, es wird doch irgendwas zu besprechen geben?«

In die darauf entstandene Stille öffnete sich die Tür und Lodenbacher trat ein. Er grüßte mit einem Kopfnicken und sogleich ergoss sich ein Redeschwall über die Beamten, in dem es darum ging, dass er es »ned durchgeh lossn'n« werde, dass sie dem Steuerzahler noch lange kostbare Zeit stehlen würden, man müsse nun endlich zu Ergebnissen kommen oder der Fall werde einer anderen Abteilung übergeben, damit sie sich wieder um wirklich wichtige Dinge kümmern könnten. Er gebe ihnen noch einen Tag Zeit, dann sei Schluss. »Bloß weil oaner ned gscheit schwimma ko, müassn mir ned unsere bestn Leit do hischicka.« Mit diesen Worten verließ er das Zimmer.

Es setzte die übliche Stille nach einem Auftritt Lodenbachers ein, wobei sich diesmal in die Gesichter der Beamten auch ein ungläubiges Staunen mischte.

»Hab ich das jetzt richtig gehört?«, wollte Hefele wissen und schüttelte zweifelnd den Kopf.

»Ich hab's auch gehört«, erwiderte Strobl und auch Maier nickte.

»Unsere bestn Leit«, wiederholte Hefele in Lodenbachers Tonfall und schnalzte mit der Zunge.

»Also, ich finde, er hat irgendwie Recht«, sagte Maier.

»Natürlich hat er Recht, aber dass er es jetzt doch einmal erkannt hat ...«, grinste Strobl.

»Nein, nein, ich mein, mit der Zeitverschwendung. Ich finde, wir machen wirklich ein bisschen viel Wirbel um diese ganze Geschichte.«

Jetzt mischte sich auch Kluftinger in das Gespräch ein. Er hatte nach Lodenbachers Abgang auch überlegt, ob er sich vielleicht zu sehr in die Sache verbissen hatte. »Jetzt schaut's doch mal: Wir finden einen Menschen in einem Taucheranzug an einem See, in dem Tauchen verboten ist, und das auch noch am Sonntag. Er ist halbtot und um ihn rum ist eine rote Flüssigkeit, die aussieht wie Blut, aber keines ist. Dazu hat er noch ein geheimnisvolles Zeichen in den Schnee gemalt, von dem wir noch nicht einmal ansatzweise wissen, was es zu bedeuten hat. Außerdem hat er schließlich eins über den Kopf bekommen, das haben die Ärzte doch bestätigt. Ein Unfall in dieser Konstellation wäre doch sehr unwahrscheinlich.« Er blickte in skeptische Gesichter.

»Ich stimme Ihnen zu.«

Kluftinger wandte seinen Blick zu Friedel Marx, die vor dem Schreibtisch saß. »Wie bitte?«, fragte er, denn er hatte nicht erwartet, ausgerechnet von ihrer Seite Schützenhilfe zu bekommen.

»Na ja, ich bin ja auch schon eine Weile dabei, aber so was habe ich noch nie erlebt. Ich finde, es ist irgendwie ...«, es schien, als scheue sie davor zurück, den Satz zu beenden, »... unheimlich!«

Auch Kluftinger empfand es so, doch er hatte nichts gesagt, denn das war nicht gerade eine professionelle Vokabel und derartige Einordnungen wurden von ihnen in der Regel vermieden. Langsam nickten die anderen Beamten im Raum und auch Kluftinger pflichtete ihnen bei.

»Ich habe auch kein gutes Gefühl bei der Sache«, bekannte Strobl.

Und Hefele gestand: »Ja, wenn ich ehrlich bin, hat es in mir auch komische Emotionen ausgelöst. Wie geht's dir, Richard?«

Jetzt ging Kluftinger das Gespräch doch etwas zu weit. Nur, weil eine Frau anwesend war, durften die Gesprächsrunden nicht zu Selbsthilfegruppen degenerieren, in denen jeder seinen Empfindungen freien Lauf ließ. Er sah sich deshalb veranlasst, das Gespräch wieder zu versachlichen.

»Hat eigentlich heute schon mal jemand im Krankenhaus angerufen? Gibt's da irgendwas Neues?«

»Nichts Neues.« Marx schüttelte den Kopf.

»Hm, na ja, dann also weiter im Text. Wir haben den unbekannten, halbtoten Taucher. Die Frage ist doch jetzt: Weshalb ist er dort getaucht? Was hat er gesucht?«

Maier meldete sich zu Wort: »Er hat doch wahrscheinlich zum Forscherteam gehört, oder?«

»Ach so, ja, natürlich: das Forscherteam.« Kluftinger dachte nach. »Aber am Sonntag? Es war doch keiner da.«

»Und wenn er irgendwas beim Forschungstauchen, oder wie das heißt, gefunden hat und allein zurückgekommen ist, um danach zu suchen? Und dann wurde er dabei überrascht und...«

Es wurde still im Büro. Alle hingen diesem Gedanken Maiers eine Weile nach.

»Keine schlechte Idee«, befand Kluftinger schließlich. »Aber da kommen wir jetzt erst mal nicht weiter. Wenn wir mit den Wissenschaftlern gesprochen haben, sind wir sicher schlauer. Gibt es sonst noch was, was wir klären können? Das mit dem Zeichen vielleicht?«

Maier begann unruhig auf seinem Sessel hin und her zu rutschen.

»Richard? Weißt du irgendwas?«

»Ich … ach nein, nix.«

»Jetzt komm schon, alles kann hilfreich sein.«

»Nein, wirklich …«

»Richard!« Kluftinger sah seinen Kollegen scharf an, was seine Wirkung nicht verfehlte.

»Also, ich … ich hab schon mal so ein bisschen nachgeschaut, im Internet. Ich bin mir aber nicht sicher, ob ich das alles richtig verstanden habe.« Er machte eine Pause.

»Jetzt lass dich halt nicht betteln!«

»Na gut, aber, wie gesagt, ich habe nur mal ganz unverbindlich …«

»Richard!«

»Eichhörnchen!«, kam es nun wie aus der Pistole geschossen.

»Was?«

»Eichhörnchen. Na ja, zumindest nach meiner ersten Recherche.«

Wieder blieben die Kollegen einen Moment still.

Dann brachen Hefele und Strobl in ein derart herzhaftes Lachen aus, dass ihnen die Tränen ins Gesicht schossen. Nur mühsam konnte Hefele noch einen Satz formulieren. »Also, der Mann … liegt halb im Sterben, und das Letzte, was er in den Schnee kritzelt, ist … ist … Eichhörnchen?«

Die beiden kriegten sich gar nicht mehr ein. Maier blickte betreten auf den Boden.

»Warum nicht Gänseblümchen?«, schlug Strobl vor, was beide mit einem noch lauteren Lachen quittierten.

»Oder … oder Kanarienvogel«, stammelte Hefele und wischte sich eine Träne aus dem Augenwinkel.

Kluftinger hätte gerne mitgelacht, aber er hatte dafür zu sorgen, dass eine professionelle Arbeitsatmosphäre herrschte. Deswegen rief er seine Männer zur Räson. Frau Marx hatte sich völlig still verhalten. »Jetzt reicht's, Leute. Der Richard hat sich wenigstens darum gekümmert. Daran solltet ihr euch mal ein Beispiel nehmen. Und wer weiß, wir haben schon die unglaublichsten Dinge erlebt. Vielleicht stimmt es ja sogar.« Kluftinger klang nicht so, als würde er selbst daran glauben. Zur Sicherheit schob er noch nach: »Roland und Eugen, ihr nehmt euch der Sache an. Ich möchte ganz genau wissen, was das Zeichen bedeutet. Und die anderen kommen mit, wir fahren los.«

Schlagartig hörten die Beamten auf zu lachen.

»Du hast auch schon mal mehr Spaß verstanden«, knurrte Hefele beim Hinausgehen.

Schon von weitem sahen sie das Forschungsteam, das aus mehreren VW-Bussen und Kombis gerade schweres Gerät hievte. Eigentlich war die Uferstraße für den Verkehr gesperrt, doch die Wissenschaftler hatten offenbar eine Sondergenehmigung. Es mussten an die zwanzig Menschen sein, die dort zwischen den Wagen herumwuselten, Kabel hinter sich herzogen, Bildschirme montierten, kompliziert aussehende Messgeräte installierten und Reagenzgläser auf Campingtische stellten.

Als die drei Beamten die Gruppe erreicht hatten und stehen blieben, kam sofort ein junger Mann mit einer verkehrt auf dem Kopf sitzenden Schiebermütze auf sie zugelaufen.

»Hier können Sie nicht bleiben, bitte einfach weitergehen«, sagte er und kaute dabei schmatzend auf einem Kaugummi herum.

»Wir sind von der Polizei und suchen Professor Bittner«, erwiderte Kluftinger, doch der junge Mann reagierte nicht. Er war in die Hocke gegangen und packte aus einer Kiste mehrere gläserne Röhrchen, die in Zeitungspapier eingewickelt waren.

Kluftinger wusste nicht, wie er auf die demonstrative Ignoranz dieses jungen Menschen reagieren sollte. Er setzte gerade erneut an, da hob der Mann den Kopf, sah sie überrascht an und machte eine Handbewegung, als verscheuche er lästige Insekten vom Kaffeetisch. »Na, los, hier gibt's nichts zu sehen. Abflug, Mann!«

Kluftinger lief rot an. »Also, das ist doch die Höhe! Ich will sofort ...«

Maier zupfte ihn am Ärmel, und als sich der Kommissar zu ihm umdrehte, deutete er auf seine Ohren. Kluftinger blickte erneut zu dem jungen Mann und sah, dass der Kopfhörer trug. Er dachte einen Moment nach, bückte sich dann, griff in den Schnee, formte einen lockeren Ball und warf ihn dem Mann an den Kopf.

Der war völlig perplex und sah Kluftinger ein paar Sekunden mit offenem Mund an, genau wie Friedel Marx und Maier. Als sich der Mann wieder gefangen hatte, sprang er auf, nahm den Kopfhörer ab und fletschte die Zähne. Bevor er etwas sagen konnte, ergriff Kluftinger das Wort.

»Kriminalpolizei. Wir möchten Professor Bittner sprechen – und zwar sofort.«

Er sprach die Worte scharf aus und sie verfehlten ihre Wirkung nicht. Der junge Mann rief nach ihm und entfernte sich anschließend grußlos. Aus der Menge löste sich eine Gestalt und kam auf die Beamten zu.

»Ja, bitte, was kann ich für Sie tun?« Ein hochgewachsener Mann in Parka und Schneehose stand vor ihnen, der Kopf war fast völlig von einer Pelzmütze mit Ohrenschützern bedeckt, wie sie Kluftinger aus alten russischen Filmen kannte.

»Kluftinger, Kriminalpolizei Kempten. Meine Kollegen Marx und Maier. Grüß Gott.«

»Oh, wir haben eine Genehmigung für unsere Arbeit hier, ich kann Sie Ihnen gerne …«

»Nein, nein. Wir sind nicht deswegen hier. Wir haben ein paar Fragen an Sie. Kennen Sie diesen Mann?« Kluftinger griff in seine Tasche und holte das Foto hervor, auf dem ein Hustenbonbon festgeklebt war. Der Kommissar beeilte sich mit hochrotem Kopf, es zu entfernen, und gab das Bild schließlich dem Professor.

Ohne Zögern begann der zu nicken: »Ja, natürlich kenne ich den. Das ist der Bühler. Der ist Mitglied meines Teams. Das heißt: Er war es, er hat sich die ganze letzte Woche nicht gemeldet. Und heute ist er auch nicht da. Ist etwas passiert? Hat er was angestellt?«

»Nun ja, wie man's nimmt«, antwortete Friedel Marx.

Kluftinger gab ihr ein Zeichen, noch nichts zu verraten, und fuhr fort, die Frage des Wissenschaftlers ignorierend: »Was hat er denn bei Ihnen gemacht?«

»Er war wissenschaftlicher Mitarbeiter für diesen Forschungsauftrag. Wie die anderen auch.«

»Und was hatte er genau zu tun?«

»Na ja, er hat getaucht, hat ab und zu mal den Roboter bedient, bei den Auswertungen geholfen. Das Übliche eben.«

Kluftinger nickte, als ob er wüsste, was das Übliche im Fall eines Forschungsteams bedeutete. »Sonst noch was, was Sie uns über ihn erzählen können?«

»Viel weiß ich nicht. Er kommt, glaube ich, aus Regensburg. Er ist Doktorand im Fach Molekularbiologie. Ganz gute Referenzen, aber sonst hätte er hier auch nicht mitmachen können.«

Der Kommissar wunderte sich darüber, dass der Professor seine eingangs gestellte Frage, was mit dem Mann auf dem Foto passiert sei, nicht wiederholt hatte. Normalerweise war dies das Erste, was jemand in so einem Fall wissen wollte. Auch wenn Kluftinger für die Kooperation des Professors nicht undankbar war, war dessen Desinteresse doch zumindest ungewöhnlich.

»Ich dachte, Sie seien von der Uni München?«

Der Wissenschaftler blickte ihn fragend an. »Ja, bin ich, von der TU, um genau zu sein, warum?«

»Na, weil Sie Regensburg gesagt haben.«

»Ach so, ja, wir haben dieses Forschungssemester ausgeschrieben. Private Mäzene unterstützen uns dabei, nur mit öffentlichen Geldern wäre das gar nicht zu finanzieren. Daher die universitätsübergreifende Ausschreibung. Daraufhin haben sich viele beworben, aus ganz Bayern.«

Einige Monate zuvor

Als sie ausstiegen, mussten sie beinahe lachen. Der Parkplatz, der braune Umschlag – das alles war so klischeebehaftet, dass es etwas Komisches an sich hatte. Ein konspiratives Treffen. Wie in einem Agentenfilm. Doch die Sache war viel zu ernst, um darüber zu lachen.

Er stand bereits auf dem Parkplatz und sie erkannten ihn nicht nur an seinem Wagen, den er ihnen beschrieben hatte. Es war vor allem seine Nervosität, die ihn verriet. Gehetzt blickte er sich immer wieder um und knetete seine Hände. Hektisch fummelte er eine Zigarette aus der Tasche und zündete sie sich an. Für einen Augenblick kamen ihnen Zweifel, ob er wirklich der Richtige sei, aber sie mussten jetzt handeln. Und wenn er das viele Geld sehen würde, würde er sich schon entsprechend verhalten. Einer von ihnen legte seine Hand von außen an seine Manteltasche und fühlte den Umschlag. Obwohl niemand sonst auf dem Rastplatz war und die vorbeifahrenden Autos eine stetige Geräuschkulisse bildeten, begrüßte sie der junge Mann flüsternd. Wieder kam ihnen die Situation für einen Moment komisch vor.

Ob auch wirklich nichts Ungesetzliches an der Sache sei, fragte der junge Mann und wischte sich fahrig ein paar Schweißperlen von seiner Oberlippe.

Anstatt zu antworten reichten sie ihm den Umschlag. Ob er schon wisse, wohin er wolle, fragten sie.

Portugal, entfuhr es dem jungen Mann unvermittelt.

Sie nickten.

Was mit seinen Eltern sei, wollte er wissen, als sie sich schon zum Gehen gewandt hatten.

Sie sahen ihn fragend an.

Ob er sie kontaktieren könne.

Sie seufzten. Dann stellten sie sich ganz nah zu ihm. Man habe alles besprochen, alles bleibe wie abgemacht. Nicht die Eltern, nicht die Freundin, niemanden.

Sie zeigten auf den Umschlag. Das sei eine Menge Geld, dafür könne er sich viel kaufen. In anderen Ländern könne man damit Leute für immer verschwinden lassen.

Der junge Man schluckte. Er hatte verstanden. Schnell lief er zu seinem Auto. Er fuhr davon, ohne sich noch einmal umzusehen.

»Was forschen Sie denn hier so?«

»Nun, das wäre sehr kompliziert zu erklären. Laienhaft gesagt: Es geht um Geo-Biologie, um Einzeller, Mikroorganismen.«

Spätestens jetzt war Kluftinger der Mann unsympathisch. Er erinnerte ihn an einen anderen Akademiker, der ebenfalls einen Doktortitel trug und genauso gern mit seinem Fachwissen prahlte.

»Wann waren Sie das letzte Mal da?«, fiel Kluftingers Kollegin in das Gespräch ein.

»Vor zwei Wochen. Wir sind hier immer ein paar Tage vor Ort und dann wieder in München, um die Daten auszuwerten.«

Friedel Marx bohrte weiter: »In dieser Zeit, in der Sie nicht da waren, hatte dieser Bühler hier was zu tun? Ich meine, am See?«

»Hier? Auf gar keinen Fall. Wir machen das immer zusammen. Es wäre auch viel zu gefährlich, hier allein zu tauchen. Ausgeschlossen.«

Die Beamten blickten sich an. Da war er wieder, der Hinweis darauf, wie gefährlich das Tauchen in diesem See doch sei.

»Hören Sie, wenn's jetzt nichts mehr gibt, ich hätte noch eine Menge Arbeit«, erklärte der Professor.

Kluftinger zog die Augenbrauen nach oben. »Wollen Sie denn nicht wissen, was mit Ihrem Studenten los ist?«

Peinlich berührt blickte Bittner sie an. Zum ersten Mal während des Gesprächs wurde er unsicher. »Na… natürlich. Ich …« Er räusperte sich. »Was ist mit ihm?«

Der Kommissar prüfte sein Gesicht einige Sekunden, bevor er antwortete. Es war dem Wissenschaftler deutlich anzumerken, dass er seine Reaktion gerne rückgängig gemacht hätte.

Kluftinger holte tief Luft und lüftete das Geheimnis: »Wir haben den Herrn … wie heißt er noch gleich?«

»Bühler, Jochen Bühler.«

»Also wir haben Herrn Bühler hier leblos gefunden, nur ein paar Meter von der Stelle entfernt, wo wir jetzt stehen. Er lag am Ufer, halbtot, ein Tauchunfall oder möglicherweise ein Verbrechen.«

Gespannt warteten die Beamten auf die Reaktion des Professors. Der starrte sie mit offenem Mund an. Er schien ernsthaft um seine Fassung zu ringen, dann flüsterte er: »Ist er …?« Er fürchtete sich davor, den Satz zu beenden. Kluftinger war sich jedoch nicht sicher, ob seine Sorge wirklich seinem Studenten galt oder nur der reibungslosen Fortsetzung seiner Studien – oder etwas ganz anderem.

»Nein, er lebt noch«, antwortete Marx. »Aber er liegt im Koma. Keiner weiß, ob er durchkommt.«

»Das ist ja … furchtbar. Ich muss das sofort den anderen sagen.«

Noch bevor ihn die Beamten daran hindern konnten, wandte sich der Professor um, rief seine Studenten zu sich und erzählte ihnen, was er erfahren hatte.

Sofort kam Bewegung in die Menschentraube, einige schüttelten die Köpfe, andere raunten sich etwas Unverständliches zu, manche wirkten bestürzt.

»Wird er durchkommen?«, wollte ein breitschultriger Blondschopf wissen.

»Wir wissen es nicht«, antwortete der Kommissar wahrheitsgemäß. »Aber was wir wissen, ist, dass er hier getaucht hat, am Wochenende. Kann sich jemand von Ihnen vorstellen, warum? Hat er irgendjemandem etwas gesagt?«

Wieder begann ein Gemurmel, doch keiner beantwortete die Frage.

»Wissen Sie sonst irgendwas?«

Allgemeines Kopfschütteln.

»Er war kein Streber oder so.«

»Wie bitte?« Eine glockenhelle Frauenstimme hatte sich zu Wort gemeldet, aber Kluftinger hatte nicht gesehen, wem sie gehörte, und blickte nun suchend in die Menschentraube vor ihm.

»Ich meine, er war keiner, der besonders engagiert war.« Die Stimme gehörte zu einer hübschen, pausbackigen Brünetten. »Ich glaube nicht, dass er uns mit seinen Forschungsergebnissen beeindrucken wollte.«

»Woher willst du denn das wissen? Ich würde ihm das schon zutrauen«, mischte sich der Blondschopf wieder ein.

»Also ich fand ihn ganz in Ordnung. Ziemlich bodenständig«, erklärte der Mann mit der Schiebermütze und den Kopfhörern. Dann mischten sich immer mehr in die Unterhaltung ein und es erhob sich ein unverständliches Stimmengewirr.

»Meine Damen und Herren«, rief Kluftinger und hob dabei die Arme wie ein Prediger, »es ist sehr gut, dass Sie sich da alle ihre

Gedanken machen. Aber uns würde es sehr helfen, wenn Sie diese Angaben geordnet zu Protokoll gäben. Mein Kollege …« Er drehte sich um, überlegte kurz und fuhr dann fort: »Meine Kollegin Friedel Marx wird heute bei Ihnen bleiben und Sie können ihr einer nach dem anderen erzählen, was Sie für wichtig erachten. Und danach erzählen Sie ihr bitte das, was Sie für unwichtig halten.« Er versuchte, im Gesicht seiner Kollegin eine Regung abzulesen, doch er konnte nicht erkennen, was sie von ihrer neuen Aufgabe hielt. Schließlich nahm er den Professor beiseite, um von ihm einige Details über dessen Forschungen zu erfahren. Vielleicht könnte er seine Aufgaben selbst einem Unkundigen wie ihm etwas genauer erklären.

»Es ist eine Zeitreise, die wir unternehmen«, gab der nun sehr bereitwillig Auskunft, offenbar bemüht, den schlechten Eindruck, den er durch sein Verhalten vorhin gemacht hatte, zu korrigieren.

»Eine Zeitreise?«, fragte Maier neugierig und schob sich zwischen die beiden. Er hatte seit jeher ein Faible für unerklärliche Phänomene.

»Ja, eine Reise in die Zeit, als die Erde noch von Lebewesen beherrscht wurde, die keinen Sauerstoff benötigten. Anaerob nennen wir das.«

Maier schnaufte. Offenbar war er enttäuscht, dass der Professor nur in einer Metapher gesprochen hatte.

»Sie werden es bestimmt nicht wissen, aber was wir hier am Alatsee haben, ist weltweit einzigartig. Eine Anomalie, die es in dieser Form sonst nirgends gibt. Nicht oft, jedenfalls.«

»Sie meinen die rote Farbe.«

Der Wissenschaftler war überrascht. »Genau. Woher wissen Sie das?«

»Weil ihr Student, den wir hier am Ufer gefunden haben, über und über damit bedeckt war.«

Der Professor sah ihn ernst an. Nach einer Weile antwortete er: »Das würde bedeuten, dass er an ganz bestimmten Stellen getaucht ist. Denn diese Kulturen gibt es nicht überall im See.«

»Und gibt es an diesen Stellen etwas Besonderes?«, fragte Maier schnell.

»Allerdings.«

Mit einem zufriedenen Lächeln sah Maier seinen Chef an. »Und würden Sie uns sagen, was das ist?«, bohrte er weiter, sah dabei aber nicht den Professor, sondern Kluftinger an.

»Na, eben diese rote Farbe.«

Kluftinger grinste und Maier lief rot an.

»Für Sie mag das nur eine seltsame Laune der Natur sein, für uns ist es eine Sensation, die noch ihrer Erforschung harrt. Sehen Sie: In den Flachwasserzonen bis fünfzehn Meter finden Sie ein intaktes Ökosystem vor. Indikatoren wie die sehr sensible Köcherfliege zeigen uns das, aber ich will Sie nicht mit biologischem Fachchinesisch langweilen. Gehen Sie tiefer, stoßen Sie an manchen Stellen auf purpurfarbene Schwefelbakterien. Wir vermuten, dass die Mineralien im Faulenbacher Tal für dieses Phänomen verantwortlich sind, aber das müssen wir erst noch untersuchen. Jedenfalls sind diese Bakterien in einer Größe und Zahl vorhanden, wie das sonst in keinem mir bekannten Gewässer *der Welt* der Fall ist.«

Professor Bittner ließ die Worte ein wenig nachklingen, was die intendierte Wirkung nicht verfehlte. Die Polizeibeamten hingen förmlich an seinen Lippen. »Wie gesagt, bis etwa fünfzehn Meter ist das Ökosystem intakt, danach kommt, in einer Tiefe zwischen fünfzehn und zwanzig Metern, die Todeszone. Es sind einzelne Stellen, drei bis fünf Meter lang. Da gedeiht nichts. Das ist absolut lebensfeindliches Gebiet. Als wäre es nicht von dieser Welt. Wie auf einem anderen Planeten sozusagen.«

»Ein anderer Planet also«, wiederholte Kluftinger nachdenklich. »Und was könnte einen veranlassen, sich allein auf diesen Planeten zu begeben?« Er war fast ein wenig stolz, dass er das Wortspiel so gewandt weitergeführt hatte.

»Das ist wohl die Frage. Aber ich fürchte, die müssen Sie beantworten. Unsere Fragestellungen sind rein wissenschaftlicher Natur.«

»Hm, na gut«, brummte der Kommissar, der einsah, dass er hier erst einmal nicht mehr weiterkommen würde. »Meine Kollegin ist ja noch vor Ort und auch wir werden uns bestimmt wieder sehen.« In den Ohren des Professors klang das ein bisschen wie eine Drohung, was von Kluftinger durchaus beabsichtigt war. »Eine Frage nur noch: Warum machen Sie das Ganze hier gerade im Winter und nicht im Sommer, da wäre das Tauchen doch bestimmt angenehmer. Der See ist ja kurz davor, zuzufrieren.«

Ein mildes Lächeln zeigte dem Kommissar, dass er sich als Laie geoutet hatte. »Es gibt mehrere Gründe. Einmal ist das hier ja ein Badesee. Den im Sommer für unsere Forschungen sperren zu lassen, wäre sicher schwierig. Aber der Hauptgrund ist, dass jetzt im Winter sozusagen alles konserviert ist. Die ›Todeszonen‹ wandern nicht, wir haben hier perfekte Bedingungen für eine längerfristige Beobachtung. Im Sommer wären die von uns untersuchten Gebiete einer zu hohen Fluktuation ausgesetzt.«

Kluftinger hatte zwar nicht das Gefühl, wirklich alles verstanden zu haben, aber er gab sich fürs Erste damit zufrieden. »Richard, wir packen's«, sagte er und war froh, wieder ins Auto zu kommen, denn die Kälte hatte dem kränkelnden Kommissar zugesetzt und er fühlte sich schwach und ausgelaugt.

Während sie durch den Schnee stapften und mit einem kaum merklichen Grinsen der Kollegin zuwinkten, die inmitten mehrerer Studenten stand und eifrig notierte, was diese ihr erzählten, sahen sie sich die Gerätschaften an, die – zum Teil im Wagen und zum Teil draußen im Schnee – herumstanden: Auf einem Tisch stand ein Bildschirm, auf dem grüne Kurven leuchteten, daneben etwas, das wie eine kleine Spielzeug-Planierraupe aussah, auf die eine Kamera montiert war. Kabel kamen aus den Autos heraus, in denen Kluftinger ebenfalls einige Monitore entdeckte.

»Was das kostet!« Maier schüttelte den Kopf. »Und wer zahlt's? Natürlich die Steuerzahler!«

»Wie dein Gehalt, Richie, wie dein Gehalt«, erwiderte Kluftinger kurz und Maier verkniff sich eine weitere Bemerkung.

Wortlos schritten sie zum Auto. Maier, weil er keine weiteren Spitzen gegen seine Person provozieren wollte, Kluftinger, weil er das unbestimmte Gefühl hatte, irgendetwas übersehen zu haben. Als sie im Wagen saßen und Maier den Zündschlüssel herumdrehen wollte, fasste Kluftinger ihn am Arm.

»Warte noch«, bat er und starrte nach draußen. »Kruzifix, diese Erkältung macht mich ganz damisch im Grind! Irgendwas war noch, irgendwas hab ich übersehen.«

Maier sagte nichts, er blickte den Kommissar nur gespannt an. Er wusste, dass es in solchen Fällen am besten war, ihn einfach nachdenken zu lassen. Nicht nur, weil es unangenehme Folgen haben konnte, das nicht zu tun. Es kamen oft die verblüffendsten Ergebnisse heraus, wenn sich sein Chef den Kopf zerbrach.

»Herrgott, ich bin doch ein Depp.« Kluftinger schlug sich mit der flachen Hand gegen die Stirn. »Wir müssen noch mal raus, los.«

Maier hätte zu gerne gewusst, weshalb sie nun noch einmal in Richtung See gingen, aber er traute sich nicht, zu fragen.

Schon von weitem winkte Kluftinger dem Professor zu und beschleunigte seinen Schritt, was ihn einigermaßen außer Atem brachte. Als sie ihn erreicht hatten, hatte der Kommissar Mühe, einen verständlichen Satz herauszubringen: »Ich hab grad beim Gehen gesehen, dass Sie so ein kleines Tauchgerät haben.«

Der Wissenschaftler blickte ihn mit großen Augen an.

»Wenn mich nicht alles täuscht, ist da eine Kamera drauf. Bedeutet das, dass Sie Aufnahmen unter Wasser gemacht haben?«

»Natürlich, das ist so üblich.«

»Auch von den Stellen mit der roten Flüssigkeit?«

»Gerade von denen.«

»Kann ich sie sehen?«

»Die Aufnahmen oder die Flüssigkeit?«

»Die Aufnahmen. Es wäre sehr wichtig.«

»Natürlich können Sie die sehen. Aber es ist viel Material. Ein paar Stunden. Da haben Sie einiges zu tun. Und ich sage Ihnen gleich: Das ist eigentlich vorwiegend eine trübe rote Suppe, die Ihnen nicht viel weiterhelfen wird. Ich mache Ihnen eine Kopie. Die kann ich dann ja Ihrer Kollegin mitgeben. Können Sie mit einer DVD etwas anfangen?«

»Gleich!«

»Wie bitte?«

»Ich möchte sie gleich sehen.«

Professor Bittner legte die Stirn in Falten. »Das sind, wie gesagt, mehrere Stunden, Und ich müsste jetzt auch erst alles heraussuchen und wo wir doch gerade am Aufbauen sind …«

»Bitte«, sagte Kluftinger, aber es klang eher wie eine Anordnung. Bittner verstand.

»Na gut, Sie sind der Chef.«

Wenige Minuten später standen Kluftinger, seine beiden Kollegen, der Professor, der es gerade noch so eilig gehabt hatte, mit dem Aufbau fortzufahren, und mindestens die Hälfte der Studenten um die geöffnete Heckklappe des VW-Busses herum, in dessen Fond sich ein

Computer mit Flachbildschirm befand. Auf dem Schirm war nichts außer einer trüben, grün-braunen Flüssigkeit zu sehen, die bei jeder Bewegung des Kameraroboters träge waberte und blubberte. Das Wasser, das vom Ufer aus so klar aussah, war voller Schwebeteilchen, die im Kegel des Kameralichtes aufleuchteten. Nur daran war zu sehen, dass der Roboter überhaupt seine Position veränderte, denn ansonsten zeigte der Bildschirm nur undurchdringliches, dunkles Grün.

Kluftinger hatte sich etwas nach vorn gebeugt und die Augen zusammengekniffen. Er war angespannt und nahm deshalb kaum wahr, wie die Kälte immer weiter seine Beine entlang nach oben kroch. Auf beiden Seiten flankierten ihn seine Kollegen und blickten ebenso konzentriert auf das Bild, das sich scheinbar nicht veränderte. Keiner sagte ein Wort, nur das Schnaufen der Menschen war zu hören, die dicht beieinander standen und deren Atem sich über ihnen zu einer dampfenden Wolke vereinte.

So verging Minute um Minute, ohne dass sich die Anzeige merklich veränderte. Doch auf einmal zuckte etwas blitzartig durch den Scheinwerferkegel und Maier erschrak derart, dass er Kluftinger am Arm packte, so dass auch dieser zusammenschreckte.

»Nur ein Hecht, die trifft man da unten gar nicht so selten«, kommentierte der Professor und legte einen Finger auf die Lippen, um seine Studenten, die ihr Lachen ob der Reaktion der Polizisten kaum unterdrücken konnten, zur Disziplin zu mahnen.

Nach etwa zehn Minuten wurde das Bild plötzlich schwarz und kurz darauf zeigte sich am unteren Rand des Schirms ein rötliches Schimmern. Kluftinger hielt den Atem an. So etwas hatte er noch nie gesehen. Ihn schauderte bei dem Gedanken, dass er in diesem See bereits mehrere Male gebadet hatte.

Das Schimmern wurde intensiver und auf einmal zog eine rosa leuchtende Wolke durchs Bild. Das Ganze sah aus wie ein riesiger Organismus. Ähnlich einer Qualle schwappte das leuchtende Gebilde durchs Wasser, mal wurde es von dunkleren Schlieren durchzogen, mal schienen hellere Farbfontänen vor ihren Augen zu explodieren. Etwa eine Minute ging das so, dann wurde der Bildschirm wieder schwarz, schwärzer als er es zuvor gewesen war.

»Die Todeszone«, hauchte der Professor und Kluftinger wagte kaum zu atmen. Ehrfürchtig und ein bisschen ängstlich staunte er dieses

Naturphänomen an, wie ein kleines Kind, das zum ersten Mal ein Gewitter erlebt.

Dann zuckte es auf dem Schirm und es war nur noch Bildrauschen zu sehen.

»Das war's«, sagte der Professor. »Haben Sie was entdeckt?«

»War das alles? Sie haben doch gesagt, dass es mehrere solcher Stellen gibt.«

Widerwillig nickte Bittner. »Ja, die gibt es. Wenn Sie die auch sehen …«

»Will ich.«

Der Professor gab einem Studenten ein Zeichen und dieser legte eine andere DVD in das Laufwerk. Wieder wurde der Bildschirm zunächst grün, dann braun, schließlich schwarz und begann dann rosa zu schimmern. Kluftinger merkte, dass seine Kollegen ungeduldig wurden. »Wollen wir sie nicht mitnehmen und daheim anschauen?«, fragte Maier, der seit einigen Minuten unruhig von einem Bein auf das andere stieg und seine Hände gegeneinander rieb. Er war völlig durchgefroren. Der Bildschirm wurde rosa, dann schwarz und das Bild begann zu rauschen. Der Student wollte gerade die DVD aus dem Laufwerk nehmen, da rief der Kommissar: »Stopp! Noch mal zurück.«

Entgeistert wurde er von allen angeblickt.

»Also, Herr Kluftinger, ich will Ihnen ja nicht zu nahe treten, aber da war nichts.« Friedel Marx steckte sich einen Zigarillo an und blies ihm den Rauch ins Gesicht.

Maier nickte. »Komm, keiner hat was gesehen. Lass uns das Zeug mitnehmen und verschwinden.«

»Da kann ich doch nichts machen, dass ich der Einzige bin, der nicht ganz blind ist«, blaffte der Kommissar zurück. »Ich hab was entdeckt, ganz sicher. Schon traurig, dass ich mit meinen verquollenen Schnupfenaugen besser sehe als ihr alle zusammen.«

Keiner traute sich mehr, etwas zu sagen. Der Student drückte eine Taste und das Bild ruckelte rückwärts. Als Kluftinger die rosa Farbe sah, rief er: »Stopp! Können Sie das ab hier auch langsamer abspulen?«

Auf einmal waren alle wieder still. Jeder versuchte zu sehen, was der Kommissar gesehen hatte.

»Da! Da war es!«, rief er.

Die Umstehenden sahen sich fragend an.

»Hurament, habt ihr's immer noch nicht gesehen? Nur ganz kurz.«

Keiner antwortete. Kluftinger kamen plötzlich selbst Zweifel. Sollten ihm seine benebelten Sinne einen Streich gespielt haben? Nein, er war sich ganz sicher. Jetzt wollte er es wissen. Er kletterte halb in den Bus, blickte sich mit den Worten »Darf ich?« zum Professor um und berührte, als der nickte, mit dem Finger den Bildschirm. »Hier, diesen Bereich, können Sie den vergrößern?«

Der Student nickte.

»Und ganz langsam laufen lassen.«

Auf dem Bildschirm erschien, etwas unschärfer als zuvor, wieder die rote Flüssigkeit.

»Anhalten!« Heiser stieß der Kommissar den Schrei aus und bezahlte das mit einem Hustenreiz. Als der sich gelegt hatte, nickte er und blickte sich um. »Seht ihr's jetzt?«

Wie an einer unsichtbaren Schnur gezogen beugten sich die Köpfe der Menschen, die um das Auto herum standen, nach vorn. Es dauerte ein, zwei Sekunden, dann sagte eine junge Frau: »Er hat Recht. Da ist was.« Das Gedränge um den Bus wurde größer.

»Tatsächlich. Sie müssen ja Augen wie ein Luchs haben«, flüsterte Bittner.

Damit schien der Bann gebrochen, denn auf einmal sahen es alle: Am unteren Rand des Bildschirms, dort, wo sich die rote Flüssigkeit langsam in tiefes Schwarz auflöste, ragte etwas heraus. Es war eine schwer zu identifizierende, zackige Form, die Oberfläche diffus, weil sie von einer dicken Sedimentschicht überzogen war. Aber das war garantiert keine natürliche Form, kein Baumstamm, der in den See gefallen war. Der Balken oder Träger oder was das auch immer sein mochte, breitete sich mehrere Meter nach beiden Seiten aus, verjüngte sich nach unten und verschwand schließlich in der undurchdringlichen Schwärze des Sees.

»Was zum Teufel ist das?«, entfuhr es Maier.

Die Antwort des Professors kam schnell, zu schnell, wie Kluftinger fand: »Ach, da wird mal irgendjemand was reingeschmissen haben. Vielleicht eine Angelrute. Oder es ist ein alter Steg oder ein Segelmast.«

Kluftinger musterte ihn streng. »Wie tief ist es an dieser Stelle?«, wollte er wissen.

»Also, ich weiß nicht so genau, vielleicht …«, der Professor ruderte mit den Händen, »um die achtunddreißig Meter.«

»Soso. Angelrute, was? Mit einer so langen und dicken Angelrute könnte man ja bequem nach Walen fischen!«

Mit hochrotem Kopf stotterte der Professor: »Na, ich dachte ja nur, ich meine …« Er nahm seine Russenmütze ab und kratzte sich am Kopf. Der Kommissar nahm überrascht zur Kenntnis, dass er überhaupt keine Haare hatte. Die voluminöse Fellkappe hatte ihn irgendwie einen dichten Haarwuchs darunter vermuten lassen.

»Sonst irgendjemand eine Vermutung, was das sein könnte?« Die Umstehenden zuckten mit den Schultern. »Vielleicht eine Kaffeekanne oder ein Fußballtor?«, schlug Kluftinger zynisch vor. »Nein? Gut, wir werden es ja sicher herausfinden. Bitte geben Sie uns doch eine Kopie dieser … Scheibe da.« Dann wandte er sich um und sagte laut: »Sie halten sich bitte alle zur Verfügung. Wir werden sicher noch weitere Fragen haben und auch noch weitere Male herkommen. Einstweilen bleibt meine Kollegin bei Ihnen und wird sich noch ein bisschen umhören. Bis dahin.«

Nach ein paar Schritten drehte er sich noch einmal um: »Wo wohnen Sie eigentlich?«

»Im Gasthof da drüben«, beeilte sich der Professor zu sagen.

»Na, ich hoffe, Sie haben einen unempfindlichen Magen«, murmelte der Kommissar und ging.

»Endlich, Richard! Endlich bewegt sich was. Jetzt wissen wir immerhin, um wen es sich dreht. Und auch mit den Bildern aus dem See kommen wir sicher weiter.« Kluftinger war voller Tatendrang, er freute sich regelrecht darauf, die DVDs im warmen Büro anzuschauen, vielleicht sogar auf Maiers Videoleinwand.

»Dieser Projektor, kann man da drauf auch diese Filme abspielen?«, erkundigte er sich bei der Rückfahrt.

»Auf dem Beamer, meinst du?«

»Ja, auf diesem Projektor halt …«

»Weißt du, das ist ja im Endeffekt nur ein Ausgabegerät wie ein Monitor oder ein moderner Flatscreen.«

Kluftinger sah Maier vorwurfsvoll an. Da sein Kollege wusste, wie sehr er diese »englischen Angeberwörter«, wie er sie immer nannte, hasste, präzisierte Maier: »Also, man kann ihn an jeden Lap … also an jeden tragbaren Computer anschließen. Nimm ihn dir halt auch mal mit nach Hause! Ich hab ihn am Wochenende schon ein paar Mal gehabt, um mir Filme anzusehen.«

Kluftinger verkniff sich um des lieben Friedens willen eine Bemerkung über den Umgang mit Staatseigentum. Den Rest der Fahrt hing jeder seinen eigenen Gedanken nach, die sie meist in die Tiefen des Sees führten, den sie gerade aufgesucht hatten. Als sie in Kempten die Residenz passierten, kam Kluftinger eine Idee. »Ich muss noch schnell was einkaufen in der Mittagspause. Beim Horten. Soll ich dich in der Stadt rauslassen oder willst du ins Büro?«

»Du, da geh ich grad mit.«

Das kam Kluftinger aber nun gar nicht gelegen: Schließlich wollte er nicht irgendwas kaufen. Nicht Kartoffeln oder ein paar Bleistifte. Es ging hier um etwas Sensibles, etwas geradezu Intimes, etwas, wobei der Kommissar lieber auf die Begleitung seines Kollegen verzichtete: Es ging um Erikas Weihnachtsgeschenk!

»Du, Richard, vielleicht lassen wir das. Ist sicher auch grad viel los, so mittags in der Stadt.«

»Ach jetzt komm, jetzt gehen wir halt, tät mir gerade gut passen. Ich bräuchte nämlich noch ein Weihnachtsgeschenk.«

Das ließ die Sache natürlich in einem anderen Licht erscheinen. Wenn sein Kollege ebenfalls auf Geschenksuche war, dann würde er ihn kaum bei seiner stören können. »Gut, dann machen wir's so«, willigte der Kommissar deshalb ein.

»Also, Richard, bis glei dann. Ich schau derweil mal ein bissle nach einem Geschenk für Erika rum …«, sagte Kluftinger.

»Da schließ ich mich an! Ich such nämlich auch was für meine Holde.«

Kluftinger biss sich auf die Lippe. Sein Kollege hatte seinen Wink nicht verstanden. Und Maier wollte er bei diesem denkwürdigen Ereignis als Letzten dabei haben. Kluftinger beschleunigte einfach seinen Schritt, da er hoffte, sich so seines Begleiters entledigen zu können. Und tatsächlich blieb Maier kurz darauf in der Elektronikabteilung hängen, wo er sich die neuesten Handys ansah. Gott sei Dank! Nun musste Kluftinger nur noch um zwei Ecken und dann unauffällig in den Damenwäschebereich einbiegen.

Für den Kommissar war der alljährliche Geschenkeinkauf ein Graus.

Dabei musste er ja nur für Erika etwas kaufen. Alle anderen Besorgungen machte seine Frau, einschließlich der Geschenke für seine Eltern. Auch für Markus hatte er noch nie etwas selbst gekauft, wenn man einmal von dem Elektronikbaukasten absah, den er mit viel gutem Willen seinem damals sechsjährigen Filius ausgesucht hatte, da seine Frau kurz vor Weihnachten krank geworden war. Das hatte allerdings bei der Bescherung zu einigen Verstimmungen geführt, denn der Baukasten war für Kinder ab zwölf gewesen – und wurde drei Tage später gegen einen ferngesteuerten Geländewagen umgetauscht. Aber auch ihre jetzige Arbeitsteilung hatte schon zu peinlichen Situationen geführt, wenn sich etwa seine Mutter mit Tränen in den Augen für das »wunderbare Präsent« bedankte und ihn fragte, wie er denn auf diese Idee gekommen war – und er nicht einmal wusste, was sie ihnen da unter den Baum gelegt hatten. So war er im Laufe der Jahre etwas aus der Übung gekommen, was das Schenken anging. Zwar wusste er wohl, dass viele Frauen gern Schmuck, Reisen oder teure Kleidung zu Weihnachten bekamen, von edlem Parfüm oder Kosmetika ganz zu schweigen. Aber Erika freute sich mehr über praktische Dinge, mit denen man auch etwas anfangen konnte. Glaubte Kluftinger jedenfalls. Zu Weihnachten hatte sie früher meist etwas für die Küche bekommen, gerne auch neue Errungenschaften der Technik wie ein Rotationsgrillgerät oder einen Heißen Stein, die man dann etwa dreimal verwendete: das erste Mal an Silvester, danach noch an zwei Geburtstagen. Den Rest ihres fast noch jungfräulichen Daseins fristeten sie dann ungenutzt im Schrank.

Kluftinger sah sich um. Er kam sich ein wenig deplatziert vor, hier, inmitten von Büstenhaltern, Strumpfhosen und knappen Tangas. Erleichtert nahm er zur Kenntnis, dass er außer einer älteren Dame und einem Ehemann, der ähnlich hilflos wie er selbst dreinblickte, der einzige Kunde in der Abteilung war.

Er beobachtete den anderen Mann aus den Augenwinkeln: Der steuerte ziellos zwischen den Wäschebergen umher und machte sich schließlich an einer Auslage mit rosaroten Tangaslips zu schaffen. Der kauft nie und nimmer für seine Frau ein, mutmaßte der Kommissar und verfolgte weiterhin dessen Einkauf, wobei er beiläufig und ohne wirklich hinzusehen die Artikel an einem Wäscheständer durchstöberte.

Ein Räuspern neben ihm ließ ihn kurz zusammenfahren: Die ältere Dame stand nun ebenfalls an dem Ständer und gab ihm zu verstehen, dass sie sich die Artikel auch gerne etwas näher ansehen würde. Erst jetzt sah er, wo er da eigentlich stand: In seiner Hand hielt er ein fleischfarbenes Stützkorsett. Mit hochrotem Kopf hängte er es zurück und eilte einige Ständer weiter. Als dabei sein Blick zufällig den des anderen Mannes traf, hätte er schwören können, dass ein Grinsen über dessen Gesicht huschte.

Der Kommissar sah sich nach einer Verkäuferin um. Normalerweise konnte er Beratungsgespräche bei Kleidungseinkäufen überhaupt nicht leiden, aber in diesem Fall war es etwas anderes: Diese Ecken der Geschäfte waren sensible Bereiche, in denen er ein Fremder, ein Eindringling war. Und er hatte das Gefühl, dass ihn die Kundinnen das mit missbilligenden, zumindest aber misstrauischen Blicken auch merken ließen. Ein »So, schon was gefunden, mein Herr?« ließ Kluftinger aufschrecken. Vor ihm stand eine Verkäuferin mittleren Alters.

»Äh, wie bitte?«, krächzte er. Seine Stimme war belegt.

»Sie suchen einen Bademantel für die Gattin?«

»Bademantel. Such ich. Ja.«

»Irgendetwas Besonderes, was Sie sich vorstellen?«

»Nein … ich meine … ja, einen Bademantel halt. Was Besonderes schon, ist ja ein Weihnachtsgeschenk.« Der Kommissar war, was solche Verkaufsgespräche anging, nicht eben versiert. Zumal, wenn es sich um Damenbekleidung drehte.

»Also, ich würde Ihnen zu einem edlen Modell von Gabbiani raten. Die sind außen aus Seide und innen aus einem ganz flauschigen Samtfrottee, das gefällt jeder Frau. Sehen Sie …« Die Verkäuferin entfernte sich ein Stück, ging zu einem Kleidungsständer und kam mit einem glänzenden, rosa-violett gestreiften Modell wieder. »Ist das nicht toll? Fühlen Sie mal …«

Zögerlich streckte der Kommissar seine Hand aus und strich schnell über den Stoff. »Ja, schön weich. Was kostet der?«

»Qualität hat natürlich ihren Preis. Ist auch von Gabbiani. Etwas Besonderes eben«, trällerte die Verkäuferin.

»Also …?«, hakte Kluftinger ungeduldig nach, wobei er insgeheim bereits wusste, dass Erika und der Gabbiani aus pekuniären Gründen wohl nicht zueinander finden würden. »Hundertfünfzig – mit einer sehr repräsentativen Geschenkpackung.«

Kluftinger musste schlucken, bevor er antworten konnte: »Dreihundert Mark? Für einen … Bademantel?« Das letzte Wort klang so abschätzig, als handele es sich dabei um eine ansteckende Krankheit. Soviel hätte er nicht einmal für eine Winterjacke, geschweige denn einen Skianorak, ausgegeben – und das, wo diese Kleidungsstücke aus erheblich mehr Stoff gefertigt waren als so ein lappriger Bademantel.

»Nicht ganz dreihundert Mark«, korrigierte ihn die Dame. »Ich sagte ja, etwas Besonderes.«

»In dem Fall tut es etwas weniger Besonderes auch. Ist schließlich nur für meine Frau und nicht für …« Er machte eine kurze Pause, um zu überlegen, wie er den Satz eigentlich hatte beenden wollen.

»Nicht für Ihre Freundin«, murmelte die Frau so leise in die Pause hinein, dass Kluftinger nicht hätte beschwören können, ob er richtig gehört hatte.

»Ich nehme den gelben Mantel hier. Wenn Sie mir den nett verpacken.« Er reichte der Dame ein schlichtes Modell aus Frottee.

»Bitte, wie Sie meinen. Der tut sicher auch seinen Zweck«, sagte die Verkäuferin und Kluftinger konnte sich des Eindrucks nicht erwehren, dass sie dabei etwas enttäuscht klang.

Aber in ihre Enttäuschung mischte sich sehr schnell so etwas wie Kampfgeist wider die Sparsamkeit einfallsloser Ehemänner und sie fragte herausfordernd: »Wenn ich so indiskret sein darf, was bekommt die Gattin denn noch?«

Kluftinger zuckte zusammen: »Wie … noch?« Er war überrumpelt und überlegte kurz: »Blumen halt.« Er wollte vor der Verkäuferin nicht als geizig dastehen. Gleichzeitig ärgerte er sich darüber, dass sie ihm das Gefühl gab, sich rechtfertigen zu müssen.

Sie erwiderte nichts, sondern zog lediglich die Augenbrauen nach oben und wandte sich zur Kasse. »Reicht das vielleicht nicht? Ist es denn nicht mehr die Geste, die zählt?« Die Verkäuferin drehte sich um; er hatte ihre Herausforderung angenommen.

»Ich dachte nur … für einen Mann in Ihrer Stellung …«

Kluftinger stutzte. Kannte sie ihn? Er hatte sie mit Sicherheit noch nie gesehen – sein Personengedächtnis war legendär. Aber er war hin und wieder in den Medien, das brachte seine Stellung, auf die die Dame offenbar anspielte, so mit sich. Er musste dabei einen ungeheuren Eindruck hinterlassen haben und fühlte sich geschmeichelt.

»Wieso, hätten Sie noch einen Tipp?«, fragte er etwas sanfter als zuvor. Vielleicht würde er tatsächlich noch ein Geschenk …

»Dessous! Edle Wäsche, damit könnten Sie Ihre Frau mal wieder verwöhnen. Etwas Feines, was man sich selbst nicht gönnen würde.«

Unterwäsche? Das war dem Kommissar nun doch zu heikel.

»Also, meine Frau hält nicht viel von Reizwäsche«, wiegelte er ab.

Sie grinste: »Ich rede von Dessous, nicht von Reizwäsche.«

»Ach so, ja dann …« Die Situation begann ihm mehr und mehr zu entgleiten.

»Welche Größe bräuchten wir denn?«, insistierte die Verkäuferin und brachte den Kommissar damit gleich in die nächste Verlegenheit.

»Hm … mittel, würde ich sagen.«

»Ein wenig genauer bräuchte ich es schon. Achtunddreißig? Na ja, eher vierzig oder zweiundvierzig wahrscheinlich, oder?«

»Vierzig, das müsste passen«, antwortete der Kommissar zögerlich, das war schließlich genau die Mitte.

»Gut, also, da würde ich etwas aus Satin empfehlen. Sehen Sie, hier wäre eine wunderschöne tannengrüne Kombination. Hätten wir aber auch in bordeauxrot. Das trägt sich sehr angenehm, ist im Sommer schön kühl und regt die Phantasie an …«, lächelte ihn die Frau seltsam wissend an. Da Gespräche über das, worauf die Verkäuferin offenbar anspielte, bislang nie das Kluftingersche Schlafzimmer verlassen hatten, wechselte er rasch das Thema: »Kostenpunkt?«

»Neunundachtzig. Mit Tanga, Rio oder Hipslip?«

»Hm?«, war das Einzige, was Kluftinger herausbrachte. Und das nicht einmal wegen des horrenden Preises: Sie hatte eine Frage gestellt, das merkte er an der Satzmelodie. Vom Inhalt der Frage kam ihm aber nur das Wort »Tanga« bekannt vor. Er wurde rot. So etwas würde Erika nie anziehen.

Da er nicht antwortete, fuhr die Verkäuferin fort: »Also Rio, das ist wohl am besten.« Er nickte.

»Schön. Welchen Cup?«

Kluftinger begann zu schwitzen, seine Wangen leuchteten.

»Die Körbchen …« Die Verkäuferin schien mit ihrer Geduld am Ende.

Da hellte sich die Miene des Kommissars auf: Natürlich, die Körbchengröße. Hätte sie auch gleich sagen können. Verschwörerisch beugte er sich vor und flüsterte mit einem verschmitzten Lächeln: »Zwischen Orange und Grapefruit – genau richtig halt.« Dabei zwinkerte er der Verkäuferin mit einem Auge zu.

Sie sah ihn lange an, schüttelte dann langsam den Kopf und entgegnete mit einem Seufzen: »Also C-Cup. Ich empfehle Ihnen Bordeauxrot. Kann ich's einpacken?«

Kluftinger dachte in diesem Moment nicht mehr an den Preis und nickte. Er wollte nur noch raus hier und diesen leidigen Einkauf abschließen.

»Na, Chef, du bist doch ein Romantiker, was? Schöne Farbe. Da wird die Erika aber eine Freude haben!«

Kluftinger hatte Maier überhaupt nicht kommen sehen. Der schlug seinem Vorgesetzten kumpelhaft auf die Schulter und schob noch hinterher: »Ich hab meiner was leuchtend Rotes gekauft – ganz knapp alles. Schau!« Maier schwenkte eine transparente Plastiktüte vor Kluftingers Gesicht.

Nächstes Jahr gibt es wieder Bücher, schwor sich der Kommissar.

»Schöne Idee, Chef, wirklich! Und Bordeaux, da liegen Sie sicher richtig. Wenn Sie mich fragen … was der Richard gekauft hat, wäre mir zu grell.«

Kluftinger antwortete seiner Sekretärin mit einem resignierten Kopfnicken. Maier! Sein Kollege hatte also mal wieder den Mund nicht halten können. Dabei waren sie noch gar nicht lange im Büro. Er war bisher lediglich dazu gekommen, Hefele und Strobl damit zu beauftragen, wegen des Mannes im Koma alles in die Wege zu leiten. Schließlich wusste man nun, dass es sich um Jochen Bühler aus

Regensburg handelte. Richard Maier hatte diese Zeitspanne aber bereits genutzt.

Kluftinger würde ihn erst einmal eine Weile beschäftigen. Er bat ihn, sich die DVDs des Forschungsteams genau anzusehen.

Zweieinhalb Stunden später wusste Kluftinger, dass Jochen Bühlers Eltern, die ihren Sohn in Regensburg bereits als vermisst gemeldet hatten, morgen nach Kempten kommen würden. Seine Kollegen hatten ihn auch darüber informiert, dass Bühler wissenschaftlicher Mitarbeiter an der Uni gewesen war – bis er irgendwann nicht mehr aufgetaucht ist. Kluftinger gähnte und blickte aus dem Fenster in die bereits weit fortgeschrittene Dämmerung. Dann stand er auf, packte seine Sachen und ging nach draußen. Den fragenden Blick seiner Sekretärin beantwortete er mit einem schwermütigen »Ich glaub, ich geh heut mal früh. Meine Erkältung.« Er hatte die Türe fast schon hinter sich geschlossen, da streckte er noch einmal seinen Kopf ins Zimmer: »Sandy, sagen Sie doch dem Maier einen schönen Gruß. Er braucht gar nicht heimzugehen, bevor er nicht das ganze Material durchgesehen hat, ja? Ich werde ihn dann so gegen acht im Büro anrufen, ob er schon Ergebnisse hat.« Dann schloss er mit einem zufriedenen Lächeln die Tür.

Am nächsten Morgen stellte Kluftinger gegen halb zehn seinen Wagen auf dem Parkplatz des Musicaltheaters in Füssen ab. Er war früh ins Büro gekommen und hatte versucht, bei der Stadtverwaltung Füssen Genaueres über den Alatsee herauszufinden. Man hatte ihn an den Leiter des Wasserwirtschaftsamtes verwiesen. Und nachdem sich der gerade bei einer Begehung des Forggensees befand, hatte Kluftinger sich erneut nach Füssen aufgemacht. Friedel Marx hatte er dazu verdonnert, die Aussagen der Studenten schriftlich niederzulegen, womit sie wohl den Hauptteil des Tages beschäftigt sein würde. Deswegen war seine Laune auch so gut, als er seinen Passat abschloss und in der schneidenden Kälte zum Seeufer lief. Zwar schien sich seine Erkältung allmählich zu einer Bronchitis auszuwachsen. Doch er war heute zum ersten Mal, seit er in diesem Fall ermittelte, wieder sein eigener Herr, ohne weibliche »Unterstützung«.

Ein eisiger Ostwind blies über die freie Fläche des Forggensees, der ohne Wasser so einladend wirkte wie ein Truppenübungsplatz in der russischen Taiga. Der Kommissar zog seinen Schal enger um den Hals und schlug seinen Mantelkragen hoch. Die wenigen Schneeflocken, die der Wind mit sich trieb, trafen sein Gesicht wie winzige Nadelstiche. Er ging noch einmal zum Auto zurück und holte seine Mütze heraus, eine »Dreizack-Skimütze«, in den Farbtönen grün, weiß und violett, die ihm seit den Siebzigerjahren jeden Winter den Kopf warm hielt. Seine Frau und sein Sohn aber sagten immer, sie sehe aus wie das Dolomiti-Eis, das ebenfalls aus dieser Zeit stammte. Kluftinger zog sie sich so tief ins Gesicht, dass die Ohren ganz bedeckt waren. Wie er damit aussah, war ihm gleichgültig – er wusste, dass er kein »Mützengesicht« hatte. Was er sich über sein Haupt zog, war also völlig egal.

Am Festspielhaus vorbei lief Kluftinger in Richtung des Ufers. Er stellte sich an die Böschung, die etwa einen Meter tief abfiel, und blickte über die Fläche, die im Sommer einen der eindrucksvollsten Seen hier im Allgäu bildete. Man hatte einen schönen Blick auf die beiden Königsschlösser, die, fern von allem Trubel, sogar dem Kommissar gefielen. Heute sah die weite Ebene des Seegrunds, die mit ihren Gräben und von Eis bedeckten Furchen an eine Wattlandschaft erinnerte, noch viel unwirtlicher aus als am letzten Sonntag, als er mit seiner Familie hier gewesen war. Damals hatte die Sonne geschienen und dem trockenen Seebett etwas von seiner bedrückenden, ja morbiden Erscheinung genommen.

Der Kommissar musste die Augen zusammenkneifen, so stark blies der Wind. Weit draußen auf der offenen Fläche nahm er eine Gestalt wahr, die er an ihrer Kleidung als Günther Steinle, den Leiter des Wasserwirtschaftsamtes Ostallgäu identifizierte. In dessen Büro hatte man Kluftinger nämlich gesagt, er könne Steinle gar nicht verfehlen, der trage bei der Arbeit stets einen leuchtgrünen Anorak. Der Kommissar vergrub seine Hände tief in den Manteltaschen, zog seine Schultern hoch und ging los. Zum Glück hatte er sich an diesem Morgen die dicken Winterstiefel angezogen. Gerade, wenn er erkältet war, litt er unter kalten Füßen, und so war es ihm auch egal, wenn ihn Mitarbeiter wie Familie mit seinen Nordpol-Expeditionsschuhen aufzogen. Hauptsache warm, dachte er sich.

»Herr Steinle?«

Der Mann im neonfarbenen Blouson schreckte ruckartig hoch. Er hatte ein paar Reagenzgläschen in der Hand, offenbar gefüllt mit Proben, die er gerade aus dem schlammigen Grund entnommen hatte. Mit erschrockener Miene sah er Kluftinger an.

»Entschuldigen Sie, darf ich mich vorstellen? Mein Name ist Kluftinger.«

»Aha. Womit kann ich dienen?«

Der Mann im grünen Anorak blickte misstrauisch drein und sah sich um. Kluftinger konnte diese Reaktion gut nachvollziehen. Sicher hatte er sich hier, inmitten eines abgelassenen Sees allein gewähnt und nun stand plötzlich ein Fremder vor ihm.

»Kripo Kempten«, sagte der Kommissar schnell. »Ich hätte ein paar Fragen an Sie, Herr Steinle. Ihre Mitarbeiterin hat mir gesagt, dass ich Sie hier finden würde.«

Kluftingers Gegenüber schien erleichtert. »Heu, ist die Friedel Marx krank?«

»Ach, Sie kennen sich?«

»Die Friedel und ich, wir waren mal ein Paar ... Aber das ist schon ewig her.«

Kluftinger konnte nicht glauben, was er da eben gehört hatte. Steinle, der lange, kräftige Mittfünfziger mit der markanten Nase wirkte recht attraktiv. Abgesehen vielleicht von seiner etwas zu hohen Stimme. Wahrscheinlich wurde er am Telefon für eine Frau gehalten und die Marx ...

»Die war damals ein heißer Feger«, fuhr Steinle unvermittelt fort. Der Kommissar weigerte sich, zu glauben, dass er von seiner Füssener Kollegin sprach. »Wie dem auch sei, wir haben jetzt ab und zu beruflich miteinander zu tun. Es gibt hier viele Seen, Flüsse, Stauwehre. Man glaubt gar nicht, was im Wasser so an Unfällen und Selbstmorden alles zusammenkommt. Bei solchen Sachen kommt dann die Friedel immer.«

»Soso. Nein, Frau Marx ist nicht krank – von ihrem Husten mal abgesehen.«

»Der kommt vom Rauchen. Wie ein kaputter Ofen schlotet die!«

Kluftinger war verwundert, dass ausgerechnet Friedel Marx der »Eisbrecher« für ihre Unterhaltung war.

»Ich bin heute allerdings wegen einer anderen Geschichte da«, wurde Kluftinger wieder sachlich. »Es geht um den Alatsee.«

»Meine Güte. Wieder ein Taucher? Die lassen sich nicht aufhalten, diese Deppen! Dabei ist doch grad die TU München oben.«

»Sie haben Recht, es geht um einen Tauchunfall, allerdings im Zusammenhang mit dem Forschungsvorhaben.«

»Ach, und da gibt es Ermittlungen der Kripo? Was ist denn genau passiert?«

»Nun, wir müssen davon ausgehen, dass jemand beim Unfall nachgeholfen hat. Aber sagen Sie: Was ist am Alatsee so faszinierend, dass er die Taucher so magisch anzieht, obwohl jegliches Tauchen dort verboten ist?«

»Nun«, hob Steinle an und legte die kleine Schaufel weg, mit der er die Erdproben aus dem Seegrund gebuddelt hatte, »es sind sicher das Verbot und der Reiz des Ungewissen, was die Leute lockt. Die biologischen Gegebenheiten machen den See faktisch zu einem Buch mit sieben Siegeln. Das Milieu schafft so feindliche Bedingungen, dass es selbst für die erfahrensten Taucher mit der besten Ausrüstung gefährlich werden kann. Es gibt eine Menge Geheimnisse, die mit dem See zu tun haben – und dazu kommen mindestens noch einmal so viele Legenden, Sagen und Geschichten, die man sich zusammenreimt.«

»Sehen Sie, Herr Steinle, deshalb bin ich hier. Ich möchte von Ihnen Aufschluss genau über diese Punkte: Was macht diesen scheinbar harmlosen, idyllischen Gebirgssee im Ostallgäu so einzigartig, dass sich die Menschen auf ganz unterschiedliche Art und Weise immer wieder mit ihm befassen?«

»Puh, wo fangen wir da an?«, begann Steinle und stieß hörbar die Luft aus. »Wissen Sie was, bevor wir anfangen, höre ich auf.«

Er packte seine Sachen zusammen und schlug vor, ins Café des Musicaltheaters zu gehen, um einen heißen Tee oder Glühwein zu trinken. Er sei hier mit seinen Proben ohnehin fertig und bevor man noch länger in der Kälte stehe … Der Kommissar war einverstanden und so marschierten die beiden nebeneinander dort, wo sonst alles unter Wasser stand, ans Seeufer.

14. März 1998

Es herrschte der für die Pausen übliche Betrieb. Vielleicht wurde nicht mehr ganz so viel geraucht wie früher, aber die Wissenschaftler machten sich wie eh und je über die bereitgestellten Häppchen her, als würden sie zu Hause nichts zu Essen bekommen. Die teuersten Sachen waren als Erstes weg. Er stand etwas abseits, denn ihn widerte dieses Verhalten an. Reichte es nicht, dass sie die Hotelzimmer umsonst bekamen und Geld dafür erhielten, dass sie sich in einer fremden Stadt über ihre Passion die Köpfe heiß redeten? Er fragte sich, ob es bei allen Kongressen so war oder ob es sich bei diesem Verhalten um eine Spezialität der Biologen handelte.

Verächtlich betrachtete er das Treiben und bemerkte den Mann zuerst gar nicht, der sich zu ihm an den Stehtisch gesellt hatte. Der schwieg erst eine Weile und sagte dann, dass er sich immer ein wenig für seine Kollegen schäme.

Interessiert musterte er ihn von der Seite. Er war wesentlich älter als er selbst, vielleicht Ende sechzig, und er fand es erfrischend, jemanden gefunden zu haben, der offensichtlich genauso über seine Kollegen dachte, wie er.

Ob er keinen Hunger habe, fragte er, doch der andere verzog nur spöttisch die Mundwinkel. Ihm wurde klar, dass das eine törichte Frage gewesen war.

Eine Zeit lang standen sie nur so nebeneinander, dann räusperte sich der Ältere und fragte, ob er sich den letzten Vortrag genau angehört habe.

Da er nicht wusste, was er meinte, zuckte er mit den Schultern.

Es sei da, in einem Nebensatz, von einem höchst bemerkenswerten See die Rede gewesen.

Er erinnerte sich, aber der Name fiel ihm nicht mehr ein.

Ein kleiner Bergsee im Allgäu. Dieser See, sagte der Alte, werfe einige der Fragen auf, die zu beantworten sich der Jüngere doch so große Mühe gebe. Noch dazu so nahe bei ihm. Er sei doch noch in München an der Universität?

Jetzt stutzte er. Kannten sie sich? Er musterte den großen, weißhaarigen Mann. Nein, er hatte ihn sicher noch nie gesehen.

Ob man sich denn kenne, fragte er dennoch unsicher.

Nein, antwortete der andere. Aber er verfolge seine Arbeit schon längere Zeit aufmerksam. Er sei emeritierter Kollege. Früher Ostberlin, dann Rostock. Und immer noch interessiert an seinem Fachbereich.

Er wusste nicht, ob er misstrauisch oder geschmeichelt sein sollte. Er hatte bisher keine Aufsehen erregenden Studien vorzuweisen, die ihn im Kollegenkreis hätten bekannt machen können.

Als habe der andere seine Gedanken erraten, beugte er sich vor und sagte, dass man sich mit diesem See sicher einen Namen machen könne.

Er runzelte die Stirn und dachte nach. Worum war es in dem Vortrag noch einmal gegangen? Er hatte nicht recht aufgepasst, war mit seinen Gedanken schon bei seinem eigenen Referat gewesen, das als Zweites nach der Pause folgen würde. Er erinnerte sich nur grob an das Thema: biologische Abnormitäten und ihre Korrelationen mit geologischen Gegebenheiten. Ja, so oder so ähnlich hatte es geheißen. Aber was … Seine Gedankenkette brach ab. Er wollte den Alten dazu fragen, doch der war nicht mehr da. Er sah sich um, aber er konnte ihn nicht mehr entdecken.

Lange dachte er an diesem Abend noch über die seltsame Begegnung nach. Er ließ sich nicht gerne auf Dinge ein, die ihm andere vorschlugen, da war er eigen, doch eine kurze Datenbank-Recherche hatte ergeben, dass der See tatsächlich noch praktisch unerforscht war und es dort einige seltsame, unerklärliche Phänomene gab. Je mehr er sich mit der Sache befasste, desto mehr formte sich in seinen Gedanken der Vorsatz, diesen Geheimnissen auf den Grund zu gehen. Wer weiß, vielleicht könnte er sich damit tatsächlich einen Namen machen, wie es der Alte prophezeit hatte. Jedenfalls ging ihm der See von nun an nicht mehr aus dem Kopf. Und als müsste er sich seiner Existenz versichern, flüsterte er dessen Namen, bevor er einschlief: Alatsee.

»So, und jetzt zum Alatsee, Herr Kluftinger.«

Mittlerweile waren sie im Café des »Ludwig-Musicals« angekommen.

Der Kommissar war zum ersten Mal hier. Dennoch hatte er keinen richtigen Blick für die Architektur. Ihn beschäftigten im Moment andere Fragen.

Günther Steinle lehnte sich genüsslich in seinem Sessel mit zum Schwan stilisierter Lehne zurück und begann, sich eine Pfeife zu stopfen. Erst nach etwa zwei Minuten, als aus dem hölzernen Kolben Rauch aufstieg, der einen angenehm süßlichen Duft verströmte, begann er zu erzählen.

»Nun, der Alatsee. Da haben Sie sich eines der rätselhaftesten Gewässer Europas ausgesucht, wenn ich das so sagen darf. Dieser Bergsee ist in so vieler Hinsicht einzigartig. Sie müssten mir präzisieren, worauf es Ihnen ankommt. Ich kann Ihnen natürlich vorwiegend über Daten, die mein Amt betreffen, Auskunft geben, darüber hinaus eine Kleinigkeit über Geographie und Geologie sowie über Flora und Fauna. Einen Einblick könnte ich Ihnen auch in die Geschichte des Sees geben und schließlich etwas über Sagen und Mythen erzählen, die sich um den See ranken. Was das angeht, aber nur sehr lückenhaft, da müssten Sie jemand anderen fragen, um präzise Informationen zu bekommen.«

Auffordernd sah Steinle den Kommissar an und zog genüsslich an seiner Pfeife, bis er in eine große bläuliche Rauchwolke eingehüllt war.

Der Kommissar war regelrecht überfahren. »Tja, wenn ich nur genau wüsste, was mich da am meisten interessiert. Über die biologische und geologische Besonderheit bin ich bereits ein bisschen informiert – es geht um die Purpurbakterien, oder?«

Steinle nickte.

»Was mich am meisten interessieren würde, wäre aber die Frage, warum man dort versucht, zu tauchen, obwohl es verboten ist. Was suchen die Leute dort?«

»Herr Kluftinger, die Leute machen unvernünftige Dinge aus den verschiedensten Gründen. Und ich denke, so ist es hier. Mancher sucht vielleicht den Kick, weil das Tauchen dort oben ein Spiel mit dem Feuer ist. Das reizt, wobei es ein mörderisches Spiel ist. Die Schicht aus

Purpurbakterien, das wissen wir, und das werden wir hoffentlich noch exakter wissen, wenn die aktuellen Forschungen dort oben abgeschlossen sind, ist absolut lebensfeindlich. In doppeltem Sinne kann so der Name ›Blutender See‹ verstanden werden. Diesen etwas dramatisch klingenden Namen hat man dem Gewässer gegeben, weil die Purpurschicht angeblich ab und zu nach oben kommt oder ans Ufer treibt und dann dieser Eindruck entsteht. Wir haben das allerdings noch nie beobachten können. Man kann nicht einmal genau sagen, wo die einzelnen rosa Wolken aus diesen Kulturen im See zu finden sind. Und genau das macht es so gefährlich. Zunächst präsentiert sich das Gewässer ganz normal, wie ein friedlicher Bergsee eben. Und dann kommen Sie in die Wolke. Sie müssen sich vorstellen: Sie verlieren beim Tauchen innerhalb von kürzester Zeit die Orientierung, können die Hand vor Augen nicht erkennen. Wenn Sie einen Partner haben, sehen Sie ihn plötzlich nicht mehr. Sie wissen nicht, wo oben und unten ist. Der Puls rast. Die Temperatur sinkt in Sekundenschnelle. Auf einmal fehlt Ihnen die Atemluft und es stinkt gottserbärmlich nach Schwefelwasserstoff. Da geraten selbst erfahrene Taucher unter Umständen in Panik. Oft kam es schon vor, dass sie dann einfach abrupt aufgetaucht sind – eine lebensgefährliche Aktion. Oder sie haben sich in ihre Atemregler übergeben, sie sich vom Gesicht gerissen und … Den Rest können Sie sich denken. Stellen Sie sich also vor: Wenn Sie ein Loch in der Bakterienschicht finden und zum Boden vordringen, wären Sie wohl einer der ersten Sporttaucher, dem das gelingt. Und zudem hätten Sie als einer der wenigen bisher den Seegrund gesehen. Bis vor etwa dreißig Jahren ist man noch davon ausgegangen, dass der See gute hundertzwanzig Meter tief ist. In Wahrheit sind es nach geologischen Messungen nur achtunddreißig. Alles Neuland da unten.«

Kluftinger hatte Steinle gebannt zugehört. »Wenn man also nicht den ›Kick‹ sucht, wie Sie sagen, dann muss man schon einen sehr, sehr guten Grund haben, dort hinunter zu gehen. Was könnte Menschen noch zum Alatsee treiben?«

»Je nach Interessenlage können das wirklich die biologischen Besonderheiten sein. Zu den seltenen Purpurbakterien kommt eine weitere Absonderlichkeit: Wenn Sie sich die Bäume am Ufer ansehen, werden Sie feststellen, dass sich die Äste in ihrem Wuchs winden und drehen, als hätten sie der Schwerkraft und den Naturgesetzen nicht zu gehorchen. Ich sage Ihnen, wenn Sie abends im Mondschein da oben sind, da wird es Ihnen ganz anders. Das sieht aus wie ein verwunschener Ort. Man erklärt es sich wissenschaftlich mit den Fallwinden im trichterförmig zulaufenden Tal. Für weniger rational eingestellte Gemüter liegt eine metaphysische Deutung nahe. Oder eben die Mythen, die sich um den See ranken. Da gibt es den Schlüsselmönch vom Faulenbach, der da oben spuken soll. In den Fünfzigern habe man ihn mehrmals gesehen, erzählt man sich. Und die Legende, dass sich der See trichterförmig nach unten verjüngt und sich dann in unendliche, tiefe Labyrinthe verliert, in denen unaussprechlich grausame Gestalten hausen. Diese Gerüchte haben durch die zugegebenermaßen manchmal recht rätselhaften Todesfälle in und um den See neue Nahrung gefunden. Ich hoffe, der Fall, den Sie da untersuchen, trägt nicht ebenso dazu bei. Aber wie gesagt: In diesen Dingen kenne ich mich zu wenig aus, wirklich. Kennen Sie den Schamanen, der fast immer oben am See ist? Der weiß da vielleicht mehr.«

Kluftinger verdrehte die Augen und winkte ab: »Allerdings! Aber Sie sagten noch etwas von der Geschichte des Sees. Könnte da ein Grund zu suchen sein?«

Steinle antwortete erst, als seine inzwischen erloschene Pfeife wieder brannte. »Ist schon möglich, wenn jemand von diesem Gedanken besessen ist. Man geht davon aus, dass der See bei den Kelten Kultstätte war. Offenbar weil er als Eingang zur Unterwelt angesehen wurde. Das lag sicher auch an den starken Schwefelgerüchen im Faulenbacher Tal.«

»Das Tal hat sozusagen einen sprechenden Namen.«

»Sozusagen. Waren Sie schon einmal dort? Das Tal gleicht eher einer Kraterlandschaft. Und das hat ebenfalls mit der Geschichte zu tun.«

»Bombentrichter?«

»Nein, Herr Kluftinger. Im Tal gibt es riesige Gipsvorkommen. Nun brauchte man hier wie überhaupt in Süddeutschland gerade im Zeitalter des Barock für die Stuckornamente in Kirchen, Klöstern und Schlössern Unmengen von Gips. Raten Sie mal, woher das Material für den Schmuck in der Lorenzkirche und der Residenz in Kempten, in der Wieskirche und in der Birnau stammt? Genau, vom Alatsee.

Und diese Gipsvorkommen sorgen auch für den Gestank. Und für unsere Purpurbakterien. Jedenfalls nehmen wir das an. Genaueres sollen die Forschungen ergeben.«

Kluftinger war voll konzentriert. Er wusste noch nicht, ob ihm das alles weiterhalf, endlich aber erfuhr er Dinge, an die sich möglicherweise anknüpfen ließ. »Aber noch mal wegen der Geschichte: Besiedelt wurden die Ufer des Sees ja nie richtig, oder?«

»Nein, da haben Sie Recht, Herr Kluftinger. Die Menschen mieden den See. Wenn man sich vorstellt, wie es hier oben gewesen sein musste – im Winter, ohne künstliches Licht, dann kann man das verstehen. In den zwanziger Jahren wurde ein Gasthaus mit Hotel gebaut, das zuerst nicht recht lief und das sich dann, so erzählt man, bei der Führungsriege des Dritten Reichs großer Beliebtheit erfreute.«

Kluftinger wurde hellhörig. »Wie kam es dazu?«

»Da bin auch ich überfragt. Es gibt keine genauen Aufzeichnungen über die Zeit und die Aktivitäten am See. Im Krieg jedenfalls war das Gebiet dort oben hermetisch abgeriegelt, was – inoffiziellen Angaben zufolge – einige Einheimische sogar mit ihrem Leben bezahlen mussten. Über diese ganze Geschichte finden sich in der offiziellen Füssener Stadtchronik übrigens lediglich zwei Zeilen. Über diese Zeit schweigt man nach wie vor lieber.«

»Und man weiß nicht, was genau damals vor sich ging?«

»Nein, es gibt nur vage Hinweise. Es sollen Schüsse gefallen sein, Explosionen sollen stattgefunden haben.«

»Vielen Dank, Sie haben mir sehr geholfen«, beendete Kluftinger ihre Unterredung. Auch wenn er nicht genau wusste, in welcher Hinsicht, hatte er doch das Gefühl, einen entscheidenden Schritt vorangekommen zu sein.

Den Nachmittag hatte Kluftinger in aller Ruhe im Büro verbracht. Nachdem ihm Günther Steinle so viele Punkte gegeben hatte, an die er nun anknüpfen musste, brauchte er einen Kaffee und seine vertraute Umgebung. Was ihn im Moment am meisten beschäftigte, war die Sache mit den Mythen und Sagen, die sich um den Alatsee rankten. Bei einem seiner letzten Fälle hatte er es mit geheimnisvollen

Morden zu tun gehabt, bei denen Sagenmotive eine zentrale Rolle spielten. Die Frau eines Richters, die sich nebenbei als Heimatforscherin intensiv mit den regionalen Mythen befasst hatte, war darin maßgeblich verwickelt gewesen. Kluftinger dachte nach. Konnte er das tun? Aber was sollte er machen? Wen sollte er fragen, wenn nicht sie? Der Kommissar atmete tief durch, fasste sich ein Herz und nahm den Telefonhörer ab. »Sandy, verbinden Sie mich bitte mit der JVA. Verlangen Sie am besten gleich die Anstaltsleitung. Danke! Und wenn Sie mir dann noch einen Kaffee hätten …«

Der Kommissar schnäuzte herzhaft in sein Stofftaschentuch. Ihm war mulmig zumute. Und das aus mehreren Gründen. Er gehörte zu den Beamten, für die ein Fall nach der Aufklärung abgeschlossen war. Er übergab dann die volle Verantwortung an die Justiz. So schrieb es das System vor. Und sein Vertrauen in dieses System war auch nach jahrzehntelanger Arbeit ungebrochen. Nicht etwa, weil er noch nie von Justizirrtümern, Korruption und Fehlurteilen gehört hätte. Aber die Gewaltenteilung war für ihn ein hohes Gut. Er hatte die Verbrecher zu schnappen, für die Bestrafung sorgten andere. So lautete die Regel.

Natürlich musste er oft vor Gericht zu seinen Ermittlungen als Zeuge oder Sachverständiger aussagen, er vermied es aber, bis zur Urteilsverkündung zu bleiben. Dahinter steckte die heimliche Angst, mit den Folgen seiner Arbeit konfrontiert zu werden. Er konnte und wollte sich die Verantwortung für lange Haftstrafen nicht aufhalsen, auch wenn es sich um Kapitalverbrechen handelte. Er vermied es auch, moralische Urteile über die Menschen zu fällen, für deren Verhaftung er gesorgt hatte. Das war nach seinem Selbstverständnis nicht seine Aufgabe. Er versuchte, durch das bewusste Abschließen des Falles mit der Übergabe der Akten an die Staatsanwaltschaft, auch für sich selbst einen Abschluss zu finden. Er las deswegen auch nie etwas über die Verhandlungen in der Zeitung.

Und nun sollte er von sich aus diese Frau, die er letztendlich hinter Gitter gebracht hatte, um einen Gefallen bitten? Auf einmal kam ihm die Idee gar nicht mehr so gut vor. Er wollte gerade Sandy Bescheid sagen, dass sie mit dem Anruf noch warten solle, da klingelte sein Telefon. Vom Leiter der Justizvollzugsanstalt Kempten erfuhr Kluftinger, dass Frau Urban, so hieß sie, jederzeit vernommen werden könne. Als er auflegte, war er sich nicht sicher, ob es ihm nicht lieber gewesen wäre, wenn er eine Absage bekommen hätte.

Schon um Viertel vor drei steuerte Kluftinger seinen Wagen auf den tief verschneiten Besucherparkplatz der Justizvollzugsanstalt. Er kannte das neue Gefängnis von einer kuriosen Fortbildung, an der er kurz vor der Inbetriebnahme teilgenommen hatte: Zusammen mit einigen Journalisten hatten sich mehrere Kripobeamte dort einschließen lassen, um eine Nacht und einen Tag Gefängnisluft unter »Realbedingungen« zu schnuppern. Seitdem enthielt er sich auch eines Urteils über die von außen betrachtet scheinbar so »angenehmen« Haftbedingungen.

Auf dem Weg zum Eingang wurde ihm flau im Magen, was nicht an der doppelten Portion Krautschupfnudeln oder an den zwei Tassen heißem Most lag, die Kluftinger am Mittag zusammen mit Willi Renn auf dem Weihnachtsmarkt zu sich genommen hatte. Nachdem er dem Pförtner trotz seines seit zwei Wochen abgelaufenen Dienstausweises – im Januar wurde sowieso auf Chipkarten umgestellt – hatte glaubhaft machen können, dass er Kriminalkommissar war, wurde er von einem Justizbeamten in das Büro des Anstaltsleiters gebracht. Frau Urban sei eine sehr ruhige, zurückhaltende Gefangene, die durch ihren Intellekt, ihre Hilfsbereitschaft und ihr Engagement auf religiöser und kultureller Ebene – sie arbeitete in der Frauenbibliothek – auffiel, teilte der Anstaltsleiter ihm mit.

Auch wenn ihn die Worte des Direktors ein wenig beruhigt hatten, saß er wenig später doch mit sehr gemischten Gefühlen in einem kleinen, überheizten Vernehmungszimmer ohne Fenster. Nur an der Decke fanden sich einige Oberlichter.

Wie würde ihm Frau Urban gegenübertreten? Auf einmal kamen die Erinnerungen an ihren Fall wieder hoch. Aus religiösem Wahn, aus einem pervertierten Gerechtigkeitstrieb heraus hatte Frau Urban damals ihren Sohn, geistig beschränkt und kaum Herr seiner selbst, zum Mörder gemacht. Zum Racheengel. Sie und ihr Mann hatten einen geradezu teuflischen Plan ausgeheckt, hochintelligent, kaltblütig, beängstigend. Und dabei hatte die Urban ausgesehen wie eine altjüngferliche Lehrerin, die keiner Fliege etwas zu Leide tun konnte.

Die Tür ging auf und herein kam zunächst ein Justizvollzugsbeamter, dann in gemessenem Abstand hinter ihm Frau Urban, genau wie Kluftinger sie in Erinnerung hatte: Sie trug einen schlichten langen Rock aus grobem Stoff, dunkelgrün, mit einer hochgeschlossenen schwarzen Bluse, was sie fast wie eine Klosterschwester erscheinen ließ. Ihr Gesicht war hager, die Lippen schmal, die eingefallenen Wangen von grauer, ungesund wirkender Haut überzogen. Sie sah stumm und unbewegt in Kluftingers Richtung.

Der Kommissar bekam einen roten Kopf. Wäre ich nur nicht hergekommen, schimpfte er innerlich mit sich. Frau Urban nahm ihm gegenüber Platz und ließ ihn dabei nicht aus den Augen. Sie wirkte nicht aggressiv, vielmehr gleichgültig. Wie sollte Kluftinger sie begrüßen? Welcher Satz wäre als »Eisbrecher« am ehesten geeignet? Der Kommissar probierte in Gedanken einige Begrüßungen durch. Nachdem er »Schön, Sie zu sehen …« und »Und, Frau Urban, was machen Sie so?« als unpassend verworfen hatte, überlegte er, ob denn »Sie sehen aber recht erholt aus!« geeigneter wäre. Auch hier fällte er für sich ein negatives Urteil. Vielleicht ein eher unverfängliches »Sie sind aber luftig angezogen«?

»Was kann ich für Sie tun, Herr Kluftinger? Nicht, dass ich in Eile bin, aber ich bin doch neugierig, was Sie hierher führt …«, brach Frau Urban ruhig und ohne erkennbaren Groll die Stille und nun erst merkte Kluftinger, dass er sie eine ganze Weile angeschwiegen hatte.

»Nun … ich … wissen Sie, was zwischen uns geschehen ist …«, begann der Kommissar, hielt dann aber sofort wieder inne. Was tat er da gerade? Sein Gestammel hörte sich an, als wolle er mit einer verflossenen Liebe wieder in Kontakt treten. Was war nur in ihn gefahren? Er hatte sich schließlich nicht zu entschuldigen, dass man sie für ein begangenes Verbrechen belangt hatte. Er räusperte sich und begann erneut, nun mit dem Vorsatz, alles rein »geschäftsmäßig« ablaufen zu lassen. »Ich bin gekommen, weil ich Informationen über mehrere Sagen brauche. Und ich wusste, dass Sie mir da wohl am besten Auskunft geben könnten.«

Er prüfte ihren Blick, der unverändert emotionslos auf ihn gerichtet war.

»Es dreht sich um den Alatsee.«

»Ah ja, ein weites Feld«, sagte die Urban. Kluftinger bemerkte einen Glanz in ihren Augen, der der Zeit und allen Bedingungen, in denen sie lebte, entrückt schien. So war es auch damals gewesen, als es um ihren Fall gegangen war: Immer, wenn sie von Sagen und Mythen sprach, schien sie aufzuleben, sich in eine andere Welt zu begeben. »Ich werde versuchen, Ihnen zu helfen. Einiges weiß ich aus dem Stegreif. Wenn Sie möchten – ich habe bei meinen persönlichen Dingen auch kleine Teile meiner Bibliothek …«

»Nein, fürs Erste reicht es mir, wenn Sie mir erzählen, was Sie darüber wissen. Ich habe bisher schon von einem ›Schlüsselmönch‹ und von der angeblichen Trichterform des Sees gehört, allerdings nur sehr oberflächlich.«

»Der ›Schlüsselmönch vom Faulenbach‹, wie er offiziell heißt, soll im Faulenbachtal umgehen und keine Ruhe finden, weil er einst abends eine Frau in seine Klause eingeschlossen und sich an ihr vergangen haben soll. Nachdem er sie geschändet hatte, sagt man, hat er sie in einer Kiste mit vielen Schlössern im See versenkt. Von ihr geht ein Fluch aus, weshalb der See tatsächlich jahrhundertelang nicht befischt wurde. Der Schlüsselmönch aber soll erst Ruhe finden, wenn er die Schlösser zu den vierundvierzig Schlüsseln an seinem Bund aufgeschlossen hat. Die Ironie des Schicksals: Er darf das Tal und den See nicht verlassen – und es gibt wohl nicht genügend Leute mit den passenden Schlössern dort oben!« Frau Urban lächelte kurz, richtete sich in ihrem Stuhl auf und rutschte an die Vorderkante der Sitzfläche. Mit der verhärmten Frau, die gerade den Raum betreten hatte, schien sie nichts mehr gemein zu haben.

»Ein interessantes Detail dieser Geschichte ist, dass sie ganz ins Reich der Sagen und Mythen geriet, wie so viele andere – bis einige Jahre nach dem Zweiten Weltkrieg. Da tauchte der Schlüsselmönch angeblich wieder auf. Keiner weiß, warum, aber den See haben auch deswegen viele gemieden.«

Fast verschwörerisch sprach sie mit gesenkter Stimme weiter: »Das mit der Trichterform des Sees, darüber schreiben sie alle. Da könnte etwas dran sein, auch wenn sich wissenschaftlich nichts beweisen lässt. Heutzutage beschäftigt diese Frage einige führende Geomanten.«

Der Kommissar runzelte die Stirn. Geo-was? Er kannte Geologen, wusste, was Geographie war, hatte in der Schule manchmal seine Probleme mit der Geometrie gehabt, konnte sich mit Mühe zusammenreimen, was Geophysiker tagsüber so machten – was um alles in der Welt aber waren Geomanten?

»Entschuldigen Sie, wenn ich nachfrage, aber ...«

»Ich verstehe«, fiel Frau Urban ihm sofort ins Wort. »Ich kann mir denken, dass Sie mit diesem Begriff nichts anfangen können. Nun, Geomanten oder auch Geomantiker waren ursprünglich chinesische Wahrsager, die ihr Wissen aus Wellenlinien und Figuren im Sand beziehen, die sie deuten. Geomantik bedeutet also eigentlich ›Weissagung aus der Erde‹ – von griechisch ›gaia‹, was so viel heißt wie Erde, und ›manteia‹, Weissagung.

Die aktuelle Geomantie hingegen hat ein anderes Selbstverständnis: Bei Planungen von Straßen, Gebäuden oder Stauseen werden mittlerweile teilweise von offizieller Seite Geomantiker gehört. Sie versuchen dann, an der Erdoberfläche bestimmte Energiezonen, Strömungs- und Schwingungsflüsse aufzuspüren, und im Idealfall stimmt man darauf dann die Landschafts- oder Architekturplanung ab. Für die geomantische Lehre ist der gesamte Lebensraum, Geologie, Flora und Fauna ein vernetztes, belebtes System aus Energien, Informationen und Beziehungen untereinander.«

»Ah so«, lautete Kluftingers lapidare Reaktion auf den druckreifen Monolog.

»Zurück zum angesprochenen Mythos vom Alatsee als Trichter: Der wird immer wieder erwähnt – mal als Zugang zur Unterwelt wie bei den Kelten, mal nimmt man an, dass dort unten ein Ungeheuer sitzt. Immer aber geht es um die Höhlen. Die verbreitetste Sage ist die der drei Schwestern, denen einst das Land um den See gehörte. Am Aggenstein sollen sie eine Burg bewohnt haben. Zunächst lebten sie friedlich zusammen, dann aber begannen sie zu streiten, und jede der drei wollte ihren Besitzanspruch geltend machen. Zwei der beiden stritten sich um den Bereich südlich des Aggensteins, die dritte verwünschte sie dafür. Die Erde solle sie verschlingen. Es donnerte furchtbar, es schien, als neigten sich die Berge über dem Tal, ein fürchterlicher Lärm erhob sich und aus der Tiefe begann es zu sprudeln. Am Abend war das Tal mit Wasser gefüllt – mit dem Alatsee, an dessen

Ufern man noch heute das Wehklagen der beiden hören soll. Sie buhlen um die Liebe junger Ritter, die die drei zur Frau nehmen sollen, nur dann können sie erlöst werden. Und wieder ist die Krux: Die Dichte an Rittern nimmt immer mehr ab und die drei Schwestern sollen zudem abgrundtief hässlich sein.

Aber es gibt noch andere Versionen wie etwa die der Venedigermännlein. Sie sollen die unterirdischen Gänge unter dem See hüten. Man sieht sie als wissendes Naturvolk, die früher Drachen besänftigen konnten. ›Drachenflüsterer‹, würde man heute wahrscheinlich sagen. Gewöhnlichen Sterblichen verwehren sie den Zugang, aber Sonntagsgeborene und Menschen, die den Namen des Drachentöters Georg tragen, lassen sie – einmal in sieben Jahren in der Neujahrsnacht – in den unterirdischen Gang, der zu einem Gerichtssaal führt. Zunächst wird über die ›Gäste‹ Gericht gehalten. Sollte sich ein ›Unreiner‹ dort hinein verirrt haben, wird er getötet. Andere Auslegungen gehen davon aus, dass Unreine sofort vom goldenen Glanz im Saal erblinden.

Wie dem auch sei, die Venedigermännlein führen zu unermesslichen Reichtümern, die sie für die Sonntagskinder aufheben. In einer Erzählung vermutet man einen langen Gang vom Falkenstein über den Salober bis nach Hohenschwangau, unter dem Alatsee hindurch. Hier sollen die Venediger eine unvorstellbare Fülle an Gold und Edelsteinen aufbewahren – für kommende Fürsten. Wer als Flüchtling oder Bedürftiger an den Berg komme und den Eingang finde, dürfe sich nur so viel nehmen, wie er zur Linderung seiner Not brauche – ansonsten schließe sich das Tor des Gewölbes für ihn und er würde über den See wieder ans Tageslicht befördert. Wer dabei nicht sterbe, der könne sein Lebtag nicht mehr sprechen und müsste so das Geheimnis für sich behalten. Die Bescheidenen aber gehen reich nach Hause und haben beim Austritt in Schwangau schon die Geschichte vergessen.«

Frau Urban nahm einen Schluck aus dem Plastikbecher, der auf dem Tisch stand, und sprach dann weiter. »Dort oben gab es immer wieder Tauchunfälle. Gott weiß, was die Menschen dort gesucht haben. Vielleicht diesen Schatz? Wahrscheinlich gibt es völlig logische Erklärungen für die Vorfälle. Viele alte Leute aber sagen, das habe alles nur mit den Venedigermännlein zu tun.«

Der Kommissar blickte eine Weile vor sich hin. Eine längere Pause entstand. Frau Urban sagte nichts mehr. Kluftinger sah zu ihr und nahm etwas Sonderbares wahr: Sie saß nun mit gesenktem Kopf da, biss sich auf die Unterlippe und schien leicht zu zittern.

»Frau Urban?«

Ihr Kopf hob sich und ihre Augen hatten wieder jenen unbewegten, leblosen Ausdruck.

»Ich danke Ihnen für Ihre Hilfe«, sagte Kluftinger rasch. »Falls es noch Fragen gibt, würde ich gern auf Sie zurückkommen.«

»Gut«, hob die Frau mit stählerner, völlig veränderter Stimme an, »ich bin ein Werkzeug des Herrn, das der Gerechtigkeit zum Sieg verhilft.«

Er reichte ihr die Hand zum Abschied, sie aber ließ ihre Rechte wie während des ganzen Gesprächs auf ihrem Schoß liegen.

»Also, sagen Sie einen Gruß an Ihre Familie«, versuchte es der Kommissar mit einem heiteren Abschied und bemerkte erst, nachdem der Satz seine Lippen verlassen hatte, wie absurd das klingen musste: Ihr Mann saß ebenfalls ein, ihr Sohn war in der geschlossenen Abteilung der forensischen Psychiatrie untergebracht, wie ihm der Anstaltsleiter vorhin mitgeteilt hatte.

Frau Urban überhörte seinen Abschiedsgruß einfach. Sie erhob sich aus ihrem Stuhl, stützte sich auf dem Tisch auf und lehnte sich zu Kluftinger hinüber. »Mein ist die Rache, spricht der Herr!«, flüsterte sie. »Ich würde all das wieder tun, was ich getan habe. Ich hege keinen Groll gegen Sie. Sie sind nur ein Werkzeug der irdischen Macht. Gehen Sie mit Gott!«

Kluftinger lief es eiskalt den Rücken hinunter.

In der Sekunde, in der er das Gefängnis verließ, verschwand auch das Gefühl der Beklommenheit, das in dem Gebäude auf ihm gelastet hatte. Die kalte Luft tat ihm gut, doch er hatte keine Zeit, richtig durchzuatmen, denn sein Handy klingelte. Es war Maier, der ihm sagte, dass die Eltern des verletzten Studenten in Kempten eingetroffen waren. Maier war unterwegs, um sie am Bahnhof abzuholen. Kluftinger verabredete sich mit ihnen vor dem Krankenhaus. Gleich im Anschluss würde er sie dort treffen.

Auf dem Weg dorthin fragte sich der Kommissar, was er ihnen sagen sollte. Er wusste selbst noch so wenig. Aber vielleicht würden sie ja etwas Licht ins Dunkel bringen. Er ahnte noch nicht, dass genau das Gegenteil passieren würde.

»So, das ist also der Herr Kluftinger. Herr und Frau Bühler.« Maier schien froh zu sein, dass sein Chef zu ihnen gestoßen war. Psychologische Betreuung von Opfern, Zeugen oder Angehörigen gehörte nicht gerade zu seinen Stärken und die Hilflosigkeit, die Kluftinger im Gesicht der Mutter las, bestätigte das.

Das Erste, was ihm auffiel, war das recht fortgeschrittene Alter der Eltern. Sie waren gut und gerne um die siebzig. Beide waren bieder gekleidet und wirkten sehr nervös.

»Wie geht es denn unserem Jungen?«, fragte die Frau und kaute an ihrer Unterlippe. Unser Junge – so wurde Kluftinger von seiner Mutter auch genannt.

»Ich weiß es nicht genau, tut mir leid. Alles, worüber ich informiert bin, ist, dass er noch immer im Koma liegt. Aber sein Zustand scheint stabil zu sein.«

»Wir haben schon wochenlang nichts mehr von ihm gehört. Das ist schon sehr ungewöhnlich. Er ist ja in der Stadt beim Studium, da meldet er sich öfters nicht. Und er will halt nicht, dass wir oft anrufen. Er denkt wohl, wir wollen ihn kontrollieren. Ich habe diesmal wirklich angefangen, mir Sorgen zu machen, und jetzt das …« Ihre Stimme wurde schwach und ihr Mann legte seinen Arm um sie. Auch er hatte Tränen in den Augen. Kluftinger fühlte sich sehr unwohl, wollte das Ganze schnell hinter sich bringen.

Sie sprachen nicht, als sie die Klinik betraten. Es war eine drückende Stille. Jeder hing seinen eigenen Gedanken nach. Zwar hofften alle, dass der junge Mann bald wieder zu sich kommen würde, aber die Motive der Polizisten unterschieden sich grundlegend von denen der Eltern. Für Kluftinger wäre dieser undurchschaubare Fall wahrscheinlich innerhalb kürzester Zeit aufgeklärt, wenn der Student aufwachen und erzählen würde, was er in dem See gesucht, wer ihm den Schlag versetzt und vor allem was das Zeichen zu bedeuten hatte.

Vor der Intensivstation begegneten sie dem Arzt, der den Eltern, mit einigen Fachbegriffen angereichert, Kluftingers Worte von vorhin bestätigte. Dann wies er ihnen den Weg zum Zimmer des Studenten und ließ nach einem kurzen Disput auch den Kommissar mitgehen. Nur Maier musste draußen warten.

»Bitte machen Sie sich darauf gefasst, dass Ihr Sohn schlimm aussieht«, flüsterte Kluftinger, als er die Hand auf die Türklinke legte. Die Mutter blickte ihn erschrocken an. »Schlimmer als es ist, meine ich«, fügte er schnell hinzu. »Mit den ganzen Apparaten und so.« Dann drückte er die Klinke hinunter. Die Tür schwang auf und die drei traten ein. Außer dem Klacken ihrer Absätze erfüllte nur das rhythmische Piepsen des Herzmonitors das Zimmer.

Kluftinger hielt sich im Hintergrund, er wollte den Eltern etwas Raum für die erste Begegnung mit ihrem Sohn geben. Ein paar Sekunden standen sie nur da und starrten auf den leblos wirkenden Körper vor ihnen. Um den Kopf war ein dicker Verband geschlungen, die Augen lagen tief in blutunterlaufenen Höhlen. Nase, Brust und Arme waren durch Kabel und Schläuche mit irgendwelchen Apparaturen verbunden.

Jetzt bewegten sich die Eltern wieder. Sie blickten sich an und sahen sich dann im Raum um.

Kluftinger runzelte die Stirn. Das hatte er nicht erwartet. Er hatte damit gerechnet, dass sie vielleicht in Tränen ausbrechen würden, auch einen kleinen Schwächeanfall hatte er einkalkuliert, aber dass sie sich für die Zimmereinrichtung interessierten, hätte er nicht gedacht. Nachdem Herr und Frau Bühler sich einmal um die eigene Achse gedreht hatten, schauten sie ihn an.

»Ist … ist irgendwas?«, fragte er unsicher.

Wortlos starrten sie den Kommissar an.

»Ja, schlimm …«, brachte Kluftinger heraus, bevor Herr Bühler ihm ins Wort fiel.

»Soll das ein schlechter Scherz sein?«, fragte der Mann und seine Stimme klang nun gar nicht mehr zerbrechlich, vielmehr kampfeslustig und ärgerlich.

Kluftinger hatte keine Ahnung, worauf er hinaus wollte. Hatte sie der Anblick so sehr schockiert? Waren sie mit dem Standard des Krankenhauses nicht zufrieden?

»Ihr Sohn wird bestimmt wieder gesund. Die Ärzte hier tun ihr Möglichstes.«

Der Satz, den der Mann dann sagte, traf ihn wie ein Vorschlaghammer: »Das ist nicht unser Sohn!«

22. September 1993

Als der fette Mann mit den verschwitzten Oberarmen die Maschine anwarf und sich das Gerät in seiner Hand surrend in Bewegung setzte, kamen ihm für einen kurzen Moment Zweifel an seiner Entscheidung. Er hatte gehört, dass es schmerzhaft sein würde, gerade am Schulterblatt. Doch sein Vater hatte nicht zugelassen, dass er sich die Tätowierung an einen anderen Körperteil stechen ließ. Sein Vater! Er wandte den Kopf und sah ihn an. Hier, auf der Pritsche liegend, mit nacktem Oberkörper, fühlte er sich so hilflos wie als Kind. Auch damals hatte er oft zu seinem Vater gesehen, doch der hatte ihm nie geholfen. Immer nur von Durchhaltevermögen und Härte gepredigt. Jetzt wollte er ihm beweisen, dass er hart war. Eine Tätowierung hatte keiner von den anderen, das würde allemal Eindruck schinden.

Ob das Zeichen ein Familienwappen oder so etwas sei, wollte der Fette wissen.

Ja, so etwas Ähnliches, antwortete sein Vater und stimmte ein kehliges Lachen an.

Er blickte ihm genau ins Gesicht, als die Nadel auf seine Schulter traf. Sein Vater hatte die Arme auf seinen Stock gestützt und beobachtete alles, aber seine Augen waren seltsam leer.

Es brannte wie Feuer. Nach einer Weile hielt er es nicht mehr aus und verzog schmerzvoll das Gesicht.

Memme!, schimpfte sein Vater. Er solle sich gefälligst wie ein Mann benehmen, er habe als Soldat auch keine Zeit gehabt, sich selbst zu bedauern, er habe handeln müssen. Und schließlich habe er das Zeichen ja gewollt, seine Idee sei es nicht gewesen. Nun müsse er es auch durchstehen.

Sein Sohn drehte den Kopf auf die andere Seite. Er wollte nicht, dass sein Vater sah, wie sich seine Augen mit Tränen füllten. Und es war nicht wegen der Schmerzen.

Was war das bisher nur für ein Tag gewesen! Was war das überhaupt für ein Fall! Kraftlos ließ sich Kluftinger auf seinen Schreibtischstuhl fallen. Kurz hatte es so ausgesehen, als würden sie endlich weiterkommen – und nun dieser Rückschlag. Wieder einmal war alles viel komplizierter, viel rätselhafter, als es auf den ersten Blick schien. Noch dazu sah alles so aus, als hätte er nun zwei Fälle zu lösen: Schließlich war der wirkliche Jochen Bühler ebenfalls verschwunden. Andererseits gehörte dies eigentlich in die Zuständigkeit der Regensburger Polizei. Das Einzige, was Bühler mit dem Allgäu zu verbinden schien, war, dass ein anderer unter seinem Namen in ein Forschungsteam am Alatsee aufgenommen worden war.

Kluftinger zog ein gebrauchtes Stofftaschentuch aus der Tasche und schnäuzte hinein. Seine Nase war schon rot vom ständigen Putzen. Er fühlte sich fiebrig, sein heißer Kopf schmerzte und er hatte das Gefühl, dass sich sämtliche Hohlräume in seinem Schädel bereits mit Flüssigkeit gefüllt hatten. Binnen Stunden würde sich das alles zu einer veritablen Bronchitis ausgewachsen haben, fürchtete er. Die Verläufe seiner Erkältungen waren stets recht stereotyp. Er bat Sandy Henske, ihm einen Erkältungstee zuzubereiten, von dem immer ein paar Beutel in ihrem Schreibtisch lagerten.

Kluftinger war zu erschöpft, um die Aufträge, die nun anstanden, selbst zu verteilen. Er nahm sich das Telefon und gab in Auftrag, dass die Regensburger Kollegen über die Fakten aufgeklärt werden sollten. Alles Weitere sollten dann ebenfalls die Oberpfälzer übernehmen. Schließlich hatten sie gerade andere Sorgen.

Maier und die DVDs fielen dem Kommissar wieder ein. Es war ja unwahrscheinlich, dass man außer der einen Auffälligkeit nichts darauf sah. Das hatte Maier nämlich berichtet: Man sehe nur den Seegrund und ab und zu die rötliche Algenschicht. Er habe alles durchgesehen.

In Kluftinger wuchsen nun aber die Zweifel. Er hatte das unbestimmte Gefühl, dass der Schlüssel zum Geheimnis dieses Falles auf dem Seegrund zu suchen war. Und zwar nicht bei irgendwelchen Salober- oder Venedigermännlein, sondern in wirklich existierenden Fakten. Und darüber hinaus hatte er eine seltsame Ahnung, dass das, was bisher zu Tage getreten war, nur die Spitze eines Eisbergs mit erheblich größerem Tiefgang sein würde.

Kluftinger beschloss, nach Hause zu gehen. Er konnte hier nicht mehr viel ausrichten und wollte lieber daheim etwas für seine Genesung tun. Sandy Henske ließ ihn das Büro aber nicht verlassen, bevor er nicht von ihrem Erkältungstee aus dem Reformhaus eine Tasse unter ihrer Aufsicht getrunken hatte.

Ins Bett! Das war der einzige Gedanke, der den Kommissar auf seinem Nachhauseweg antrieb. Sein Kopf fühlte sich an, als wäre er mit Watte ausgestopft. Er hatte die Erkältung mit Tees und Vitaminpillen eigentlich ganz gut in den Griff bekommen, doch nach seinem Besuch im Krankenhaus war alles noch viel schlimmer geworden.

»Ich glaub, du bleibst morgen besser mal daheim«, sagte Erika besorgt, als er nach Hause kam. Ihre Sorge um ihn war rührend, aber ebenso rührend war, wie wenig sie von seiner Polizeiarbeit wusste. Natürlich würde er morgen lieber zu Hause bleiben. Aber es ging nicht. Nicht nach dem, was heute vorgefallen war.

»Machst mir noch einen Tee? Ich geh dann zeitig ins Bett«, sagte er mit brüchiger Stimme und ging ins Wohnzimmer.

Während sie in der Küche werkelte, zappte er ziellos durchs Fernsehprogramm. Dabei nickte er ein und wachte erst auf, als laute Stimmen aus dem Hausgang ins Wohnzimmer drangen. Er rieb sich die Augen und war einen Augenblick wie benommen, so tief hatte er geschlafen. Doch innerhalb einer Sekunde schoss ihm das Blut in den Kopf und er setzte sich kerzengerade hin: diese Stimme! Er schaltete den Fernseher stumm.

Seine Gedanken überschlugen sich. Es gab nur einen Weg aus dem Wohnzimmer heraus, und der führte durch den Hausgang. Er konnte sich jetzt also nicht mehr ins Schlafzimmer schleichen und so tun, als schliefe er bereits. Damit war er Doktor Martin Langhammer, dem ebenso unerwarteten wie unerwünschten Besucher, hilflos ausgeliefert. Jegliche Rückzugsmöglichkeit war blockiert. Früher, als Kind, hätte er sich in einer solchen Lage unter die Ofenbank gelegt und gewartet, bis der Besuch wieder weg war.

Es klopfte an der offen stehenden Wohnzimmertür und eine Glatze zeigte sich im Türrahmen. Ihr folgten ein graumelierter Haarkranz, eine viel zu große Brille und schließlich der Rest des wie immer braun gebrannten Doktors.

Kluftingers Magen krampfte sich zusammen. Hatte er denn heute nicht schon genug durchgemacht?

»Schau mal, die Annegret und der Martin sind vorbeigekommen. Einfach so«, jubilierte seine Frau, die sich an Langhammer vorbei ins Wohnzimmer schob.

»Ich sehe es«, sagte Kluftinger und es klang, als stoße er einen Fluch aus.

»Na ja, ganz ›einfach so‹ ist es ehrlich gesagt auch wieder nicht«, entgegnete Annegret Langhammer. »Aber hier ist erst mal das Früchtebrot, das ich für euch gebacken habe.« Sie übergab Erika einen Teller mit einem in sternenverziertes Zellophanpapier eingepackten kastenförmigen Etwas, das Kluftinger eher an ein Kohlebrikett erinnerte, denn an ein Gebäck. Dann senkte sie ihre Stimme und fuhr verschwörerisch fort: »Aber ehrlich gesagt: Wir sind neugierig auf euren Familienzuwachs. Eine waschechte Japanerin in Altusried, das gibt es ja auch nicht alle Tage! Mein Martin interessiert sich halt so für Angehörige anderer Kulturen.«

»Oder habt ihr etwa gedacht, ihr könnt sie vor uns geheim halten?«, lachte Langhammer und die Frauen stimmten in sein Gelächter ein. Wie drei Waschweiber, dachte Kluftinger verächtlich.

»Der Zoo hat eigentlich schon geschlossen«, platzte Kluftinger in ihre Heiterkeit.

Ohne auf die Spitze zu reagieren, ging Langhammer auf ihn zu und sagte mit professioneller, gesenkter Arztstimme: »Na, mein Lieber, Sie sehen aber gar nicht gut aus.«

Kraftlos, aber missmutig gab er dem Doktor die Hand.

»So, jetzt setzt euch mal hin, ich mach uns was zu trinken und dann hol ich den Markus und die Miki. Wisst ihr, so nennen wir die Yumiko nämlich alle.« Seine Frau schien vor Stolz zu platzen. Es kam ihrem Mann vor, als koste sie den Augenblick aus, an dem sie den Langhammers einmal etwas Exotisches bieten konnte.

»Aha, eine Extra-Raubtierfütterung für den Asienforscher«, brummte der Kommissar kaum hörbar, als er sich ächzend aus dem Sessel erhob und sich mühsam zum Kachelofen schleppte. Wie gerne wäre er unter die Ofenbank verschwunden.

Wenige Minuten später saßen sie zu sechst um den Esstisch und tranken den Jasmintee, den Erika nach Yumikos Ankunft gekauft hatte und der nach Kluftingers Ansicht schmeckte wie aufgegossener Pfeifentabak. Langhammers hatten nur Augen und Ohren für den »Neuzugang«, wie sie sich ausdrückten, so dass Kluftinger bereits mit dem Gedanken spielte, sich still und leise ins Schlafzimmer zu verziehen. Sein Fehlen würde sowieso nicht auffallen; bei all den Fragen, die der Doktor zu stellen hatte und die Kluftinger vorkamen wie getarnte Beweise seiner Weltläufigkeit: Das japanische Gesundheitssystem habe ja auch einen ganz interessanten Ansatz, da könnte die deutsche Politik noch was lernen, dozierte er. Kluftinger traute sich aber nicht, ihn nach dem Unterschied zu fragen, denn er fürchtete, dass er ihn tatsächlich wissen könnte.

Als der Kommissar den letzten Schluck des Tees in seinen entzündeten Rachen kippte, verschluckte er sich dabei, was einen Hustenanfall zur Folge hatte, der sich zu einem dreißigsekündigen Dauerrasseln auswuchs, das ein wenig nach Friedel Marx klang. Als er sich wieder gefangen hatte und mit tränenden Augen keuchend in die Runde blickte, waren alle Gespräche verstummt und sämtliche Blicke sorgenvoll auf ihn gerichtet.

»Das hört sich aber wirklich nicht gut an, mein lieber Kluftinger«, tönte Langhammer mit öliger Medizinerstimme in die Stille.

Erika nickte besorgt und auch Annegret pflichtete ihr bei. »Martin, kannst du Herrn Kluftinger nicht was verschreiben?«, schlug sie vor.

»Ach ja, Martin, das wär nett. Du hast doch bestimmt sogar was dabei in der Arzttasche, oder?«, stimmte Erika ihr zu.

»Nein, nein, das braucht's nicht, ich hab mich ja bloß verschluckt.« Lieber wollte Kluftinger weiter vor sich hin husten, als Langhammer für seine Genesung dankbar sein zu müssen. Dass Kluftinger einen Arzt konsultierte, dafür brauchte es mehr als eine kleine Bronchitis.

»Ich bitte Sie, lieber Kluftinger, das macht doch gar keine Umstände. Natürlich bringe ich Ihnen gleich ein Medikament rein.« Der Doktor stand auf, um seine Arzttasche zu holen, die er im Auto gelassen hatte.

Kluftinger, der sich für eine effektive Gegenwehr viel zu schwach fühlte, nickte lediglich und beschloss, sich mit der Medizin sofort ins Schlafzimmer zu verziehen. Er setzte die Tasse erneut an, als Langhammer aus dem Flur rief: »Ich muss Sie vorher natürlich noch abhören und die Lunge abklopfen, einfach so ins Blaue kann ich Ihnen nichts verabreichen.«

Kluftinger hätte beinahe die Tasse fallen lassen. Vor Schreck spuckte er den Tee wieder zurück in die Tasse. »Ach wissen S', Herr Langhammer, das braucht's doch wirklich gar nicht. Wie gesagt, ich hab mich bloß verschluckt und wenn ich jetzt gleich ins Bett geh, bin ich morgen wieder …«

»Er ist doch schon draußen, er kann dich gar nicht mehr hören«, schnitt Erika ihm das Wort ab.

In Kluftingers betretenes Schweigen brach kurz darauf eine Lawine von gut gemeinten, besorgt klingenden Ratschlägen aller Anwesenden: Seine Frau mahnte ihn, dass eine verschleppte Erkältung »aufs Herz gehen« könne, sein Sohn tadelte ihn, sich nicht wie ein »Weichei« zu gebärden, Annegret stimmte Erika zu und sogar Yumiko meinte, es sei doch nichts dabei.

Als Langhammer zurückgekehrt war, seine Arzttasche breit grinsend wie das Zeichen seines vermeintlich hohen gesellschaftlichen Standes vor seinem Körper haltend, stimmte er ebenfalls in den Chor mit ein. Er wolle nichts behaupten, aber seine Diagnostik wie seine Anamnese seien bei Kollegen berühmt und einmal sei er sogar bereits für eine Radiosprechstunde im Lokalsender ausgewählt worden. Er sei niemand, der sich aufdränge, aber wenn er sich nicht verhört habe, habe er da ein gefährliches Rasseln im Husten des Kommissars vernommen. Kluftinger hielt mit allen ihm noch zur Verfügung stehenden Kräften dagegen.

In das Stimmengewirr hinein knallte auf einmal Erika ihre Hand auf die Tischplatte und rief: »Jetzt stell dich nicht so an, du Memme!«

Es wurde still. Kluftinger hatte sich unter Erikas unerwartetem Ausbruch geduckt und sah sie von unten mit dem Blick eines erschreckten Welpen an.

Doch ihr Gesichtsausdruck blieb hart und Kluftinger stellte schnell seine Gegenwehr ein. Mit hängenden Schultern verließ er das Wohnzimmer, was seine Frau als Zeichen seiner schlechten Verfassung deutete. Langhammer folgte ihm, vergnügt seine antiklederne Tasche schwenkend.

»Gehen wir am besten ins Schlafzimmer«, schlug der Arzt vor.

Das war nun wirklich der letzte Ort, in dem Kluftinger mit Langhammer allein sein wollte. »Nein, das tut's hier schon auch«, wehrte er ab, öffnete die nächstbeste Tür und betrat das Bad.

Naserümpfend sah sich der Doktor im Raum um und bemerkte dann: »Na, wird schon gehen. Setzen Sie sich doch bitte.« Kluftinger dachte kurz nach und entschied sich dann dafür, auf dem heruntergeklappten Toilettendeckel Platz zu nehmen, den Erika, passend zum grün-blau-gestreiften Bad-Teppich, wahlweise mit einem olivfarbenen oder einem dunkelblauen Überzug verzierte. Als er saß und der Doktor sich vor ihm aufrichtete, fühlte er sich erniedrigt. Normalerweise war er hier ganz allein.

»So, Ihren Husten habe ich ja schon in seiner vollen Schönheit gehört, aber wo fehlt's uns denn sonst noch?«

Der Doktor ließ wirklich keine verachtenswürdige Angewohnheit aus. Dass es überhaupt noch Ärzte gab, die Patienten mit »wir« anredeten, hielt Kluftinger für einen anachronistischen Scherz. Dass Langhammer dies aber auch noch gegenüber einem Erwachsenen tat, der geistig voll auf der Höhe war, empfand er als geradezu beleidigend. So redete man mit Kindern, nicht mit Kriminalhauptkommissaren.

»Na ja, sicher die klassischen rhinotypischen Beschwerden. Jetzt machen wir aber erst mal schön den Mund auf«, fuhr der Doktor ungerührt fort. Bei Kluftinger regten sich die ersten Gewaltphantasien.

»Rhinotypisch?«, hakte er misstrauisch nach.

»Rhinitis ist das, was medizinische Laien schlichtweg einen Schnupfen nennen.«

Immerhin. Kluftinger hatte bereits befürchtet, der Doktor spiele mit »Rhino« auf seine Körperfülle an.

Langhammer war ein wenig in die Hocke gegangen und hielt eine Taschenlampe und ein hölzernes Stäbchen wie kleine Waffen vor sein Gesicht. Sein Gegenüber schüttelte den Kopf.

»Herr Kluftinger, ich bitte Sie, das tut doch nicht weh, da müssen Sie keine Angst haben.« Er redete mit dem Kommissar wie mit einem Kind. Kluftinger hatte das untrügliche Gefühl, dass sich der Arzt an seinem Elend weidete. Zaghaft öffnete er den Mund und ließ ein gequältes, krächzendes »Aaaaaaaaa« ertönen.

»Jetzt blasen Sie mir mal nicht die ganze schlechte Luft hier herüber«, sagte der Doktor unter glucksendem Lachen. Kluftinger lief rot an. Das Brennen in seinem Hals schien sich über seinen ganzen Kopf auszubreiten. Er wollte gerade etwas sagen, da rammte der Doktor das Stäbchen bis zum Anschlag in seinen Rachen. Reflexartig begann Kluftinger zu würgen und Tränen schossen ihm in die Augen. Er fühlte das trockene Holz an seinem Zäpfchen. Er war sicher, dass der Doktor es ihm extra weit hineingeschoben hatte. In Gedanken sah er, wie er das Gleiche beim Doktor machte – mit einem Zaunpfahl.

Während der gesamten Untersuchung gab Langhammer immer wieder Geräusche von sich: »Tststs«, zischte er, schüttelte den Kopf und machte ein ernstes Gesicht. Von Zeit zu Zeit entfuhr ihm auch ein »O-o« oder »M-hm, m-hm«. Mit großen Augen starrte der Kommissar den Mediziner an. Hatte er doch etwas Ernstes? Tatsächlich hatte er sich heute außergewöhnlich schlapp gefühlt.

»Wach ich geng?«, fragte er kaum verständlich, da der Doktor noch immer mit dem Stäbchen in seinem Mund herumfuhrwerkte.

»Nun, Ihre Mandeln sind scharlachrot. Noch sehe ich keinen Eiter, aber die nächste Streptokokke, die vorbeikommt, wird dafür sorgen. Ich kann aber insgesamt noch nichts Genaues sagen, ich müsste Sie erst noch abhören«, erwiderte der Arzt und zog das Stäbchen heraus. »Wenn Sie sich bitte mal freimachen würden. Oberkörper genügt.«

Seufzend begann Kluftinger, sein Hemd aufzuknöpfen. Als er es abgelegt hatte, schaute er den Doktor fragend an, worauf dieser seine Augenbrauen hochzog und auf das Unterhemd starrte, das der Kommissar schließlich auch noch auszog. Jeglicher Selbstachtung entkleidet, ließ er sich wieder auf die Kloschüssel nieder und harrte der Dinge, die dieser furchtbare Tag noch für ihn bereithalten würde. Langhammer presste den metallenen Kopf seines Stethoskops unterhalb der Schulter auf den Rücken seines Patienten. Als Kluftinger das eiskalte Metall auf seiner Haut spürte, zuckte er derart zusammen, dass ihm ein spitzer Schrei entfuhr, worauf sich Langhammer ebenfalls erschrocken die Enden des medizinischen Geräts aus den Ohren riss.

»Ist bei euch alles in Ordnung?« Erika klopfte besorgt an die Tür.

»Kein Grund zur Sorge«, beruhigte Langhammer. »Dein Mann scheint nur etwas hypermotorisch veranlagt.«

Kluftinger spannte die Kiefermuskeln an. Wenn das nun eine Beleidigung gewesen war, was er mit einem Blick ins Fremdwörterlexikon noch heute Abend klären wollte, dann würde der Doktor ihn mal richtig kennen lernen.

»So, ich muss Sie noch schnell abklopfen, dann haben wir's.« Der Doktor ging in die Hocke, legte eine seiner eiskalten Hände auf Kluftingers Rücken und hieb mit der anderen darauf. Er tat das mit einer solchen Wucht, dass Kluftinger in einem Reflex seinen Ellenbogen nach hinten rammte. Von dem Stoß überrascht verlor Langhammer das Gleichgewicht, fiel zurück, schmiss mit rudernden Armen die Klobürste um und landete auf dem Hosenboden.

Der Doktor sah ihn mit weit aufgerissenen Augen an. Er musste sich erst ein wenig sammeln, dann zischte er: »Was sollte das denn jetzt?«

»Sie haben doch angefangen mit dem Hauen«, fauchte Kluftinger zurück.

»Entschuldigung, das gehört zu den gängigen Methoden medizinischer Diagnostik!«

»Dass man auf seinen Patienten eindrischt wie ein Viehdoktor?«

Es entspann sich ein Wortgefecht, in dem Begriffe wie »Metzger« und »Grobmotoriker« einerseits, »Mimose« oder »Sensibelchen« andererseits fielen. Als sich ihre Gemüter wieder beruhigt hatten, startete der Doktor einen neuen Versuch.

»Ich werde diesmal ganz sanft sein«, versprach der Arzt, und die Art wie er es sagte und vor allem die Verwendung des Wortes »sanft« im Zusammenhang mit der körperlichen Nähe und Kluftingers Blöße jagten dem Kommissar Schauer über den Rücken. Als der Arzt ihm nun noch einmal – zugegeben etwas sensibler – die kalte Hand auf den Rücken legte, bekam der Kommissar eine Gänsehaut, die sich von seinem Nacken bis zum rechten Handgelenk zog.

Das bemerkte auch der Doktor: »Oho, mein Lieber, jetzt scheint es Ihnen ja richtig zu gefallen«, kommentierte er in anzüglichem Tonfall.

Damit war Kluftingers letzte Grenze überschritten. Er stand so ruckartig auf, dass der Doktor noch einmal fast das Gleichgewicht verlor, griff sich sein Unterhemd, zog es sich über den Kopf und raunzte Langhammer dann an: »Untersuchung beendet. Und jetzt geben Sie mir gefälligst dieses Medikament, sonst spritz ich mir selber was aus ihrem Koffer. Und was das hier alles betrifft …«, er machte eine unbestimmte Handbewegung, »so unterliegt das ja alles Ihrer Schweigepflicht und wir reden nie wieder darüber.«

Zerknirscht und vom Ausbruch des Kommissars etwas eingeschüchtert reichte Langhammer ihm die Arznei. Zögernd drückte er ihm auch noch einen kleinen Zettel in die Hand. »Hier sind noch ein paar … Übungen«, sagte er.

Verwirrt guckte der Kommissar auf das Blättchen, auf dem Gymnastik treibende Strichmännchen aufgemalt waren. Er wunderte sich, hatte er doch noch nie gehört, dass Gymnastik bei Husten angewandt wurde. Aber da er sowieso nicht vorhatte, diese Übungen zu machen, nickte er nur, steckte den Zettel ein und drängte den Arzt hinaus.

Während der wieder ins Wohnzimmer ging, legte Kluftinger die Medikamente auf seinem Nachtkästchen bereit; der Doktor hatte ihm aufgetragen, sie direkt vor dem Zubettgehen zu nehmen. Auch das Blatt mit den Strichmännchen legte er dazu. Dabei fiel sein Blick auf den Titel: »Angewandte Übungen zur Behandlung von Adipositas«. Kluftinger wurde neugierig. Da er sowieso noch den Begriff nachschlagen wollte, mit dem ihn der Doktor vorhin gegenüber seiner Frau belegt hatte, nahm er das Medizinlexikon zur Hand, das auf ihrem kleinen Bücherbord über dem Doppelbett stand, und begann zu suchen. Als er das Wort »Hypermotorik« fand, entspannte er sich. »Muskelzuckungen und unwillkürliche Bewegungen« stand dort und Kluftinger attestierte dem Doktor sogar einen Anflug von Humor, wenn der auch durch seine geschwollene Ausdrucksweise im negativen Sinne wieder wettgemacht wurde.

Daraufhin schlug er den anderen Begriff nach: »Adipositas« war dort mit mehreren Bedeutungen aufgeführt. Schon die erste trieb Kluftinger die Zornesröte ins Gesicht. »Fettsucht«, las er dort und »Fettleibigkeit« sowie »Übermäßige, abnorme Vermehrung od. Bildg. von Fettgewebe«. Er traute seinen Augen nicht. Was bildete der Doktor sich eigentlich ein? Natürlich war Kluftinger nicht der Schlankste und er hatte sowieso vorgehabt, wieder einmal ein paar Kilo abzunehmen. Dazu brauchte er aber keinen schlauen Doktor. Er stand auf und lief im Zimmer auf und ab. Fettsucht! Fettleibigkeit! Gut gebaut war er, natürlich. Sicher, schon kräftig. Ein stattlicher Mann halt, wie seine Mutter immer sagte. Abnorme Vermehrung von Fettgewebe! Pah!

Es rumorte derart heftig in ihm, dass er fürchtete, er könnte handgreiflich werden, sollte ihm Langhammer heute noch einmal unter die Augen treten. Er kochte und riss trotz seiner Erkältung das Fenster auf. Er brauchte jetzt frische Luft. Weit am Horizont sah er ein Blaulicht zucken, wahrscheinlich von einem Krankenwagen, dachte er. Da hatte er plötzlich einen Einfall. Er schlich sich lautlos im Dunklen zur Garderobe, kramte sein Handy aus seiner Jackentasche und wählte die Nummer eines Musikkameraden, der in Muthmannshofen wohnte, einem entlegenen Ortsteil von Altusried.

»Paul? Ja, servus, ich bin's. Kluftinger, ja. Du, Paul, hör zu, du musst mir mal schnell einen Gefallen tun. Du kennst doch den Doktor Langhammer …«

»Da bist du ja endlich wieder. Hast du deine Medizin genommen?« Erika blickte ihren Gatten misstrauisch an.

»Muss ich erst, wenn ich ins Bett gehe. Aber ich wollt mich noch ein bisschen zu euch setzen.«

Erst blieb Erikas Blick skeptisch, dann hellte sich ihre Miene auf. »Das freut mich aber. Du scheinst ja heilende Hände zu haben, Martin«, lächelte sie und Langhammer nickte ihr grinsend zu. Er machte gerade den Mund auf, da klingelte sein Handy. Er meldete sich – mit »Doktor Langhammer«, wie Kluftinger kopfschüttelnd zur Kenntnis nahm – und lauschte dann konzentriert. Mit zunehmender Dauer des Anrufs wurde seine Miene immer ernster. Er erging sich in zahllosen »Mhms« und »Hms«. Schließlich sagte er: »Ich komme vorbei und sehe mir die Sache an«, und steckte sein Handy wieder in die lederne Gürteltasche.

»Tut mir leid, meine Taube, wir müssen. Ein Notfall.«

»Was ist denn passiert?«

»Ich weiß auch nicht so genau. Vielleicht will mich da jemand auf den Arm nehmen. Ich muss nach Muthmannshofen. Ein siebzig Jahre alter Mann soll sich beim …« Langhammer unterbrach seinen Satz und flüsterte seiner Frau etwas ins Ohr, woraufhin diese rot anlief und nur ungläubig fragte: »In dem Alter? Ja um Gottes willen.«

Alle machten ein betroffenes Gesicht, nur Kluftinger schien nicht überrascht. »Ja, so ist das eben in unseren Berufen: allzeit bereit …«

Sie verabschiedeten sich voneinander, wobei Langhammer sich vor Yumiko verneigte und dabei die Handflächen wie zum Gebet gegeneinander presste, was diese mit einem scheuen Kichern quittierte. Als sie draußen zum Auto liefen, rief Kluftinger ihm noch grinsend hinterher: »Sayonara, gell!«

Die Hände in den Taschen vergraben arbeitete sich Kluftinger durch den tiefen Schnee zum Seeufer vor. Friedel Marx und Strobl folgten in seinen Spuren. Sie hatten die Morgenlage heute ausgelassen und waren gleich nach Füssen gefahren.

»Und, funktioniert's?«, wollte seine Kollegin wissen. Kluftinger hatte ihnen im Auto stolz von seiner neuesten Errungenschaft erzählt: Seine Frau hatte ihm gestern auf sein Bitten hin ein paar dieser »Handwärme-Knickdinger« aus dem Angebot eines Kaffeerösters besorgt. Er hatte sie in einem Werbeheftchen gesehen. Man musste lediglich ein Metallplättchen in einem mit Gel gefüllten Beutel knicken und sie erzeugten durch eine chemische Reaktion für mehrere Stunden Wärme.

Er hatte ein halbes Dutzend von diesen »Bag-Heatern«, wie sie in Wirklichkeit hießen, an strategisch wichtigen Orten seines Körpers platziert: Zwei in den Manteltaschen, zwei in den Hosentaschen, eine in der Innentasche seines Sakkos und eine hatte er unter seine Achsel gesteckt. Da sie dort immer wieder herausgerutscht war, hatte er schließlich ein Pistolenholster umgeschnallt und dort eines hineingelegt.

Er hatte vor, der Erkältung durch massive Wärmezufuhr den Garaus zu machen, hatte allerdings nicht im Traum gedacht, dass die Dinger eine solche Hitze entwickeln könnten. Jetzt fühlte er sich wie eine wandelnde Wärmflasche.

Seiner Kollegin antwortete er dennoch nicht ganz wahrheitsgemäß: »Ja, ist ganz toll. Angenehm warm. Nicht zu heiß und nicht zu kalt.«

»Dann ist's ja gut«, gab sie zurück. »Zu heiß wär nämlich auch nicht gut. Im Kalten Schwitzen ist Gift bei einer Erkältung.« Kluftinger dachte kurz nach, ob er die Knickdinger einfach in einem unbeobachteten Moment in den Schnee werfen sollte, entschied sich aber wegen der hohen Anschaffungskosten dagegen. Er würde später einfach ein paar im Auto ablegen, um ein wohltemperierteres Körperklima zu schaffen.

»Ich sorg lieber für innere Wärme«, sagte Marx und er hörte hinter sich ein Feuerzeug klicken. Mit dem rasselnden Lachen der Kollegin wurde ein Schwall bläulichen Rauches in seinen Nacken geblasen.

»Oh, Sie schon wieder.« Der Professor schien wenig erfreut, als er die Beamten erblickte. Dennoch bemühte er sich, nicht allzu ablehnend zu klingen: »Sie haben sicher Verständnis dafür, dass wir etwas unter Zeitdruck stehen. Unsere Wissenschaft gehört nicht gerade zu den begüterten Disziplinen. Und wenn man schon einmal hohe Forschungsgelder zur Verfügung gestellt bekommt, möchte man die natürlich möglichst effektiv nutzen.«

Kluftinger nickte. »Und Sie verstehen sicher auch, dass man ein Gewaltverbrechen möglichst rasch aufklären möchte«, erwiderte er.

Dann machte er dem Forscher eine Mitteilung, die ihn vollends zum Schweigen brachte: »Übrigens, Ihr Mitarbeiter, der Herr Bühler …«, er machte eine Pause, um seinen nun folgenden Worten eine noch größere Wirkung zu verleihen, »also, das ist gar nicht der Herr Bühler.«

Der Wissenschaftler blickte ihn mit einer Mischung aus Verunsicherung und Misstrauen an.

»Seine Eltern waren hier. Das heißt: Wir dachten, es wären seine Eltern. Aber sie sind es nicht. Oder besser gesagt: Er ist nicht ihr Sohn!«

Der Professor hatte seine Augenbrauen so stark zusammengezogen, dass eine tiefe Furche auf seiner Stirn entstanden war: »Ich … ich verstehe nicht.«

»Tja, wir auch nicht. Klar ist nur, dass der Mann, der sich als Jochen Bühler ausgegeben hat, nicht Jochen Bühler ist. Das haben wir zweifellos geklärt. Allerdings wissen wir weder, wer der junge Mann war, der bei Ihnen im Team gearbeitet hat und den wir vor fünf Tagen hier halbtot im Schnee gefunden haben, noch wo sich der echte Jochen Bühler befindet. Die Kollegen in Regensburg kümmern sich darum. Auch wir werden unser Möglichstes tun, wobei ich glaube, dass wir ihn hier bei uns gar nicht finden werden. Können Sie uns da weiterhelfen?«

»Wir haben ihn nach der Ausschreibung unter einigen Bewerbern ausgewählt, weil er gute Referenzen hatte. Niemand von uns kannte ihn persönlich. Um die Formalien mit Einstellungspapieren kümmert sich die Verwaltung der TU, nicht ich selbst. Soweit ich das aber beurteilen kann, sind seine Papiere in Ordnung.«

»Davon würden wir uns gerne selbst überzeugen«, mischte sich Friedel Marx ein.

»Natürlich. Ist alles in München beim Personalamt. Sie können sich gern dorthin wenden, ich werde alles Weitere veranlassen.«

»Gut. Weniger gut ist aber, dass die Aufzeichnungen, die Sie mir mitgegeben haben, nicht recht befriedigend waren. Die Einzige, auf der man was sehen konnte, war die, die wir hier am See schon abgespielt haben.«

Der Kommissar war diesbezüglich in einem Zwiespalt: Einerseits freute er sich ein wenig darüber, dass Maier die halbe Nacht lang die Filme ansehen musste, auf denen nicht das Geringste zu sehen war, andererseits wäre er im Fall natürlich gern weitergekommen.

»Haben Sie die Sachen hier?«

»Bitte.«

Strobl reichte ihm die silbrigen Scheiben, die auf einer Art Spindel steckten. Professor Bittner sah sie durch und kratzte sich am Kopf. »Wenn das alle sind, dann fehlen welche.«

»Was?«

»Das sind nicht alle. Ich hoffe, Sie haben keine verloren, dann könnten wir hier nämlich einpacken, das sind teure Forschungsdokumente.«

»Wir haben ganz sicher nichts verloren. Vielleicht haben Sie vergessen, uns alle zu geben?«

Der Unterton in Kluftingers Stimme entging dem Wissenschaftler nicht. »Moment«, sagte er und marschierte zu seinem Kleinbus.

Die Polizisten ließ er einfach stehen. Sie sahen sich an und folgten ihm schweigend. Als er wieder aus dem Bus herauskam, wirkte er etwas verlegen. »Hier ist nichts mehr. Wenn Sie mir versichern, dass das hier alle Filme sind … Es scheint tatsächlich, nun ja, etwas zu fehlen. Ich weiß auch nicht, wo die DVDs sein könnten. Klaus!«

Er rief einen seiner Studenten, den Kluftinger als den wiedererkannte, dem er bei ihrer ersten Begegnung einen Schneeball verpasst hatte. Er trug wieder die umgekehrte Schiebermütze und blickte misstrauisch in die Runde.

»Wissen Sie, wo die DVDs hingekommen sind?«

»Die haben die doch mitgenommen«, antwortete er kurz und sah die Beamten Kaugummi kauend an.

»Leider nicht alle. Es fehlen welche.«

»Kann nicht sein!«

»Ist aber so.«

Der junge Mann überlegte. »Na, dann werden die sie verloren haben.« Jetzt platzte Kluftinger der Kragen: »*Die* haben gar nichts verloren. Wenn Sie mich fragen: Ein ganz schöner Zufall, dass ausgerechnet die Aufnahmen verschwunden sind, auf denen etwas zu sehen sein könnte. Finden Sie nicht, Klaus?«

Die Wissenschaftler sahen sich an. Sie wirkten unsicher.

»Hören Sie, wir werden natürlich alles tun, um …«, begann Professor Bittner.

»Geschenkt«, unterbrach ihn der Kommissar. »Wir möchten, dass Sie jetzt Ihren Roboter runterlassen und wir werden das Ganze am Bildschirm mitverfolgen.«

Dem Professor fiel die Kinnlade herunter: »Was glauben Sie denn, was wir hier machen? Das ist kein Spielzeug, das man mal eben so einsetzen kann. Das hier ist Forschungsarbeit, dafür haben wir nun wirklich keine Zeit, das müssen Sie doch verstehen. Und der Betrieb eines solchen Geräts – ist Ihnen klar, was das kostet? Was meinen Sie, wenn der Roboter uns kaputtgeht und wir ihn am Ende nicht mehr herausbekommen?«

Kluftinger antwortete, Bittners Einwand einfach ignorierend: »Sofort, wenn's geht. Wir haben es eilig.«

»Haben Sie irgendeine Anordnung hierfür?«

Kluftingers Augen blitzten, als er zu seinem Gegenschlag ansetzte. In ruhigem Ton sagte er: »Mein lieber Herr Bittner, dass wir uns gut verstehen: Sie haben hier zwar die Genehmigung, ein wenig herumzuforschen, aber die haben Sie nicht unwiderruflich. Stellen Sie sich vor, was mit Ihrem Projekt passieren würde, wenn man Ihnen die Tauchgenehmigung abspräche!«

Bittner sah es ein: Widerstand war in diesem Fall tatsächlich zwecklos. Mit einem Seufzen fügte er sich: »Klaus, bitte bereiten Sie alles für einen weiteren Tauchgang des Roboters vor.«

Einige Minuten später hatten sie sich wieder um den Bildschirm versammelt, der auf Kluftingers Bitte diesmal allerdings im Fond des Vans aufgestellt wurde. Sie saßen um den kleinen Klapptisch herum, Kluftinger auf dem bequemen drehbaren Beifahrersitz.

Der Roboter war zu Wasser gelassen worden, und Klaus steuerte ihn mit Hilfe eines Joysticks vom Wagen aus. Diesmal sah außer ihnen niemand zu, weil Bittner seine Mitarbeiter übellaunig angewiesen hatte, die »Zeit zu nutzen«, damit sie nicht »ganz verloren« sei, während er hier »Däumchen drehen« müsse. Kluftinger hatte seine Sticheleien gleichmütig zur Kenntnis genommen. Dennoch fragte er sich, ob nicht mehr hinter der Tatsache steckte, dass der Professor so wenig davon angetan war, mit ihnen zu kooperieren.

Auch wenn es ihnen anders aufgetragen worden war, äugte bisweilen doch der eine oder andere Student in den Wagen hinein. Zu sehen gab es allerdings noch nichts, denn das Gerät war eben erst in die eisigen Fluten getaucht und nahm Klaus zufolge Kurs auf die Stelle, an der Kluftinger das unbekannte Teil entdeckt hatte.

Einige Minuten herrschte angespannte Stille, die Friedel Marx plötzlich mit einem heiseren »Da!« durchbrach. Es ärgerte den Kommissar, dass seine Kollegin diesmal schneller gewesen war als er. Schließlich hatte er das Ding neulich ja überhaupt erst entdeckt.

Professor Bittner kaute nervös an seinen Fingernägeln, während er Klaus anwies, der Struktur nach unten zu folgen. Außer dem Lichtschein, den der Roboter in den See warf, war es nun absolut schwarz; nur der spitze Gegenstand schimmerte im Scheinwerferlicht.

Klaus schwenkte die Kamera weiter nach unten, das Bild drehte sich und unter ihnen stach das unbekannte Objekt wie eine Lanze in den schwarzen Abgrund. Kluftinger lief ein Schauer über den Rücken. Er fühlte sich wie ein Schatzsucher, der auf ein uraltes Schiffswrack am Meeresgrund zu stoßen hofft. Doch was sie da sahen, gehörte zu keinem Schiff.

»Was zum Teufel ist das?« Strobl war der Erste, der die Frage stellte. »Sieht aus wie Metall.«

»Nein, ich glaube eher, dass es Holz ist«, wandte der Professor ein.

Das Material war nur schwer auszumachen: Das Gebilde war überzogen von einer dicken, verkrusteten Dreck- und Algenschicht.

»Holz?«, fragte Strobl ungläubig. »Das muss doch schon Jahre da unten sein, das wär doch schon längst morsch und verfallen.«

»Normalerweise schon, da gebe ich Ihnen Recht. Aber hier am Alatsee ist eben nichts normal.«

Sie sahen ihn an. Ihre Mienen spiegelten Unverständnis.

»Die Todeszone!«, sagte der Professor lapidar.

»Die Todeszone?«

»Klaus, würden Sie bitte kurz erläutern?«

Der Student blickte weiter auf den Bildschirm und sagte dann: »Die Todeszone ist so lebensfeindlich, dass sie wie ein großes Einmachglas wirkt. So gut wie kein Sauerstoff da unten. Und ohne Sauerstoff gibt es keine biologischen Abbauprozesse. Da hätte eine Wasserleiche das ewige Leben!«

Kluftinger dachte wieder an die Exponate in Willi Renns Büro.

»Weil hier außer ein paar anaeroben Lebensformen so gut wie nichts existieren kann, sind alle Verfallsprozesse, die ja immer Produkte organischer Vorgänge sind, sehr stark verlangsamt beziehungsweise unterbrochen.«

»Mit anderen Worten«, unterbrach ihn der Professor, »haben wir es hier mit einem großen Kühlschrank mit Nullgradzone zu tun.«

»Soll das heißen, dass man …« Strobl vollendete seine Frage nicht. Sein Kiefer klappte nach unten und er starrte auf den Monitor. Der Schein der Lampe glitt gerade über ein massives Metallteil, das aussah wie der Stamm eines mächtigen Baumes. Daneben stand ein zweiter Pfeiler, in der gleichen Größe wie der erste. Doch das war es nicht, was Strobl zum Schweigen gebracht hatte: Kurzzeitig war der Lichtschein zwischen die beiden Pfeiler gefallen. Und für diesen kurzen Moment waren dort, so weit das Licht eben reichte, mehrere dieser Blöcke zu sehen gewesen, ein regelrechter Wald aus Aufbauten, der sich in der Dunkelheit des Seegrundes verlor.

»Verdammt!« Sogar der Professor hatte sich kerzengerade hingesetzt und starrte auf den Schirm. »Zurück, Klaus, fahren Sie zurück.«

Der Student lenkte den Roboter zurück und ließ ihn zwischen den zwei Pfeilern hindurchgleiten. Was die Kamera einfing, jagte allen einen Schauer über den Rücken. Es wirkte fast wie eine verfallene Tempelhalle. Überall ragten die Pfeiler wie Finger aus dem Grund empor, manche waren umgefallen, andere abgebrochen. Wie ein überdimensionales Mikadospiel lagen einige übereinander. Klaus stoppte den Roboter.

»Fahren Sie weiter, da nach links.« Kluftinger fuchtelte aufgeregt mit seiner Hand in der Luft herum.

Das Bild bewegte sich wieder und steuerte auf die Stelle zu, die der Kommissar gemeint hatte. Sie hatten das seitliche Ende der »Säulenhalle« erreicht. Auf dem Boden lag ein schätzungsweise zwanzig Meter langes, schmales Stück Holz, dessen Ende in eine halbrunde Form überging. Doch es schien irgendwie beschädigt zu sein, denn die Kanten waren, im Gegensatz zum Rest des Teils, zackig, überall standen spitze Späne heraus. An einem hing eine Brille.

Der Kommissar atmete schwer. »Was ist das nur?«, flüsterte er.

Der Roboter war nun ganz auf dem Grund des Sees angekommen. Wo er auch hinfuhr, wirbelte er Staub auf und versperrte den Betrachtern am Bildschirm die Sicht.

»Ich glaube, das hat keinen Sinn mehr, Klaus. Sie können auftauchen.«

»Warten Sie«, widersprach Kluftinger dem Professor. »Da unten, da liegt etwas.«

»Hören Sie, Sie haben ja selbst gesehen, dass da jede Menge herumliegt.«

»Nein, ich meine etwas Kleineres. Kann der Roboter auch etwas mit nach oben nehmen?«

Klaus drehte sich um und blickte den Professor fragend an. Als der zögernd nickte, sagte er: »Ja, wenn's der Greifer erreichen kann und es nicht zu schwer ist.«

»Schauen Sie mal das da unten, die … Stange.«

Alle beugten sich nach vorn und starrten auf das vielleicht einen halben Meter lange Metallteil, das sich unter dem aufgewirbelten Dreck abzeichnete.

»Das klappt bestimmt nicht, das bekomme ich nicht zu fassen«, schüttelte Klaus den Kopf.

»Versuchen Sie es«, beharrte Kluftinger.

Der Professor nickte seinem Mitarbeiter bestätigend zu.

Klaus stand auf und kramte in einem Alukoffer, der an der Schiebetür des Kombis lehnte. Schließlich zog er einen schwarzen Handschuh mit allerlei bunten Kabeln daran heraus. »Das dauert eine Weile, bis wir die Hand und den Greifarm zum Laufen gebracht haben.«

»Wunderbar, die Zeit nutze ich!«, freute sich Friedel Marx, die bereits seit einigen Minuten mit einem nicht angezündeten Zigarillo herumspielte. »Ich geh eine rauchen. Ruft's mich halt, wenn's weitergeht!«

Sowohl Friedel Marx als auch der Professor, der sich der Rauchpause angeschlossen hatte, saßen zehn Minuten später wieder im Bus. Auf dem Bildschirm war nun zu sehen, wie der Roboter einen Greifarm ausstreckte und ungelenk in Richtung der Stange schob. Der Greifer führte dabei genau die Bewegungen aus, die Klaus mit seinem Kabelhandschuh machte. Die Beamten hielten den Atem an. Mehrmals rutschte der Greifer an der Stange ab, doch beim vierten Versuch hatte er sie.

»Auftauchen«, sagte Kluftinger und stürzte nach draußen, der Professor folgte ihm.

Am Seeufer wippte er ungeduldig von einem Bein auf das andere, bis der Roboter endlich wieder an Land war. Es dauerte ihm viel zu lange, bis sie ihn aus dem Wasser hatten und der Professor mit dem Gegenstand, den sie gerade der Dunkelheit des Seeufers entrissen hatten, auf ihn zukam. Inzwischen hatten sich praktisch alle Mitglieder des Forschungsteams um sie geschart; selbst der Professor war nun zu aufgeregt, um sie an die Arbeit zu schicken. Er händigte Kluftinger das Teil aus. Es war schwer, das war das Erste, was Kluftinger auffiel. Er wog es in seinen Händen: Es mochte gut und gerne drei Kilo auf die Waage bringen. Er wusste nicht sofort, was er da in Händen hielt: Es war ein S-förmig gebogener Gegenstand, über und über mit verkrustetem Schlamm bedeckt. Er fuhr mit der Hand darüber. Der Belag ließ sich leicht entfernen. Zum Vorschein kam eine Metallstange, genauer gesagt ein seltsam gebogenes Werkzeug, das an eine Brechstange oder ein Nagel- oder Montiereisen erinnerte. Am Ende hatte es eine Kralle wie ein alter »Kuhfuß«.

»Das Ding hat seit sechzig Jahren kein Sonnenlicht mehr gesehen«, sagte er schließlich, den Blick starr auf das Eisen gerichtet.

»Woher wollen Sie das denn so genau wissen?«, erkundigte sich der Professor.

»Hier«, erwiderte Kluftinger und deutete auf eine Stelle an dem Gegenstand. In das Eisen waren mehrere Buchstaben eingestanzt: »RLM – ZeppW ST-RU-SGRD« stand darauf. Und dahinter prangte, ebenfalls als Negativrelief ins Eisen eingelassen, ein Hakenkreuz.

Auf dem Weg ins Wasserwirtschaftsamt fiel Kluftingers Blick immer wieder auf das Werkzeug neben ihm. Ihn schauderte bei dem Gedanken daran, worauf sie da im See gestoßen waren. Noch hatten sie keinen Schimmer, worum es sich bei den seltsamen Aufbauten im See handelte. Die Buchstaben auf dem Eisen hatte ein Student als Abkürzung für »Reichsluftfahrtministerium« gedeutet. Klaus, der junge Mann mit der Schiebermütze, hatte dagegen abgewinkt: Wahrscheinlich die Initialen der Herstellerfirma. Und das Hakenkreuz bedeute noch lange nicht, dass das Teil tatsächlich in dieser Zeit in den See gefallen war. Der Professor hatte ihm zugestimmt: In so einem See lande im Laufe der Zeit alles Mögliche.

Kluftinger hätte ihnen nur allzu gerne zugestimmt. Doch das hätte noch nicht ihre weiteren Entdeckungen auf dem Grund erklärt. »Und diese riesigen Pfeiler? Hat da jemand mal eben seine Gartenabfälle und sein altes Bauholz entsorgt?«, hatte Kluftinger wütend die Kommentare der Wissenschaftler quittiert. Es war ihm ein Rätsel, warum sie nicht sehen konnten, was doch so offensichtlich war. Oder nicht sehen wollten, dachte er sich.

Günther Steinle fuhr derartig zusammen, dass er seinen Kaffee über das Papier verschüttete, in das er sich so konzentriert Notizen gemacht hatte. »Herr Steinle – Sie müssen mir genauere Informationen verschaffen.« Irritiert blickte Steinle den Mann mit Lodenmantel, handgestricktem Schal und Skimütze an, der da in sein Büro geplatzt war. Kluftinger lenkte den Blick des Amtsleiters auf den metallenen Gegenstand, den er ihm gerade auf den Tisch geworfen hatte. Der Kommissar war so ungeduldig, endlich Licht in die Untiefen dieses Sees zu bringen, dass er sogar auf die einfachsten Umgangsformen verzichtete.

»Wir müssen herausfinden, was es mit diesem Werkzeug genau auf sich hat. Wir haben es auf dem Seegrund gefunden«, fuhr Kluftinger fort. »Sie hatten angedeutet, was dort oben während des Zweiten Weltkriegs vor sich gegangen ist. Sie wollten nicht spekulieren – nun muss ich aber alles wissen, was Sie jemals, von wem auch immer, über dieses Thema gehört haben.«

»Grüß Sie Gott, Herr Kluftinger!«, hieß Steinle den Eindringling willkommen und wies ihn so gleichzeitig auf sein unhöfliches Auftreten hin. Dann fiel sein Blick auf das Metallstück auf seinem Schreibtisch und seine Augen wurden groß. »Also doch …«, murmelte er. Er ging zu einem Regal und ließ seinen Zeigefinger über die Buchrücken gleiten. Dann zog er einen dicken Wälzer heraus, blätterte darin herum und ging damit wieder zum Schreibtisch. Mit zusammengekniffenen Augen betrachtete er das Eisen und nickte schließlich. »Das würde passen«, sagte er.

»Wie bitte?«

Steinle sah auf. Er schien den Kommissar ganz vergessen zu haben.

»Ich habe Ihnen doch von der Stadtchronik erzählt«, hob er an.

Kluftinger nickte.

»Jetzt hören Sie mal zu.« Er las vor: »*Seit 1942 führten die Zeppelin-Werke Stuttgart-Ruit in einer kleinen Versuchsanstalt am Alatsee Forschungen im Auftrag des Reichsluftfahrtministeriums durch. Angeblich sollten Spezialbomben und Lufttorpedos erprobt werden.*«

Steinle seufzte: »Zwei Sätze, wie ich es Ihnen gesagt habe. Mehr findet sich nicht darüber. Aber das scheint in diesem Fall zu genügen. Kommen Sie doch mal her.«

Kluftinger ging um den Schreibtisch herum und stellte sich hinter Steinle.

»Sehen Sie die Buchstaben auf dem Eisen? RLM? Das könnte …«

»… Reichsluftfahrtministerium bedeuten. Ja, ich weiß schon.«

»Und der Rest?«

Kluftinger zuckte die Achseln.

Steinle las noch einmal aus dem Buch vor: »Zeppelin Werke Stuttgart-Ruit – ZeppW ST-RU.«

Kluftingers Kiefer klappte nach unten. »Treffer!«

»Versenkt! Nur das SGRD fehlt uns noch.«

Steinle überlegte kurz, stand dann rasch auf, packte das Metall und sagte zum Kommissar: »Lassen Sie uns einen kleinen Ausflug machen.«

»Wo fahren wir denn hin?«, wollte Kluftinger wissen, als Steinle auf dem Beifahrersitz des Passats Platz genommen hatte.

»Fahren Sie Richtung Faulenbacher Tal – also erst mal Richtung Kempten raus, an der Kaserne vorbei. Ich hoffe, Sie haben gute Winterreifen – es geht ganz schön steil bergauf.«

»Ja, ja, die sind noch gut«, log Kluftinger, gab sich aber nicht zufrieden: »Ich meine: Wo genau fahren wir denn hin, Herr Steinle?«

»Nun, mir ist eingefallen, dass es dort oben einen gibt, der viele Geschichten über die Vergangenheit weiß. Man nennt ihn den ›Nazi-Martl‹, ein Füssener Original, könnte man sagen. Kaum einer nimmt ihn mehr so richtig ernst. Nach dem Krieg bis in die siebziger Jahre hat er immer wieder mit irgendwelchen Verschwörungstheorien auf sich aufmerksam gemacht. Überall sah er Nazi-Seilschaften und vermutete Mauscheleien unter alten Kameraden. Manchmal hat er früher in der Stadt selbst gedruckte Flugblätter verteilt oder er ist mit Plakaten oder Transparenten in der Fußgängerzone auf und ab gelaufen. Hin und wieder liest man noch einen Leserbrief von ihm in der Zeitung, ansonsten aber ist es ruhig geworden um ihn. Niemand hat seinen Geschichten Glauben geschenkt. Vielleicht lag das aber auch daran, dass niemand darüber etwas hören wollte.«

Kluftinger folgte den Anweisungen Steinles bis zu einer Abzweigung, die er gut kannte: Es ging weiter Richtung Alatsee. An einer kleinen Kreuzung im Wald bogen die beiden rechts ab. Der alte Kombi hatte Mühe, sich durch das steile, schlecht geräumte Sträßchen zu kämpfen.

Nach drei, vier steilen Biegungen hörte der Wald auf und der Blick auf einen alten Bauernhof wurde frei. Es war eines dieser kleinen, geduckten Häuser, wie sie früher fürs Allgäu typisch gewesen waren: ein langes Haus, nur ein Riegel, Wohnhaus, Tenne und Stall, alles unter einem weit überstehenden Dach. Normalerweise waren diese Hofstellen mit Holzschindeln verkleidet. An dem vor Kluftinger und Steinle auftauchenden Gebäude aber prangten graue, verwitterte Eternit-Platten.

Kluftinger stellte seinen Wagen vor dem Tennentor ab – hier endeten die Traktorspuren, die sich von unten an durch den Schnee gezogen hatten, und ein schmaler Trampelpfad begann.

»Martl?«, rief Steinle, als er und Kluftinger bereits im Hausgang standen. Niemand gab Antwort, deshalb klopfte Günther Steinle an die erste Tür, die vom Hausgang aus nach rechts abzweigte.

Sie traten in eine überheizte Stube, deren Deckenhöhe höchstens einen Meter neunzig betrug. Um durch die Tür zu kommen, musste sogar Kluftinger den Kopf einziehen. An einem alten Resopal-Esstisch schlief, den Kopf auf die Tischplatte gelegt, ein etwa siebzig Jahre alter Mann. Vor ihm stand eine Schüssel mit Resten einer Kartoffel- oder Gemüsesuppe, ein Kreuzworträtsel lag aufgeschlagen daneben. Aus einem Kofferradio plärrte Schlagermusik.

»Martl!«, schrie Steinle dem Mann ins Ohr und der Alte schreckte hoch. Prüfend musterte er seine Besucher. »Ich hab jemanden mitgebracht, Martl«, sagte Steinle und sprach dabei sehr laut und deutlich, als hätte er Angst, der Alte könne ihm sonst nicht folgen. »Der Herr Kluftinger ist Kriminalkommissar bei der Kemptener Polizei. Ich hab ihm von dir erzählt. Er möchte alles wissen, was du über den Alatsee weißt. Du kannst ihm bei der Aufklärung eines …« Steinle wandte den Kopf und blickte zu Kluftinger. Dann vollendete er seinen Satz: »… Verbrechens helfen.«

Kluftinger hatte sich derweil in dem kleinen Wohnzimmer umgesehen: Links neben der Tür stand ein grüner Kachelofen; kein alter, sondern einer aus den siebziger Jahren, der so gar nicht zu der rustikalen, originalen Kassettendecke passen wollte. Auf zwei Holzstangen über dem Ofen hingen Socken und Unterwäsche zum Trocknen. Die Unordnung deutete darauf hin, dass Martin Bartenschlager, wie der Mann laut Türschild mit vollem Namen hieß, allein wohnte. Was

Kluftinger allerdings befremdete, war die Tatsache, dass im ganzen Zimmer alte, vergilbte Zeitungen herumlagen. Auch aus einer kirschfarbenen Sechzigerjahre-Schrankwand, deren Türen offen standen, quollen ausgeschnittene Zeitungsartikel. Die Wände zierten fast lückenlos Blätter mit aufgeklebten Zeitungstexten und den dazugehörigen Fotos. Viele der Artikel waren mit handschriftlichen Notizen ergänzt, manches war durchgestrichen, anderes farbig hervorgehoben. Immer wieder tauchten in den Überschriften die Worte »Weltkrieg« oder »Nationalsozialismus« auf. Kluftinger bekam es fast ein bisschen mit der Angst zu tun: Die beklebten Wände sahen aus wie das Werk eines schwer gestörten Menschen.

»Hör auf, Günther!«, begann der auf einmal krächzend zu schimpfen. »Ich bin ein alter Mann, also haltet's mich nicht zum Narren!«

Kluftinger sah ihn sich genauer an: Der dürre Mann wirkte zerbrechlich, ja ausgemergelt. Tiefe Furchen hatten sich in die lederne Haut seines Gesichts eingegraben. Die langen, grau-melierten Augenbrauen waren zu einem buschigen Bogen zusammengewachsen. Bartenschlager trug ein blau kariertes Hemd, darüber eine braune Weste aus Cord, die mit hellem Webpelz gefüttert war. Sein Haar hing wirr unter einer knallroten Baseballkappe heraus.

»Martl, jetzt hör halt mal zu! Am Alatsee hat man …« Steinle unterbrach seinen Satz, blickte noch einmal zum Kommissar und fuhr nach einem zustimmenden Kopfnicken fort: »Dort oben hat man einen Mann aufgefunden, der zuvor angegriffen worden ist. Der Herr Kluftinger versucht nun herauszufinden, was der Mann am See gesucht haben könnte. Und da würde ihm deine Geschichte eben sehr weiterhelfen.«

»Warum redest du eigentlich mit mir, wie wenn ich ein Depp wär?«

Steinle lief knallrot an. In normaler Sprechgeschwindigkeit antwortete er: »Hab ich doch gar nicht. Herrgott bist du empfindlich. Ich hab endlich jemanden dabei, der an deiner Geschichte interessiert ist, und du maulst nur rum. Was soll denn der Herr Kommissar von dir denken? Glaub mir halt!«

Noch immer misstrauisch, aber mit einem hoffnungsvollen Blitzen in den Augen sah Bartenschlager nun zu Kluftinger, der sich dem Tisch näherte. Er streckte Martl seine Hand hin. Sein »Grüß Gott, Herr Bartenschlager!« wurde von einem ehrfürchtigen »Habe die

Ehre, Herr Oberkommissär« beantwortet. Kluftinger nahm Platz. »Möchten Sie ein Bier, Herr Kommissär?« Der alte Mann schien nun viel aufgeräumter als zuvor.

»Danke, ich bin im Dienst«, sagte Kluftinger. Er entschied sich, dessen veraltetes »Kommissär« nicht zu verbessern. Eine Weile sahen sich die beiden nur an, während Günther Steinle die aufgehängten Artikel betrachtete.

»Tja, Herr Bartenschlager, was können Sie denn über den Alatsee erzählen?«, fragte Kluftinger. »Mich würden vor allem die Vorgänge in der Zeit des Dritten Reichs interessieren.«

»Ich will Ihnen vertrauen. Wenn Sie mich für einen Spinner halten und meinen, Sie können sich Witze erlauben, dann soll Sie der Deifl holen!«

Kluftinger nickte. »Woher wissen Sie eigentlich so viel mehr als alle anderen?«

»Aber ich muss Ihnen sagen, dass auch ich keine Details mehr weiß. Es ist nämlich so: Ich war damals oben am Alatsee und habe gehütet. Jungvieh, wissen Sie? Bei meinem Onkel. Ihm hat dieser Hof da gehört, den ich dann auch übernommen habe. Sie sehen, ich war ein Bub zu der Zeit – und so genau kann ich mir die Vorgänge bis heute nicht erklären.«

Kluftinger merkte, wie sein Mund trocken wurde: Ein Augenzeuge – damit hatte er nicht gerechnet. »Welche Vorgänge?«

»Ja. Also, es … wie gesagt, wir beide waren dort oben Hütebuben.«

»Wer ist wir?«

»Ich und …« Bartenschlager schluckte und blickte zuerst Kluftinger, dann Günther Steinle an, der sich mittlerweile in einem zerschlissenen samtbezogenen Sessel niedergelassen hatte und eher gelangweilt schien. »Also entweder, Sie lassen mich der Reihe nach erzählen, so wie ich will, oder Sie lassen es sein. Sie sind ja so nervös und fickerig, da komm ich ganz durcheinander.« Steinle grinste, Kluftinger senkte den Kopf. Ein gemurmeltes »Entschuldigung« sollte für die nächsten Minuten das letzte Wort des Kommissars gewesen sein.

»Wie gesagt, wir waren Hütebuben. Ich und der David. Der David war so alt wie ich, also dreizehn. Er war Kriegswaise und bei meinem Onkel und meiner Tante einquartiert über den Sommer. Eigentlich kam er aus Dresden. Wir haben uns nach kurzer Zeit angefreundet und immer zusammen gehütet. Am Anfang hat er mich nicht recht verstanden, mit meinem Dialekt, aber dann ging's immer besser. Beim Onkel und der Tante ging's ihm nicht so gut wie mir – er hat immer im Heu schlafen müssen und nicht so viel zu essen bekommen wie ich. Aber ich wollt mit meinen Eltern reden, ob wir ihn nicht aufnehmen können. Ich komm aus Pfronten, wissen S'. In dem Sommer damals war es sehr heiß. Das war 1942. Schon im Juli hatte es an die dreißig Grad. Um uns abzukühlen, sind wir zum Alatsee gegangen. Obwohl die Tante und auch der Onkel uns immer gewarnt haben. Der See ist nicht so ganz geheuer, haben sie gesagt. Und dass es verboten ist, dort hinzugehen. Aber was gibt man als Dreizehnjähriger schon auf solche Warnungen? Wenn überhaupt, haben sie uns damit erst recht neugierig gemacht.«

Bartenschlager hielt kurz inne, versenkte seine Stirn in der Hand, seufzte schwer und setzte dann wieder an. Kluftinger kam es vor, als hätte er seit einer Ewigkeit darauf gewartet, jemandem die Geschichte seines Lebens erzählen zu können.

Dann fuhr er fort: »Wir sind schwimmen gegangen, es war später Nachmittag und eigentlich hätten wir längst beim Essen sein sollen. Schließlich haben wir die Zeit vergessen und die Dunkelheit ist aufgekommen. Wir haben schnell zurück gewollt und da sind sie gekommen: Auf der Straße, die vom Weißensee rauffführt. Zuerst einige Motorräder mit Beiwagen. Danach Limousinen und schließlich bestimmt fünfzehn Lastwägen. Wir haben unseren Augen nicht getraut. Aber wir haben ja nach Hause müssen, schließlich war es schon dunkel. Wir haben uns geschworen, gleich am nächsten Morgen nachzusehen, was sie dort machen.«

Kluftinger fand es erstaunlich, wie viele Details Bartenschlager nach so langer Zeit doch noch parat hatte. Das ließ ihn in seinen Augen sehr glaubwürdig erscheinen. Er war gespannt, worauf die Geschichte hinauslaufen würde.

»Aber am nächsten Morgen war Sonntag und wir mussten in die Kirche hinunter. Und wie wir zurückgekommen sind, ist ein Mann mit schwarzem, ledernem Mantel hier am Tisch gesessen, genau da, wo Sie jetzt sitzen. Mit meinem Onkel. Nach dem Essen haben die Tante und der Onkel uns zu sich gerufen und uns eingeschärft, wir dürften auf keinen Fall mehr zum See. Unter gar keinen Umständen.

Der Mann im schwarzen Mantel hat gesagt, das wäre von nun an Sperrzone. Am Morgen haben sie riesige Apparaturen zum Ufer gebracht. Wie Stelzen oder Stützen für einen Lift, haben wir uns gedacht.«

»Die Gestelle von der Kamerafahrt am Seegrund!«, sagte Kluftinger, Bartenschlager aber schien ihn gar nicht mehr wahrzunehmen. Wie in Trance redete er weiter: »In den Tagen danach haben wir immer wieder Explosionen gesehen, große Feuerbälle, und es hat so laut gekracht, dass einem fast das Trommelfell geplatzt wär. Das hat uns Buben natürlich gefallen damals.

Der David, mein Freund, hat unbedingt näher hin gewollt. Er war sich sicher, dass sie einem Buben nichts tun würden, falls sie ihn entdecken würden. Ich war zuerst zu feig damals und habe gesagt, ich bleibe in unserem Versteck im Wald. Aber er hat immer mehr gedrängelt und gesagt, einer muss gehen. Also haben wir Streichhölzer gezogen. Er hat verloren. Deshalb bin ich noch hier und am Leben. Ich hab dem David auf die Schulter geklopft und er ist in Richtung Seeufer verschwunden. Seitdem hat ihn niemand mehr gesehen.«

Kluftinger nickte.

»Ich habe es sofort dem Onkel und der Tante gebeichtet. Weil der David schon ein paar Mal versucht hat, abzuhauen, haben sie mir nicht geglaubt. Stattdessen hat mich der Onkel verdroschen und fünf Tage in der Tenne eingesperrt. Weil wir uns nicht an die Regeln gehalten haben.

Heute denke ich mir, dass er vielleicht auch Angst hatte. Ich glaube, sie waren auch ganz froh, dass der David weg war. Bei dem Namen war es ja klar, was so geredet worden ist. Warum er nicht woanders hingekommen ist, hat uns im Nachhinein eh gewundert. Vermisst hat ihn jedenfalls keiner. Außer mir. Die Nazis haben ihn kurzerhand umgebracht, da bin ich mir sicher, Herr Oberkommissär!«

»Schlimm, Herr Bartenschlager, schlimm. Aber machen können wir da auch nichts mehr, denke ich. Tut mir leid.«

»Ja, ja, das Lied höre ich seit sechzig Jahren. Warum sollte sich das jetzt noch ändern?« Bartenschlager klang resigniert.

»Ich müsste noch Genaueres wissen, dann könnte ich möglicherweise auch wegen Ihres Freundes noch einmal recherchieren.«

»Was möchten Sie wissen?«

»Was genau ging damals vor sich, was haben Sie beobachtet?«

»Wie gesagt, Herr Kommissär, ich war ein kleiner Junge damals. Ich konnte mir das alles nicht erklären. Aber es ließ mir keine Ruhe – mein Leben lang. Und so habe ich einige Theorien aufgestellt. Und die habe ich gesammelt. Sehen Sie, es war schwer, nach dem Krieg etwas herauszufinden. Jeder hat den Mantel des Schweigens über die Nazizeit gebreitet. Zumal, wenn er Dreck am Stecken hatte. Aber ich habe drei Ordner, die können Sie sich durchsehen. Auf die stützen sich meine Theorien. Soll ich sie holen?«

Kluftinger schüttelte energisch den Kopf. »Nein, erzählen Sie mir lieber, welche Mutmaßungen Sie aufgestellt haben.« Kluftinger graute davor, irgendwelche Zeitungsartikel zu durchforsten. Und Maier war ja auch nicht unbegrenzt belastbar …

»Gut. Nummer eins ist eher auf Gerüchte gestützt und vielleicht auch nicht wahrscheinlich: Vielleicht sind Menschenversuche durchgeführt worden, was nicht nur die hohe Sicherheitsstufe, sondern auch das Verschwinden von David erklären würde. Den Alatsee kann man leicht vollkommen abriegeln. Vielleicht hatten diese Versuche auch mit der komischen roten Flüssigkeit zu tun, die im See schwimmt. Wissen Sie, wie man den See hier auch genannt hat? Den blutenden See. Ja, da schauen Sie. Und da sind wir gleich bei der zweiten Möglichkeit.«

Bartenschlager redete ohne Luft zu holen.

»Die lautet nämlich, dass mit dieser rötlichen Flüssigkeit im See für biologische Massenvernichtungswaffen geforscht worden ist. Es gibt auch noch andere Gerüchte, aber die kommen nicht von mir. Fest steht, dass der See ein Geheimnis hat.

Haben Sie gewusst, dass, gleich nachdem der Krieg verloren war und die Nazis nichts mehr zu sagen hatten, die Amis wieder alles abgesperrt haben? Was haben die gesucht? Herr Oberkommissär, wenn Sie das aufklären, das wäre eine Sensation. Sie werden ernst genommen. Auf Sie wird man hören. Da werden einige das Zittern anfangen von denen, die noch leben, glauben Sie mir.« Am Schluss klang Martl fast prophetisch und hob drohend seinen Zeigefinger.

»Ich verspreche Ihnen, ich werde sehen, was ich in dieser Richtung tun kann.« Kluftinger erhob sich.

Bartenschlager blieb sitzen, während sich Kluftinger und Steinle von ihm verabschiedeten. Beim Hinausgehen fiel Kluftingers Blick noch einmal auf die Blätter, die an der Wand hingen. Neben Zeitungsartikeln und Fotos hingen da auch seltsame Skizzen. An einer blieb Kluftingers Blick etwas länger haften. Sie schaute nur zum Teil unter ein paar anderen Zetteln heraus. Er wollte schon weitergehen, da erstarrte er. Auf einmal schoss ihm das Blut in den Kopf, seine Schläfen pochten. Er machte auf dem Absatz kehrt, rempelte Steinle an, der dicht hinter ihm ging, und schob aufgeregt die anderen Blätter beiseite. Tatsächlich! Der Kommissar riss die Zeichnung von der Wand und knallte sie vor Bartenschlager auf den Tisch.

»Was ist das?«, rief er und deutete zitternd auf das Blatt. Es zeigte dasselbe Symbol, wie das, das der unbekannte Taucher in den Schnee gemalt hatte.

Bartenschlager verstand die plötzliche Aufregung des Polizisten nicht. Ruhig nahm er die Bleistiftzeichnung und sagte: »Ja, das habe ich mich oft gefragt, Herr Kommissär. Ich kann Ihnen nicht genau sagen, was es ist. Im Laufe der Jahre bin ich immer wieder auf dieses Zeichen gestoßen. Immer dann, wenn ich wieder in einer Sackgasse gelandet bin. Die Mauer des Schweigens, auf die ich immer wieder gestoßen bin, die trägt dieses Zeichen, wenn Sie so wollen. Halten Sie die Augen auf, dann werden Sie es auch sehen.«

»Ach komm, Martl! Kommt jetzt wieder deine Verschwörungstheorie?«, mischte sich Günther Steinle ein, Kluftinger aber legte ihm eine Hand auf den Arm. »Nein, Herr Steinle, lassen Sie ihn!«

An Bartenschlager gewandt fragte Kluftinger: »Was meinen Sie mit ›Mauer des Schweigens‹?«

»Was ich sage. So geben sie sich Zeichen …«

»Sie?«

Bartenschlager sah den Kommissar lange an, dann ließ er die Schultern hängen. »Ich habe Ihnen alles gesagt. Jetzt ist es an Ihnen.« Dann vergrub er sein Gesicht wieder in seinen Händen.

23. November 1989

Die Haushälterin hatte ihn geholt. Ein Mann sei gekommen, der angegeben habe, ihn zu kennen. Sie habe ihm gleich gesagt, dass der Besucher nicht vorgelassen werden könne, da der Hausherr Gäste habe, seine alten Freunde. Ihn da zu stören, daran sei gar nicht zu denken.

Als er aber darauf beharrte und der Gastgeber den späten Besucher schließlich doch herein bat, verstummten die Gespräche schlagartig. Eine Eiseskälte schien sich im Zimmer auszubreiten. Ungläubig starrten die vier den unangemeldeten Besucher an. Ihre Augen formten sich zu engen Schlitzen. Einer, der in einem Rollstuhl saß, zündete sich eine Zigarre an.

Besuch habe man, sagte der mit der Zigarre plötzlich zynisch, lieben Besuch aus dem Osten. Was er wolle, fragte ein anderer. Warum er denn nicht tot sei? Man habe gedacht, er sei in Russland gefallen. Eingebuddelt irgendwo im Gulag.

Er wisse wohl, dass sie ihn nicht mehr auf der Rechnung gehabt hätten. Aber da hätten sie sich zu früh gefreut. Die ganze Zeit über habe er gewartet. Nie eine Ausreisegenehmigung bekommen, weil er Geheimnisträger gewesen sei. All die Jahre und Jahrzehnte an den See gedacht. Aus der Ferne verfolgt, was dort vor sich ging. Und nun sei er wieder da. Wolle mit dabei sein. Wieder mitmachen.

Nichts sei da oben zu holen. Rein gar nichts, erwiderte der im Rollstuhl emotionslos. Das Spiel sei aus. Man müsse endlich mit der Vergangenheit abschließen.

Der Besucher lachte kehlig und schüttelte den Kopf. Er lasse sich nicht so abspeisen.

Er müsse jetzt gehen, sagte einer der vier zu dem Besucher. Für immer gehen, sonst … Wortlos gab der Rollstuhlfahrer einem der Männer ein Zeichen, worauf der zu dem dunklen Eichenschrank ging. Der ganze Raum war in ein gelbliches Licht getaucht, das die Gesichter der Männer wächsern wirken ließ. Auf einmal hielt der am Schrank etwas in der Hand. Der Besucher erkannte es zunächst nicht, dann schluckte er: Auf ihn war der glänzende Lauf eines alten Revolvers gerichtet. Er habe eine letzte Chance. Sofort dahin zurückzugehen, wo er hergekommen sei.

Der Besucher nickte. Er hatte keine Wahl. Man habe sich bestimmt nicht zum letzten Mal gesehen, sagte er im Hinausgehen.

Halten Sie die Augen auf! Wie ein Echo hallte dieser Satz des alten Mannes in Kluftingers Kopf wider. Es war ein seltsames Treffen gewesen, das ihn weit zurück in eine Vergangenheit geführt hatte, die er bisher nur aus Büchern und Filmen kannte. Auch sein Vater hatte nie viel über den Krieg erzählt. »Alte Leichen soll man nicht wieder ausgraben«, hatte er immer gesagt, wenn die Sprache darauf gekommen war. Und erst jetzt wurde Kluftinger bewusst, dass er nie wirklich nachgefragt hatte. Wäre das nicht eigentlich die Pflicht seiner Generation gewesen: nachzufragen, nicht locker zu lassen? Viele hatten das getan, er selbst nicht. Eine Mischung aus Desinteresse und Angst vor den Antworten hatte ihn bisher davon abgehalten.

Ein heftiger Niesreiz lenkte seine Gedanken wieder ins Jetzt. Seine Taschenheizer hatten inzwischen ihren Dienst quittiert und waren hart und steif geworden. Er hatte gelesen, dass man sie eine halbe Stunde kochen musste, um ihnen die Energie zurückzugeben. Die trockene Luft des Heizgebläses im Auto kitzelte seine Schleimhäute. »Haoaschissss!« Er nieste derart heftig in seine Hand, dass sein Nebenmann erschrocken zusammenfuhr.

»Gesundheit, Herr Kluftinger!«

»Vergelt's Gott, Herr Steinle. Aber ich glaub, das ist schon zu spät.«

»Hört sich wirklich nicht gut an.«

Kluftinger suchte in seiner Jacke nach einem Taschentuch, das noch zu gebrauchen war, stieß aber nur auf solche, die bereits weit über ihr Fassungsvermögen beansprucht worden waren.

»Könnten Sie mir mal im Handschuhfach schauen, ob da noch ein Taschentuch drin liegt?«, bat er seinen Beifahrer.

Steinle kramte darin herum, schob vergilbte Kassettenhüllen mit Titeln wie »Wunderbare Heimat« und »Zauber der Gitarre« beiseite, grub sich durch eine Schicht durchgebrannter Glühbirnchen, alter Parkscheine und Türschloss-Enteiser, bis er schließlich fündig wurde. Als er das Stofftuch dem Kommissar reichte, fiel sein Blick auf die Stickerei: »A.I.K. … Ihre Initialen?«, fragte er.

Kluftinger verdrehte die Augen: »Ja, so ein Tick meiner Mutter. Sie stickt mir heute noch Buchstaben in alle möglichen Dinger: Socken, Hemden und eben auch Taschentücher.«

»Finde ich eigentlich ganz schön«, kommentierte Steinle. »Das gibt es ja kaum noch, heutzutage ist ja alles zum Wegwerfen.«

»Auch wieder wahr«, nickte der Kommissar und trötete dann lautstark in sein Taschentuch.

»Wie fanden Sie eigentlich den Martl?«, wollte Günther Steinle wissen, nachdem er sich mit einem Blick versichert hatte, dass Kluftinger fertig geschnäuzt hatte.

»Hm, ich fand, er wirkte sehr klar im Kopf. Gar nicht wie ein Spinner.«

»Ja, deswegen hab ich Sie ja hingebracht. Aber ich glaube, im Laufe der Zeit hat er sich so in seine Geschichte verrannt, dass er selbst nicht mehr genau weiß, was daran wahr ist und was nicht.«

»Aber Sie glauben ihm doch?«

»Ich halte ihn jedenfalls nicht für verrückt wie viele andere hier. Er hat hier einen Exotenstatus, der ihm einerseits eine gewisse Narrenfreiheit beschert, andererseits aber auch dazu führt, dass ihn keiner mehr ernst nimmt.«

»Bis auf Sie.«

»Zum Teil eben. Wie ich sagte: Man weiß, dass das Gelände irgendwie militärisch genutzt wurde. Aber wofür genau, das ist bis heute nicht wirklich klar.« Nach einer nachdenklichen Pause fuhr Steinle fort: »Vielleicht ist das der beste Beweis dafür, dass Bartenschlager Recht hat.«

Kluftinger kam nicht mehr dazu, weiter zu fragen, denn sein Mitfahrer streckte die Hand aus und rief: »Da vorne können Sie mich rauslassen.«

Als er allein Kurs auf Marx' Büro nahm, merkte er erst, wie erschöpft er war. Der Tag hatte viele Überraschungen für ihn bereitgehalten, und er hatte das Gefühl, etwas Großem auf der Spur zu sein. Etwas zu Großem vielleicht, und dieser Eindruck behagte ihm gar nicht. Wie ein dunkler Schatten hatte sich plötzlich die Vergangenheit über seine aktuellen Ermittlungen gelegt. Eine Vergangenheit, die …

Mit aller Kraft stieg Kluftinger aufs Bremspedal und wurde von seinem abrupten Manöver gegen den Sicherheitsgurt gepresst. Ein Hupkonzert hinter ihm machte ihm klar, dass der nachfolgende Fahrer nur mit Mühe einen Auffahrunfall verhindert hatte. Er brauchte ein paar Sekunden, dann hatte er den Schreck über sein eigenes Handeln überwunden. Er hatte soeben etwas gesehen, eigentlich mehr wahrgenommen, unterbewusst. Etwas, das ihm durch alle Glieder gefahren war. Er schaute in den Rückspiegel. Da war es: Auf dem Schild des Tauchladens, den sie erst vor wenigen Tagen besucht hatten, prangte das Zeichen aus dem Schnee.

Als Kluftinger auf den Eingang zuschritt, war er sich nicht mehr so sicher, ob es wirklich das gesuchte Symbol war. Er hatte es beim Vorbeifahren spiegelverkehrt gesehen und sofort diese Assoziation gehabt, aber jetzt sah es eigentlich ganz anders aus. Das erklärte auch, warum es ihm bei seinem ersten Besuch nicht aufgefallen war: Das Schild über dem Eingang zeigte, sehr stilisiert, aber doch erkennbar, eine Hand, deren Zeigefinger und Daumen einen Kreis formten. Die drei anderen Finger waren fächerartig abgespreizt.

Zögerlich öffnete der Kommissar die Türe. Wie beim letzten Mal erklang ein melodischer Klingelton, doch diesmal empfing ihn nicht der sportliche Verkäufer.

»Grüß Gott«, sagte eine attraktive Blondine mit Kurzhaarschnitt. »Kann ich Ihnen helfen?«

»Ja, Kluftinger, Kriminalpolizei. Ich war neulich schon mal hier, da hat mich ein Mann bedient … ich meine, er hat mit mir gesprochen. Der Inhaber, denke ich. Ist er da?«

Als der Kommissar das Wort »Kriminalpolizei« erwähnte, nahm das Gesicht der Frau einen besorgten Ausdruck an.

»Fred … mein Freund … also der Besitzer des Geschäfts ist hinten im Lager. Soll ich ihn holen?«

Kluftinger überlegte kurz. Eigentlich konnte sie seine Fragen ebenso beantworten.

»Nein, danke, nicht nötig. Ich habe nur eine Frage: Was bedeutet das Zeichen auf Ihrem Schild?«

Die Frau sah ihn verständnislos an. Kluftinger wiederholte seine Frage.

»Sie meinen das auf unserem Firmenschild?«

»Genau das. Diese Hand mit den abgespreizten Fingern.«

»Das ist ein internationales Tauchzeichen. Es heißt soviel wie ›Alles in Ordnung‹.«

»Das würde ja passen …«, murmelte der Kommissar.

»Wieso? Stimmt damit was nicht?«

»Doch, doch«, antwortete Kluftinger und hätte beinahe selbst das Zeichen gemacht, um ihr zu signalisieren, wie sehr sie ihm geholfen hatte.

Kluftinger hatte sein Auto noch nicht erreicht, als sein Handy klingelte. Er sagte wenig, und als er aufgelegt hatte, drang ein tiefer Seufzer aus seinem Mund. Seine Frau hatte ihm gerade mitgeteilt, dass er gar nicht erst nach Hause zu fahren brauche. Stattdessen würden sie nach Füssen kommen, denn »die Kinder« – womit sie Markus und Yumiko meinte – hätten eine ganz tolle Überraschung für sie: Sie würden heute gleich ihr vorgezogenes Weihnachtsgeschenk bekommen – einen Besuch im »Ludwig-Musical« in Füssen.

Seine spärlichen Versuche, dieses nach Kluftingers Ansicht unangebracht harte Los noch abzuwenden, hatte seine Frau im Keim erstickt. Die Kinder hätten nur noch für heute Karten bekommen, und er solle sich nicht so anstellen wegen seiner Erkältung, denn wer arbeiten könne, könne sich ja wohl auch ein Theater anschauen. Auch alle anderen Ausreden wurden abgeschmettert: Die entsprechende Kleidung bringe sie mit und essen könne man im Festspielhaus.

Statt in den Feierabend fuhr er also zum Parkplatz des Theaters. Kluftinger war gespannt, wie seine Frau und seine Familie nach Füssen kommen wollten, schließlich besaß die Familie nur ein Auto. Ob Erika seine Eltern um deren Wagen gebeten hatte? Wahrscheinlich, dachte der Kommissar und hielt deshalb von nun an Ausschau nach einem weinroten Opel Vectra.

Plötzlich ließ ihn ein Hupen direkt hinter dem Wagen zusammenzucken. Er blickte sich um: Dort stand ein großer silbergrauer Mercedes. Auch das noch. Es war Langhammers Wagen! Er erkannte ihn an dem Schild, das der immer an der Windschutzscheibe angebracht hatte: »Arzt im Einsatz« stand darauf, und Kluftinger wusste, dass Langhammer es auch dann dort beließ, wenn er privat unterwegs war.

Die Tür ging auf und Erika stieg aus dem Wagen.

»Hast du lange warten müssen? Markus, parkst du und bringst mir noch meine Jacke mit? Ich bleib gleich beim Vatter!«

Markus? Warum fuhr Markus den Langhammerschen Mercedes?

»Hast du dir von denen das Auto geliehen? Warum jetzt das? Hättest halt meinen Vatter gefragt!«

»Wenn du dich mehr um deine Eltern kümmern würdest, wüsstest du, dass sie bei Bekannten im Schwarzwald sind. Mit dem Auto.«

»Ach so, stimmt ja«, brummte Kluftinger erleichtert. Ohne den Doktor schien ihm der Abend auf einmal wieder erträglich.

Als die anderen sich anschickten, den Weg vom Parkplatz zum Musicaltheater zu einem kleinen Spaziergang zu nutzen, hielt er sie zurück: »Wir fahren!«

»Aber Vatter, da dürfen nur Mitarbeiter rein«, protestierte Markus.

»Mitarbeiter und Polizei«, erwiderte Kluftinger.

Sein Sohn verdrehte die Augen: »Oh nein, nicht schon wieder. Bitte, wir haben einen Gast dabei.«

»Unser Gast fährt sicherlich auch lieber, anstatt durch die Kälte zu laufen, stimmt's?«, sagte Kluftinger und blickte Yumiko dabei so überzeugt an, dass ihr keine andere Wahl blieb, als zuzustimmen.

Sie stiegen also wieder in den Mercedes ein, wobei diesmal Kluftinger senior das Steuer übernahm, weil er ja mehr Fahrpraxis habe, defensiver und umsichtiger fahre und vor allem als Einziger das Geld besitze, einen möglichen Schaden an der Medizinerkarosse zu ersetzen. Mit einem beleidigten »Alles klar« setzte sich Markus neben Yumiko in den Fond.

Unter nochmaligen heftigen Protesten seiner Frau und seines Sohnes fuhr er bis zur Schranke vor, drückte den Knopf für die Sprechanlage und verschaffte sich mit den Worten »Kluftinger, Kriminalpolizei« Einlass. Noch während sie ihr Auto parkten, rannte ein aufgeregter Mitarbeiter des Musicals zu ihnen und fragte, ob etwas passiert sei. Kluftinger, der damit nicht gerechnet hatte, fiel auf die Schnelle keine Ausrede ein. »Ich darf Ihnen dazu nichts sagen«, blaffte er den Mann scharf an, der augenblicklich schwieg. »Und Sie reden darüber auch nicht. Zu niemandem, hören Sie?« Er warf ihm noch ein paar unverständlich gemurmelte Sätze mit Worten wie »inkognito« und »Beschattung« hin und ließ den verstört wirkenden Mann dann auf dem Parkplatz stehen.

»Zieh dich am besten gleich mal um«, schlug Erika ihrem Mann vor, nachdem sie mit einem ehrfürchtigen »Oh« die helle Empfangshalle betreten hatte. Selbst Kluftinger war von der schlichten Eleganz angetan. Dann drückte Erika ihm eine Tüte mit den von ihm am Telefon georderten Kleidungsstücken in die Hand. »Da drüben«, fügte sie an, als er sich ratlos umsah, und zeigte auf ein Toilettenschild.

»Komm mal mit«, flüsterte Kluftinger seinem Sohn zu und ging in die gewiesene Richtung. Vor der Tür zum WC angekommen, sah sich der Kommissar verschwörerisch um und sagte: »Bleib bitte hier stehen und pass auf, dass keiner reinkommt.«

Mit großen Augen blickte Markus ihn an. »Spinnst du? Was soll ich denn machen, wenn jemand mal biseln muss? Sagen, dass da drin gerade eine geheime Polizeiaktion läuft?«

Kluftinger verzog das Gesicht. »Sehr komisch. Sag halt, dass das Klo geschlossen ist.«

»Sicher nicht. Zieh dich doch in einer Kabine um.«

»Die sind viel zu eng. Und soll ich meine Sachen dann so lange in die Kloschüssel legen?«

»Jetzt stell dich doch nicht so an.«

»Herrgottnochmal, tu halt auch mal was für deinen Vatter. Ich hab früher auch immer ...«

»Jetzt geht die Leier wieder los. Also gut, geh schon rein.«

Mit einem zufriedenen »Na also« betrat Kluftinger das WC. Als die Tür hinter ihm ins Schloss fiel, tippte sich Markus mit dem Zeigefinger an die Stirn, schüttelte den Kopf und ging zu den beiden Frauen, die sich gerade im Souvenirladen umsahen.

In der Toilette hatte Kluftinger inzwischen seine Kleidung im gesamten Raum verteilt: Sein Sakko, seine Anzughose, das Hemd und die Krawatte hingen an der Türklinke einer jeweils anderen Kabine; seine gebrauchte Kleidung legte er ins Waschbecken, das er vorher mit der Tüte ausgekleidet hatte. Erst jetzt fiel ihm auf, dass er noch eine lange Unterhose anhatte. Da er keine kürzere bei seiner Frau bestellt hatte, er aber befürchtete, dass es ihm im Musical damit zu heiß werden könnte, begann er, das lange Modell über seine Knie nach oben zu krempeln. Genau in diesem Moment öffnete sich die Tür und ein Mann in dunklem Anzug mit samtroter Fliege betrat das Klo.

Ein paar Sekunden blieb der Mann entsetzt stehen, dann machte er auf dem Absatz kehrt und verließ die Toilette. Kluftinger stand wie erstarrt da und schluckte. Erst jetzt, nachdem der Mann das stille Örtchen bereits wieder verlassen hatte, kam die Scham in heißen Wellen und ließ seinen Kopf knallrot anlaufen. Er ging zur Tür und rief heiser flüsternd durch sie hindurch: »Markus?«

Keine Antwort.

»Markus, hörst du mich?« Draußen blieb es still. In Kluftinger keimte ein Verdacht auf. Hektisch sammelte er seine Sachen zusammen, lehnte sich mit dem Rücken gegen die Tür und zog sich in dieser Stellung heftig schnaufend um. Als er fertig war, stellte er sich ans Waschbecken und sah in den Spiegel: Um seine Augen lagen tiefe Schatten, seine Nase war vom vielen Schnäuzen gerötet. Er wusch sich das schweißnasse Gesicht, trocknete es mit einigen kratzigen Papierhandtüchern, band sich seine Krawatte und verließ die Toilette.

Als er die anderen wieder fand, die gerade in einem Bildband über Schloss Neuschwanstein blätterten, zischte er Markus zu: »Kreuzkruzifix! Wo warst du denn?«

»Du hast doch nicht im Ernst geglaubt, dass ich draußen stehen bleibe und für dich den Toilettenboy mache!«

»Wenn man einmal was von dir will ...«

Erika unterbrach ihr wütendes Gezischel: »Wie schaust du denn aus? Bei der Krawatte muss das dicke Teil länger sein als das dünne, das ist dir schon klar, oder?« Mit diesen Worten löste sie seinen Knoten und band ihm mitten im Geschenkeladen die Krawatte neu. Er kam sich vor wie als Kind, wenn seine Mutter ihn mit einem mit Spucke angefeuchtetem Taschentuch das Gesicht abgewischt hatte. Genau genommen tat sie das heute immer noch manchmal.

Anschließend nahmen sie an einer »Backstage-Führung« durch das Theater teil. Alles war stilvoll und zurückhaltend gestaltet, um den Brunnen am Eingang waren elegant wirkende Marmorplatten verlegt und nur die Türgriffe und ein paar andere Details waren mit stilisierten Schwänen und silbernen Ornamenten verziert. Schon neulich, als er mit Günther Steinle vom Wasserwirtschaftsamt hier gewesen war, hatte ihn diese Schlichtheit beeindruckt.

Voller Stolz berichtete der ältere Herr, der die Führung leitete, von den technischen Möglichkeiten im Theater. Er klang dabei so, als gehöre ihm der Bau, fand Kluftinger.

Unter anderem gab es eine riesige, echte Wasserfläche auf der Bühne, die man öffnen und schließen konnte. Früher sei der Ludwig-

Darsteller am Ende des Stückes in das Bassin gestiegen, das den Starnberger See darstellen sollte. Das Publikum habe immer gemutmaßt, er sei dann durch einen unterirdischen Gang am Seegrund wieder aus dem Becken gekommen. Sofort fühlte sich der Kommissar an seinen Fall erinnert. König Ludwig hatte in den dunklen Fluten seinen Tod gefunden – worauf würde er noch stoßen?

»Möchte jemand den Engel machen?«

Ehe Kluftinger die Frage ihres Führers verstanden hatte, hatte Markus bereits auf ihn gezeigt und alle anderen hatten zustimmend mit dem Kopf genickt. Schon wurde er in Richtung einer riesigen kreisrunden Scheibe geschoben, die von der hohen Decke im Bühnenturm hing.

»Das ist der Mond, in dem erscheint dem König während des Stückes mehrmals ein Engel«, erklärte der Führer und fuhr zu Kluftinger gewandt fort: »Wenn Sie bitte hier hineingehen wollen.« Dann zögerte er, taxierte den Kommissar und fragte vernehmlich: »Sie wiegen ja sicher nicht mehr als hundert Kilo, oder?«

Kluftinger blickte in die Runde und es schien ihm als warteten alle ungeduldig auf seine Antwort. »Sicher nicht«, log Kluftinger eilfertig.

Auf der Rückseite des Mondes befand sich der Einstieg in die Scheibe. Kluftinger konnte kaum etwas sehen, so dunkel war es hier hinten.

»Halten Sie sich gut fest«, rief der Mann. Da fing die Holzkonstruktion schon gefährlich an zu schwanken. Es dauerte einige Sekunden, bis Kluftinger begriff, dass er nach oben gezogen wurde.

»He!«, rief er. »Was soll das?«

»Ganz ruhig, gleich haben wir's«, antwortete der Führer und fügte etwas leiser an seine Gruppe gerichtet hinzu: »Hoffentlich halten unsere Seile.«

»Das hab ich gehört«, schrie Kluftinger und löste damit glucksendes Gelächter aus. Bevor er noch etwas anderes sagen konnte, gingen die Scheinwerfer an. Erst jetzt sah der Kommissar, wo er war: Er schwebte mittlerweile etwa fünf Meter über dem Bühnenboden in der Scheibe. Vor ihm stand ein Gestell, das ihm bis zur Hüfte reichte. Erst wusste er nicht, wozu es gut sein sollte, dann erkannte er, dass es ein wallendes Kleid war. Seine Wangen leuchteten. Er sah auf die Bühne und blickte in die schadenfroh grinsenden Gesichter seiner Familie. Priml.

»Ich will sofort hier runter«, schrie er und begann, derart heftig hin und her zu schaukeln, dass es ein Bühnenarbeiter mit der Angst zu tun bekam: »Aufhören! Sie machen mir ja die ganze Deko kaputt. Ich lass Sie ja runter!«, brüllte er.

Unten angekommen wurde ihm von ihrem Führer ein kleines Foto in die Hand gedrückt. Es zeigte ihn mit verzerrtem Gesicht und berüschtem Kleid in der Scheibe. »Das große Bild kommt an unsere Fotowand«, sagte der Mann und klopfte dem völlig konsternierten Kommissar auf die Schulter.

»Das Zeug könnten wir gut fürs Freilichtspiel gebrauchen«, sagte Kluftinger, als sie beim Essen im so genannten Biergarten saßen, einem rustikal eingerichteten Lokal im Musicalbau. Das Freilichtspiel war ein Open-Air-Theater, das alle paar Jahre in Altusried aufgeführt wurde und in dem auch Kluftinger mit seiner Familie von Kindesbeinen an immer dabei war. Das nächste würde im kommenden Sommer stattfinden, die ersten Vorbereitungen hatten bereits begonnen.

»Ja, vor allem den Mond sollten sie bei uns auch einführen«, flachste Markus und handelte sich dafür einen strengen Blick seines Vaters ein.

Der Biergarten war trotz viel Beton und ein paar Hirschgeweihen eigentlich nett anzuschauen. Nur beim Blick auf die Wände an der Stirnseite schüttelte Kluftinger den Kopf: Sie bestanden aus Brennholzscheiten in Glasvitrinen. Für Kluftinger, den passionierten Kachelofenheizer, erschloss sich zwar der Heizwert des heimischen Fichtenholzes, nicht aber dessen dekorative Qualität.

Dann rieb er sich die Hände, denn endlich wurde das Essen gebracht. Er hatte sich für ein deftiges Gericht entschieden: Linsen mit Spätzle und Ripple. An die Nachteile von Hülsenfrüchten bei einem nachfolgenden Theaterbesuch dachte er erst, als der Eintopf bereits dampfend vor ihm stand. Eigentlich verwunderlich, dass hier so etwas überhaupt angeboten wurde. Kluftinger goss vorsorglich noch etwas Essig aus einer bereitstehenden Karaffe über die Linsen. Die Erfahrung hatte ihn gelehrt, dass diese nie sauer genug waren.

Das weitere Essen verlief weitgehend wortlos. Bis zum Beginn der Vorstellung waren nur noch wenige Minuten Zeit und so war jeder damit beschäftigt, sein Essen möglichst schnell in sich hineinzuschaufeln. Als sie sich schließlich erhoben, verspürte Kluftinger ein unangenehmes Magendrücken und wollte sich noch einen Schnaps bestellen.

»Dafür haben wir jetzt keine Zeit mehr. Sonst fangen die noch ohne uns an«, hielt ihn seine Frau davon ab.

»Na hoffentlich haben die wenigstens bequeme Sitze, wenn ich mir die Schmonzette schon anschauen muss«, sagte Kluftinger leise zu Erika, als sie die meterhohen Eingangsportale zum Zuschauerraum durchschritten und nach ihren Plätzen suchten. Auch dieser Raum war schnörkellos gestaltet und wären nicht die weißen Gipsbüsten des ehemaligen Königs gewesen, hätte man sich eher an einen modernen Kinosaal erinnert gefühlt.

»Es ist ein Geschenk von deinem Sohn, außerdem sind wir im Theater, also benimm dich entsprechend«, zischte seine Frau und als Markus sich umdrehte, setzte sie übergangslos ein sonniges Lächeln auf.

Kluftinger nahm sich vor, lieber nichts mehr zu sagen. Er plante, sobald das Licht ausgegangen war, eine bequeme Sitzposition einzunehmen und bis zur Pause durchzuschlafen.

Doch er tat kein Auge zu. Nicht etwa, weil die Sitze zu unbequem waren oder die Musik zu laut: Das Spektakel auf der Bühne nahm ihn tatsächlich von der ersten Minute an so gefangen, dass er gar keinen Gedanken mehr an ein Nickerchen verschwendete. Riesige Aufbauten und spektakuläre Effekte ließen ihn staunend auf die Bühne blicken und sogar das Singen störte ihn nicht so sehr, wie er es befürchtet hatte.

Er war eigentlich kein Freund von Musiktheatern, ging nie in Musicals oder Opern und drückte sich, wenn das alljährliche Weihnachtssingen des Kirchenchors anstand. So wusste er auch nicht, ob es Kunst war, was sich da um den Märchenkönig auf der Bühne abspielte. Vermutlich nicht, denn dafür waren wohl zu viele Leute hier. Eigentlich war es ihm auch egal. Es gefiel ihm, das war die Hauptsache. Er stimmte ein rasselndes Lachen an, als Ludwigs Vater Max den Familiendespoten gab und als der seinen missratenen Sohn zurechtwies, stieß er Markus freundschaftlich in die Seite. Max war ihm von Anfang an sympathisch. Außerdem hatte er einen Bierkrug in der Hand, worum ihn Kluftinger in diesem Moment beneidete: Die trockene Luft im Zuschauerraum trocknete seine Schleimhäute restlos aus und seine Erkältung schien dadurch noch schlimmer; außerdem meldeten sich nun die Linsen und ließen ihn unruhig auf seinem Sitz hin und her rutschen.

Das Stück aber genoss er trotzdem. Nur einmal fiel sein Stimmungsbarometer rapide, als der Engel in der großen Kugel auf die Bühne herabgelassen wurde und sich Yumiko zu ihm herüberbeugte und – sicher sehr nett gemeint – sagte: »Da waren Sie aber viel besser, Herr Kluftinger.«

Als sich nach etwa anderthalb Stunden der Vorhang zur Pause senkte, schaute er ungläubig auf die Uhr: »Schon so spät? Ich hab gar nicht gemerkt, wie die Zeit vergeht.«

Seine Frau schien überrascht, aber zufrieden über seinen Kommentar. Als sie ihren Mann zärtlich anlächelte, schob er nach: »Ein bissle viel Gesinge halt.«

Als sie mit einem Glas Sekt im oberen Foyer an der Balustrade lehnten und durch die riesigen verglasten Fenster auf das gegenüberliegende Ufer des Forggensees blickten, seufzten sie allesamt.

»Schön, gell, Yumiko?«, stellte Erika mehr fest, als dass sie fragte. »Wie es so hell leuchtet!«

Yumiko nickte nur. Sie schien von dem Anblick tatsächlich ergriffen.

»Ja, ein Traum, da müsste man glatt mal hin, nachts«, stimmte Kluftinger zu.

Erika schüttelte den Kopf: »Da ist doch nachts zu.«

»Schmarrn. Was glaubst du, warum sie die beleuchten?«

»Die?«

»Na, die Piste halt.« Kluftinger zeigte auf die in gleißendes Licht getauchten Hänge der Tegelbergbahn.

Markus und Yumiko grinsten, seine Frau atmete tief aus: »Das hätte ich mir ja denken können: Wir stehen hier und bewundern ein Märchenschloss und du denkst nur ans Skifahren.«

Erst jetzt fiel dem Kommissar auf, dass auch das Schloss beleuchtet war, allerdings sehr viel schwächer als die Abfahrt. Das Schloss konnte man unter diesen Umständen schon mal übersehen, fand er. Unter Neuschwanstein sah man in gelblichem Licht die Umrisse von Hohenschwangau, dem kleinen, wie Kluftinger aber fand, schöneren Sommerschloss der Wittelsbacher.

Missmutig nahm er einen Schluck aus seinem Sektglas – und verschluckte sich beinahe daran. Sein Blick wurde starr und er fixierte das untere Foyer.

»Ist dir nicht gut?«, wollte seine Frau besorgt wissen.

»Hast du was, Vatter?«, fragte auch Markus.

Doch Kluftinger rührte sich nicht. War er blind gewesen? Zwei Stunden war er unten durch die Halle gewandert und es war ihm nichts aufgefallen. Doch jetzt lag es so klar und deutlich vor ihm, dass er anfing, an seinen Sinnen zu zweifeln. In der Mitte der Empfangshalle stand ein Brunnen, um diesen war mit marmornen Platten ein Kreis gelegt. Wie Strahlen führten drei Reihen Marmorplatten von diesem Kreis weg, um dann einen Knick zu machen. Vor ihm, daran gab es keinen Zweifel, lag das Zeichen, das der junge Mann mit der roten Flüssigkeit in den Schnee am Alatsee gemalt hatte.

»Vatter? Geht's dir nicht gut?«

»Das … das Zeichen …«, war alles, was Kluftinger hervorbrachte.

»Was ist damit?« Markus sah es sich an. Dann weiteten sich auch seine Augen. »Sag bloß, das ist …«

»Genau.«

Sie schwiegen und starrten hinunter ins Foyer.

»Was ist denn los?«, wollte nun auch Erika wissen.

Kluftinger schüttelte den Kopf.

Markus grinste. »Du bist mir ja ein Polizist. Das ist doch hier überall.« Mit einer ausladenden Handbewegung deutete er in den Raum.

Kluftingers Kiefer klappte herunter: Tatsächlich, überall, in die Treppengeländer, in die verschnörkelten Türgriffe, in die Stuhllehnen war das Zeichen wie ein Ornament eingearbeitet. Wie hatte er das nur übersehen können?

»Was bedeutet das?«, wollte Markus wissen.

Der Kommissar zuckte die Schultern: »Ich weiß es nicht. Vielleicht ist es Zufall.« Doch daran mochte er selbst nicht glauben.

Es fiel ihm schwer, sich nach der Pause noch auf die Aufführung zu konzentrieren. Sogar auf der Bühne sah er ab und zu das Symbol auf

Kostümen und Kulissen. Und als dann noch der König von den »Zwergen überm See« sang und der »Suche nach dem heiligen Gral in Füssen«, da war Kluftinger mit seinen Gedanken schon weit weg, plante den nächsten Tag, überlegte, wie das alles zusammenhängen könnte und wen er deswegen anrufen würde.

Erst gegen Schluss der Inszenierung, als er sich das Hirn lange genug zermartert hatte und sich erschöpft zurücklehnte, nahm ihn das Stück noch einmal gefangen. Und als Ludwig II. einsam nach draußen ging, Schüsse fielen und der Chor mit den Worten »Unser König ist nicht tot« zum großen Finale anhob, da wusste er selbst nicht, wie ihm geschah: Ein Träne kullerte ihm über die Wange. Im selben Moment ging das Licht an und die Schauspieler verbeugten sich. Blitzschnell wischte sich Kluftinger die Träne aus dem Gesicht. Es war ihm furchtbar peinlich, dass er sich so hatte gehen lassen. Er schob dies auf seine Übermüdung und den Schnupfen, der ihn seit Tagen plagte.

»Hast du was?«, fragte Erika.

Vor der kann man aber auch gar nichts verheimlichen, fluchte Kluftinger innerlich. »Nein, nix. Ich hab mir nur grad gedacht, das waren schon ein paar Vorhänge zu viel. So betteln sie in Altusried auch immer um Applaus: Wenn das Klatschen abebbt, dann schickt man alle noch mal raus. Provinziell so was!«

»Weinst du?«, ließ Erika aber nicht locker.

Jetzt bekam er einen roten Kopf: »Weinen? Spinnst jetzt du? Ich werd wegen so einem Schmarrn weinen.«

»Schon gut«, antwortete Erika mit einem wissenden und zufriedenen Lächeln.

Kluftinger dachte wieder über das unvermutete Auftauchen des Zeichens nach, als er den Mercedes des Doktors zurücksetzte. Er hatte Markus den Schlüssel abgenommen und die anderen aufgefordert, am Eingang zu warten.

Er drückte auf den »Tür-Auf-Knopf« auf der Fernbedienung des Mercedes. Festbeleuchtung empfing ihn, und als er auf dem beigefarbenen Ledersessel Platz genommen hatte, kam von hinten der Gurt angefahren.

Kluftinger steckte den Schlüssel ins Zündschloss und startete den Motor, der durch ein dumpfes Brummen Aufschluss über seine Kraft zuließ. Nicht schlecht eigentlich, dachte sich Kluftinger.

Als er den Rückwärtsgang einlegte, erschrak er: Ein lautes »Pling« erklang. Nachdem Kluftinger alle wichtigen Punkte wie Licht, Sicherheitsgurt und Blinker überprüft hatte, beschloss er, das Geräusch einfach zu ignorieren.

Er überlegte gerade, wer ihm im Musical wohl über die überall eingearbeiteten Ornamente Auskunft geben könnte, da wurde er von einem lauten Knirschen aus seinen Gedanken gerissen. Er bremste instinktiv, dann wurde ihm heiß und kalt zu gleich. Er kannte dieses Geräusch – es entstand, wenn lackierte Oberflächen über Stein schabten.

Er stieg schnell aus, woraufhin das Plingen in einem einzigen Dauerton kulminierte, lief um den Wagen herum und ging in die Hocke: Um Gottes willen! Er hatte beim Zurücksetzten einen großen Stein hinter dem Auto übersehen. Auf dem in Wagenfarbe lackierten Stoßfänger prangte nun ein hässlicher Kratzer. Er schluckte. Wie um alles in der Welt sollte er aus dieser Sache unbeschadet herauskommen? Nun war ihm auch klar, was das Klingeln zu bedeuten hatte, das er so beharrlich ignoriert hatte: Es war die Einparkhilfe gewesen.

Kluftinger wog die doppelte Blamage vor dem Doktor und seinem Sohn gegen die Tatsache ab, Unfallflucht zu begehen. Aber konnte man das überhaupt Unfallflucht nennen? Er flüchtete ja gar nicht, im Gegenteil, er fuhr den Wagen ja sogar noch zum Besitzer nach Hause. Und was, wenn der Kratzer vielleicht doch schon vorher da gewesen war? Da würde er sich ja schön lächerlich machen. Am Ende hatte der Doktor ihnen nur deswegen sein Auto geliehen, weil er sich von ihrer Versicherung den Schaden bezahlen lassen wollte. Er blickte noch einmal auf den Stein, der wie ein Puzzleteil genau zu dem Kratzer passte. Und wenn schon: Das sagte rein gar nichts. Es gab schließlich viele Steine, und so, wie der Doktor fuhr, war er sicher auch schon oft gegen welche gerummst. Kopfnickend stieg er wieder in den Wagen und fuhr los.

»Ludwig hoch zwei, der Mythos lebt, schönen guten Tag?«

»Hier Kluftinger, Kripo Kempten. Mit wem spreche ich?«

Kluftinger hatte seine Gedanken nicht so recht geordnet. Er war noch reichlich unausgeschlafen an diesem Morgen, waren sie doch erst um Viertel vor zwei ins Bett gekommen.

»Hier ist die Jessie. Ich bin Assistentin des persönlichen Referenten unseres Geschäftsführers.«

»Aha ... ja, Jessie, dann hätte ich gern mal den Geschäftsführer«, antwortete Kluftinger und klang dabei so, als rede er mit einem kleinen Kind, dessen Eltern er sprechen wollte.

»Wen darf ich gleich noch einmal melden?«

Oh je! Wenn »Jessie« so weitermachte, würde sie wohl nie selbst zur persönlichen Referentin aufsteigen.

»Kluftinger, Kripo Kempten«, brummte der Kommissar. Wortlos legte ihn Jessie daraufhin »auf Schleife« und er hörte die Krönungsmelodie aus dem Musical. Nach gut zwei Minuten hatte er den Geschäftsführer tatsächlich am Apparat und brachte in Erfahrung, dass für die Innenausstattung wie für das ganze Ensemble des Festspielhauses der Architekt zuständig sei. Der sei übrigens ein Kemptener, der Kluftinger sogar vom Namen her geläufig war: Tassilo Wagner, einer der bekanntesten Architekten der ganzen Region. Seine Häuser und Bauwerke spalteten die Menschen – ebenso wie sein etwas exzentrischer Kleidungsstil: Man sah ihn in der Stadt nur mit breitkrempigem, schwarzem Hut und einem weiten, dunklen Umhang. Der Geschäftsführer versäumte nicht hinzuzufügen, dass er eher an Zahlen als an der Entschlüsselung irgendwelcher Kunstwerke und Zeichen interessiert sei.

Vor der ehemaligen »Spinnerei und Weberei Kempten« parkte Kluftinger vor einem kleinen Schneehügel. Hier hatte offenbar noch niemand geräumt. Die ganze Nacht über hatte es weiter geschneit und jetzt fing es erneut an. Kluftinger schlug seinen Mantelkragen hoch, ging los und erstarrte.

Im dichten Schneegestöber zeichnete sich unmittelbar vor dem Haus eine Gestalt ab. Es war Friedel Marx.

Sie war am Morgen noch nicht im Büro gewesen und er hatte gehofft, sie für den Rest des Tages vom Hals zu haben. Bei ihr hätte er sogar Blaumachen toleriert. Nun fühlte er sich ein wenig wie der Hase, der nach zahllosen geschlagenen Haken von einem fröhlichen »Ich bin schon da!« des Igels begrüßt wird.

Er grüßte sie lediglich mit einem Kopfnicken und ohne dass er fragte, erzählte sie ihm stolz, wie sie vor ihm hierher gekommen sei. Die Geschichte war kurz und wenig aufregend, doch ihr schien sie große Freude zu bereiten: Sie sei heute mit dem Zug gekommen, weil ihr Wagen gestreikt habe. Als man ihr telefonisch mitgeteilt habe, dass er bereits unterwegs sei, habe sie sich einfach ein Taxi genommen und sei hergefahren. Kluftinger nickte nur und ging auf das Gebäude zu. Von Wagners Büro hatte er die Auskunft erhalten, dass der Architekt wohl zu Hause anzutreffen sei; da der schon Mitte siebzig sei, komme er längst nicht mehr jeden Tag ins Büro, das mittlerweile seine Tochter und sein Schwiegersohn führten.

Nun stand Kluftinger am Ufer der Iller vor einer ehemaligen Industrieanlage und sah seiner Kollegin beim Rauchen zu. Wie um alles in der Welt konnte man hier wohnen? Einladend sah dieses Gemäuer nicht aus. Der Kommissar hatte zwar einmal in der Zeitung gelesen, dass Wagner das Areal zu einem Spottpreis von der Stadt gekauft hatte, mit der Auflage, das Industriedenkmal äußerlich nicht wesentlich zu verändern und für die Instandhaltung Sorge zu tragen. Es war geplant, den Backsteinbau aus dem späten neunzehnten Jahrhundert, in dem bis in die achtziger Jahre vor allem italienische Gastarbeiter Baumwollstoffe gewebt und gesponnen hatten, in Luxuswohnungen umzubauen. Noch aber sah es gar nicht danach aus. Nur ein zerfetztes Transparent wies auf den baldigen Baubeginn hin und verhieß, dass »bereits über sechzig Prozent der Fläche« verkauft seien. Wagner hatte sich hier aber offenbar bereits eine Wohnung eingerichtet. Nun galt es, den richtigen Eingang zu finden.

»Ich wär so weit, gehen wir!«, meldete sich Friedel Marx nach einer Weile und setzte zu einem Husten an, bei dem man ohne Weiteres auf offene Tuberkulose hätte tippen können. Kluftinger hatte in der Zwischenzeit eine massive, graue Stahltür mit zwei Flügeln ausgemacht, über der eine Überwachungskamera hing. Der Eingang zu Tassilo Wagners Privatwohnung, wie ein Messingschild verriet.

»Einen Moment, ich lasse Ihnen den Aufzug hinunter! Wenn es summt, können Sie die Tür öffnen!«, quäkte eine Frauenstimme aus einem Lautsprecher, nachdem sie geläutet hatten. Dann hörten sie, wie sich von oben quietschend ein Fahrstuhl in Bewegung setzte.

Sie stiegen ein und als sich die Tür wieder öffnete, verschlug es Kluftinger den Atem: Der Aufzug war offenbar die Eingangstür zu Wagners Wohnung. Er blickte nun direkt in ihr Wohnzimmer, wobei die Bezeichnung »Zimmer« der Halle, die vor ihm lag, nicht gerecht wurde. Der riesige Raum wurde nur von einigen gusseisernen Säulen durchbrochen.

Rechts stand verloren ein Kleiderständer, danach kam in der Mitte des etwa zehn Meter breiten Schlauches ein riesiges, kreisrundes Sofa, dessen Lehnen Medizinbälle waren. In der Mitte des Kreises fand sich ein hölzernes Gebilde, das Kluftinger als eine der riesigen Kabelrollen identifizierte, die beim Straßenbau zum Einsatz kamen. Hier diente diese offenbar als Couchtisch.

An den beiden Wänden entlang, unter den Fenstern, wechselten sich niedrige Regale mit alten Kirchenbänken ab. Hinter dem Sofa schließlich ein Esstisch, der nicht am Boden stand, sondern an seinen vier Ecken mit Stahlstangen von der Decke herabhing.

Kluftinger blickte nach oben. Die Halle war gut und gern sieben Meter hoch und der Giebel hatte auf beiden Seiten jeweils eine riesige Fensterfront. So etwas kannte er höchstens aus Filmen. Zudem hätte er ein solches Domizil allenfalls einem vierzigjährigen Porschefahrer zugetraut, nicht aber einem Mann in den Siebzigern. Die mussten seiner Vorstellung nach doch wenigstens ein bisschen wie seine eigenen Eltern wohnen: mit weichen Berberteppichen, Eckbänken und Eiche-Rustikal-Schrankwänden, neben denen die Hochzeitsbilder der Kinder und Fotografien der Enkel mit Schlitten oder Schultüten aufgehängt waren.

Die beiden Kriminaler hatten zunächst gar nicht wahrgenommen, dass an der gegenüberliegenden Wand des Raumes, an die futuristisch wirkende Küchenzeile aus Aluminium und Glas gelehnt, eine Frau mit kurzen, grauen Haaren stand. Sie trug einen Bademantel, der Ähnlichkeit mit Erikas zukünftigem Modell hatte. Der Kommissar dachte daran, wie die Frau wohl frieren musste, hier in dieser Halle, im Morgenmantel.

»Grüß Gott«, brüllte Kluftinger. Erschrocken zuckte die ältere Dame zusammen und antwortete, allerdings in Zimmerlautstärke: »Bitte, kommen Sie näher! Aber ziehen Sie Ihre Schuhe aus, das Salz ist Gift für den Zebrano-Boden. Keine Sorge, wir haben Fußbodenheizung.«

Friedel Marx und Kluftinger sahen sich an und dann auf den Boden. Dort, wo sie standen, war nur grau gestrichener Estrichboden, weiter hinten aber erkannten sie tatsächlich schwarz-weiß gemustertes Holzparkett.

»Wenn Sie möchten, können Sie ablegen«, schob die Frau nach, als sie Marx und Kluftinger mit Mänteln auf sich zukommen sah. »Glauben Sie mir, es ist geheizt hier! Nehmen Sie auf der Couch Platz, ich gehe mich kurz anziehen«, fügte sie an und verschwand in einem kleinen Gang rechts von der Küche.

»Reizende Fabrikhalle, was?«, brummte Friedel Marx, nachdem sie und Kluftinger sich in der Sitzlandschaft platziert hatten, die gar nicht so unbequem war, wie sie aussah.

»Mhm.«

»Schauen Sie, Herr Kluftinger, das … Kunstwerk – das hätte meine Großnichte mit drei Jahren auch hingebracht«, fügte die Beamtin an, ihren Blick auf ein riesiges Tableau gerichtet, das über ihnen an der Decke hing. Auf dem schwarzen Grund waren von der unteren rechten zur oberen linken Ecke weinrote Fußabdrücke zu sehen.

»Ich sag Ihnen eins – und das ist noch bezeichnender: Das könnte sogar ich!«

Seine Kollegin antwortete mit einem kehligen, fauchenden Lachen.

»So, meine Dame, mein Herr, ich muss mich entschuldigen. Wagner, was kann ich für Sie tun?« Die Frau war unbemerkt neben sie getreten und Kluftinger hoffte, dass sie von ihren Kommentaren über ihre Einrichtung nichts mitbekommen hatte.

»Meine Kollegin, Frau Marx. Mein Name ist Kluftinger. Kripo Kempten und Füssen, wie gesagt. Sie wundern sich sicher, warum wir Sie behelligen.«

»Gibt es wieder einen Selbstmord von der Illerbrücke? Das wenn ich früher gewusst hätte… Das schränkt die Lebensqualität ein, wissen Sie.«

Kluftinger und Marx sahen sich verwundert an.

»Ich weiß nicht, worauf Sie anspielen, Frau Wagner.«

»Sind Sie nicht da, um uns zu befragen, ob wir einen Selbstmörder gesehen haben? Das war in den letzten zwei Jahren bereits zwei Mal der Fall. Wir haben hier ja unsere eigene Brücke. Wenn man dort ins Wasser geht, kommt man unweigerlich in die großen Turbinen, die das Elektrizitätswerk hier auf dem Gelände unterhält. Es geht nicht darum?«

Kluftinger war irritiert. Brachte man seinen Beruf denn nur noch mit Toten in Verbindung? Dabei ging es in diesem Fall ja nicht einmal um Mord.

»Nein, Frau Wagner. Es geht lediglich um eine Auskunft, die wir von Ihrem Mann bräuchten. Ist der denn da?«, fragte Friedel Marx.

»Nein, der ist gerade bei der Krankengymnastik. Sein Rücken. Er müsste aber jeden Moment hier sein.«

Kluftinger fiel auf, dass Frau Wagners Stimme nicht zu ihr passte. Trotz ihrer guten Figur und ihres vitalen Aussehens musste die Frau gut und gerne Mitte sechzig sein. Ihre Stimme aber klang wesentlich jünger.

»Sie waren schon mehrmals in der Zeitung, nicht wahr, Herr Kluftinger? Ich habe Sie auch schon mal im dritten Programm gesehen, als Sie diese mysteriösen Sagenmorde aufgeklärt hatten.«

»Ja, das kann schon sein«, versetzte Kluftinger leise und senkte dabei verlegen den Kopf. Er legte keinen besonderen Wert auf solche Publizität. Seiner Meinung nach erschwerte es seine Arbeit nur unnötig, wenn er von jedem auf Anhieb erkannt wurde.

»Und Sie, Frau Marx … auch Sie kommen mir bekannt vor«, wandte sich Frau Wagner nun an Kluftingers Kollegin. »Lassen Sie mich überlegen … warten Sie … ich hab's: ›Entdecken Sie Ihre Weiblichkeit‹, Sommerakademie letztes Jahr in Pfronten, nicht wahr?«

Kluftinger konnte nur mit Mühe ein Grinsen unterdrücken.

»Sehen Sie, ich vergesse Leute, die ich einmal gesehen habe, kaum mehr!«, brüstete sich die Wagner. »Ich wäre bestimmt auch eine gute Polizistin geworden.«

Als Kluftinger das hörte, kam ihm eine Idee. Er langte eilends in seine Tasche und zog das Foto des Mannes heraus, den er am Alatsee gefunden hatte.

»Frau Wagner, es geht um einen Mann, dessen Identität nicht geklärt ist. Vielleicht kennen Sie ihn ja auch …«

Er beugte sich vor und gab ihr das Foto. Sie sah es kurz an, runzelte dann die Stirn und sagte: »Um Gottes willen, das ist ja der Christoph. Christoph Röck! Ihm ist doch hoffentlich nichts zugestoßen?«

Kluftingers Kiefer klappte nach unten. Er konnte nicht fassen, dass er einen solchen Zufallstreffer gelandet hatte.

16. Oktober 1980

Zwei der vier jungen Männer sahen sich grinsend an und schüttelten die Köpfe. Wo waren sie hier denn nur hingeraten? Einer von ihnen, Matthias, traute seinen Augen nicht. Sein Vater war immer ein so ernsthafter Mann gewesen. Hatte sich nie Zeit für seinen Sohn genommen. War nie mit ihm zum Angeln gegangen oder zum Bergsteigen. In den fünfundzwanzig Jahren seines Lebens hatte Matthias nur »keine Zeit« von seinem Vater gehört und gesagt bekommen, dass er zu viel Arbeit habe für solche Scherze. Schließlich sei das Leben kein Spielplatz, sondern harte Arbeit und Entbehrung. Zum Lachen ging sein Vater noch nicht einmal in den Keller, er tat es gar nicht, war Matthias überzeugt.

Und nun so etwas. Er wusste, dass sich sein Vater regelmäßig mit den alten Kameraden traf. Zum Gedankenaustausch. Vor ein paar Wochen nun war er zu ihm gekommen und hatte gesagt, für den heutigen Tag solle er sich nichts vornehmen. Da brauche er ihn. Als es so weit war, hatte sein alter Herr den Mercedes aus der Garage geholt und sie waren hierher gefahren. Als sie in das Kellergewölbe des alten Gasthofes hinuntergestiegen waren, hatte er gedacht, sie würden vielleicht in die Kegelstube gehen, doch der Vater öffnete die Tür daneben. »Privat« stand darauf. Die Tür führte in ein altes Kellergewölbe. Einige Männer waren bereits da, teilweise mit ihren Söhnen. Matthias kannte sie von Besuchen bei seinen Eltern. Die Wände des fensterlosen Raumes wurden von brennenden Kerzen beleuchtet.

Wie bei den Rittern der Tafelrunde, dachte der junge Mann.

Dann begann ein Mann zu sprechen, den er als Onkel Hans kannte, obwohl sie eigentlich gar nicht verwandt waren. Schwafelte etwas von Ehre und Treue. Lächerlich, fand Matthias.

Alles, was hier gesprochen werde, dürfe nie den Raum verlassen, sagte der Mann. Niemals. Das müssten die jungen Leute wissen. Wenn sie diesem Druck nicht standhielten, dann sollten sie jetzt besser gehen.

Als ihn sein Vater lächeln sah, wurde er wütend: Da gebe es nichts, weshalb man dumm lachen müsste. Eine ehrenhafte und todernste Sache sei das. Auch die anderen stimmten ihm zu und redeten ihren Söhnen ins Gewissen. Da änderte sich die Stimmung. Sie merkten, wie ernst es ihren Vätern wirklich war. Und dann senkten die Alten plötzlich die Stimmen und sprachen von einem Geheimnis. Ein Geheimnis, das sie heute erfahren sollten. Doch zuvor müssten sie schwören, wie sie es einst getan hatten.

Die Jungen schluckten, als die Alten sich erhoben.

Aufstehen, befahlen ihre Väter. Sie würden nun etwas Großes erfahren, jetzt, da sie endlich alt genug waren. Etwas, das größer war als sie, größer als sie alle, größer als sie es sich vorstellen könnten.

Matthias zitterten die Knie, als er sich langsam aus dem Stuhl erhob.

»Wie ... wirklich, Sie ... Sie wissen ...«, stammelte er ungläubig.

»Ganz sicher! Der junge Mann ist der Sohn eines der besten Freunde meines Mannes. Christoph Röck aus Füssen. Sein Vater war Bankier mit eigenem Bankgeschäft und die letzten Jahre Vorstandsvorsitzender der Sparkasse Ostallgäu. Er ist nach wie vor im Aufsichtsrat. Christoph ist sein einziger Sohn und er hängt sehr an ihm. Wissen Sie, er ist erst sehr spät Vater geworden. Sagen Sie, ist ihm etwas zugestoßen?«

»Er ist verletzt. Wir haben ihn gefunden und wussten nun lange nicht, wer ...« Der Kommissar unterbrach seinen Satz, als der Aufzug sich knarrend in Bewegung setzte.

»Das wird mein Mann sein«, sagte Frau Wagner.

»Also, wir wussten lange nicht, wer er war«, vollendete Kluftinger seinen Satz. »Er liegt im Koma. Eigentlich ging es mir aber um das Musicaltheater in Füssen, das Ihr Mann entworfen hat. Kennen Sie sich damit auch aus?«

»Nein, da muss ich Sie enttäuschen. Für diese Projekte habe ich mich nie interessiert.«

In diesem Moment öffnete sich die Aufzugtür. Aus dem Fahrstuhl trat Tassilo Wagner, wie ihn ganz Kempten kannte, mit dunklem Cape und Hut.

»So, Besuch?«, hallte Wagners tiefe Stimme durch den Raum.

»Ja, eine Dame und ein Herr von der Polizei. Sie wollen eine Auskunft von dir wegen des Musicals.« Frau Wagner erhob sich eilig: »Darf ich Ihnen etwas zu trinken anbieten? Ich habe Sie in der Aufregung gar nicht gefragt! Möchten Sie Tee, Kaffee, Wasser ...«

Kluftinger, der sich in den letzten Tagen wegen seiner Erkältung regelrecht ans Teetrinken gewöhnt hatte, orderte einen solchen mit Kräutern. Frau Marx und Herr Wagner schlossen sich an und die Hausherrin verschwand in die Küche.

Nachdem sie sich bekannt gemacht hatten, setzten sich Wagner und die Polizisten wieder. Auf der Glasplatte des Tisches lag nach wie vor das Bild des Opfers. Völlig unvermittelt nahm Wagner es an sich und sagte: »Ich kenne diesen Mann nicht. Nie gesehen.«

Kluftinger stutzte. Weder hatte Wagner mitbekommen, dass sie über das Bild gesprochen hatten, noch hatte er ihn danach gefragt. Ein solch massiver, vorauseilender Gehorsam war seltsam.

»Ach was? Sehen Sie es sich bitte genau an. Denken Sie nach!«, forderte Kluftinger ihn auf.

»Guter Mann. Ich sagte Ihnen, ich weiß es nicht. Ich sagte es Ihnen, noch bevor Sie mich fragten.«

Eben das war es, was Kluftinger stutzig gemacht hatte.

»Eben. Wie kommen Sie denn darauf, dass ich Sie diesbezüglich etwas fragen will?« Das Gespräch hatte eine völlig andere Wendung genommen, als gedacht.

»Herr Polizist«, setzte der Architekt erneut an, mit einer Anrede, die der Kommissar sonst nur von alten, resoluten Damen kannte, die mit ihrer Handtasche drohten. »Ich dachte zu wissen, die Frage nach der Identität des Mannes sei die erste, die Sie mir stellen würden.«

Der Kommissar brauchte eine Weile, um die vielen komplizierten Verbkonstruktionen, Konjunktive und Imperfekte zu entwirren. In diese Pause polterte Frau Marx in rüdem Ton: »So, jetzt mal Karten auf den Tisch, Wagner! Wer ist das?«

Unvermittelt erklang die Stimme von Frau Wagner, die mit einem runden Silbertablett mit vier Teegläsern und einer Kanne wieder völlig geräuschlos zu ihnen getreten war: »Schlimm mit dem Christoph, nicht wahr, Tassilo?«

Ihr Mann sah mit geschürzten Lippen zu ihr auf.

»Hm?« Wagner schien zu überlegen, wie er ihr antworten solle.

»Mit dem Christoph!«

»Käthe! Ich weiß nicht, worauf du anspielst!«

Kluftinger sah nur zu. Er wusste, dass er jetzt nicht eingreifen musste, dass sich die Situation von allein in die gewünschte Richtung entwickeln würde.

»Also Tassilo. Hat dir der Kommissar denn noch nichts erzählt? Der Junge auf dem Foto, das ist doch der Christoph Röck! Hans' Sohn!«

In Wagners Gesicht konnte Kluftinger deutlich lesen, dass er seine Taktik geändert hatte.

»Ja! Jetzt als du es sagtest, kam es mir auch in den Sinn!« Der Tonfall des Architekten war jetzt viel freundlicher, offener. »Natürlich, das ist der Christoph! Was ist denn mit ihm, Herr Kluftinger?«

Sieh mal an! Ist ihm der Name also doch noch eingefallen. Auf einmal war Kluftinger nicht mehr der »Herr Polizist«.

»Verletzt ist er, Herr Architekt. Halb totgeschlagen.«

»Ist das nicht schrecklich, Tassilo?«, fragte Käthe Wagner mit sorgenvoller Miene.

»Ja, schlimm, schlimm. Ich sah ihn schon sehr lange nicht mehr, deswegen erkannte ich ihn nicht gleich.«

»Aber wir haben ihn doch erst neulich getroffen, als wir beim Hans waren«, protestierte dessen Frau.

Kluftinger lehnte sich genüsslich zurück. Das lief ja wie von selbst hier.

Herr Wagner begann zu stottern. »Ach wissen Sie, ich … ich sehe so viele Leute, also beruflich, ich … habe ein schlechtes Personengedächtnis.« Dabei blickte er seine Frau streng an, die bestätigend nickte.

Kluftinger musterte ihn eine Weile, dann fuhr er unvermittelt fort: »So, und nun zu einem weiteren Grund für unseren Besuch: Sie haben das Musicaltheater in Füssen gebaut, stimmt das?«

Friedel Marx hielt sich aus dem Gespräch heraus und nippte an ihrem Tee. Wagner kehrte zu seinem sachlichen und distanziert klingenden Ton zurück: »Ich konzipierte es und führte die Bauaufsicht, richtig.«

»Sie waren auch für die … Inneneinrichtung zuständig?«

»In der Tat.«

»Auch für den Brunnen?«

Wagners Augen verengten sich für den Bruchteil einer Sekunde.

»Ja, auch für den Brunnen.«

»Mir ist da etwas aufgefallen.«

Marx sah ihn mit zusammengezogenen Augenbrauen von der Seite her an. Sie hatte keine Ahnung, worauf er hinaus wollte. Schließlich hatten sie heute noch keine Gelegenheit gehabt, über seine gestrige Entdeckung zu sprechen. Interessiert folgte sie dem Gespräch, das sich immer mehr wie ein Verhör ausnahm.

»Also, dieses Zeichen«, fuhr der Kommissar fort, »das da in den Boden eingelassen ist: Worum handelt es sich da?«

»Zeichen?«, fragte Wagner und schien angestrengt nachzudenken.

»Zeichen!«, antwortete Kluftinger kurz.

»Ach das, jetzt weiß ich, was Sie meinen. Sie müssen entschuldigen, das ist schon ein paar Jahre her. Ja, das war einfach so ein Ornament. Sie werden es noch öfter finden im Theater. Man braucht einfach ein paar Grundthemen, wenn man so einen Bau ausschmückt, Sie verstehen.«

»Hm. Finden Sie es nicht seltsam, dass wir ausgerechnet dieses Zeichen im Schnee neben dem halb erfrorenen Christoph Röck gefunden haben?«

Wagner schluckte. »Ja, das ist seltsam.«

»Haben Sie eine Erklärung dafür?«

»Leider nicht.«

»Natürlich nicht«, sagte Kluftinger in säuerlichem Tonfall. »Können Sie mir wenigstens sagen, was es bedeutet?«

»Das Zeichen?«

»Das Zeichen!« Der Kommissar reagierte zunehmend genervt auf Wagners Ausflüchte.

»Nichts Bestimmtes. Es ist eine Variation auf eine Rune, die, glaube ich etwas mit Wasser zu tun hat. Meine Mitarbeiter suchten das damals aus. Ich fand es sehr … passend.«

»Aha. Für heute reicht uns das, wobei ich mir vorstellen könnte, dass wir uns bald wieder sehen!«, schloss Kluftinger und nippte im Aufstehen noch einmal kurz an seinem Kräutertee, bevor er sich von Frau Wagner herzlich und von ihrem Mann gar nicht verabschiedete.

Als Kluftinger und Marx bereits im Aufzug standen, fügte der Kommissar noch an: »Sie sollten Ihre Tür streichen, Herr Wagner. Die rostet!«

»Edelrost!«, hörten die Beamten ihn durch die Türe rufen, während sie sich angrinsten und der Fahrstuhl losruckelte.

»Der hat nicht die Wahrheit gesagt, da verwett ich meinen Arsch drauf!« Friedel Marx hatte interessiert Kluftingers Bericht von seiner Entdeckung im Musicaltheater gelauscht und sprach nun das aus, was er dachte – wenn auch etwas drastischer formuliert.

»Ja, da bin ich ganz Ihrer Meinung. Wie er gleich auf das Foto zu sprechen kam, noch bevor er überhaupt wusste, was wir wollten. Und wie er dann immer versucht hat, sich rauszureden. Dass er ihn schon lange nicht mehr gesehen hätte und so.«

»Tja, da hat ihm seine Frau aber ganz schön einen Strich durch die Rechnung gemacht. Man sollte eben immer aufpassen, was die Weiber so alles ausplaudern.«

Sie lachten. Zum ersten Mal verstanden sie sich richtig gut, fand Kluftinger und spürte so etwas wie Sympathie für seine Füssener Kollegin aufkommen. Die verflog allerdings schnell wieder, als sie sich einen Zigarillo in den Mund steckte.

»Bitte, bei mir im Auto wird nicht geraucht, erst recht nicht, wenn ich erkältet bin«, sagte der Kommissar ein wenig beleidigt.

»Ja, ja, jetzt seien Sie mal nicht so ein Blärhafen. Ich will sie ja gar nicht anzünden. Nur ein bisschen kalt daran ziehen.«

Sich einen Zigarillo einfach so in den Mund zu stecken, fand Kluftinger bis jetzt die befremdlichste von Marx' zahlreichen Macken.

»Wie machen wir denn jetzt weiter?«, lenkte er ihr Gespräch zurück auf den Fall.

»Wegen dem Alten?«

»Ja. Ich meine, festnehmen können wir ihn ja nicht, wegen was denn auch? Aber er hätte uns sicher mehr sagen können.«

»Beauftragen wir doch unsere Kollegen, sich hier vor dem Haus zu postieren. Mal sehen, was passiert. Und dann sollten wir mal diesem Johann Röck in Füssen einen Besuch abstatten.«

Kluftinger hielt das für eine ausgezeichnete Idee. Er ärgerte sich nur darüber, dass er sie nicht selbst und vor allem etwas früher gehabt hatte – dann hätte er seine Kollegin dort stehen lassen können. Stattdessen gab er nun Maier und Hefele Bescheid. Anschließend fuhr er in die Direktion, um Strobl abzuholen, den er nach Füssen mitnehmen wollte.

»Und? Bist du schon ein bissle schlauer geworden?«, fragte Kluftinger Strobl neugierig, als sie auf die Autobahn fuhren. Sein Kollege hatte sich mit dem Eisen aus dem See beschäftigt und der Kommissar war gespannt auf seine ersten Ergebnisse.

»Wie man's nimmt.«

»Was soll das denn heißen?«

»Ein bisschen mehr weiß ich schon, aber manchmal birgt ja auch Nichtwissen eine gewisse Information.«

Kluftinger verstand kein Wort. »Jetzt drück dich mal nicht so geschwollen aus und sag, was du rausgefunden hast.«

»Also, die … die Brechstange hat eine Seriennummer. Wie alle Dinge, die in der Rüstungsindustrie des Dritten Reiches benutzt wurden. Soweit, so gut. Die Seriennummer sagt nämlich eine ganze Menge aus: nicht nur, wo das Ding hergestellt worden ist, sondern auch, wo es verwendet wurde. Es gibt detaillierte Aufstellungen, wo wann was wofür gebraucht wurde. Die Nazis waren da sehr gründlich. Typisch deutsch, könnte man sagen. Jedenfalls hat auch dieses Werkzeug eine Seriennummer. Die weist eindeutig darauf hin, dass das Gerät erst Mitte der vierziger Jahre produziert worden ist. Und zwar für …«

Strobl machte eine Pause und sah seine Kollegen vom Rücksitz aus an. Kluftinger hob neugierig die Augenbrauen.

»Für …?«, hakte er ungeduldig nach.

»Tja, das ist genau der Punkt. Hier klafft eine Lücke. Ich habe bei allen zur Verfügung stehenden Archiven nachgehakt: Es ist klar, dass das Ding in der Endfertigung der militärischen Luftfahrt benutzt worden ist. Doch wo und bei welcher Produktionsstätte – darüber schweigen sich die Unterlagen aus. Seltsam, oder?«

Das war in der Tat seltsam, fand Kluftinger. Aber es passte ins Bild: In diesem Fall war nicht nur alles anders, als es auf den ersten Blick schien; immer, wenn sie Fortschritte machten, rannten sie plötzlich gegen eine Mauer.

Als sie den Namen des Opfers herausgefunden hatten, war es plötzlich ein anderer; dann hatten sie endlich einen Hinweis auf den möglichen Grund für seinen Tauchgang gefunden, und darüber schwiegen sich die Archive aus.

»Was denkst du?«

»Nichts Bestimmtes. Ich habe nur das Gefühl, dass wir noch die eine oder andere Überraschung erleben werden.«

»Eine hab ich schon«, grinste sein Kollege.

Erschrocken fixierte ihn Kluftinger im Spiegel.

»Nein, keine Angst, nix Schlimmes«, beruhigte der seinen Chef. »Es ist nur so: Alle haben mir bestätigt, dass es ungewöhnlich ist, dass ausgerechnet ein solches Nageleisen das Siegel der Luftwaffe trägt. Das sei aufgrund seiner Krallen nämlich eigentlich eher ein Zimmermannswerkzeug. Dient einzig und allein der Holzbearbeitung. Schlosser benützen völlig andere Werkzeuge.«

»Hm, wieder so ein Rätsel«, knurrte der Kommissar. »Wär ich an diesem Sonntag doch bloß nach Neuschwanstein gegangen … Kruzifix!«

Etwas oberhalb des Weißensees bei Füssen bogen sie auf Friedel Marx' Geheiß rechts ab in eine kleine Siedlung mit großen, villenartigen Häusern.

»Noble Gegend«, kommentierte Kluftinger und schürzte die Lippen.

»Scheint, dass wir uns zur Zeit im Derrick-Milieu bewegen«, entgegnete Marx, worauf der Kommissar einen Lachhustenanfall bekam. Es war tatsächlich eine Siedlung, wie man sie aus Freitagabendkrimis kannte. In solchen Vierteln trieben sich »Derrick« und »Der Alte« immer herum. Es waren Häuser, die oben abgerundete Butzenglasfenster mit schmiedeeisernen Gittern und große Empfangshallen mit marmornen Treppenaufgängen hatten, und wenn die Kommissare eintraten, kam immer gerade die Hausherrin herunter, die einen Angorapulli und eine ausladende Perlenkette trug und an deren Ohren riesige Klunker herunterhingen. Obwohl Derrick immer in München spielte, redeten alle akzentfreies Hochdeutsch und warfen sich misstrauische Blicke zu. Kluftinger hatte einmal gewettet, an bestimmten Schlüsselstellen den nächsten Satz vorhersagen zu können und es beinahe auch geschafft. Es war aber auch nicht allzu schwer, denn beispielsweise sagte die Frau in der Empfangshallenszene immer Worte wie »Sie schon wieder? Ich habe Ihnen doch gesagt, dass ich meinen Mann seit Tagen nicht mehr gesehen habe!«, worauf die Kommissare sich viel sagend ansahen und dann fragten: »Wo waren Sie Samstagabend?«

Wenn er es sich recht überlegte, hatte er kaum jemals diese »klassische« Frage nach dem Alibi gestellt. Sie war meist im Gespräch ohnehin beantwortet oder von einem Kollegen bei der Protokollaufnahme geklärt worden. Wer weiß, vielleicht hatten die Fernsehkommissare ja keine Kollegen, die Protokolle aufnahmen. Schließlich hatten sie ja auch weder Frauen, noch Kinder, geschweige denn Hunger, Durst oder Blähungen. Jedenfalls ging es von der Empfangshalle dann immer in ein Zimmer mit weißer Ledercouch, in der ein junger, absolut verdächtig aussehender, Jura oder BWL studierender, strohblonder Sohn saß, der mit seinem Cabrio gerade wahlweise vom Golfen oder vom Tennisspielen kam, einen weißen Pullover um die Schultern geschlungen hatte und seine Mutter, die eigentlich die Stiefmutter war, weil die leibliche Mutter kurz nach der Geburt bei einem Reitunfall ums Leben gekommen war, begehrlich anschaute. Dieser Sohn wurde übrigens immer vom selben Schauspieler gespielt und war eigentlich auch immer der Mörder, weil ihn seine Stiefmutter dazu angestiftet hatte, in die er heimlich verliebt war. Das erkannten die Kommissare daran, dass der Sohn sie unfreundlich behandelte und ihnen unwirsch zu verstehen gab, sie sollten doch endlich seine Familie, also seine Mutter, in Ruhe lassen. Wenn sie ihn dann am Schluss mitnahmen, freuten sie sich eigentlich nie richtig darüber, dass sie endlich Feierabend hatten, dachte Kluftinger und wunderte sich darüber, dass ihm das alles gerade jetzt einfiel, wo er doch eigentlich über Wichtigeres nachzudenken hatte.

Sie standen vor dem Elternhaus des Opfers, von dessen Vater Friedel Marx den Kollegen gerade berichtet hatte, dass er ein honoriges Mitglied der Füssener Gesellschaft sei. Er habe sich in den Fünfziger- und Sechzigerjahren mit einem eigenen Bankgeschäft in Füssen, das Filialen in Memmingen, Kaufbeuren und Kempten hatte, einen Namen gemacht. Als sein kleines Unternehmen nicht mehr rentabel gewesen war, verpflichtete ihn die Ostallgäuer Sparkasse kurz darauf als Vorstandsvorsitzenden.

Als sie an der Tür des Hauses, das im Grunde mehr ein Anwesen war, geklingelt hatten und eine Frau öffnete, war er fast ein bisschen enttäuscht, dass sie keinen Angorapulli trug.

»Sie wünschen?«, fragte die etwa Fünfzigjährige, die sich als die Haushälterin vorstellte.

»Wir möchten zu Herrn Röck.«

»Sind Sie angemeldet?«

»Ich denke schon«, sagte Kluftinger und hielt ihr seinen Ausweis unter die Nase.

»Natürlich, ja dann … einen Moment«, antwortete sie etwas weniger kühl, bat sie herein und huschte ins Wohnzimmer. Wenige Sekunden später öffnete sich die Tür und die Haushälterin forderte sie mit einem »Bitteschön!« auf, hineinzugehen.

Als sie das Zimmer betraten, dachte Kluftinger sofort, dass dies ein wesentlich angenehmerer Platz zum Leben sein musste, als die kalte Fabrikhalle, in der sie sich noch vor einer Stunde befunden hatten. Alles war gediegen eingerichtet, dicke Teppiche und ehrwürdige Gründerzeitmöbel aus Nussbaumholz sorgten für eine warme Atmosphäre. Ihnen gegenüber an der Terrassenschiebetür saß ein Mann, den Kluftinger auf Ende siebzig schätzte. Erst als sie auf ihn zugingen, erkannte Kluftinger, dass er in einem Rollstuhl saß. Er war in einen brokatenen Hausmantel gehüllt, der nun wieder ein bisschen an Derrick erinnerte, auch wenn das seidene Halstuch dazu fehlte. Um seine Beine hatte er eine beige Decke geschlagen und in seinen Händen hielt er eine Tasse dampfenden Kaffees. Leider bot er den Beamten keinen an. Kluftinger hätte jetzt einen vertragen können.

Die Besucher stellten sich vor und setzten sich einfach hin, da sie der Alte nicht von sich aus dazu aufgefordert hatte. Eine Weile blieb es still. Es schien Kluftinger, als taxierten sich die beiden Parteien gegenseitig. Dann ergriff er das Wort.

»Wir kommen wegen Ihres Sohnes«, sagte er und machte eine Pause. Als keine Reaktion erfolgte, fuhr er fort: »Er liegt im Krankenhaus.«

Auch auf diese Nachricht hin blieb das Gesicht des alten Mannes abweisend und kühl. Selbst als Kluftinger ihm das Foto reichte, das den jungen Mann auf der Bahre zeigte, blieb eine erkennbare Gefühlsregung aus.

»Ja Herrschaft, wollen Sie nicht wenigstens wissen, was er hat?«, platzte es aus Friedel Marx heraus.

»Ich nehme an, dass Sie es mir sagen werden, sonst wären Sie ja wohl kaum gekommen.«

Die Beamten blickten sich geschockt an. Mit einer solchen Reaktion hatten sie nun wirklich nicht gerechnet.

»Ich bin alt, wissen Sie, ich habe schon viel Schlimmes gesehen«, erklärte Röck. »Ich war im Krieg, da wird man hart und bleibt es für den Rest des Lebens.«

Da war er wieder, der Krieg. Plötzlich schien dieses Thema allgegenwärtig zu sein.

»Unsere Nachricht scheint Sie nicht sonderlich überrascht zu haben«, schaltete sich Marx noch einmal ins Gespräch ein.

»Überrascht? Nun ja, es ist nicht so, dass ich täglich mit meinem Sohn Kontakt habe. Und er ist jung, liebt das Risiko, da muss man mit Unfällen rechnen.«

»Wer hat etwas von einem Unfall gesagt?«

»War es denn keiner?«

Kluftinger ging gar nicht auf die Frage ein. »Wussten Sie, dass Ihr Sohn taucht?«

»Natürlich.«

»Wussten Sie, dass er an gefährlichen Stellen taucht?«

»Wie gesagt: Mein Sohn liebt das Risiko. Aber darüber hinaus weiß ich nichts vom Tauchen und kann mir deswegen auch keine Gedanken darüber machen.«

»Ihr Sohn ist beim Tauchen verunglückt.«

»Das dachte ich mir.«

»Wieso?«

»Na, weil Sie vom Tauchen angefangen haben.«

Strobl grinste.

»Er liegt im Koma im Klinikum Kempten«, blaffte Kluftinger. Es schien ihm, als wollte der Alte ein Spiel mit ihnen spielen. »Vielleicht wacht er nicht mehr auf …«

»Das will ich nicht hoffen.«

»Hätten Sie ihn am Tauchen gehindert, wenn Sie gewusst hätten, was passieren kann?«

Friedel Marx und Eugen Strobl blickten sich an und nickten. Ihnen war klar, was Kluftinger vorhatte: Er wollte den Alten aus der Reserve locken, indem er ihm unterschwellig Vorwürfe machte und er darauf eingehen würde.

»Mein Sohn lebt sein eigenes Leben. Auch ich habe früher das Risiko nicht gescheut.«

»Möglicherweise ist Ihr Sohn auch gar nicht verunglückt.«

»Was wollen Sie damit sagen?«

»Es könnte sein, dass jemand bei dem vermeintlichen Unfall nachgeholfen hat.«

»Das glauben Sie doch selbst nicht.«

»Ich glaube nicht, ich weiß.«

»Unsinn.«

»Nein, im Ernst, Herr Röck. Es gibt Hinweise darauf.«

Jetzt erhob sich der Alte zu aller Überraschung aus seinem Stuhl und schlurfte auf die Couch zu, auf der auch Kluftinger saß.

»Was soll denn das jetzt? Wollten Sie mir sagen, wie es meinem Sohn geht, oder wollten Sie irgendwelche abstrusen Theorien aufstellen?«

»Ich will gar keine Theorien aufstellen. Ich sage nur, dass es nach unseren Erkenntnissen kein Unfall war.«

Röck wurde ungehalten: »So? Und was wollen Sie damit andeuten? Dass mein Sohn in irgendwelche Machenschaften verwickelt ist? Ich würde mich hüten, solche Andeutungen zu machen. Und vor allem, wenn sie auf bloßen Vermutungen basieren. Mein Sohn liebt eben die Gefahr, das habe ich bereits gesagt. Und der Alatsee ist nun mal ein teuflisches Gewässer.«

»Das schon, aber der See haut keinem stumpfe Gegenstände über den Schädel.«

»Aber wenn man ungeschickt hineinspringt kann so einiges passieren, er wäre da nicht der Erste.«

»Was macht Ihr Sohn denn beruflich?«, wechselte Kluftinger unvermittelt das Thema.

»Er hat studiert, jetzt orientiert er sich gerade neu. Wieso fragen Sie?«

»Nun, weil er bei einer wissenschaftlichen Exkursion dabei war.«

»Und?«

»Unter dem Namen Jochen Bühler.«

Kluftingers Gegenüber schwieg. Erst nach einer Weile sagte er: »Sie scheinen mehr über meinen Sohn zu wissen als ich.« Beinahe tat dem Kommissar der alte Mann leid. Vielleicht war er etwas zu hart rangegangen. Aber er hatte ihn regelrecht herausgefordert.

In diesem Moment öffnete sich die Tür und die Haushälterin kam herein: »Herr Röck, es wird Zeit für Ihre Spritze.«

Wieder ein Satz, der auch in Derrick hätte fallen können, dachte der Kommissar. Er überlegte, ob er sich erheben oder schon zum Ausgang gehen sollte, bevor er noch eine Frage stellen würde, mit der er den alten Mann überrumpeln wollte. Er entschied sich dafür, sitzen zu bleiben.

»Wir gehen gleich. Oder brauchen Sie diese Spritze sofort? Ich hätte nämlich noch eine Frage.« Kluftinger bemühte sich, dem Satz einen möglichst beiläufigen Klang zu verleihen.

»Nein, nein, so sehr eilt es nicht. Nur eine Insulinspritze. Der Zucker, Sie verstehen.«

Kluftinger nickte. Die anderen waren bereits aufgestanden, als der Kommissar noch einmal ansetzte: »Diese eine Frage, die mich noch beschäftigt, ist folgende: Ich habe Ihnen gerade alles Mögliche über Ihren Sohn erzählt. Eine Sache jedoch nicht.«

Seine Kollegen starrten ihn ein paar Sekunden an, dann ließen sie sich mit offenen Mündern auf die Couch sinken. Gut, dachte er, sie hatten verstanden. Ganz im Gegensatz zu Johann Röck, der ihn fragend ansah und den Kopf schüttelte.

»Ich habe Ihnen nichts vom Alatsee gesagt.«

Kluftinger beobachtete die Reaktion des Mannes ganz genau: Er konnte förmlich dabei zusehen, wie ihm die Farbe aus dem Gesicht wich. Seine Falten schienen noch tiefer als vorher. Nur das Ticken der großen Wanduhr erfüllte nun den Raum. Dann verengten sich Röcks Augen und er räusperte sich: »Natürlich haben Sie mir das gesagt, woher sollte ich es sonst wissen?«

»Genau das ist die Frage.«

Röck blickte nun zum ersten Mal Kluftingers Kollegen an. Unsicher wanderte sein Blick von einem zum anderen.

»Ich hab's auf dem Foto erkannt, das Sie mir gezeigt haben.«

»Unmöglich«, antwortete Kluftinger ungerührt.

Der alte Mann wirkte nun schwer angeschlagen. Eine Weile sagte er gar nichts, dann brachte er leise hervor: »Gut, es hat wohl keinen Sinn mehr. Ich kann ihn nicht länger decken.«

Die Beamten setzten sich kerzengerade hin.

»Er hat da illegal getaucht. Am Alatsee. Ich hab ihm gesagt, dass er es besser lassen sollte, aber welcher Sohn hört schon auf seinen Vater? Aber ich hatte Recht, das sehen Sie ja.« Röck atmete hörbar aus und ließ dann seinen Kopf auf die Brust sinken.

Da er nach einer Minute des Schweigens keine Anstalten machte, weiter zu sprechen, ergriff Friedel Marx das Wort: »Das war's? Mehr haben Sie nicht dazu zu sagen?«

»Wie meinen Sie das?«

»Na, wie wär's zum Beispiel damit: Warum ist Ihr Sohn dieses ach so große Risiko denn eingegangen? Wo es sogar illegal ist. Da muss es doch einen Grund geben, kruzifixnochmal!«

Seine Kollegin hatte sich sichtlich in Rage geredet, doch Kluftinger bremste sie nicht. Sein Schmusekurs hatte schließlich zu keinem Ergebnis geführt.

»Na gut«, seufzte Johann Röck, »ich muss es Ihnen wohl sagen. In dem See befinden sich Überreste von Anlagen aus dem Zweiten Weltkrieg. Ich nehme an, er hat vermutet, dass sich das irgendwie zu Geld machen lässt.«

Die Beamten sanken zurück. Sie waren also auf der richtigen Spur.

»Was sind das für Anlagen?«, fragte Strobl, und man merkte ihm seine Aufregung an.

»Ich weiß es nicht. Das war wohl militärisches Sperrgebiet. Keine Ahnung, was die da getrieben haben. Alte Geschichten.«

»Sie haben doch vorher selbst mit dem Krieg angefangen«, protestierte der Kommissar.

»Ja, aber ich weiß darüber nichts. Ich war noch jung damals. Aber spielt das eine Rolle? Solang irgendwelche Spinner Geld für so ein Zeug bezahlen, wird es andere geben, die danach suchen. Für die meisten ist es wertloser Müll. Wenn es wirklich wertvoll wäre oder auch nur historisch bedeutend, meinen Sie nicht, dass schon längst alles gehoben wäre? Von der Stadt oder was weiß ich wem?«

Mit diesen Worten stand er auf und humpelte zur Tür. »Ich brauche jetzt meine Spritze, Sie müssen entschuldigen.«

Kluftinger erhob sich und seine Kollegen taten es ihm gleich. »Eine Frage hätte ich schon noch«, sagte der Kommissar. »Warum, meinen Sie, ist Ihr Sohn an seinem Vorhaben gehindert worden?«

»Das müssen Sie schon selbst rausfinden«, antwortete Röck und öffnete die Tür.

»Wir sind ganz nah dran, was meinst du?« Eugen Strobls Stimme war voller Euphorie.

»Ja, Kollege, es scheint, Sie hatten den richtigen Riecher«, pflichtete ihm die Marx bei.

Der Kommissar konnte ihre Freude nicht ganz teilen. »Ich weiß nicht so recht. Er hat uns noch nicht alles erzählt, ich hab ein ungutes Gefühl.«

»Ach, neulich wollten Sie von Gefühlen noch gar nix wissen. Ich denke, wir …«

Marx brach mitten im Satz ab. Ihr Blick fiel auf ein Auto, das wenige Meter von ihnen entfernt stoppte. Es war der Wagen von Maier und Hefele.

»Ja sag mal … wo kommen die jetzt her? Die sollten doch den Wagner beschatten!«, staunte auch Kluftinger. »Bestimmt hat der Maier wieder etwas ganz Wichtiges zu erzählen …«

Kluftinger ging über den Garagenvorplatz zu dem dunkelgrünen Kombi, von dessen Beifahrersitz aus ihn ein völlig entgeisterter Richard Maier anstarrte.

Als Kluftinger am Auto war, ließ Maier die Scheibe herunter.

»Sagt mal, was macht jetzt ihr da? Ihr solltet doch den Wagner beschatten.«

»Das tun wir ja!«

»Ja von wegen!«

»Wirklich! Aber woher habt *ihr* gewusst, wohin der fährt?«

»Was?« Kluftinger verstand gar nichts mehr. »Wieso sollen wir das gewusst haben?«

»Na, weil ihr doch da seid!«

Kluftinger blickte Maier kopfschüttelnd und verständnislos an.

Friedel Marx mischte sich ein: »Ich glaube, ich ahne, was passiert ist. Darf ich mal?« Sie schob sich an Kluftinger vorbei und beugte sich zu Maier hinunter. »Wo ist Herr Wagner denn hingefahren?«

»Er war erst in einem Souvenirladen unterhalb von Neuschwanstein. Furchtbar, was die da verkaufen! Stell dir vor, da gibt es zum Beispiel eine Büste von König Ludwig, die das Wetter vorhersagt.«

»Egal jetzt. Das muss der Laden von diesem Appel gewesen sein«, lenkte der Kommissar das Gespräch wieder auf ihre Beschattung.

»Genau«, bestätigte Hefele vom Fahrersitz aus. »Dann sind wir ihm hierher gefolgt. Er hat kurz gestoppt und dann hinter der Ecke gehalten. Wir sind an ihm vorbeigefahren, damit er nicht merkt, dass er beschattet wird und wollten jetzt hier warten. Und da steht ihr plötzlich vor dem Haus.«

»Wie auch immer: Für uns ist jetzt wichtig zu erfahren, was der Wagner hier will und warum er vorher bei Appel war. Scheinbar kennen die sich alle. Also, wir machen das folgendermaßen …«

Fünf Minuten später saßen Hefele und Maier noch immer im Auto, das nun etwas weiter von Röcks Garageneinfahrt entfernt stand, so dass es von dort nicht gesehen werden konnte. Kluftinger und Friedel Marx saßen auf der Rückbank. Strobl war, so hatte es Kluftingers Plan vorgesehen, mit dem Passat auffällig und schnell davongebraust, um Wagner glauben zu lassen, er könne nun ungestört ins Haus.

Tatsächlich sah Kluftinger Tassilo Wagner kurze Zeit darauf durch Röcks schmiedeeisernes Gartentor verschwinden.

Die Beamten beschlossen, noch einige Minuten zu warten, um die beiden Herren »in flagranti« zu überraschen. Während sie so dasaßen und Kluftinger über das Gespräch mit dem Bankier nachdachte, breitete sich plötzlich ein stechender, fauliger Geruch im Wagen aus.

Erst glaubte er, seine verstopfte Nase spiele ihm einen Streich, doch dann wurde der Gestank so durchdringend, dass es keinen Zweifel mehr gab: Irgendjemand hatte der Natur ihren Lauf gelassen – in einem voll besetzten Auto, bei dem wegen der Kälte alle Fenster bis zum Anschlag hochgekurbelt waren.

Kluftinger wurde unruhig: Der Fäulnisgeruch wurde so stark, dass er es nicht wagte, tief Luft zu holen. Normalerweise wäre er jetzt aus dem Auto gesprungen und hätte laut schimpfend nach dem Schuldigen gerufen. Doch Wagner war noch nicht in der Wohnung verschwunden und außerdem hatten sie eine Frau in ihrem Wagen sitzen, auch wenn es sich dabei nur um Friedel Marx drehte. Offenbar ging es seinen Kollegen ähnlich wie ihm, denn alle rutschten unruhig auf den Sitzen hin und her, wobei ihr Atem merklich flacher ging.

Argwöhnisch belauerten sie sich. Schließlich kurbelten sie alle kommentarlos ihre Scheiben einen Spalt nach unten. Fast alle.

»Ich geh noch eine rauchen!«, durchbrach Friedel Marx nämlich die Stille und lieferte sich somit geradezu aus. Genauso gut hätte sie offen gestehen können, dachte Kluftinger. Sie vergewisserte sich erst noch mit einem Blick durch die angelaufene Scheibe, dass Wagner inzwischen im Haus war, und stieg dann aus. Sie war noch keine fünf Schritte vom Wagen entfernt, da überschlugen sich die im Auto sitzenden Männer mit ihren Kommentaren.

»Also die ist schon eine Marke. So was, noch dazu für eine Frau, ja pfui Teufel!«, schimpfte Hefele und Kluftinger stimmte kopfnickend zu.

»Das sind die gleichen Leute, die noch schnell den Aufzug verpesten, bevor sie aussteigen«, merkte Kluftinger an und erntete dafür ein »Mhm« von Hefele. Nur Maier verhielt sich auffällig still.

Keine zwei Minuten später wurde es ihnen zu kalt im Auto. Sie stiegen aus und winkten ihrer Kollegin, als sie erneut auf die Tür von Röcks Haus zugingen.

»Hoffentlich reißt sie sich da drin wenigstens zusammen«, flüsterte Hefele seinem Chef zu, der als Antwort lediglich die Augen verdrehte.

Sie klingelten, und als die Haushälterin mit einem überraschten Gesichtsausdruck die Tür öffnete, drängten sie sich einfach an ihr vorbei.

»Sie hier, Herr Wagner?«, platzte Kluftinger in das Gespräch der beiden Männer. »Warum wir uns so schnell wiedersehen, müssen Sie mir schon erklären.«

12. Februar 1971

Die Männer schüttelten ihre eng anliegenden Anoraks ab. Hans war von der Straße abgekommen, als sie nach Füssen gefahren waren. Die Straße war vereist gewesen und der Wagen im Wald zum Stehen gekommen. Nun waren sie froh, hier zu sein. Es hatte sich so eingebürgert, dass sie nach den Treffen in diesen kleinen Raum unten in dem alten Gasthof gingen. Immer am gleichen Tag des Jahres. An ihrem Jahrestag.

Nur heute war es anders. Einer von ihnen fehlte. Beim Gedanken an ihn versetzte es einigen von ihnen einen Stich ins Herz. War ihre Sache all das wert? War es Leichtsinn, der ihn das Leben gekostet hatte? Wer könnte es je mit Sicherheit sagen? Lange Zeit schien sie die Trauer zu übermannen, doch dann mischte sich ein anderes Gefühl hinzu.

Damit bliebe mehr für sie, sagte einer.

Erst empörten sich einige über diesen Satz, doch je länger sie darüber nachdachten, desto klarer wurde ihnen, dass er damit Recht hatte. Mehr für sie. Mehr – wovon?

In Amerika habe man es geschafft, ein unbemanntes, kleines U-Boot fernzusteuern. Ein Prototyp zwar noch. Aber man könne hoffen.

Nach wie vor sei ein Zugang nicht möglich, das hätten sie nun wieder gesehen.

Sie müssten weiter warten, wie schon so viele Jahre. Warten und wachsam sein. Wie vor sechs Jahren. Die Aktion mit dem Mönch damals habe ihre Wirkung nicht verfehlt, sagte einer grinsend. Man spreche noch immer darüber und viele mieden den Ort.

Das Pärchen im VW habe man aber wohl zu Tode erschreckt. Die würden sicher keinen Fuß mehr an den See setzen, lachte Tassilo heiser, bevor er die letzte Fackel in ihre Wandhalterung zurücksteckte.

Die alten Männer wirkten wie kleine Jungen, die beim heimlichen Rauchen erwischt wurden. Es schien ein Ruck durch sie zu gehen und sie nahmen Haltung an. Offenbar noch alte Schule – soldatische Tugenden, schoss es Kluftinger durch den Kopf.

»Aber Herr Polizist«, setzte Wagner kühl und völlig ungerührt an, und diese Anrede zerstreute bei Kluftinger die Hoffnung auf eine Überrumpelung. »Sie überinterpretieren meinen Besuch hier. Nachdem ich von Ihnen gehört hatte, dass meines Jugendfreundes Sohn schwer verletzt war, war es mir ein Anliegen, ihn zu besuchen, um ihm in dieser schweren Lage eine Stütze zu sein.«

»Und was haben Sie vorher im Souvenirladen gemacht?«

Wie bei ihrem vorherigen Gespräch verengten sich für einen kaum merklichen Augenblick Wagners Augen. Dann setzte er wieder seine blasierte Miene auf und sagte: »Da es in der westlichen Kultur gute Sitte ist, ein Gastgeschenk mitzubringen, zumal, wenn es darum geht, Trost in einer Notlage zu spenden, wollte ich in einem Präsentgeschäft ein kleines Mitbringsel kaufen. Sollte daran etwas Ungesetzliches sein, lassen Sie es mich wissen, ja?«

Aalglatt war das Einzige, was Kluftinger daraufhin einfiel. Noch hatte er allerdings nichts, womit er ihre Kaltschnäuzigkeit auf die Probe stellen und ihre Fassade bröckeln lassen könnte. Es war sowieso egal. Allein durch die Tatsache, dass er hierher gekommen war, hatte Wagner sie weitergebracht.

Überhaupt war er an diesem Tag ganz schön weit gekommen. Er wusste, wer das Opfer wirklich war, wusste, dass der junge Mann unter falschem Namen beim Forscherteam angeheuert hatte. Für heute musste das reichen. Noch einmal verabschiedete er sich mit dem Versprechen auf ein Wiedersehen. Und diesmal hatte er das Gefühl, dass er bei Wagner damit einen größeren Eindruck hinterließ.

Die Zeit würde sie wieder zusammenbringen, hatte Kluftinger beim Abschied zu den beiden Alten gesagt. Jetzt fand er diesen Satz etwas pathetisch. Er saß zusammen mit Hefele und Maier im Auto und genoss es, dass keiner etwas sagte. Strobl war mit seinem Auto bereits vorgefahren; Friedel Marx war gleich in Füssen geblieben. Kluftinger hatte sich nach hinten gesetzt, um nachdenken zu können. Außerdem hatte er angekündigt, er wolle ein wenig schlafen, er fühle sich fiebrig.

Er sah aus dem Fenster. Sie fuhren »hintenrum«, über Nesselwang. Von unzähligen Bergtouren und Skiausflügen kannte er die Strecke, ebenso von den Fahrten nach Südtirol.

»Ja, jetzt fahr halt!«, rief Hefele plötzlich lautstark. Und fügte verächtlich hinzu: »Alter Depp!«

Kluftinger sah auf und erkannte, dass vor ihnen ein Mann mit Hut in einem goldfarbenen Opel fuhr.

»Übrigens«, sagte Hefele in leisem Ton zu Maier gewandt, »hast du schon bemerkt, dass wir es zurzeit mit lauter alten Säcken zu tun haben?«

Kluftinger grinste: »Vielen Dank, meine Herren. Interessant, wie ihr über mich denkt!«

»Im Ernst: Die drei Männer, die irgendwie in die Sache verstrickt sind, sind lauter Senioren. Die könnten alle zusammen im Altersheim sitzen.«

»Jetzt red halt nicht so abfällig. Die waren alle auch mal jung«, schimpfte Kluftinger. Vielleicht lag es daran, dass er sich heute selbst so fühlte, als wäre er reif für die Rente.

»Na ja, vor sechzig Jahren. Ich mein ja nur, dass …«

»Moment«, unterbrach ihn Kluftinger. Er schien angestrengt nachzudenken und seine Kollegen wagten nicht, ihn zu unterbrechen. »Natürlich, das ist es: Vor sechzig Jahren. Im Krieg. Vielleicht liegt da der Schlüssel. Manchmal sind die simpelsten Lösungen die besten.« Kluftinger war von seiner vorherigen Schlappheit nichts mehr anzumerken. »Vielleicht liegt also das Bindeglied zwischen ihnen in ihrer gemeinsamen Vergangenheit. Jemand muss am Wochenende herausfinden, was das ist. Wer von uns hat denn Dienst?«

Hefele blickte zu Maier und hatte Mühe, ein schadenfrohes Grinsen zu unterdrücken. Maier hob nach kurzem Zögern schüchtern einen Finger.

»Ähm … ich. Aber nur … Bereitschaft.«

»Wunderbar, Richie. Wenn's ruhiger ist, kriegst du zwei freie Tage dafür. Also klemm dich hinter den Schreibtisch und recherchiere!«

»Dieses Wochenende ist aber ganz schlecht. Rufbereitschaft ist in Ordnung, aber die ganze Zeit …«

»Wieso, was hast du denn so Wichtiges vor?«, wollte Kluftinger wissen.

»Ich hab noch Skigutscheine fürs Fellhorn, die gelten nur noch dieses Wochenende. Wenn ich die nicht morgen oder übermorgen nehm, verfallen sie.«

»Dann ist das in dem Fall ja gar kein Problem«, versetzte Kluftinger, und noch bevor Maier erleichtert aufatmen konnte, fügte er an: »Ich nehm dir die Gutscheine ab.« Er zog seinen Geldbeutel aus der Gesäßtasche, erblickte einen Zehn-Euro-Schein, reichte ihn nach vorn und sagte: »Hier, Richie, ich müsste sonst ja auch Tageskarten kaufen.«

»Zehn Euro?«

Hefele verbarg seine Freude nun nicht mehr: »Also jetzt sei mal nicht so unverschämt, Richie. Deine Karten gelten schließlich nur noch zwei Tage. Angebot und Nachfrage regeln da den Preis.«

Maier brummte beleidigt etwas Unverständliches, zog seine Brieftasche aus der Jacke und holte zwei Gutscheine heraus.

»Viel Spaß!«, wünschte er seinem Chef noch mit bitterer Miene, dann sagte er den Rest der Fahrt kein Wort mehr.

»Bringst du mir noch die Skisocken?«

Kluftinger saß missmutig auf seinem Bett im Schlafzimmer. Es war jedes Jahr dasselbe: Immer, wenn er das erste Mal zum Skifahren gehen wollte, war nichts von seiner Ausrüstung zu finden. Alles packte Erika in irgendwelche Schränke und wenn er die Sachen dann brauchte, waren sie nicht da. Jetzt wartete er in seiner ausgebeulten langen Frottee-Unterhose darauf, dass ihm seine Frau ein Kleidungsstück nach dem anderen bringen würde.

»Hier sind Ihre Socken!«, erklang hinter ihm plötzlich eine helle Stimme. Ruckartig stand er auf und lief sofort tiefrot an. Yumiko stand da und streckte ihm seine bereits mehrfach geflickten Strümpfe entgegen. Priml. Dass die junge, hübsche Freundin seines Sohnes ihn so zu Gesicht bekam, ließ ihn vor Scham fast im Boden versinken. Er hätte es ihr nicht übel genommen, wenn sie schreiend aus dem Haus gerannt wäre. Schließlich konnte sie sich nun bildlich ausmalen, wie Markus in fünfundzwanzig Jahren aussehen würde. Kluftinger erinnerte sich wieder, dass er Erikas Mutter einmal in Unterwäsche im Bad überrascht hatte. Es musste kurz nach der Hochzeit gewesen sein. Es war mit Abstand der peinlichste Augenblick in seinem bisherigen Leben gewesen, noch dazu, weil die Frau laut aufgeschrien und sich schnell ein Handtuch vor den Körper gehalten hatte.

»Hm … danke, Yumiko!«, war alles, was er herausbrachte.

Er öffnete schnell den Kleiderschrank und lehnte sich hinein, bis Yumiko das Zimmer wieder verlassen hatte.

Dann fischte er seine grüne Jethose aus dem untersten Fach und versuchte, sich hineinzuzwängen. Das funktionierte leidlich, allerdings nur bis zu dem Moment, als er den Reißverschluss über seinem Bauch schließen wollte. Mit aller Gewalt zog er daran, doch letztlich gab er auf: Wie ein riesiges V klaffte der Stoff auseinander – die Hose schien sich mit einem Victory-Zeichen über ihn lustig zu machen. Musste der Reißverschluss heuer eben offen bleiben, dachte er, schließlich trug er ja noch Pullover und Anorak drüber. Die Hosenträger würden schon für den nötigen Halt sorgen.

Mit einem Ächzen setzte er sich wieder aufs Bett und betrachtete seinen Anorak. Erinnerungen an viele schöne Hüttenaufenthalte kamen beim Anblick der Jacke, die im gleichen Mintgrün wie die Hose gehalten war, in ihm hoch. Applikationen aus violettem Stoff setzten modische Akzente – jedenfalls hatten sie es getan, als er den Anorak gekauft hatte.

»Erika, wo ist denn mein Skipulli?«, fragte Kluftinger, und er hatte jetzt den Ton eines quengelnden Kindes angenommen.

»Welcher?«

»Mein Skipulli halt!«

»Was für ein Skipulli denn, Herrschaft! Ich weiß nicht, was du meinst! Außerdem hab ich die Karten immer noch nicht gefunden!«

»Himmelherrgott! Ich hab seit zwanzig Jahren den gleichen Skipulli an! Den wollenen!«, rief Kluftinger, da er seine Frau noch immer weit weg wähnte. Die aber lehnte mittlerweile im Türrahmen und grinste.

»Dein Skipulli ist da, wo auch deine Hose bald hinwandern wird, mein Lieber! Im Sack für die Kleidersammlung, oben im Dachboden.«

Kluftinger wollte sich schnaubend bereits auf den Weg zum Speicher machen, da stellte sich seine Frau ihm in den Weg.

»Schau mal in die große Tüte auf deinem Kleiderschrank!«, lächelte Erika ihn an. »Bekommst dein Weihnachtsgeschenk halt schon früher!«

Als Kluftingers Familie endlich vollständig im Auto saß, war es bereits zehn Minuten nach dem mit Langhammers vereinbarten Abfahr-Termin.

Stolz betrachtete sich der Kommissar im Innenspiegel: Statt im abgewetzten Skipulli saß er nun im leuchtend blauen Fleece im Auto. Erika hatte ein Händchen für Geschenke. Ganz im Gegensatz zu ihm, dachte er, und sein Einkaufsbummel mit Maier fiel ihm wieder ein.

Zufrieden steckte er seinen Geldbeutel in die Brusttasche zu einer Banane, die sich auch darin befand. Nachdem Kluftinger seinen Rucksack nicht hatte finden können, hatte er die Bestandteile seiner eilig hergerichteten, umfassenden Brotzeit einfach in die zahlreichen Taschen des Anoraks gepackt. Erika, Markus und Yumiko hatten sich geweigert, überhaupt etwas zu essen und zu trinken mitzunehmen. Schließlich gebe es am Fellhorn Restaurants. Die Skier hatten sie auf dem uralten, rostigen Dachständer verstaut. Erika hatte darauf bestanden, sie noch abzustauben, ebenso wie die Skischuhe. Die »Kinder« nahmen auf der Rückbank Platz und Erika suchte im Handschuhfach verzweifelt nach ihrer Sonnenbrille.

Alles wie früher, dachte Kluftinger mit einem tief empfundenen Gefühl der Zufriedenheit.

Martin Langhammer hatte sich verstimmt gezeigt über Kluftingers Verspätung. Man würde bestimmt in einen gewaltigen Stau kommen, hatte er geunkt. Er hatte mit seiner Frau bereits im Auto gewartet – mit laufendem Motor, wie Kluftinger sofort missfallend bemerkt hatte.

»So, jetzt haben wir's gleich geschafft, Yumiko«, sagte Kluftinger, als er sah, dass Markus' Freundin etwas blass um die Nase war. Scheinbar vertrug sie Kluftingers Fahrstil nicht, der sich mit Langhammer während der Fahrt ein regelrechtes Rennen aus gegenseitigem Überholen und Ausbremsen geliefert hatte. »Nur noch fünf Kilometer durch den Wald, dann sind wir da. Warte, da kommt schon wieder so ein Depp von hinten angerast!«, schimpfte er. »Dabei ist hier … Ja klar, der Langhammer. Na warte!«

Kluftinger bremste seinen Passat ab, lenkte ihn ein wenig mehr in die Mitte der Straße und schaltete in den zweiten Gang, was der Motor mit einer tiefschwarzen Rußwolke quittierte. Er musste doch einmal die Einspritzanlage kontrollieren lassen, dachte er.

Auf dem Parkplatz zog der Mercedes doch noch an ihnen vorbei. Sie wurden von einem Mann mit leuchtgelber Fahne wild winkend in zwei Parkplätze eingewiesen, die einander genau gegenüber lagen. Kluftinger fuhr seinen Passat absichtlich so nahe an das silbergraue Auto heran, dass der Doktor einen langen Hals machte und besorgt nach vorne schielte.

Als die Motoren abgestellt waren, blieb es für ein paar Sekunden still. Als Martin Langammer dann seine Tür öffnete, stieg auch Kluftinger sofort aus. Wie zwei Revolverhelden beim Duell standen sie sich gegenüber.

»Endlich, das ist schon immer ein G'frett, bis man auf der Piste ist.« Erika war ebenfalls ausgestiegen und streckte sich. Die anderen folgten und lösten die Spannung, die sich zwischen den Männern aufgebaut hatte.

Kluftinger nahm nun zum ersten Mal bewusst Langhammers Skianzug wahr: Er trug einen dieser Antarktis-Daunenmäntel, die etwa den doppelten Umfang eines normalen Anoraks hatten und ihre Träger aussehen ließen wie ein Schlauchboot. Der Kopf des Doktors wirkte dagegen grotesk klein.

Dann fiel der Blick des Kommissars auf Annegret: Sie hatte einen goldfarbenen Overall mit einer Kapuze an, deren Saum mit Pelz besetzt war. Er seufzte und streifte sich seine Dolomiti-Dreizackmütze über.

»Auf geht's, jeder holt seine Sachen selber raus«, forderte er die anderen ungeduldig auf.

»Wo ist denn der Skiverleih?«, wollte Markus wissen, der für seine Freundin noch eine komplette Ausrüstung leihen musste. Langhammer erklärte ihm den Weg.

»Ihr braucht nicht auf uns zu warten. Ich würde sagen, wir treffen uns kurz vor dem Mittagessen wieder. Oben an der Mittelstation?«

»Ach, wir können doch warten, das macht uns doch gar nichts aus!« Erika schien enttäuscht, dass das Pärchen offenbar nicht vorhatte, mit ihnen auf die Piste zu gehen.

»So, Leut, jetzt kommt's mal in die Gänge. Fahr mer nauf, damit mer nunter kommen«, sagte der Kommissar und klatschte dabei in die Hände. Als er seine Schuhe aus dem Kofferraum holte, sah er im Augenwinkel, wie Langhammer seine Skistiefel ebenfalls auf den Boden stellte, den Schaft nach beiden Seiten auseinander drückte und etwa drei Sekunden später darin stand. Mit einem dumpfen Klacken fixierte er die Schnallen und richtete sich wieder auf.

»Seiteneinsteiger Softboots, das Neueste auf dem Markt«, sagte der Doktor und machte dabei eine Handbewegung, wie es die Verkäufer in den Shoppingsendern taten.

Kluftinger beeilte sich, ebenso schnell in seine Schuhe zu schlüpfen, was jedoch nicht gelang. Seine Skischuhe, derselbe Jahrgang wie seine restliche Ausrüstung, waren starr und noch von der Art, die mittlerweile als »Schraubstöcke« bezeichnet wurden. Mit aller Kraft drückte der Kommissar die Zunge des rechten Schuhs nach vorn und schob seinen Fuß hinein. Leider blieb der aber etwa auf halbem Wege stecken. Er presste mit dem Oberschenkel nach, indem er ein Hohlkreuz machte und sein Gesäß weit nach hinten wegstreckte. In dieser gekrümmten Stellung bekam er kaum noch Luft, weil sein Bauch gegen die Brust drückte und er wegen seiner Erkältung sowieso nur eingeschränkt atmen konnte. Er begann zu schwitzen und begleitete jede seiner Bewegungen mit Grunzlauten, die tief aus seinem Inneren zu kommen schienen.

Da gab der Schuh endlich nach und sein Fuß rutschte hinein. Schwer atmend richtete er sich wieder auf und wischte sich den Schweiß mit dem Ärmel seines Anoraks aus dem Gesicht. Als er daraufhin aufsah, blickte er in drei fragende Gesichter. Zwei davon blickten amüsiert drein, eines war mit dem Ausdruck leichten Entsetzens belegt. Es gehörte seiner Frau.

»Sonst ist aber schon noch alles in Ordnung?«, fragte sie.

Langhammers begannen zu kichern.

»Warum?«, erwiderte Kluftinger trotzig. »Die Schuhe sind halt die ganze Zeit im Keller gestanden. Du hättest sie ja auch schon mal raufholen und vorspannen können.« Dann bückte er sich wieder, um die Prozedur mit dem anderen Schuh zu wiederholen, diesmal allerdings darauf bedacht, es etwas eleganter und vor allem geräuschärmer über die Bühne zu bringen.

Als schließlich alle angezogen waren, schnallte Kluftinger noch seine Ski vom Dachträger und schmiss sie sich gerade mit einer schwungvollen Bewegung auf die Schulter, da zog Langhammer seine »Mütze« auf. Kluftinger vergaß für einen Augenblick seine Skier, die krachend auf seiner Schulter landeten. Damit zog er wiederum die Blicke auf sich – die der beiden Frauen und die des mit einem riesigen, voll verspiegelten Helm versehenen Doktors. Als der merkte, wie der Kommissar seine Kopfbedeckung anstarrte, sagte er: »Ich als Arzt weiß natürlich um die Gefahren des Skifahrens, deswegen fahr ich nur noch mit Schutz. Schließlich muss ich immer wieder Opfer von Skiunfällen behandeln.«

»Die Armen«, murmelte der Kommissar.

Dann machten sie sich auf den Weg zum Lift. Als er Langhammers Wagen passierte, kam Kluftinger ein Gedanke. Er drehte sich um, blieb stehen, kniff die Augen zusammen, sog erschrocken die Luft ein und sagte: »Jesses, eine ganz schöne Schramme haben Sie da in Ihrem Auto.«

Der Doktor erstarrte. Langsam drehte er sich um. »Wo?«

»Na da!« Kluftinger zeigte auf die Stelle, die er sich drei Tage vorher selbst noch so genau angesehen hatte.

Langhammer gab ein seltsames, quiekendes Geräusch von sich, rannte zu seinem Wagen und fiel auf die Knie. Dann strich er mit der Hand sanft über die zerkratzte Stelle. Dabei keuchte er. Als er Kluftinger anblickte, fragte sich dieser, ob es wirklich eine gute Idee gewesen war, den Doktor darauf aufmerksam zu machen. In seinen Augen lag ein gefährliches Glitzern.

»Na, kann ja schon mal passieren. Wenn man so einen langen Hintern hat …« Bei diesen Worten zwinkerte ihm der Kommissar zu und setzte sich wieder in Bewegung.

Eine Weile trottete der Doktor wortlos neben ihm her, dann fragte er: »Wollen Sie eigentlich zum Skispringen oder trainieren Sie für ein Abfahrtsrennen?«

Als der Kommissar Langhammers Blick sah, verstand er: Er hatte im Gegensatz zum Doktor keine kurzen, taillierten Carvingski in leuchtendem Orange dabei. Er fuhr noch immer seine alten »Zwei-Meter-Latten«, wie er sie nannte. Er hatte nie verstanden, warum plötzlich alle auf die neuen Bretter umstiegen. »Die fahren von ganz allein«, hatte ein Verkäufer ihn einmal zu einem Wechsel überreden wollen, doch Kluftingers Antwort hatte damals nur gelautet: »Ich fahre lieber selber.«

Vor dem Kassenhäuschen hellte sich Kluftingers Stimmung deutlich auf: Er empfand eine kindliche Vorfreude darüber, dass Langhammer die teuren Karten würde kaufen müssen, während er seine Gutscheine auf den Tresen legen konnte. Doch er schämte sich sofort für seine Gedanken, als der Doktor sich an ihm vorbeidrängte, seine Armbanduhr auf den Tresen legte und sagte: »Eine Tageskarte bitte.«

Erika hatte ihm gar nichts von den finanziellen Problemen des Doktors erzählt, wunderte sich der Kommissar. Wahrscheinlich, weil bisher noch niemand davon wusste: »Also, Herr Langhammer, wenn Sie gerade nicht liquide sind … ich meine, ich hab sicher genug dabei«, flüsterte er dem Doktor deswegen diskret ins Ohr. »Sie können S' mir daheim ja zurückgeben.«

Der Doktor starrte ihn entgeistert an. Erst nach ein paar Sekunden begann er, schallend zu lachen. »Also, mein lieber Kluftinger, Sie sind mir schon so ein Schelm. Nicht liquide … daheim zurückgeben … köstlich, wirklich köstlich.«

Der Kommissar war irritiert, doch da fiel sein Blick auf ein Schild: »Chip-Service: Der Skipass auf Ihrer Uhr.«

Er nickte anerkennend: Obwohl er den meisten Neuerungen im Skizirkus skeptisch gegenüberstand, hielt er das für eine gute Lösung. Er nahm also seine Armbanduhr ebenfalls ab, legte sie mit dem Gutschein auf den Tresen und sagte: »Das Gleiche!«

Im selben Moment steigerte sich Langhammers verklingendes Lachen zu einem hysterischen Gebrüll: »Stopp! Aufhören! Sie sind wirklich eine Nummer …«

Die Frau im Kassenhäuschen blickte erst unsicher von einem zum anderen, dann nahm ihr Gesicht feindselige Züge an: »Hören Sie, es ist heute viel los. Veräppeln können Sie jemand anderen!«

Mit diesen Worten schob sie Kluftingers Uhr wieder zurück. Erst jetzt bemerkte der auf dem Anschlag den Zusatz: »Nur in Verbindung mit Ski-Data-Watches.« Auch wenn er nicht wusste, was das bedeuten sollte, war er sich ziemlich sicher, dass seine Uhr nicht in diese Kategorie fiel. Er setzte ein Grinsen auf, um auch den Doktor in dem Glauben zu lassen, er habe absichtlich einen Spaß machen wollen.

»Habt ihr's bald da vorne?«, riefen die beiden Frauen ungeduldig.

»Wir sind ja schon da«, antwortete der Doktor. »Also dann, nichts wie zur Gondel.«

Kluftinger schüttelte den Kopf: »Da geht nebendran auch ein Schlepplift rauf, nehmen wir doch den.«

»Ach, die Gondel ist doch viel, viel bequemer«, widersprachen die Frauen.

»Aber der Schlepper ist viel schneller. Und man muss auch nicht anstehen. Schaut euch doch mal die Schlange an.«

Bei der Vorstellung, dicht gedrängt mit dieser Menschenmenge in einer der beiden engen Blechbüchsen, die abwechselnd zum Gipfel fuhren, über dem Abgrund zu hängen, bekam der Kommissar weiche Knie.

»Da stehst du erst in der Kälte und dann hauchen dir die Leut ihren Atem ins Gesicht«, setzte er nach. »Und wenn da jemand krank ist – tja, da kommst du nicht aus.«

»Aber mein Lieber«, winkte der Doktor ab, »bei Ihrer Virenbelastung müssen sich wohl eher die anderen fürchten.«

Kluftinger spannte seine Kiefermuskeln an. Langhammer musste auch immer das letzte Wort haben. »Wisst ihr was?«, raunzte er schließlich. »Ich fahr einfach allein hoch und ihr könnt's ja in die stinkende Gondel gehen.«

Mit diesen Worten stieg er in seine Bindung, stieß sich ab und glitt zum Schlepplift. Zwei Leute waren vor ihm, dann fuhr er hoch.

Oben angekommen sog er die klare Bergluft tief in seine Lungen. Allerdings war die so kalt, dass ihm kurz der Atem wegblieb und er dann einen Hustenanfall bekam, der ihm die Tränen in die Augen trieb. Hier herumzustehen würde ihm sicher gar nicht gut tun. Seine Erkältung war zum Glück nicht mehr ganz so akut, seitdem er den gestrigen Samstag vorwiegend liegend verbracht hatte. Er schnallte seine Ski ab und bewegte sich ein bisschen, um nicht auszukühlen. Dabei fiel sein Blick auf die Alpengipfel, die von hier oben zu sehen waren. Kluftinger war erstaunt, dass selbst nach so vielen Jahren die Schönheit dieser Landschaft ihm noch immer nicht zur Selbstverständlichkeit geworden war.

Das leise Surren einer herannahenden Gondel lenkte seinen Blick zur Bergstation, doch seine Begleiter waren nicht unter den Menschen, die dort ausstiegen.

»Herrgottsakrament«, fluchte er. Wo blieben sie nur? War die Schlange so lang gewesen? Das hatte er nun davon, dass er als Erster oben war: Er musste in der Kälte stehen und Däumchen drehen. Priml!

Erst zehn Minuten später traf sein Anhang ein. Seine Finger waren bereits steif und klamm und sein Rachen kratzte unangenehm.

»Gar kein Problem, alles bestens«, antwortete er trotzdem auf Langhammers Frage, ob es ihm hier oben nicht zu kalt gewesen sei. »Ich bin die raue Bergwelt gewohnt!«

Er stieg in seine Ski, fädelte seine Hände in die Schlaufen seiner Stöcke ein, stemmte sie in den Boden, blickte noch einmal zurück und rief: »Also, auf geh…« Da sah er, wie der Doktor einen Skistock mit beiden Händen hoch über dem Kopf hielt und seine Hüfte kreisen ließ. Die beiden Frauen schwangen ebenfalls ihre Hüften zum Takt, den der Doktor vorgab: »Eins und zwei und eins und zwei …« Kluftinger seufzte.

»Machen Sie doch mit, mein Lieber!«, rief Langhammer zu ihm herüber.

»Ganz bestimmt!«, brummte der Kommissar.

»Ist besser, wirklich«, insistierte der Doktor. »Wo Sie jetzt doch so lange in der Kälte gewartet haben.«

Kluftingers Wangen bekamen auf einmal wieder Farbe. Demonstrativ glitt er mit seinen Ski ein paar Mal auf der Stelle vor und zurück, um nach etwa zehn Sekunden zu sagen: »Gut, ich hätt's dann. Fahren wir los?«

Doch Langhammer bestand noch auf die »Stemm-den-Stock-in-den-Boden-und-streck-den-Hintern-raus-Übung« und das »Hock-dich-mit-angezogenen-Beinen-hin-und-grins-dabei-debil-Manöver«, bevor er grünes Licht für die Abfahrt gab.

Sie schoben sich alle bis zur Kante des Hangs und blieben stehen, um ihn erst einmal in Augenschein zu nehmen. Dann fuhren die beiden Frauen los. Kluftinger zögerte noch ein wenig, weil sein Handschuh ihn drückte. Langhammer missdeutete das und beruhigte den Kommissar: »Da können Sie ruhig fahren, das ist gar nicht so steil, wie es aussieht.«

Kluftinger klappte ob dieser Bemerkung der Unterkiefer herunter. Er ließ seinen Handschuh Handschuh sein, stieß sich ab und wedelte eilig die Pulverschneepiste hinunter, vorbei an den Frauen, über Kuppen und Bodenwellen, auf die Buckelpiste und wieder heraus.

Er liebte das Skifahren: Trotz seines Übergewichts und seiner eigentlich alles andere als sportlichen Lebensweise hatte er, wenn er die Hänge hinunterglitt, manchmal das Gefühl, schwerelos zu sein.

Er schwang ab und blickte nach oben. Erst nach einigen Sekunden tauchten die beiden Frauen hinter einer Kuppe auf und fuhren winkend an ihm vorbei. Erika sah noch immer sehr elegant aus auf Skiern, das hatte ihm schon in ihrer Jugend so gut gefallen. Dann wandte er wieder den Kopf und suchte den Hang ab: Von Langhammer war noch nichts zu sehen. Ob es ihn schon bei der ersten Abfahrt zerlegt hatte? Der Kommissar musste bei dem Gedanken unwillkürlich grinsen. Im gleichen Moment blitzte an der Kuppe der Spiegelhelm des Doktors auf. Fast etwas enttäuscht schaute Kluftinger ihm zu und glaubte, seinen Augen nicht zu trauen: Breitbeinig, mit Rückenlage, vom Körper gestreckten Armen und der Geschwindigkeit eines lahmenden Schlittenhundes grattelte der Doktor die Piste herunter. Ein warmes Gefühl der Zufriedenheit machte sich in Kluftinger breit. Endlich gab es etwas, worin er dem akademischen Sprücheklopfer überlegen war.

»So, auch schon da?«, frotzelte Kluftinger, als Langhammer neben ihm zum Stehen gekommen war. »Ich hab mir schon überlegt, ob ich meine Brotzeit rausholen soll.«

Gelassen gab der Arzt zurück: »Wissen Sie mein Lieber, das Tempobolzen und Schussfahren ist out. Genussskifahren ist in. ›Carving‹ heißt das Zauberwort.«

Kluftinger hatte keine wirkliche Ahnung, was es mit dieser neuen Art, Ski zu fahren, auf sich hatte, aber er war sich sicher, dass das nichts damit zu tun hatte.

»Gut, dann lassen Sie uns mal zum Lift genussskifahren«, höhnte der Kommissar.

»Nach Ihnen«, antwortete Langhammer.

»Ich finde es ja toll, dass ihr euch so gut versteht«, flüsterte Erika fröhlich, als ihr Mann sich in der Schlange am Lift zu ihr gesellte.

»Bestens, ja, ja«, nickte der Kommissar abwesend. Er achtete konzentriert darauf, dass Erika in der Schlange nicht von seiner Seite wich und er am Ende noch mit dem Doktor den Liftbügel hätte teilen müssen.

Als sie an der elektronischen Schranke ankamen, hielt Erika ihren Ärmel, in dem die Chipkarte steckte, an den Empfänger, es piepste und ein grünes Licht blinkte. Bei Kluftinger piepste nichts und das Licht blieb rot. Seine Frau hatte sich vor ein paar Jahren einen neuen Anorak mit Ärmeltaschen für Chipkarten geleistet, die an Kluftingers altem Modell fehlten. Er hatte sie sich einfach so in die Tasche gesteckt. Jetzt tat sich gar nichts. Annegret hatte die Schranke bereits passiert und der Doktor stand nun neben ihm.

»Sie müssen den Chip ganz nah an den Empfänger halten!« Langhammer hatte zu seinem belehrenden Tonfall zurückgefunden.

Kluftinger schob seinen Unterleib vor und ließ ihn vor dem Gerät kreisen. Als sich noch immer nichts rührte, lehnte er sich noch weiter nach vorn und stützte sich dabei an dem Gerät ab.

»Aber, aber, mein Guter. Das ist doch keine Frau. Erika, ich glaube, dein Mann braucht mal wieder ein paar Streicheleinheiten«, tönte der Doktor, so dass es nicht nur die beiden Frauen, sondern auch die Umstehenden hören konnten. Johlendes Gelächter machte sich breit und Kluftingers Gesicht verfärbte sich vor Zorn und Scham tiefrot. Um nicht weiter zur Belustigung der anderen beizutragen, nahm er die Karte schließlich aus der Tasche und hielt sie einfach so vor das Gerät.

Während der gesamten Liftfahrt schwieg er Erika an und schmiedete Rachepläne. Bei der folgenden Abfahrt fasste er seinen Entschluss. Er hatte die kleine Kuppe hinter dem Doktor gesehen und steuerte genau darauf zu. Langhammer gab ihm mit dem Stock noch hektische Zeichen, die er jedoch ignorierte.

Dann schwang er sich über den kleinen Hügel, hob ab, ruderte mit den Armen in der Luft, um auszusehen, als versuche er, einen Sturz abzuwenden, und landete schließlich nur wenige Meter vor dem Doktor. Der hatte die Augen weit aufgerissen und duckte sich bereits, als Kluftinger die Kanten in den Boden schlug und Langhammer in einer weiße Wolke aus Schneestaub verschwand. Als sich der Nebel lichtete, blickten sie sich kurz in die Augen, dann kippte der Arzt ganz langsam zur Seite und fiel um.

Sofort entschuldigte sich Kluftinger: »Mei, Herr Langhammer, das tut mir jetzt fei leid. Ich hab den Hügel gar nicht gesehen, das hätten Sie mir aber schon zurufen müssen, das hätte ja bös ins Auge gehen können.« Mit solchen Sprüchen kämpfte Kluftinger gegen einen aufkeimenden Lachanfall, während der Doktor strampelnd auf dem Rücken lag und in seinem dunkelblauen Daunenanorak aussah wie eine Schildkröte, die nicht mehr auf die Beine kommt. Immer wieder rutschte er beim Aufstehen nach hinten weg.

»Das ist schon ein Teufelskerl, dieser Präparator«, hörte Kluftinger ihn keuchen. »Der macht mir die Ski immer so glatt, dass man kaum drauf stehen kann. Ein echter Geheimtipp, kann ich Ihnen gerne die Adresse geben.«

»Nein, danke. Irgendeiner muss ja stehen bleiben.« Mit diesen Worten streckte er dem Arzt seinen Skistock hin, den der nur widerwillig ergriff.

Die restlichen Fahrten liefen alle nach ähnlichem Muster ab: Kluftinger fuhr voraus und wenn der Doktor leicht außer Atem ankam, stieß er sich mit Worten wie »Pack mer's wieder!« ab, so dass dem Arzt keine Pausen mehr vergönnt waren. Am Lift zählte Kluftinger dann schon immer frühzeitig die Skifahrer durch, um sicherzustellen, dass er auf keinen Fall neben Langhammer landen würde. Nun gesellte sich aber Erika zu Annegret und der Doktor stand plötzlich direkt neben Kluftinger in der Schlange. Ehe er sich versah, wurde ihnen von einem mürrischen Liftwärter ein Bügel an den Hintern geschoben. Das heißt: Langhammer hatte ihn am Gesäß. Da er aber um einiges größer war als der Kommissar, spürte der den Bügel schmerzhaft im Kreuz. Doch nicht nur deswegen befand er sich in einer äußerst unbequemen Haltung: Dank seiner voluminösen Daunenjacke beanspruchte der Doktor etwa zwei Drittel ihres gemeinsamen Platzes.

Als sie dann auch noch aus der Spur fuhren, weil Kluftinger sich schnäuzen musste und Langhammer ihn bat, doch auf die korrekte Linie zu achten, war das Maß voll: Kluftinger wartete auf eine günstige Gelegenheit, die er an einer steilen Stelle mit Eisplatten fand. Als sie einen besonders unebenen Punkt erreicht hatten, schaukelte Kluftinger etwas mit den Hüften, drehte seinen Oberkörper ganz leicht nach rechts und zog mit einer kaum merklichen Bewegung den Bügel mit sich. Dann sah er nach links, rief »Vorsicht!«, lehnte sich noch etwas weiter nach außen – und der Doktor stand plötzlich ohne Bügel auf der Liftspur. Der wusste gar nicht, wie ihm geschah, sah den Kommissar mit großen Augen an, ruderte mit den Armen und rutschte rückwärts die steile Liftspur hinunter. »Ich hab doch gesagt: Vorsicht!«, rief Kluftinger ihm hinterher.

Etwa eine halbe Stunde später saßen sie alle zusammen mit Yumiko und Markus vor dem Restaurant der Mittelstation. Aus den Lautsprechern dröhnte laute Partymusik, in der es um Frisösen, Trinkgelage und Reime auf »Sticken« ging. Am Nebentisch wurden lautstark kleine Likörfläschchen gegen die Tischkante gehämmert und anschließend in einem Zug geleert, ein paar besonders gut gelaunte Wintersportler tanzten bereits mit ihren Skischuhen auf den Bänken.

Doch nicht nur diese Atmosphäre schlug dem Kommissar auf den Magen: Auch die Preise hatten zu seiner Entscheidung beigetragen, sich mit der mitgebrachten Brotzeit zu begnügen. Während er an seinem völlig zermatschten Käsebrot mümmelte, beschwerte sich der Doktor immer noch über den skandalösen Zustand der Liftspuren.

Als sie ihre Pause beendeten, hatte Kluftinger nicht einmal ein halbes Brot geschafft. Neidisch hatte er auf die Teller der anderen geblickt, aber seine anfänglich so lautstark geäußerte Ablehnung gegen diese Art von »Nepp« hatte ein späteres Nachgeben verhindert. Eigentlich liebte er Germknödel, wie Yumiko einen aß, und Annegrets Apfelstrudel mit Vanillesauce sah ebenso verlockend aus wie Erikas Gulaschsuppe. Und für Markus' Currywurst mit Pommes wäre er gestorben! Hungrig stand er mit den anderen auf und erstarrte, als der Doktor tönte: »Vielen Dank für Speis' und Trank!«

»Das ist doch selbstverständlich«, erwiderte Erika. »Schließlich fahren wir heute umsonst.«

Kluftingers Kiefer klappte nach unten. In seinem Magen gähnte ein großes Loch, das er wegen der horrenden Preise in Kauf nahm, und nun hatte seine Frau alle eingeladen? Während die anderen gut gelaunt dem Ausgang zustrebten, versuchte er schnell im Kopf durchzurechnen, wie teuer ihm die Gutscheine seines Kollegen damit gekommen waren. Und schob sich schnell noch die halbe Breze gierig in den Mund, die der Doktor von seinem Fitnesssalat übrig gelassen hatte.

Yumiko und Markus begaben sich sofort wieder auf die Piste, während die Frauen sich Liegestühle besorgen und etwas entspannen wollten. Kluftinger war zwar auch ziemlich gerädert, aber daran, sich den Frauen anzuschließen, war überhaupt nicht zu denken: Er musste wie der Teufel fahren, um doch noch den maximalen Nutzen aus der Freikarte herauszuholen. Zufrieden registrierte er, dass der Doktor es den Frauen gleichtun wollte.

»Ja, ist recht, die Frauen sollen es sich nur schön gemütlich machen«, sagte Kluftinger in provozierendem Tonfall, was dummerweise Langhammers Ehrgeiz weckte: »Warten Sie, ich komme doch mit, mein Lieber«, rief er dem Kommissar hinterher.

Ihr Sessellift fuhr genau über das Restaurant der Mittelstation. Als sie den Platz mit den Liegestühlen passierten, drehte sich Langhammer um und schrie hinunter: »Huhu, hier oben. Seht ihr uns?« Zum Kommissar gewandt sagte er: »Kommen Sie, rufen Sie auch mal mit: Haaallo! Hier sind wir.«

Weil der Doktor dabei unruhig hin und her rutschte, geriet der Sessel so sehr ins Schwanken, dass es dem Kommissar ganz anders wurde. Außerdem war es ihm schrecklich peinlich; alle, ob im Lift oder auf der Piste, schienen sie anzustarren. Und nun zog der Doktor auch noch die Handschuhe aus, holte sein Handy aus der Tasche und rief seine Frau an, ohne dabei sein hysterisches Winken zu unterbrechen. Da keimte noch einmal die Wut im Kommissar auf und er tat etwas, was er sich später selbst als völlig infantile Tat anrechnen würde: Er versetzte Langhammers Handschuhen einen kleinen Stoß, so dass diese wie zwei schwarze Vögel langsam nach unten segelten.

Langhammer, der sich noch immer über die Rückenlehne gebeugt hatte, sagte über die Schulter: »Gucken Sie mal, Herr Kluftinger, da fliegen zwei …« Dann verstummte er, drehte sich ruckartig um, suchte mit seinen Blicken panisch die Sitzfläche ab und fragte mit brüchiger Stimme: »Haben Sie meine Handschuhe gesehen?«

Kluftinger suchte nun ebenfalls, zuckte mit den Schultern, sah nach unten und fragte: »Die vielleicht?«

Sie fanden die Handschuhe an diesem Tag nicht wieder. Langhammers traten deswegen ihren Heimweg früher an als geplant. Dem Doktor taten die Finger vor Kälte weh.

»So, Freikarten genossen?« Maiers Ton war bitter. So bitter, wie ihn Kluftinger nur selten gehört hatte. Er stand in der Tür des großen Konferenzraums, in dem gleich die so genannte »Große Morgenlage« am Montag stattfinden würde.

»Da hast du nix verpasst, Richard! Brauchst dir auch gar nix einbilden, auf deine kostenlosen Karten. So kostenlos waren die nämlich gar nicht. Haben mich einen Haufen Geld gekostet.«

Maier schnappte nach Luft: »Also ich … das ist ja … unverschämt!«

»Unverschämt sind die Preise, sonst gar nix!« Dann schob er Maier mit den Worten »So, Richard, jetzt präsentiere uns mal die Ergebnisse deiner Wochenendarbeit!« ins Zimmer.

Da Dietmar Lodenbacher gerade um die Ecke bog, konnte Maier nichts mehr erwidern. Dennoch war ihm bei der Konferenz anzumerken, dass er innerlich kochte. Als ihm schließlich das Wort erteilt wurde, zog er eine Schnute, schaltete Beamer und Laptop aus, nahm sich einen Stapel Papier und teilte bedruckte Blätter aus.

»Auf die ausführliche Präsentation meiner Recherche verzichte ich heute«, fing er beleidigt an. Es wäre ein Leichtes gewesen, ihn zu bitten, diese Präsentation doch noch zu zeigen, das merkte man an seiner Stimme. Auch, dass er eigentlich damit rechnete.

Nachdem alle Anwesenden aber zustimmend genickt oder sogar mit den Fingerknöcheln auf den Tisch geklopft hatten, presste Maier die Lippen zusammen und legte los. Ohne aufzusehen rasselte er die Ergebnisse herunter, die er – das sah man an den vorbereiteten Blättern – eigentlich spannungsreich hatte präsentieren wollen. Trotzdem verfehlte sein nüchtern vorgetragenes Rechercheergebnis seine Wirkung nicht: All die alten Männer, mit denen sie es bisher im Fall zu tun gehabt hatten, hatten am Ende des Krieges der gleichen Einheit angehört. Einer Einheit, die in Füssen stationiert gewesen war. Als Maier das bekannt gegeben hatte, trat im Besprechungszimmer schlagartig völlige Stille ein.

»Laut einer Erhebung im Dezember vierundvierzig haben wir es hier mit einer zahlenmäßig relativ kleinen Einheit zu tun. Wir können …«

»Warte, Richard!«, unterbrach Kluftinger seinen Mitarbeiter. »Es war eine Flieger-Einheit, hab ich Recht?«

Maier antwortete gereizt, ohne Kluftinger dabei anzusehen: »Ts, so ein Quatsch! In Füssen gab es überhaupt keine Flieger! Du hast vielleicht eine Ahnung!«

Lodenbacher runzelte die Stirn ob Maiers rüden Tons.

»Jetzt hör mal gut zu, Richard, ich …«

»Du willst wissen, was für eine Einheit es war? Das kann ich dir sagen. In Füssen war eine Nachschubkompanie stationiert. Kraftfahrer, LKWs, alles, was dazugehört. Und eine Untergruppe dieser Nachschubkompanie war die so genannte ›Blitzstaffel‹. In der waren unsere Herren. Ich habe mich erkundigt. Blitzstaffeln gab es gerade gegen Kriegsende mehrere. Es waren mobile Einheiten, die den Zweck hatten, Menschen oder Sachen schnell von A nach B zu bringen. Eine Art ›Task Force‹. Leicht bewaffnet, mit schnellen Autos, Lieferwägen und Motorrädern ausgestattet. Im Herbst vierundvierzig sickerte wohl allmählich die Erkenntnis durch, dass Deutschland fallen würde. Und so versuchte man, einiges in Sicherheit zu bringen und aus der Schusslinie zu bekommen. Wie du auf Flieger kommst, ist mir schleierhaft!«

»Ist ja gut Richard, jetzt sei keine Mimose! Du hast gesagt, alle alten Männer, die uns im Fall bisher begegnet sind, waren dabei. Wer gehörte der Einheit sonst noch an?«

»Wie meinst du das jetzt? Sonst noch?« Noch immer klang Maier gereizt.

»Richard, Herrschaft, jetzt reiß dich zusammen! Hast du die Namen der anderen Mitglieder dieser Einheit?«

Richard Maier, der Mann mit dem stets korrekten Scheitel, fuhr sich energisch durchs Haar, atmete tief ein und antwortete: »Wie gesagt, Röck, Wagner und Appel waren dabei, daneben noch dreizehn andere Soldaten. Die Namen habe ich auf dem Handout notiert.«

Ein Rascheln erhob sich, als die Beamten die verzeichneten Namen überflogen. Einige kamen Kluftinger bekannt vor.

»Ich konnte bislang nicht in Erfahrung bringen, wer von ihnen noch lebt oder was aus ihnen geworden ist«, schloss Maier seinen Bericht.

Kluftinger nickte. »Gut, Männer. Was diese Leute hier auf der Liste heute machen – wenn sie noch am Leben sind –, müssen wir so bald wie möglich ermitteln. Das heißt, heute klemmen sich alle ans Telefon und recherchieren. Sonst gibt es keine neuen Erkenntnisse?«

Die anderen Teilnehmer schwiegen.

»Hot ma aus Rengschburg scho wos gheat?«, wollte Lodenbacher nun wissen.

Die Beamten schüttelten die Köpfe.

»Guat, Sie homm ja gheat, wos da Herr Kluftinga Eahna gsogt hot. Los geht's, meine Herrn – und meine Dame!«

Marx verzog ihre Lippen zu einem Lächeln. Immerhin: Wenigstens Lodenbacher schien sie als Frau wahrzunehmen. »Herr Maier, des homm S' recht guat gmocht heit. Kurz und schmerzlos, so meng ma's!«, lobte ihr Chef beim Hinausgehen.

Kluftinger erhob sich. »Wie gesagt, wir haben sechzehn Identitäten zu klären. Wir sind fünf Leute, das ist blöd, das geht jetzt nicht auf.« Er dachte kurz nach und fuhr dann fort: »Sagen wir also vier für jeden von euch. Um achtzehn Uhr dann Präsentation der Ergebnisse hier.«

»Sandy, die Post und die heutige Zeitung bräuchte ich dann. Und wenn Sie mir noch einen Erkältungstee machen würden, mit viel Honig, ja? Wenn jemand anruft, vertrösten Sie ihn auf heute Nachmittag, bitte. Ich muss mal meine Schreibarbeiten machen.«

Kluftinger legte den Hörer auf und atmete durch. Er freute sich auf einen ruhigen, ganz »normalen« Arbeitstag. So konnte er Berichte unterschreiben, Überstunden und Dienstfahrten abrechnen und seine Erkältung weiter auskurieren, die sich nach dem Skitag gestern wieder ein wenig verschlimmert hatte. Stirn- und Nebenhöhlen schmerzten, der Kommissar bekam kaum Luft und auch der Husten war kein bisschen besser. Aber er fühlte sich nicht mehr so fiebrig wie noch vor einigen Tagen. Kluftinger war zudem froh, dass er sich heute nicht viel bewegen musste: Waden und Oberschenkel schmerzten vom Muskelkater. Er zog die Schuhe aus und streckte die Beine unter dem Schreibtisch aus.

Als sein Tee dampfend vor ihm stand, vertiefte er sich in die Lektüre des Lokalteils der Zeitung. Schließlich ging es da auch immer wieder um polizeiliche Belange. So gesehen konnte man ihm nicht vorwerfen, er widme sich während der Dienstzeit privaten Beschäftigungen.

Er war gerade in einen Artikel über die zunehmende Konsumwut an Weihnachten vertieft, wobei er sich dieses Jahr selbst ein wenig ertappt fühlte, da ging mit einem Schwung die Tür auf. Kluftinger suchte eilig mit den Füßen seine Schuhe unter dem Tisch, klappte die Zeitung zusammen und setzte sich im Bürosessel etwas aufrechter. Vor ihm stand Friedel Marx.

»Aha, so schön möcht ich's auch mal haben. Der Herr sitzt hier und liest ein bissle Zeitung.«

Die Marx unterstrich ihre Frotzelei noch mit ihrem kehligen Lachen, bevor sie sich Kluftinger gegenüber niederließ und den Kommissar ansah. Der hatte mittlerweile die Zeitung in einer Schublade verräumt und eine geschäftige Miene aufgesetzt.

»Ja, von wegen! Nichts zu tun! Ich muss dringend … telefonieren. Ganz dringend sogar!«

»Ach so?«

»Ja, ich muss den … den Renn Willi muss ich anrufen.« Kluftinger hob nun demonstrativ den Hörer ab, sah zu Friedel Marx und wartete. Doch die Kollegin verließ nicht etwa diskret das Zimmer, wie der Kommissar es erwartet hatte, sondern blieb reglos in ihrem Stuhl sitzen.

»Bitte, lassen Sie sich von mir nicht stören.«

Kluftinger biss die Zähne zusammen und wählte missmutig Willi Renns Nummer.

»Lassen Sie mich mithören? Es geht ja offensichtlich um unseren Fall. Dann brauchen Sie es mir nachher nicht zu erzählen. Schalten Sie doch den Lautsprecher an.«

»Das geht bei meinem Telefon gar nicht«, log Kluftinger.

»Ach was, ich hab doch das Gleiche.« Marx beugte sich vor und drückte auf den Lautsprecherknopf.

»Renn?«

»Kluftinger, Willi, griaß di!«

»Klufti, servus! Was kann ich für dich tun?«

»Du, Willi, ich … ich ruf an wegen … wegen der … Sache, du weißt schon!«, wand sich der Kommissar, den Blick starr auf seine Kollegin gerichtet.

»Was für eine Sache denn?«

»Ja … in dem Fall halt, die Sache eben, jetzt stell dich halt nicht so dumm!«

»Du, entschuldige mal, kannst du dich mal klar ausdrücken, bevor du mir blöd kommst?«

Friedel Marx lächelte wissend.

»Willi, ich komm mal zu dir runter und erklär dir, was ich meine!«

Wortlos legte Willi Renn auf. Als sich Kluftinger von seinem Stuhl erhob und ansetzen wollte, etwas zu sagen, stand die Marx schon an der Tür.

»Dann gehen wir mal runter, Herr Kluftinger. Hab eh grad nix zu tun. Da geh ich grad mit.«

»Braucht's nicht, Frau Marx. Kümmern Sie sich lieber um Ihre Männer, zu denen Sie recherchieren sollen.«

»Meine Männer sind tot, allesamt«, lautete die kurze Antwort der Marx.

»Wie: tot?«

»Tot halt. Verschieden. Abge…« Marx konnte nicht ausreden, da mit einem Schlag die Tür aufflog. Sie machte einen Satz zurück. Hefele stand aufgeregt im Zimmer. Gleichzeitig schellte Kluftingers Apparat wieder.

»Regensburg ist am Telefon. Ich denke, die haben was! Geh gleich ran!«

Kluftinger setzte sich wieder an den Tisch und hob ab. Dabei nahm er vorsichtshalber den Apparat von der Befestigung, damit niemand unbefugt darauf herumdrücken konnte.

»Kluftinger? Ach Herr Solfrank! … Ja, genau! Die Fortbildung damals … ja. Genau, wo's die guten Wienerle gab. Jaja, weiß ich schon noch.« Hefele und Marx beobachteten gespannt den Kommissar. Der aber ließ sich nicht im Geringsten aus der Ruhe bringen.

»Mhm … ja, genau, der Bühler. Ach was, jetzt gehen S' zu! Hoi! Wirklich? Sensationell, Kollege! Da haben die aber ganze Arbeit geleistet, oder? Ach so, nicht? Schon problematisch, ah ja. … Ja? Und bis wann? … Noch eine Weile … Und wo genau? … Nein, kenn ich jetzt nicht … ha, ja klar!«

Hefele und Marx starrten Kluftinger unverwandt an. Hefele tänzelte ungeduldig von einem Bein auf das andere.

»Ja, Herr Solfrank, dann sag ich Ihnen vielen Dank für die Hilfe und die schnelle Information, gell? Also, dann … ja, mir geht's gut. Immer noch, ja. Hat schon Schnee, ja. … Gestern, zum ersten Mal. Am Fellhorn, ich weiß nicht, ob Sie das … schon, oder? … Nicht zu viele. Klar, am Lift muss man immer ein bisschen …«

Marx hustete demonstrativ, Hefele schüttelte entnervt den Kopf.

»Ja, dann müssen S' aber vorbeikommen, hier bei uns in Kempten! Welche Feier? … Ach das Treffen! Keine Ahnung …«

Während Marx nun mit einem Zigarillo im Mund auf den Korridor ging, setzte sich Hefele in die kleine Sitzgruppe in Kluftingers Büro und streckte die Füße aus. Offenbar hatten sich beide damit abgefunden, dass es noch länger dauern würde.

»Ich muss jetzt bloß Schluss machen, die Kollegen warten schon … Ihnen auch und bis bald dann. Bis im Februar, ja. Ihnen auch frohes Fest, pfia Gott, Herr Solfrank«, beendete Kluftinger das Gespräch und legte auf.

Sofort erstattete er Bericht: Der Regensburger Kollege hatte ihm mitgeteilt, dass sie den echten Jochen Bühler ausfindig gemacht hatten. Der sei am Leben und erfreue sich bester Gesundheit. Die Regensburger hatten von einer Kreditkarten-Transaktion in Portugal erfahren, wo eine Hotelrechnung mit Bühlers Karte bezahlt worden war. Der Portier hatte sich gewundert, warum der Kunde sich unter einem anderen Namen als dem auf der Kreditkarte zur Übernachtung eingeschrieben hatte und sich vorsichtshalber an die örtliche Polizei gewandt. Da Bühler mittlerweile in der Interpol-Vermisstenkartei gelistet war, sei man auf ihn gestoßen. Bei der Befragung habe er angegeben, mit seinen Eltern und der deutschen Polizei sprechen zu wollen.

»Was hat er denn eigentlich angestellt, dass er da untergetaucht ist, ohne dass er seinen Eltern Bescheid gesagt hat?«, wollte Hefele wissen.

»Das ist es ja, was so komisch ist an der Sache!« antwortete Kluftinger. »Er hat offenbar gesagt, er habe von Unbekannten Geld bekommen, dafür, dass er seinen Platz im Forscherteam nicht antritt. Über die Identität der Geldgeber hat er wohl keine Angaben machen können.«

Die Tür ging auf und die Marx kam herein. Erwartungsvoll blickte sie zu Kluftinger. Der sprach ungerührt weiter.

»Nun haben ihm die Kollegen gesagt, dass er sich ins Auto setzen und sofort zurückkommen soll. Wenn er dann da ist, meldet er sich. Aber das wird eine Weile dauern. Ist immerhin in Lissabon. Weiß auch nicht, warum ihn die Kollegen nicht gleich haben ausfliegen lassen, aber daran können wir jetzt nix mehr ändern.«

»Wie, Lissabon. Was ist mit Lissabon?«, fragte Friedel Marx neugierig.

»Das ist die Hauptstadt von Portugal, Kollegin«, erwiderte Kluftinger und diesmal war er derjenige, der grinste. »Und jetzt an die Arbeit, Leute. Alles Weitere heut Abend um achtzehn Uhr, gell?«

24. August 1965

Der VW-Käfer war der ganze Stolz des jungen Mannes. Und da er sogar Liegesitze hatte, waren sie nach der Eisdiele noch hierher gefahren. Hier oben war man allein, das wusste er genau, und auch sie wusste es. Deshalb war sie mitgekommen. Zu Hause ging es nicht. Bei ihm nicht und bei ihr nicht. Schließlich wohnte man bei den Eltern. Sie kannten sich nun schon bald ein halbes Jahr. Aber sie waren noch nicht einmal verlobt. Warum also nicht im Auto? Alle machten es so.

Ob er sie liebe, fragte sie ihn, als sie den Motor abgestellt hatten und in die laue Vollmondnacht blickten.

Ach du, antwortete er.

Nein, ehrlich, beharrte sie. Dann beugte sie sich zu ihm hinüber und … Was war das? Beide hatten es gehört.

Er kurbelte die Scheibe herunter. Wahrscheinlich ein Tier, sagte er und es klang, als wolle er sich selbst damit beruhigen.

Sie wisse nicht, es habe geklungen …

Da war es wieder. Ein metallisches Klingeln wie von mehreren kleinen Glöckchen. Dann ein lang gezogenes Seufzen.

Sicher ein Tier, beharrte er. Schließlich wollte er sich nicht die Tour vermasseln lassen.

Doch das Geräusch wurde lauter. Diesmal klang es wie das Rasseln von Ketten, dann folgte ein heiseres Lachen.

Beide saßen nun aufrecht in dem kleinen Wagen und blickten gebannt in die Dunkelheit. Ein eiskalter Schauer ließ sie erstarren. Und dann stellten sich ihnen die Nackenhaare auf. Ihre Augen weiteten sich vor Entsetzen: Eine dunkle, riesenhafte Gestalt hob sich von den Bäumen ab und trat aus ihrem Schatten ins Mondlicht. Der Hüne trug eine Art Kutte mit einer spitzen Kapuze und kam mit schlurfenden Schritten auf sie zu. Eine Laterne, die er in der linken Hand schwenkte, beleuchtete schwach den Kiesboden. Immer näher kam die grausige Gestalt. Ein großes, hölzernes Kruzifix hing an einer eisernen Kette um seinen Hals, das konnte er sehen. Und jetzt sahen sie auch, was diese fürchterlichen Geräusche verursachte: An einem großen, metallenen Ring hingen mindestens ein Dutzend riesiger Schlüssel. Der Riese kam genau auf sie zu. Als er nur noch zehn Meter von ihnen entfernt war, stockte ihnen der Atem: Er hatte kein Gesicht. Auch als sie noch so genau hinsahen – die Kapuze war leer!

Ein gellender Schrei seiner Freundin riss ihn endlich aus seiner Erstarrung. Höchstens zwei Meter war der entsetzliche Mönch noch von seinem Wagen entfernt. Mit zittrigen Händen griff er zum Zündschloss, startete den Motor, legte den Rückwärtsgang ein und raste davon, als sei der Teufel selbst hinter ihnen her.

Als die Motorengeräusche in der Nacht verhallt waren, begab sich die dunkle Gestalt wieder zurück in den Wald. Hier, zwischen den Fichten, vom See aus nicht sichtbar, stand ein großer, dunkler Mercedes. Die Glut einer Zigarettenspitze leuchtete daneben schwach in der Dunkelheit.

Respekt, da habe sogar er es mit der Angst bekommen, flüsterte er der Gestalt in der Kutte zu.

Der Mann in der Mönchskutte zog sich erst die Kapuze und dann eine wollene Sturmhaube vom Kopf. Die Schweißperlen auf seiner Stirn glänzten silbern im Mondlicht. Er habe sich ja auch alle Mühe gegeben und extra laut gerasselt, sagte er und verzog den Mund zu einem verächtlichen Grinsen.

Erstaunlich, wofür man so alte Geschichten heute noch brauchen könne, sagte der mit der Zigarette. Das werde wohl genügen, um die alten Gerüchte wieder anzustacheln. Da traue sich nachts so schnell keiner mehr rauf.

Schlüsselmönch vom Faulenbach, so ein Krampf, sagte der Mann in der Kutte, als sie lachend ins Auto einstiegen.

Punkt achtzehn Uhr waren alle wieder um den großen Tisch im Besprechungsraum versammelt. Jeder saß auf demselben Platz wie am Morgen.

»Also«, begann Kluftinger zögerlich, »wer möchte anfangen?«

Marx meldete sich als Erste. »Also, ich hab wohl Glück gehabt mit meiner Zuteilung«, fing sie an und grinste in die Männerrunde. »Meine vier sind alle schon tot. Zwei haben im Krieg das Zeitliche gesegnet, einer ist Anfang der Siebziger abgekratzt, einer ist vor etwa drei Jahren im Alter von achtundsiebzig Jahren gestorben.«

Der Kommissar musterte sie missbilligend. Ihr unbeschwertes Verhältnis zum Ableben anderer Menschen störte ihn dabei weniger als der Gedanke, was sie eigentlich den ganzen Tag über getrieben hatte.

Er ließ den anderen keine Zeit, etwas zu erwidern, und fuhr fort: »Irgendjemand, dessen Nachforschungen mehr ergeben haben?«

»Ich hatte es ja zu drei Vierteln mit den uns schon bekannten Personen zu tun«, begann Maier, ohne eine Aufforderung seines Chefs abzuwarten. »Wenn ich einmal bei Michael Appel beginnen darf, dem Mann mit dem Souvenirladen.« Als die anderen zu schnaufen begannen, fügte er in beleidigtem Tonfall hinzu: »Ich werde mich wiederum kurz fassen. Inzwischen habe ich ja mitgekriegt, dass ihr es gern etwas oberflächlich habt. Also: Der Appel hat nicht nur einen Souvenirladen, ihm gehören gleich fünf, eine kleine Kette sozusagen. Drei in Schwangau bei den Schlössern, einer in Füssen und einer in Nesselwang. Er ist verheiratet und hat zwei Söhne, der eine hat inzwischen die Geschäftsführung übernommen, der andere macht irgendwas mit Aktien. Broker oder so.«

Ohne einmal von seinen Unterlagen aufzusehen, fuhr Maier fort. »Als Nächstes hätten wir Tassilo Wagner, den Architekten. Lebt mit seiner Frau hier in Kempten, das wisst ihr ja. Hat einige prestigeträchtige Objekte im Allgäu gestaltet, darunter das Glashaus in der Kemptener Fußgängerzone und natürlich das Musicaltheater. Er plant den Umbau der Industrieanlagen in Kottern und an der Füssener Straße. Er hat seine Firma eigentlich an seine Tochter und deren Mann übergeben, mischt aber wohl ab und zu noch ein bisschen mit. Zum Leidwesen der Mitarbeiter, wie man so hört. Dann wäre da noch …«

»Richard, jetzt hol doch mal Luft«, bremste Kluftinger seinen Kollegen. »Wir kommen ja gar nicht mehr mit hier.«

»Keine Angst, alle meine Ergebnisse druckt Sandy gerade aus und wird sie …«

Wie auf Stichwort öffnete sich die Tür und Frau Henske kam mit ein paar Blättern herein. Sie verteilte sie wortlos an die Kollegen und ging dann hüftwackelnd wieder nach draußen.

Die Blätter waren ohne die Pfeile, Grafiken und schnörkeligen Schriftarten, die Maiers Recherchematerial sonst zierten. Stattdessen waren stichpunktartig die Ergebnisse aufgereiht. Es war deutlich zu spüren, dass er ihnen zeigen wollte, dass er auch anders konnte.

»Ihr habt jetzt ja alle das Blatt, dann kann ich wohl weitermachen. Wie gesagt, wäre da noch Johann Röck, aber über den haben wir ja eigentlich schon alles gesagt: Bankier, erfolgreich, Witwer, ein Sohn, der jetzt in Kempten im Krankenhaus liegt. Die vierte Person, der ich nachgehen sollte, ist verstorben, vor genau zwölf Jahren. Theo Lehner hat bei der Stadt Füssen gearbeitet und es da bis zum Kämmerer gebracht. Sehr angesehener Mann. Das war's von mir.«

Maier nahm einen Schluck Wasser und lehnte sich zurück, als schien er auf eine Reaktion der anderen zu warten. Die blieb allerdings aus, denn Hefele ließ erst gar keine Pause aufkommen.

»Meine erfreuen sich bis auf einen bester Gesundheit«, begann er. »Ich habe da einmal einen Ex-Anwalt aus Füssen, Alfons Karg, der inzwischen in einem noblen Altenheim in Hopfen lebt. Allerdings keines, wie man es normalerweise kennt. Eines für Betuchte«, sagte Hefele. »Das Interessante daran ist, dass er keine Angehörigen mehr hat. Zudem war er an Immobiliengeschäften in der Ex-DDR beteiligt, die alle den Bach runtergegangen sind. Bis auf eine kleine Rente ist er beinahe mittellos. Und wisst ihr, von wessen Konten seine monatliche Miete und Pflege dort im Nobelheim bezahlt wird? Abwechselnd wird überwiesen von den Konten von Werner Ulbricht, Erwin Gmeinder und Josef Blank!«

Die anderen blickten sich ratlos an.

»Ihr erinnert euch, die standen doch auch auf der Namensliste.«

Jetzt nickten einige der Kollegen.

»Dieser Ulbricht hatte einen Bauladen in Füssen, oder?«, merkte Maier an.

»Einen Bauladen?«, hakte Hefele nach.

»Ja. Einen Bauladen.«

»Du meinst, man ist bei ihm ins Geschäft gegangen und hat gesagt: Grüß Gott, ich hätt gern ein Haus, haben Sie da was für mich da?«

Glucksendes Lachen machte sich breit.

»Genau«, pflichtete ihm Friedel Marx bei. »Und der hat dann bestimmt gesagt: Gerne, soll ich's Ihnen gleich einpacken? Und wie wär's mit dieser netten Garage dazu?«

Maier erwiderte nichts und blickte wieder in seine Notizen.

»Also«, fuhr Hefele fort, »er hatte ein Bau*unternehmen*. Neben Hochbauprojekten waren die auch im Tiefbau tätig, lebten also unter anderem von Aufträgen aus öffentlicher Hand. Mittlerweile hat sein Schwiegersohn den Laden übernommen. Er verlagert sich noch mehr auf den Straßenbau. Die Firma war unter anderem auch beim Grenztunnel von Füssen nach Reutte beteiligt und baut jetzt auch die B19 nach Oberstdorf mit.«

Die Türe ging auf und Sandy kam mit einem Tablett herein, auf dem zwei Thermoskannen und ein paar Tassen standen.

»Hast du das gewusst, Sandy?«, rief Strobl und zwinkerte seinen Kollegen zu. »Der Ulbricht war beteiligt am Bau eines Grenztunnels.«

Die Sekretärin stellte das Tablett ab und blickte mit zusammengekniffenen Augen in die Runde. »Der Ulbrischt? Nee, sischer nisch. Der hat doch die Mauer erst bauen lassen.«

»Nicht nur eine, viele Mauern hat der gebaut«, ergänzte Hefele. Die Beamten hatten nun alle Mühe, nicht laut loszulachen.

»Viele Mauern? Wie meinste denn jetzt das? Es gab doch nur die eine. Und die hat der Walter Ulbrischt gebaut, ja.«

»Werner«, sagte Strobl und prustete los.

Sandy verstand gar nichts mehr. Aber sie hatte den Verdacht, dass man wieder einmal ihre DDR-Vergangenheit benutzte, um sich einen Spaß mit ihr zu machen. »Der hieß Walter, das werd isch wohl wissen«, erwiderte sie gereizt.

Kluftinger unterbrach ihr Geplänkel: »Haben Sie für mich vielleicht einen Tee, Fräulein Henske?«

»Klar, isch hol sofort einen. Bin sowieso froh, wenn isch die Herren hier nisch mehr sehen muss.« Als sie das Zimmer wieder verlassen hatte, fuhr Hefele fort: »Wie gesagt, der Ulbricht hatte einige große Aufträge. Und er hat oft mit einem Architekten aus Kempten zusammengearbeitet. Jetzt ratet mal, mit wem!«

»Tassilo Wagner, nehme ich an«, sagte Kluftinger.

»Genau der«, nickte Hefele. »So, auf meiner Liste wären noch zwei Namen. Einer ist bereits tot, neunzehnhundertachtzig bei einem Autounfall ums Leben gekommen. Der andere ist wieder interessant: Er heißt Pius Ackermann. Stammt aus Marktoberdorf, ist nach dem Krieg aber in russische Gefangenschaft geraten und in der DDR geblieben. In Rostock.«

Sandy war wieder ins Zimmer gekommen und stellte nun eine Kanne mit Tee vor Kluftinger auf den Tisch. Als sie das Wort »DDR« vernahm, blickte sie misstrauisch in die Runde.

»Sagen Sie mal Sandy, kennen Sie einen Pius Ackermann? Der war auch in der DDR«, hob Friedel Marx an.

Sandy war kurz davor, die Beherrschung zu verlieren. »Ach, und da haben wir uns wohl alle gekannt, oder wie? Lassen Sie misch doch zufrieden«, keifte sie.

Strobl ließ nicht locker: »Ich wart doch alle ein Volk von Brüdern und Schwestern.«

Sandy Henske machte auf dem Absatz kehrt und lief zur Tür. Bevor sie diese hinter sich schloss, drehte sie sich noch einmal um und polterte: »Fragen Sie doch die Frau … Marx!«

Es dauerte ein, zwei Sekunden, bis alle ihren Witz begriffen hatten. Dann brachen sie in schallendes Gelächter aus. Sogar Friedel Marx.

Als sie sich wieder beruhigt hatten, wandte sich Kluftinger an Strobl: »So, Eugen, jetzt fehlen nur noch deine vier.«

»Eher nur zwei, aber dazu komme ich gleich. Einmal hätte ich da Erwin Gmeinder anzubieten, Verleger aus Füssen. Der war dort bis vor kurzem noch an der Zeitung beteiligt. Ein recht wohlhabender Mann, der sich wohl gerne auch in die Berichterstattung eingemischt hat. Seine Frauen und seine drei Kinder leben ebenfalls in Füssen. Und dann wäre da noch Josef Blank, dem gehören die BMW-Autohäuser in Füssen und in Pfronten. Aber Gmeinder und Blank sind bei weitem nicht so interessant wie die beiden letzten.«

Strobl machte eine Kunstpause, mit der er die Neugier der Kollegen anheizte. Als er merkte, dass ihn alle gespannt anblickten, fuhr er fort: »Nun gut, also … beide sind tot, das kann ich gleich mal vorwegschicken.« Die Kollegen entspannten sich wieder etwas, sie hatten offenbar mit einer außergewöhnlicheren Nachricht gerechnet.

»Moment! Sie sind nicht einfach an Altersschwäche verschieden. Da haben wir Nummer eins, Gerald Mang. Es war Mitte der fünfziger Jahre, dass sie ihn gefunden haben. Als jungen Mann damals.«

»Gefunden?«, fragte Friedel Marx.

»Ja, gefunden. Und zwar in seiner Wohnung. Er baumelte an einem Strick. Na ja, eigentlich war es kein Strick. Es war eine große, zusammengerollte Flagge. Die US-Flagge, um genau zu sein.«

»Die US-Flagge?« Kluftinger konnte sich darauf keinen Reim machen. »Was hat das denn mit den USA zu tun?«

»Nichts«, antwortete Strobl. »Offiziell jedenfalls. Aber ist es nicht ein seltsamer Zufall, dass ausgerechnet in dieser Zeit die US-Army den Alatsee zum Sperrgebiet erklärt hat?«

Die anderen blieben stumm, was Strobl zufrieden zur Kenntnis nahm. »Also Nummer zwei. Auch Günter Ott weilt nicht mehr unter uns. Er ist Ende der fünfziger Jahre gestorben. Keinen schönen Tod: Er ist ertrunken. Jetzt ratet mal, wo.«

Keiner sagte etwas.

»Genau«, nickte Strobl und packte seine Notizen weg.

Eine Weile blieb es still, dann schlug Kluftinger so heftig auf die Tischplatte, dass einige der Kollegen erschrocken zusammenzuckten. »Ja Herrgottsakrament, immer wieder der See. Egal, was wir machen, welche Spur wir verfolgen, am Ende versickert sie immer im Alatsee.«

Die Beamten blickten sich mit einer Mischung aus Ratlosigkeit und Unbehagen an. Sie waren dem Geheimnis des Gewässers auf der Spur, das spürten sie deutlich, aber noch lag es im Dunkeln.

»Ich will morgen alle, die auf dieser Liste stehen, in meinem Büro haben.«

»Alle?«, fragte seine Füssener Kollegin mit einem spöttischen Grinsen.

»Alle, die noch am Leben sind halt«, erwiderte Kluftinger sachlich. Ihm war im Moment nicht nach irgendwelchen Spielchen zumute.

»Das dürften sie sein! Eine schwarze Limousine, Ostallgäuer Kennzeichen, mit fünf Senioren drin! Scheinbar haben sie eine Fahrgemeinschaft gebildet. Interessant. Hol die anderen, Eugen, es geht los!«

Kluftinger schloss den Lammellenvorhang in seinem Büro wieder. Er hatte diesem Treffen den ganzen Vormittag entgegengefiebert. Unten stiegen die fünf Männer aus dem großen BMW. Alle trugen schwarze oder dunkelblaue Mäntel. Alle außer Tassilo Wagner, der gerade aus einem Sportwagen stieg und die anderen mit großem Hallo begrüßte. Der Architekt trug wie immer sein Cape und seinen Hut. Ruhig gingen die sechs in Richtung Eingang.

Kluftinger trat zum Waschbecken und kämmte sich. Er kam sich vor wie in einem dieser Mafiafilme, wenn der »Große Rat der Familie« zusammentritt, um eine Entscheidung zu fällen. »Die Mauer des Schweigens« hatte Bartenschlager, der ehemalige Hütebub, es genannt. Und je mehr Kluftinger mit den alten Männern zu tun hatte, desto klarer wurde ihm, was der alte Martl damit gemeint hatte. Bisher war der Kommissar bei keinem von ihnen weitergekommen. Er atmete tief durch und machte sich auf den Weg zur Vernehmung.

»Ich weiß nicht, was daran sonderbar sein sollte, Herr Kluftinger! Wir haben eine Fahrgemeinschaft gebildet, na und?« Hans Röck lief von der ersten Frage Kluftingers nach ihren Gemeinsamkeiten zu Hochform auf. Er wirkte überlegener denn je.

Kluftinger warf Strobl, Maier und Marx, die ebenfalls mit im Vernehmungszimmer saßen, einen Blick zu. Es würde mindestens so schwer werden, wie erwartet. Seine Kollegen sagten nichts; sie hatten vereinbart, dass er die Unterredung leiten würde.

»Diese Frage hätten wir also geklärt«, versuchte Kluftinger ruhig zu entgegnen, auch wenn es in ihm brodelte. »Ihre gemeinsame Vergangenheit werden Sie aber nicht abstreiten, oder?«

»Keineswegs«, antwortete nun Tassilo Wagner. »Wie Sie sicher bereits wissen, waren wir Kriegskameraden. Das verbindet. Können Sie nicht nachvollziehen, junger Mann!« Auch in Wagners Worten lagen Hochmut und Arroganz. Er hatte noch vor wenigen Tagen anders auf seine Fragen reagiert. Sicher hatten sie ihr Vorgehen abgesprochen.

Aber auch Kluftinger hatte sich für dieses Verhör eine Strategie zurechtgelegt. So explizit tat er das nur selten. Heute jedoch hatte er bereits kurz nach dem Aufwachen einige Szenarien im Geiste durchgespielt. Dass es eine harte Nuss werden würde, die es da zu knacken galt, lag auf der Hand. Deshalb hatte er beschlossen, vorzugehen wie beim Schafkopf, seinem Lieblings-Kartenspiel: Er wollte nicht alle guten Trümpfe gleich am Anfang vergeuden. Immer abwechselnd, erst hoch, dann tief.

»Wir wissen, dass Sie einem Ihrer Kameraden das Altersheim bezahlen. Warum tun Sie das?«, spielte der Kommissar seinen ersten Trumpf aus.

Der Mann, der sich Kluftinger als Josef Blank vorgestellt hatte, antwortete ohne Umschweife: »Haben Sie eine Ahnung, was Kameradschaft bedeutet? Wahrscheinlich nicht, sonst würde Ihnen diese Frage gar nicht in den Sinn kommen. Alfons ist unverschuldet in Not geraten – ist es da eine Frage, dass wir als seine Freunde, denen es gut geht, helfen? So etwas schwört man sich, wenn man zusammen dem Tod mehr als einmal ins Auge gesehen hat. Wir sind wie Brüder!« Blank, ein bulliger Riese mit Schweinsäuglein, sah hinüber zu Wagner, der nickte. Josef Gmeinder, der Verleger, wie sich Kluftinger erinnerte, zuckte nur mit den Achseln. Sie machten den Eindruck, als würden sie nicht den geringsten Sinn in Kluftingers Fragen sehen, geschweige denn in der ganzen kollektiven Vernehmung.

Kluftinger aber war es nicht entgangen, dass einer der sechs in seinem Auftreten ein klein wenig von den anderen abwich: Appel blinzelte nervös, wusste nicht recht, wohin mit seinen Händen. Schweißtropfen hatte sich auf seiner Oberlippe gebildet.

Nun war es Zeit für einen hohen Trumpf. Nicht gerade den Eichel-Ober. Der Herz-Unter sollte fürs Erste genügen: Kluftinger zog unter dem Tisch das Nageleisen hervor, das der Tauchroboter vom Seegrund geholt hatte und legte es vor den Alten auf den Tisch.

»Herr Appel, was ist das? Hat es mit Ihrer Tätigkeit im Krieg irgendwas zu tun?«

Appel wurde kreidebleich und setzte dann zur Antwort an: »Gut, wir … wir haben dort oben …«

»Wir haben dort oben nie etwas zu tun gehabt, richtig«, fiel ihm blitzschnell Blank ins Wort und ließ Appel damit schlagartig verstummen.

»Und selbst wenn wir das gehabt hätten, hätte es heute keine Relevanz mehr. Das ist über sechzig Jahre her, was wollen Sie denn?«

Der Kommissar ließ nicht locker: »Herr Appel, Sie wollten gerade etwas sagen. Lassen Sie sich nur nicht unter Druck setzen. Was wollten Sie uns erzählen?«

Appel sah nervös zu seinen Begleitern, die ihn mit grimmiger Miene fixierten. Dann blickte er zu Boden und sagte leise: »Wissen Sie … wir alle sind seit den Jahren enge Freunde. Aber …«

Kluftingers Nerven waren aufs Äußerste gespannt. Hatte er ihn so weit? Würde er sagen, was er wusste?

»Wie dem auch sei: Josef hat völlig Recht.« Die letzten Worte begleitete er mit einem kaum merklichen Kopfschütteln, das Kluftinger klar machte, dass nun auch bei Appel, der eine Weile geschwankt hatte, nichts mehr zu holen sein würde.

Dem Kommissar blieb nichts anderes übrig: Er versuchte es mit einem Bluff. »Gut, Sie wissen wahrscheinlich, meine Herren, dass oben am See gerade ein Forscherteam aus München zu Gange ist. Dabei sind schon einige Fakten ans Licht gekommen, die Sie uns jetzt noch vehement zu verschweigen versuchen …«

Die Alten blieben ungerührt.

»Wissen Sie, selbst wenn es da etwas gäbe, was herauskommen könnte – dieser Wunsch, den Seegrund zu erforschen, existiert seit Jahrzehnten«, sagte Werner Ulbricht in ruhigem Ton. »Und immer ist etwas dazwischengekommen. Warum also nicht jetzt auch wieder? Die Wahrscheinlichkeit, dass es diesmal klappt, ist denkbar gering, meine ich.«

Der Bauunternehmer, über dessen Namen sie gestern noch gescherzt hatten, hatte seit der Begrüßung nichts mehr gesagt. Seine großen schwieligen Hände lagen ruhig auf dem Tisch.

»Verkaufen Sie uns mal nicht für dumm hier! Meinen Sie, wir wissen nicht, was hier gespielt wird?«, brach es nun trotz der Abmachung, dass Kluftinger das Wort führen sollte, aus Friedel Marx heraus. Dem Kommissar war klar, dass sie mit dieser zwar nachvollziehbaren, taktisch aber völlig unangebrachten Emotionalität genau das Gegenteil dessen erreichte, was sie eigentlich wollte.

Jetzt der Laub-Ober, der zweithöchste Trumpf, dachte er sich. »Ist Ihnen klar, dass der echte Jochen Bühler gerade unterwegs nach Deutschland ist, Herr Röck? Es würde mich sehr wundern, wenn uns der nicht einige interessante Details über Sie und Ihren Sohn verraten könnte.« Er ließ einen kurzen Augenblick verstreichen, bevor er dem alten Röck direkt in die Augen sah.

Der aber blickte ungerührt zurück. Ohne auch nur mit der Wimper zu zucken, fragte er: »Wer bitte ist Jochen Bühler?«

Kluftinger entging nicht, dass Appel leicht zusammengezuckt war und nun wieder deutlich nervöser auf seinem Stuhl herumrutschte.

Die anderen schwiegen. Aalglatte Typen waren das, dachte Kluftinger, so harmlos und integer sie auch aussehen mochten. Nirgends bekam er sie zu fassen. Er musste nun seinen höchsten Trumpf ziehen. Er griff in eine schwarze Eckspannermappe, zog ein Foto heraus und legte es wortlos den Alten vor. Appel fingerte als Erster danach, da riss es ihm Gmeinder bereits aus der Hand.

Die Beamten sahen schweigend zu, wie das Bild des ominösen Zeichens die Runde machte und Tassilo Wagner es wortlos wieder auf den Tisch legte.

Keiner sprach. Keiner verzog eine Miene. Die Kontrahenten taxierten sich wie beim Pokerspiel. Wer zuerst die Karten auf den Tisch legte, hatte verloren. Die einzige Möglichkeit, weiter zu kommen, schien ihm, dass die Allianz der Alten an ihrer schwächsten Stelle auseinanderbrach. Appel würde der Erste sein, der zu reden anfing.

»Also, jetzt sagen Sie endlich was dazu!«, sagte Maier.

Ruckartig gingen die Blicke der Polizisten zu ihm.

»Nun?«, fragte Gmeinder mit einer fast väterlichen Milde, »was möchten *Sie* uns denn sagen, Herr Kommissar?«

Bevor Maier antworten konnte, kam ihm Kluftinger zuvor: »Es ist doch kein Zufall, dass dieses Zeichen immer im Zusammenhang mit einem von Ihnen auftaucht! Bei Ihrem Laden, Herr Appel, Herr Wagner, in Ihrem Festspielhaus. Was bedeutet es? Und vor allem: Wollte uns das Opfer durch das Zeichen die Täter verraten? Eine Handvoll alter Männer, die im Krieg Gott weiß was zusammen getrieben haben?«

»Ach Gott, verfolgen Sie jetzt eine Verschwörungstheorie?« Röcks Lippen umspielte ein Lächeln. »Haben Sie schon mal an einen Zufall gedacht?«

»Was ganz anderes: Die meisten Ihrer damaligen Kameraden weilen heute nicht mehr unter uns. Einige Todesumstände werfen zumindest Fragen auf. Ich denke da an Gerald Mang, der sich an einer US-Flagge erhängt haben soll …«

»Erhängt hat!«, ließ Ulbricht den Kommissar gar nicht ausreden. »Falls Sie irgendetwas anderes andeuten wollen: nur zu. Unsere Anwälte werden sich freuen.«

Kluftinger fühlte, wie ihm die Sache entglitt. »Und was ist mit Günter Ott? Der Tauchunfall im Alatsee.«

»Das war aber wirklich ein Unfall«, rief Appel aufgeregt.

»Wirklich ein Unfall? Im Gegensatz zu was?«

Appel verstummte.

»Na gut. Eine Frage noch, meine Herren: Was macht Pius Ackermann eigentlich heute? Er war ja auch in Ihrer Truppe und ist der Einzige, der offenbar nicht mehr mit Ihnen in Kontakt steht.« Kluftinger hatte die Frage ohne Hoffnung auf eine aufschlussreiche Antwort gestellt. Und nun, völlig unerwartet, geschah etwas: Zum ersten Mal sah er in ihren Augen Unsicherheit aufflackern. Die Fassade schien für einen Moment zu bröckeln. Da musste er also ansetzen. Aber nicht mehr mit allen auf einmal. Als Erstes wollte er sich Appel vornehmen. Allein.

In diesem Moment ging die Tür auf. Sandy Henske kam aufgeregt herein. Sie hatte nicht angeklopft, zumindest hatte Kluftinger es nicht gehört. Alle im Raum blickten sie an. Sie kam zu Kluftinger und flüsterte ihm aufgeregt ins Ohr, dass er unbedingt ans Telefon kommen müsse.

»Jetzt nicht, Fräulein Henske! Sie sehen doch, dass ich …«

»Sie werden sehen, es ist wichtig!«

»Legen Sie es hier auf den Apparat«, brummte Kluftinger schließlich. Schweigend nahm er den Hörer ab und sah dabei die Männer an. Vielleicht rief gerade sein Telefonjoker an. »Ja, Kluftinger … ja … ach was … interessant. Auf keinen Fall, nein! Wir sind so bald wie möglich bei Ihnen!«

Mit ausdrucksloser Miene legte der Kommissar auf und sagte ruhig: »Meine Herren, die Zeugenvernehmung ist für heute beendet. Eine neue Sachlage hat sich ergeben. Sie können gehen, ich brauche Sie nicht mehr.«

Die Männer schienen konsterniert. Ungläubig sahen sie sich an, keiner erhob sich.

»Gehen Sie jetzt bitte, wir haben zu tun. Halten Sie sich zu Hause zu unserer Verfügung.«

25. September 1958

Er müsste schon längst wieder oben sein.

Der junge Mann sah auf die Uhr. Jetzt sei es ja schon ein bisschen komisch.

Nein, ein Tauchgang, der dauere halt seine Zeit, und mit diesen neuen Geräten, da bestehe auch keine Gefahr, sagte ein anderer.

Die sieben Männer sahen sich an. Sie schienen nicht überzeugt.

Todsicher sei das Tauchen jetzt, beteuerte der Erste, sie sollten sich nur beruhigen. Erst einmal eine Zigarette rauchen.

Michael nickte. Er brauchte vier Streichhölzer, bis er mit zittrigen Fingern ein Zündholz entfacht hatte. Er nahm einen tiefen Zug und wischte sich die schweißnassen Hände an der Hose ab.

Eigentlich hatten sie allen Grund, Freudentänze aufzuführen. Endlich war der See wieder zugänglich. Endlich konnten sie zum Seegrund vordringen.

Als er die Zigarette fertig geraucht hatte, sah er wieder auf die Uhr. Das könne doch nicht sein, irgendetwas laufe da schief, beharrte er. Er gehe jetzt rein.

Bloß nicht, hielt ihn einer zurück. Das sei viel zu gefährlich.

Michaels Augen verengten sich zu Schlitzen. Also doch, fragte er.

Ach was, ihr Kamerad hänge ja an einer Rettungsleine. Und die bewege sich nach wie vor. Er solle sich jetzt beherrschen und nicht den Kopf verlieren. Schließlich gehe es um etwas Großes.

Michael bestand darauf, die Rettungsleine zu übernehmen. Tatsächlich schien der Taucher ruhig seine Bahnen zu ziehen. Michel entspannte sich ein wenig und seine Furcht wich einer erwartungsvollen Neugier. Doch plötzlich ruckte es so heftig an der Leine, dass das Hanfseil die Haut seiner Handflächen aufscheuerte.

Als er den Schreck überwunden hatte, zog er am Seil, das nun keinen Widerstand mehr bot. Das Blut schoss ihm in den Kopf. Ohne nachzudenken zog er an dem Seil, holte Meter für Meter aus dem Wasser, schrie dabei unverständliche Worte.

Die anderen blickten wortlos auf den See, bis einer mit dem Zeigefinger auf die Wasseroberfläche deutete. Nicht weit vom Ufer entfernt stiegen Luftblasen auf. Den Männern verschlug es den Atem: Um die Luftblasen herum färbte sich das Wasser purpurrot.

Nein, schrie Michael und zog hysterisch den Rest des Seils aus dem Wasser, bis er das lose Ende in den Händen hielt.

Blut, schrie er. Überall Blut.

Nein, schüttelte einer den Kopf, das sei kein Blut.

Dann blieb der Wasserspiegel unbewegt.

Schon von weitem hörten Kluftinger, Friedel Marx und Eugen Strobl die aufgeregten Stimmen. Der Weg zum See war ihnen inzwischen vertraut, doch die letzten Male, die sie hier gewesen waren, war es meist sehr still gewesen. Die Studenten waren ruhig und konzentriert ihrer Arbeit nachgegangen. Heute dagegen riefen sie laut und aufgeregt durcheinander und liefen scheinbar planlos am Ufer und zwischen ihren Wagen hin und her.

Als die Polizisten freien Blick auf den Teil des Ufers hatten, an dem sonst die provisorische Zentrale der Wissenschaftler aufgebaut war, blieben sie stehen. Obwohl sie wussten, was vorgefallen war, hatten sie nicht mit einem solchen Ausmaß gerechnet. Es sah aus, als habe dort jemand ein mehrstündiges Silvesterfeuerwerk gezündet: Überall lagen demolierte Messgeräte, Gläschen und Becher herum, der Schnee war übersät von Scherben und hatte verschiedenfarbige Flüssigkeiten in sich aufgesogen. Von der Position der Beamten aus wirkte er wie ein bunter Flickenteppich.

Die Polizisten beschleunigten ihre Schritte etwas. Kluftinger sah, dass zwischen all den hektisch umherlaufenden Menschen ein einziger Mann ganz still am Ufer stand: Professor Bittner.

»Professor?«, rief Kluftinger. Als Bittner nicht reagierte, tippte er ihm leicht auf die Schulter. Der Wissenschaftler drehte sich um und die Polizisten erschraken. In seinem Gesicht lag ein Ausdruck völliger Verzweiflung, seine Augen waren gerötet und Kluftinger hegte den Verdacht, dass er geweint hatte. Er schien sie gar nicht richtig wahrzunehmen.

Mit einer fahrigen Handbewegung deutete er rings um sich: »Kaputt. Hinüber. Weg. Alles. Das war's.«

Die Beamten sahen sich an. Hier hatte jemand tatsächlich ganze Arbeit geleistet. Kluftinger war klar, dass die Forscher nicht Opfer eines willkürlichen Akts von Vandalismus geworden waren. Hier hatte jemand genau gewusst, was er tat und vor allem, warum er es tat.

Nur sie wussten es nicht. Noch nicht. Es ergab keinen Sinn mehr. Er hatte sich der Lösung schon nahe gefühlt, als sie die Verbindung zwischen den alten Männern aufgedeckt hatten. Ein Verdacht war in ihm aufgekeimt: Wenn es diese Verbindung auch heute noch gab – und daran bestand für ihn kein Zweifel – und der Sohn des Bankiers sich für die Alten in das Forscherteam eingeschlichen hatte, dann waren sie nicht weniger daran interessiert, dem Geheimnis dieses Sees auf den Grund zu gehen, als er. Und irgendwann, mit Ausdauer und Hartnäckigkeit, hätte er die Mauer des Schweigens zum Einsturz bringen können.

Doch nun? In das Bild, das er sich vom Fall gemacht hatte, wollte die Zerstörungsorgie von heute Nacht so überhaupt nicht passen: Wenn die Alten die Wissenschaftler für ihre Zwecke benutzen wollten, warum hätten sie ihnen dann ihre Arbeitsgeräte demolieren sollen?

Hatte er irgendetwas, irgendjemanden übersehen? Jemanden, der *verhindern* wollte, dass der See sein Geheimnis preisgibt?

»Professor Bittner! Professor Bittner!« Aufgebracht rannte der Student mit der Schiebermütze auf sie zu. Er blieb vor dem Professor stehen, rang nach Luft und keuchte dann: »Stellen Sie sich vor: Der Roboter ist weg! Nicht einmal Teile sind zu finden. Jemand muss ihn mitgenommen haben. Komisch, sie haben sonst alles nur zerstört. Wir haben alles noch einmal abgesucht: Nichts!«

Bittner nahm die neue Hiobsbotschaft mit stoischer Miene zur Kenntnis. »Und wenn schon. Wir sind sowieso fertig. Ich krieg die nächsten Jahre keine Chance, hier noch mal herzukommen. Und dann werden sicher andere schneller gewesen sein.« Er wandte sich den Polizisten zu: »Wissen Sie, niemand hat bisher etwas Vergleichbares geforscht. Und jetzt …« Sein Blick wurde wieder glasig.

»Aber Herr Professor! Der Roboter! Da muss man doch was tun. Den muss man doch wiederfinden.«

Kluftinger kam es seltsam vor, dass der Student ausgerechnet wegen des Roboters einen solchen Aufstand machte. Auch sonst war genug Schaden angerichtet worden. Und als damals die DVDs gefehlt hatten, hatte es ihn bei weitem nicht so bewegt.

»Professor Bittner, vielleicht gehen wir mal in die Wirtschaft? Da können wir etwas besser reden«, schlug Friedel Marx vor.

Der Wissenschaftler nickte.

»Ja, ähm, Frau Marx, dann bleiben Sie vielleicht einfach mal hier und fragen die Studenten, was alles zu Bruch gegangen ist und so weiter. Sie wissen schon«, sagte Kluftinger, als sie sich zum Restaurant aufmachten. »Rauchen können Sie auch viel besser, hier draußen!«

Seine Kollegin zündete sich einen Zigarillo an und machte auf dem Absatz kehrt. Während sie durch den Schnee das Ufer entlang stapfte, hörten ihre Kollegen noch, wie sie ihnen hinterher schimpfte: »Stimmt schon. Hier kann man wenigstens rauchen, da sind keine erkälteten Heulsusen in der Nähe.«

Kluftinger und Strobl führten den Wissenschaftler mehr, als dass er selbst ging. Als sie das Lokal betraten, kam ihnen der Wirt entgegen, der beim Anblick der Polizisten schlagartig erbleichte. Strobl beruhigte ihn jedoch mit den Worten, dass man nichts von ihm wolle, sondern nur ein warmes Plätzchen für ein Gespräch suche.

»Drei Obstler und drei Portionen Kaffee, Herr Scheff...«, rief Kluftinger, wobei er die letzten Silben des unaussprechlichen Namens vernuschelte. Er war sich sicher: Leichter würde man Japanisch lernen als leidlich Ungarisch zu sprechen.

»No, bring itsch ...«

Nachdem sie auf einer Eckbank Platz genommen hatten, klopfte Kluftinger dem Professor auf die Schulter und riet: »Jetzt trinken sie erst mal einen Schnaps, das wird Ihnen gut tun.« Dabei musterte er Bittner von der Seite. Er hatte ihn anfangs nicht gemocht, weil er so abweisend und unkooperativ gewesen war. Außerdem hatte er mit promovierten Akademikern nicht gerade die besten Erfahrungen gemacht – weder beruflich noch privat. Kurzzeitig hatte er sogar den Verdacht gehegt, Bittner könne etwas mit der Sache zu tun haben. Doch jetzt tat er ihm eher leid; es schien dem Wissenschaftler tatsächlich immer nur um sein Projekt gegangen zu sein.

Er ließ ihm noch die Zeit, das Glas mit dem Obstler, das der Wirt mit den Worten »No, zaubert Wärme von Puszta rein!« gebracht hatte, zu leeren und kräftig zu husten, dann hob der Kommissar an: »Herr Bittner, alles hat damit angefangen, dass ich einen vermeintlichen Studenten Ihres Teams hier am See gefunden habe und im Schnee dieses rätselhafte Zeichen. Unsere Ermittlungen haben mich in den letzten Tagen eigentlich immer mehr vom Alatsee weggeführt. Doch nun sind wir wieder hier und wenn eines klar ist, dann das: Was gestern Nacht hier passiert ist, hat unmittelbar mit der Geschichte von vorletzter Woche zu tun.«

Der Professor blickte ihn mit einer Mischung aus Erwartung und Entsetzen an.

Strobl fuhr fort: »Ich denke, auch Sie werden bestätigen, dass irgendjemand um jeden Preis verhindern will, dass wir das Geheimnis dieses Sees lüften. Die Frage ist nur, und wir bitten Sie, gründlich darüber nachzudenken: warum?«

Bittner blickte sie lange an. Dann senkte er den Blick und begann zu sprechen: »Ich will niemanden verdächtigen, wirklich nicht. Ich bin Forscher und hatte noch nie mit der Polizei zu tun. Ich weiß nichts von Motiven oder so etwas. Aber eins ist klar: Es hat sehr, sehr lange gedauert, dieses Projekt hier bewilligt zu bekommen. Viele wollten hierher, allen wurde es verboten. Ich habe nie ganz begriffen, warum, aber es gab wohl aus historischen Gründen gewisse Vorbehalte. Weswegen genau, hat mich, ehrlich gesagt, nie interessiert. Ich bin kein Historiker. Vielleicht stimmt es, was man uns nachsagt, und wir sind ein bisschen zu sehr Fachidioten.«

Kluftinger und Strobl blickten sich an. »Das war alles?«, fragte Strobl. »Wegen geschichtlicher Vorbehalte hat man Ihnen den Zugang zum See verweigert? Und das reichte als Begründung aus? Fadenscheinig, finden Sie nicht?«

»Nicht ganz. Das heißt: Ich weiß natürlich nicht, wie stark die Gewichtung der einzelnen Beweggründe war. Aber es gab auch Bedenken bezüglich der Ausrüstung. Es sei ein sehr sensibles Ökosystem, es sei zu gefährlich, hier zu tauchen … ich kann Ihnen eine ganze Liste von derartigen Hinderungsgründen nennen.«

Die Kommissare nickten. Bisher hatte er ihnen nichts Neues erzählt.

»Alles in allem scheint es«, vermutete Bittner, »dass niemand ein wirkliches Interesse daran hatte, den Dingen hier auf den Grund zu gehen.«

»Eine schöne Formulierung«, fand Strobl und Kluftinger stimmte spöttisch grinsend zu.

»Die Folge war, dass der See für die Wissenschaft an Bedeutung verloren hat, etwas in Vergessenheit geriet. So eine Sensation war er ja auch wieder nicht. Dachten wir jedenfalls, auch wenn ich dieses Urteil nach meinen bisherigen Ergebnissen revidieren muss.« Als der Professor auf seine Forschung zu sprechen kam, stockte sein Redefluss und ein Seufzer entfuhr seinen Lippen. Kluftinger hoffte, dass er jetzt nicht wieder ein Lamento über seine desolate Lage anstimmen würde.

»Nun ja, irgendwann kam eben doch die Chance, und ich habe sie ergriffen.«

Kluftinger kam eine Idee: »Ist es denkbar, dass ein anderer Wissenschaftler die Forschungen sabotiert hat? Ich meine, wenn sie so prestigeträchtig und einzigartig sind …«

Bittner sah ihn entgeistert an. »Das ist völlig undenkbar! Die wissenschaftliche Auseinandersetzung findet auf anderen Wegen statt. Sie wird in der Regel in Fachblättern ausgetragen. Da kann man, was unsere Zunft angeht, den Kollegen sehr viel besser schaden. Noch dazu, weil man unsere Ergebnisse schlecht zu Geld machen kann. Und nur wegen des akademischen Renommees tut man so etwas nicht.«

In diesem Moment ging die Türe auf und Klaus, der Student mit der Kappe, kam herein. Er setzte sich ohne Umschweife an den Tisch und begann, dem Professor die vorläufigen Schadensmeldungen aufzulisten, ohne zu fragen, ob er ihr Gespräch vielleicht störe. Als er fertig war, blieb er einfach sitzen, was dem Kommissar überhaupt nicht passte. Derartige Gespräche waren am ertragreichsten, wenn sie ungestört durchgeführt wurden. Bittner jedoch schien über die Anwesenheit seines Studenten froh zu sein.

Kluftinger nahm ihr Gespräch wieder auf: »Wie sind *Sie* eigentlich auf den See gekommen?«, fragte er. »Ich meine, wenn er doch wissenschaftlich völlig in Vergessenheit geraten ist, wie Sie gesagt haben.«

»Ach so. Hm, ja, wie war das noch? Also, ich habe unter anderem auf einem Kongress … wo war das noch? Leipzig, glaube ich. Ja, da habe ich davon gehört. Ein Kollege hat mich darauf aufmerksam gemacht. Es hat nicht viel gebraucht, bis ich Feuer und Flamme für die Sache war. Ich habe schon einige Arbeiten in dieser Richtung verfasst, wissen Sie.«

»Eigentlich war es so, dass durch den Bau des Grenztunnels die Sache wieder aktuell geworden ist«, mischte sich Klaus ein.

Die Beamten beäugten ihn misstrauisch.

»Ja, man wusste ja nicht genau, wie tief der See ist. Und da haben sie erstmals wieder Forschungen zugelassen. Es gab ja bis dahin noch Gerüchte, der Alatsee würde trichterförmig zulaufen und sei unterirdisch mit dem Weißensee verbunden. Und somit hätte die Gefahr bestanden, dass man ihn anbohren würde. Es gab ja auch Probleme beim Tunnelbau mit dem Wasser, nicht wahr, Herr Professor? Wassereinbrüche immer wieder, oder?«

Bittner nickte. Kluftinger fand es erstaunlich, dass der Student auf einmal so gesprächig war. Aber ihm sollte es recht sein. Er überlegte, was er noch fragen könnte. Sein Kopf fühlte sich nach diesem langen und ereignisreichen Arbeitstag schon wieder an wie mit Watte gefüllt. Er fragte sich, ob er die verfluchte Erkältung jemals wieder loswerden würde. Strobl ahnte offenbar Kluftingers Konzentrationsschwierigkeiten und sprang für ihn ein: »Wieso fehlt eigentlich ausgerechnet der Roboter? Ich meine, all die anderen Sachen wurden zerstört, dieses Ding aber geklaut.«

Kluftinger sah ihn an. Eine ausgezeichnete Frage. Und die Tatsache, dass er nicht darauf gekommen war, sagte ihm, dass es Zeit war, Feierabend zu machen.

Bittner verzog verächtlich den Mund: »Nehmen Sie es mir nicht übel, aber die Frage zeigt, dass Sie keine Ahnung haben, worum es sich bei dem Roboter handelt. Es war das teuerste Gerät, das wir dabeihatten. Von diesen Geräten gibt es in ganz Deutschland nicht mal ein halbes Dutzend.«

»Also doch jemand vom Fach?«, hakte Strobl nach.

»Herrgott, ich weiß es nicht«, blaffte Bittner ihn an.

»Gibt es für solche Dinger einen Schwarzmarkt?«, schaltete sich Kluftinger ein.

»Also, das würde mich wundern. Habe noch nie davon gehört. Schauen Sie doch mal im Internet. Bei Ebay oder so.«

Kluftinger nickte. Er wusste nicht, was dieses Ebay war, aber er würde sich jetzt keine Blöße geben und nachfragen. Auch die Tatsache, dass Bittner so klang, als sei das Gespräch nun für ihn beendet, störte ihn nicht. Er hatte ebenfalls genug.

»Werden Sie ihn finden?«, fragte Bittner beim Hinausgehen.

Kluftinger legte ihm aufmunternd eine Hand auf die Schulter. »Keine Sorge, wir machen das schon. Er wird seiner gerechten Strafe nicht entgehen.«

Der Professor schaute ihn mit großen Augen an. Dann schüttelte er den Kopf und sagte mit einem Seufzen: »Ich meinte den Roboter …«

»Was gibt's denn Erika? Krautkrapfen! Hm! Du weißt halt, was mir gut tut!«

Kluftinger umarmte seine Frau, die gerade an der Spüle den Salat putzte und sich über die gute Laune ihres Gatten wunderte.

»Was bist du denn so gut aufgelegt heute?«

Kluftinger hatte sich mittlerweile auf der Couch im Wohnzimmer niedergelassen, sich ein Bier aus dem Kühlschrank genommen, in einen Krug gegossen und war in die Lektüre der Lokalzeitung vertieft.

»Hm?«, brummte er eine halbe Minute später und Erika war klar, dass der gut gelaunte Ehemann schon wieder Geschichte war.

»Ach nix. Du, wir essen heute später. Markus und Yumiko sind noch in der Stadt ein bissle bummeln. Aber so um …«

»Ts! Ein bissle bummeln tut der Herr, soso …«

»Besser als brummeln.«

»Mhm.«

Als Markus zwanzig Minuten später das Wohnzimmer betrat, lag Kluftinger zusammengerollt wie ein Kleinkind und schnarchend in seinem Fernsehsessel. Die Fernbedienung lag neben ihm, was Markus erleichtert zur Kenntnis nahm, denn hin und wieder umklammerte sein Vater sie im Schlaf so fest, dass sie ihm nicht zu entreißen war. Vorsichtig nahm Markus das Gerät und schaltete um. Wie auf Knopfdruck öffnete sein Vater die Augen.

»Hey, was soll jetzt das? Ich schau das an!«

»Ja genau, du schaust das an!«, kommentierte Markus beleidigt und schaltete wunschgemäß zurück. Er wusste, dass es nicht länger als zwei Minuten dauern würde, bis sein Vater wieder eingeschlafen war.

Erwartungsgemäß erhob sich kurze Zeit später dasselbe Schnarchen wie zuvor. Mittlerweile liefen Nachrichten und Markus blätterte in der Fernsehzeitung.

»Also, glaub ich's denn! Markus, jetzt hör mit der Umschalterei auf!«

»Hm?« Markus sah mit einem spöttischen Grinsen von seiner Zeitung auf.

»Ich war vor dir da, jetzt schalt zurück!«

»Auf was soll ich denn zurückschalten, Vatter?«

»Ja … auf die … die Sendung da. Über die Schauspielerin!«

»So? Um welche Schauspielerin ging es denn da?«

»Ja, Herrgott, muss ich jetzt Quizfragen beantworten, bevor ich sehen kann, was ich will? Ich war den ganzen Tag beim Schaffen, während du gebummelt hast.«

Die Tür ging auf und Erika, offenbar alarmiert vom Geschrei ihres Mannes, blickte ihn vorwurfsvoll an.

»Also, jetzt hör endlich auf zu streiten«, zischte sie ihn an, »die Nachrichten wird der Markus gerade noch anschauen dürfen. Vielleicht braucht er das für sein Studium!«

Überraschenderweise kam die heftige Gegenrede nun aber nicht von ihrem Mann, sondern von ihrem Sohn.

»Mama«, hob der an und verdrehte die Augen, »ich bin erwachsen und wenn ich Probleme mit dem Vatter hab, dann kann ich sie selber regeln. Außerdem wüsste ich nicht, was die Biathlonergebnisse mit meinem Psychologiestudium zu tun haben sollten.«

Beleidigt stürmte Erika aus dem Zimmer.

Markus stand auf, ging zum Fernseher, drückte eine Taste am Gerät, so dass der Bildschirm sich schwarz verfärbte und verließ ebenfalls das Wohnzimmer.

»He«, rief Kluftinger seinem Sohn hinterher.

»Kreuzkruzifix! Malefizbande!«, schimpfte er laut und erhob sich ächzend, um den Fernseher per Hand wieder anzuschalten.

»Komm, Yumiko, wenn du's nicht mehr magst, dann ess ich's noch zusammen! Bevor's schlecht wird!«, presste Kluftinger mit vollem Mund hervor, als sie alle bei Tisch saßen. Er hatte bereits vier Krautkrapfen verspeist, doch den aus dünnem Nudelteig gerollten, mit Speck und Sauerkraut gefüllten Rollen konnte er einfach nicht widerstehen. Am liebsten aß er sie unten mit einer Kruste, die so rösch sein musste, dass sie fast verbrannt aussah. Und er hatte auch nichts dagegen einzuwenden, wenn Butter oder Schmalz oder am besten Butterschmalz aus ihnen rann.

Yumiko erweckte nun aber nicht den Eindruck, als teile sie diese Vorliebe von Markus' Vater. Sie hatte etwas lustlos auf dem Teller herumgestochert und eigentlich nur einzelne Krautfäden zum Mund balanciert. Auf Nachfrage hatte dann Markus für sie geantwortet, dass sie so schweres und fettes Essen nicht gewohnt sei und sich lieber an den Salat halte.

Kluftinger, der ihr daraufhin sofort freudestrahlend seinen Salatteller mit den Worten »Hier, nimm meinen doch auch gleich dazu, Mädle!« hinschob, konnte das Argument mit den fetten Speisen nicht recht nachvollziehen. »Da ist doch Kümmel drin. Der macht die Krautkrapfen ganz leicht verdaulich!«, dozierte er.

Yumiko überzeugte das nicht, und Erika klagte, sie mache das fette Zeug »nur wegen dem Vatter«.

Eine Weile saßen sie nur still da und aßen, dann fragte Erika plötzlich unvermittelt: »Du, Markus, hast du jetzt eigentlich das Geld schon überwiesen?«

»Was?«

»Ob du das Geld schon überwiesen hast, frag ich!«

»Welches Geld denn, Mutter?«

»Das Geld von der Rechnung halt!«

»Welche Rechnung?«

»Die … die auf deinem Schreibtisch. Hab sie beim Aufräumen ganz zufällig gelesen, weil ich gedacht hab, das ist was Wichtiges. Nicht, dass du das vergisst, gell? Sonst können wir das fei auch überweisen, musst du nur sagen!«

»Mama! Schau lieber, dass ihr's euch mal gut gehen lasst! Ich krieg schon genug Geld von euch.«

»Ich mein nur, ist ja schön, dass du so bescheiden bist. Aber wenn es knapp wird, musst du es nur sagen! Sonst zahlen wir's, stimmt's, Vatter?«

Kluftinger blickte mampfend von seinem Teller auf und grunzte etwas, das Erika als Zustimmung deutete. Die Rechnung schien ihr aber immer noch keine Ruhe zu lassen. »Was hast du denn gekauft? Hat gar nichts draufgestanden!«

»Mutter, vielleicht ist bald Weihnachten und ich will meiner Freundin was schenken? Außerdem hab ich das schon vor zwei Wochen überwiesen. Und angehen tut es dich auch nix!«

Markus spürte deutlich, was vor allem seine Eltern nicht wahrhaben wollten: Er war schon viel zu lange hier und der erste Konflikt bahnte sich an. So war es immer. Kam er nur für ein Wochenende nach Hause, verlief dies normalerweise harmonisch. Jeder hielt seine eigenen Bedürfnisse ein wenig zurück und tolerierte die Macken und Eigenheiten des anderen. Nun aber war Markus bereits seit zehn Tagen zu Besuch und es war wie früher, als er noch daheim gewohnt hatte: Territoriumsgrenzen mussten neu etabliert und verteidigt werden. Markus beschloss aber um des lieben Friedens willen Wörter wie »Intimsphäre« oder »erwachsen« vorerst nicht fallen zu lassen.

»War jetzt gar nicht ganz verkehrt, das Essen«, lobte Kluftinger für seine Verhältnisse überschwänglich den Hauptgang und machte sich eifrig über die offenbar ebenfalls nach seinem Geschmack geratenen eingelegten Zwetschgen aus dem Garten her. Doch der familiäre Friede währte nur kurz.

»Markus, was willst du denn morgen essen?«, fragte Frau Kluftinger.

»Mir egal, frag die Yumiko, die ist hier zu Gast.«

»Ich mein ja euch beide! Was wollt ihr denn morgen essen?«

»Such selber aus, Mama!«

»Aber ihr seid doch so selten da, da sollt *ihr* euch doch was überlegen!«

»Mama«, seufzte Markus, »wie oft hab ich dir schon gesagt, dass es mir scheißegal ist, was es zu essen gibt! Ich muss mir in Erlangen jeden Tag überlegen, was ich mach, da will ich wenigstens hier meine Ruhe. Außerdem sind wir noch nicht einmal fertig mit dem Abendessen, da fängst du schon mit morgen an. Denkt ihr ab und zu noch an was anderes als ans Essen?«

»Jetzt sei halt nicht so«, schlug sich Yumiko sofort auf Erika Kluftingers Seite. »Deine Mama meint's doch bloß gut mit dir.«

»Da hörst du's«, pflichtete Erika ihr bei.

»Darüber reden wir, wenn wir bei deinen Eltern sind«, erwiderte Markus, worauf Yumiko den Kopf senkte und schwieg.

»So, komm jetzt, Miki, der Seniorennachmittag ist für heute beendet.«

»Dir werd ich gleich einen ›Seniorennachmittag‹ geben! Rotzbua!«, protestierte Kluftinger und drohte seinem Sohn scherzhaft mit der Gabel.

»Du, Vatter, an deiner Stelle wär ich vorsichtig, sonst bist du ganz schnell im Altersheim. Hab mich schon mal erkundigt. Die hätten noch was frei …«

Geschockt blickte Yumiko, die einen solchen Umgang mit Eltern offensichtlich nicht gewohnt war, ihren Freund an.

»Wir machen nur Spaß«, versicherte der ihr und ein Blick auf Kluftinger, der noch immer die Gabel schwang, schien sie davon zu überzeugen.

»Okay, komm, mein ›Rotzbua‹«, kicherte Yumiko, sichtlich erfreut über den neuen Kosenamen ihres Freunds.

»Du, Markus«, hielt Kluftinger die beiden zurück, »hast du eigentlich auch das Ebi auf deinem Computer?«

»Das was?«

»Ebi.«

»Ebi? Was soll denn das bitte sein?«

»Na ja, das Ebi eben. Das ist so eine Art Programm. Ich bräucht das für den Fall.«

»Vatter, ich hab keinen blassen Schimmer, was du meinst.«

Yumiko tippte Markus auf die Schulter und sagte leise: »Vielleicht Ebay?«

»Na also, die Yumiko, die kennt's auch«, freute sich Kluftinger. »Aber gleich mich als Deppen hinstellen wollen.«

»Du hast ›Ebi‹ gesagt, nicht ›Ebay‹.«

»Einen Schmarrn hab ich!«

»Doch: Ebi!«

»Quatsch, das weiß doch jedes Kind: Ebay!«

»Du hast ›Ebi‹ gesagt und was von Software geschwafelt!«

»Yumiko, du hast es doch auch gehört. Was hab ich gesagt?«

Yumiko wurde rot, zögerte und erwiderte dann leise: »Ich hab ein bisschen Bauchweh.«

Nachdem sich Markus wegen des »Verrats« seiner Freundin wieder beruhigt hatte und der Computer hochgefahren war, betrat Kluftinger mit Zinndeckel-Bierkrug das ehemalige Kinderzimmer seines Sohnes. Er stellte den Küchenstuhl, den er mitgenommen hatte, neben Markus' Schreibtischstuhl, zwinkerte Yumiko, die sich aufs Sofa gelegt hatte, verschwörerisch zu und wandte sich dann gespannt Markus zu.

»Wehwehweh E-b-a-y!«, las der laut vor, als er die Adresse in den Internet-Browser eingab.

»Pass bloß auf, Markus, wenn wir da jetzt in dem Internet sind. Was es da alles gibt, das glaubst du gar nicht! Dealer und Viren und so Zeug.«

»Dialer, Vatter! Keine Sorge, ich hab eine Firewall.«

»Um Gottes willen! Und trotzdem …«

»Vatter: Firewall! Feuerwand, die wehrt Viren ab!«

»Ja, aber es gibt Pharisäer, die schleichen sich auf deinem Computer ein, spionieren alles aus und dann hast du eine Telefonrechnung von zehntausend Euro!«

»Die Dinger heißen Trojaner und auch gegen solche Spyware hab ich Tools«, grinste Markus.

»Ach so. Na gut, dann mach mal weiter, wenn du das alles hast.«

»Wonach suchst du eigentlich?«

Kluftinger, der noch immer nicht wusste, was dieses Ebay eigentlich genau war, sagte lapidar: »Tauchroboter.«

»Du willst einen Tauchroboter ersteigern?«

»Ersteigern? Warum ersteigern?«, wollte der Kommissar entgeistert wissen.

»Weil Ebay ein Auktionshaus ist. Und bei einer Auktion versucht man für gewöhnlich, Waren zu ersteigern.«

»Ja ja, schon klar«, log Kluftinger. »Aber ich will jetzt nur mal schauen. Das geht ja auch, oder?«

»Geht auch, Vatter«, antwortete Markus und grinste Yumiko über die Schulter an.

»Kostet auch nix, oder?«

»Keinen Pfennig, nur deine Telefongebühren.«

»Viel?«

»Vatter, jetzt schau lieber mal her! Wenn ich hier ›Tauchroboter‹ eingebe, dann kommt das da.« Mit diesen Worten drehte Markus den tragbaren Computer in Richtung seines Vaters. Der sah nur das Bild einer bunten Plastikfigur, die unten aus einem futuristischen U-Boot und oben aus einer Mischung aus Monster und Pferd bestand. »Ninja-Mutant« stand darüber und Kluftinger schüttelte den Kopf.

»Kannst ruhig zugeben, dass du ein neues Hobby hast«, zog Markus seinen Vater auf.

»Depp!«

»Hast du gewusst, dass bei Ebay manchmal sogar Panzer und Kampfhubschrauber versteigert werden?«

»Ja, ja, wahrscheinlich. Treib nur deinen Spaß mit deinem alten Vater.«

»Ehrlich! Schau, ich geb mal ›Militaria‹ ein und suche dann nach großen Geräten …«

Tatsächlich war auf dem Bildschirm wenige Mausklicks später ein »abgerüsteter Militärhubschrauber« zu sehen, der ohne Rotorblätter und ohne Kampftechnik »zu Werbezwecken oder als Hobby« angeboten wurde.

»Warum um alles in der Welt stellt sich jemand so ein Monstrum in den Garten?«

»Au, Vatter, schau mal hier! Ein Flag-Panzer aus NVA-Beständen. Mit Anhänger und Raketenattrappe. Mal sehen, was der kostet … Schnäppchen! Für siebentausend Euro gehört er dir.«

»Irrsinn, wirklich!«, kommentierte Kluftinger kopfschüttelnd.

Plötzlich hämmerte Markus nervös auf den Tasten des Rechners herum. »Au … shit! Was war denn das jetzt … oh-oh!« Markus klang erschrocken.

Kluftinger stellte es die Nackenhaare auf. »Ein Korinther…dings? Ein Virus? Was ist denn? Ist was passiert?«

»Also, das ist jetzt blöd und es tut mir auch leid«, antwortete Markus mit unsicherer Stimme, »aber ich fürchte, ich hab dir gerade einen Panzer ersteigert …«

Kluftingers Kopf färbte sich purpurrot, Angst und Verzweiflung standen ihm ins Gesicht geschrieben. Auf der Stirn des Kommissars bildeten sich kleine Schweißtröpfchen. Er schluckte, bevor er zögernd nachfragte: »Kann man das nicht rückgängig machen?«

»Na ja … Gebote sind bindend, da kann ich nix … Aber vielleicht kannst du was drehen, weil du doch bei der Polizei bist …«

»Sag mal spinnst du? Pass gefälligst besser auf! Ich trenne sofort die Telefonverbindung, vielleicht hilft das was«, rief Kluftinger erregt, doch bevor er den Stecker aus der Dose ziehen konnte, brach sein Sohn in lautstarkes Gelächter aus, in das auch Yumiko mit einstimmte. Kluftinger war so erleichtert, dass alles nur ein Spaß gewesen war, dass auch er anfing zu lachen.

»Schau, Vatter! Jetzt geb ich ›Kluftinger‹ ein, mal sehen, was kommt!«

Auf dem Bildschirm erschien die Mitteilung: »Die Suche nach Kluftinger hat 0 Ergebnisse erzeugt. Dieser Suchbegriff wurde durch Klunzinger ersetzt.«

»Also das ist ja wohl frech: Klunzinger!« Der Kommissar dachte kurz nach, grinste dann bis über beide Ohren und sagte: »Schau doch mal, durch welches Wort sie ›Langhammer‹ ersetzen.«

»Okay«, erwiderte Markus, »warte mal … oh, da gibt's sogar einen Artikel … ein Buch.«

Markus klickte auf den Artikel: »Ende oder Neuanfang – die Menopause. Innenansichten einer Frau in den Wechseljahren. Von Dr. Martin Langhammer«, stand auf dem Bildschirm. Das war also das Buch, mit dem der Doktor immer so angab. Er pflegte dann zu sagen, dass er ja schon »veröffentlicht« habe, das Werk aber inzwischen vergriffen sei. Den Titel hatte er allerdings nie genannt. Jetzt wusste Kluftinger, warum.

»Innenansichten einer Frau, ich schmeiß mich weg!«, lachte Kluftinger. »Sofort kaufen, Markus, egal, was es kostet!«

Markus nickte ihm mit einem verschwörerischen Grinsen zu und drückte auf »Bieten«. »Ich glaub nicht, dass wir dafür viel hinlegen müssen«, sagte er.

Als sich Kluftingers Freude über seinen Zufallsfund gelegt hatte, besann er sich wieder auf den eigentlichen Zweck seiner Internet-Recherche. Markus hackte einige Minuten Begriffe in die Tastatur und schüttelte dann den Kopf: »Also, unter Tauchroboter oder ähnlichen Begriffen find ich nix. Ich hab auch andere Tauchfahrzeuge ausprobiert, aber das Einzige, was ich gefunden hab, ist das da.« Markus zeigte auf das Foto eines Gegenstandes, der Kluftinger seltsam bekannt vorkam. »Ofen aus original U-Boot-Torpedo WK II, voll funktionsfähig, einzigartig«, stand unter dem Bild. »Das wirst du wohl kaum suchen, oder?«

Kluftinger setzte sich kerzengerade hin. »Was? Klick das an, Markus, schnell!«

Allmählich baute sich das Bild eines Ofens auf. Kluftinger überlegte angestrengt. Eine aufgesägte Torpedohülle war mit einer Platte versehen worden und zu einem Holzofen umfunktioniert worden. Irgendwo hatte er so etwas schon einmal gesehen. Der Kommissar stand auf und ging im Zimmer umher. Nach einiger Zeit schlug er sich gegen die Stirn und verließ mit den Worten »Ich Depp!« das Zimmer.

14. August 1952

Gerald! Es war nur ein Krächzen, das aus dem Mund des jungen Mannes kam. Gerald, wiederholte er. Er konnte es nicht glauben. Wollte es nicht.

Unglaublich, zischte sein Nebenmann wütend. Diese Drecksau! Das habe er ihm gar nicht zugetraut.

Dann schweigen die beiden Männer. Sie mussten sich ruhig verhalten, denn es war gefährlich, hier zu sein. Durch das Dickicht am Ufer spähten sie auf das schräg gegenüber liegende Ufer des Sees. Immer wieder wanderte der Feldstecher zwischen ihnen hin und her. Als müssten sie sich ständig aufs Neue davon überzeugen, dass ihr Verdacht richtig gewesen war.

Gerald kam gerade aus dem Café, das den amerikanischen Offizieren als Unterkunft diente. Mit zwei Soldaten und einem Mann in Zivil stand er nun auf der Terrasse und deutete auf den See.

Kein Zweifel. Hans hatte Recht gehabt. Immer wieder war Gerald unten in Füssen in der Nähe der Amerikaner gesehen worden.

Zufall, hatten manche gesagt. Das habe nichts zu bedeuten.

Doch heute hatten sie ihn ertappt. Mit dem Jeep hatten ihn die Amerikaner aus der Kaserne gefahren. Und sie waren ihnen gefolgt. Weit vor dem See hatten sie das Tempo-Dreirad abstellen müssen, das Werner vor einigen Wochen gekauft hatte. Es sollte das erste Transportfahrzeug für das Baugeschäft werden, das er sich aufbauen wollte.

Dann waren sie hierher geschlichen. Sie kannten die Stelle, man sah von hier aus fast den ganzen See ein, war selbst aber vor den Blicken anderer geschützt. Sie waren schon öfter hier gewesen, denn seit die Amerikaner gekommen waren, war der See hermetisch abgeriegelt. Wenn man sie hier erwischen würde, wären sie in großen Schwierigkeiten.

Aufgeregt redete Gerald auf die Soldaten ein. Sie konnten sich nur zu gut vorstellen, worum es in dem Gespräch ging. Hören konnten sie aber nichts, dafür waren sie viel zu weit entfernt.

Dass dieses Schwein alles preisgebe, dürfe man nicht hinnehmen, knurrte Werner. Niemals.

Vielleicht gebe es doch eine ganz harmlose Erklärung für alles, warf Michael ein. Vielleicht sei alles im Sinne der Sache.

Wie das, wollte Werner wissen.

Michael suchte nach einer Rechtfertigung, doch er fand keine. Dennoch wollte er es nicht glauben. Was, wenn man Gerald zu Unrecht verdächtige?

Niemals, wiederholte Werner.

Dann robbten sie durch das Gestrüpp zurück.

Als sie sich wieder auf das Motorrad setzten, sagte Werner: Wenn Gerald ein solcher Amifreund sei, dann werde er irgendwann Flagge zeigen müssen.

Kluftinger versuchte, sich am Forscherteam, dessen Mitglieder noch immer die Reste dessen zusammenräumten, was von ihrem Equipment übrig geblieben war, möglichst unbemerkt vorbeizuschleichen.

Dampfend lag der See an diesem Mittwochmorgen im Wald. Es war kalt, doch über die Baumwipfel warf die Sonne bereits die ersten Strahlen auf das Wasser.

Niemand hatte auf Kluftinger geachtet, der nun zu Fuß vom Weg in den Wald abbog. Er hörte ein leises Klopfen, das immer lauter wurde, je näher er der Hütte des selbst ernannten Schamanen kam. Er bog um ein paar Bäume, die in den Weg hineinragten, und sah den zotteligen Mann, der genauso gekleidet war wie vor gut einer Woche: Norbert Schnalke hämmerte an seiner Holzhütte herum. Als Kluftinger näher kam, sah er, dass er in die Wand eine horizontal geteilte Tür eingebaut hatte. Eine Tür, wie man sie von alten Pferdeställen kannte. »Guten Morgen, Herr Schnalke. So, haben Sie jetzt doch eine Tür eingebaut?«

»Hallo, grüß dich«, erwiderte der Schamane fröhlich. »Ja, ich bin dir echt dankbar, du hast mich auf eine Idee gebracht. Was willst du überhaupt?«

»Ich würde mir gern Ihren Ofen noch einmal ansehen«, sagte Kluftinger und bemühte sich darum, möglichst sachlich und neutral zu klingen.

»Der hat dir gefallen, hm? Von mir aus, geh schon mal rein.«

Kluftinger fasste den Türgriff, da schrie Schnalke auf, lief zu ihm und erklärte: »Was glaubst du, warum die zweigeteilt ist? Damit das Qi drin bleibt! Du darfst nur den oberen Teil aufmachen.«

»Das Qi, ich weiß«, seufzte der Kommissar und stieg ähnlich umständlich wie das letzte Mal in den wieder völlig überheizten Raum.

Als er sich bückte, um sich den Ofen genauer anzusehen, kam Schnalke ihm nach. »Ich hab dieses Metallding da im Wald gefunden, nicht weit von hier, im Faulenbacher Tal. Und da hab ich mir gedacht, da kann man einen prima Ofen draus machen. In Kanada haben sie lauter solche Öfen in ihren Hütten, aus alten Fässern und so. Ich hab das Ding also aus dem Wald geholt. Das war vielleicht schwer, sag ich dir! Ich also zum Siggi damit, der hat unten in Weißensee eine alte Schlosserei, und frag, ob er mir einen Ofen draus baut. Der Siggi hat das Ding dann aufgeflext und das Zeug, das noch drin war, weggeworfen. Und so ist mein Ofen entstanden. Schön, gell?« Schnalke grinste stolz und wiegte selbstzufrieden seinen Kopf, so dass die Perlen an den Enden seiner langen Zotteln gegeneinander schlugen.

Kluftinger nahm das Metallteil genau in Augenschein: Es lief spitz zu, die obere Hälfte der Rundung war durch eine Stahlplatte ersetzt. Vorn ruhte es auf gusseisernen Füßen, hinten schien es auf einer Art Leitwerk oder Ruder zu stehen. Kluftinger schob einen Strohsack beiseite, um den hinteren Teil besser in Augenschein nehmen zu können. Da hörte er das Klingeln eines Telefons. Der Kommissar langte automatisch an seine Jackentasche, doch dann realisierte er, dass es nicht sein Klingelton war. Ungläubig sah er Schnalke an.

»Sie haben ein Handy?«

»Hm?«, tat der unbeteiligt, »was sagst du?«

»Ihr Handy klingelt, wollen Sie nicht rangehen?«

»Handy? Wie? Ich höre nix«, sagte der Schamane und schüttelte lautstark seine Perlen-Zotteln.

Kluftinger überlegte, ob er den Mann auf die Gefahren von Handystrahlung für das Qi-Gleichgewicht aufmerksam machen sollte, doch er verwarf den Gedanken.

Er legte sich parallel zum Ofen auf den Boden, denn er meinte, an der Unterseite eine Art Typenschild entdeckt zu haben. Er blies dagegen, um die Stelle vom Staub zu befreien, und streckte die Finger danach aus. Einen Wimpernschlag später hatte er das Gefühl, als wehe durch die Schwitzhütte ein eisiger Windhauch: Auf dem silbernen Schild war deutlich sichtbar ein Hakenkreuz eingeschlagen. Daneben konnte er die Worte »RLM 1943« und eine mehrstellige Ziffernkombination erkennen. Hastig kramte er in einer Jacke, zog Papier und Stift heraus und schrieb das Schild ab. Als er das letzte Wort, das darauf eingraviert war, auf seinen Notizblock übertrug, bebten seine Lippen: »Projekt Seegrund« wiederholte der Kommissar fast lautlos.

12. Februar 1947

Versonnen sah er auf die Wasseroberfläche. Er klappte den Kragen des alten, speckigen Wollmantels nach oben. Er hatte ihn von der Nachbarin bekommen, ebenso wie seine Haferlschuhe. Denn statt des Nachbarn war nur eine Todesnachricht aus dem Krieg zurückgekehrt. Der eisige Wind blies so stark, dass er seine Zigarette kaum anstecken konnte. Schließlich aber gelang es ihm doch. Auch das hatte er im Krieg gelernt.

Er ließ den Kopf hängen. Sollte wieder niemand kommen? Sollte er wieder der Einzige sein, der sich an die Abmachung hielt? Jedes Jahr am gleichen Tag, das hatten sie so vereinbart. Und nun kam er schon zum zweiten Mal hierher und war allein. Sollten sich die anderen bereits woanders gefunden haben? Weil der See ja eigentlich nur unter Schwierigkeiten erreichbar war? Er wusste nicht, was die Amerikaner hier oben suchten. Hätten sie ihn hier herumschnüffeln sehen, hätte er große Schwierigkeiten bekommen. Militärische Sperrzone. Wie damals, nur unter anderer Flagge.

Auf einmal hörte er hinter sich ein Geräusch. Er drehte sich um und sah einen jungen Mann durch den Schnee laufen. Er kam direkt auf ihn zu, die letzten Meter nahm er im Laufschritt, dann fielen sie sich in die Arme.

Wo er denn gewesen sei. Warum er so spät noch in Gefangenschaft gekommen sei, wo er jetzt denn wohne. Es waren die gleichen Fragen, die sie sich stellten.

Und schließlich wurden es immer mehr. Ausgemergelte, gebrochene Gestalten. Noch nicht einmal zwanzig Jahre alt. Doch im Herzen bereits Kriegserfahrungen, die sie schneller als gewünscht hatten reifen lassen. So ging es allen, die kamen, das verrieten ihre zerschundenen Gesichter. Und ihre Tränen.

Doch einige fehlten. Würden sie noch kommen? Vielleicht die nächsten Jahre? Viele waren noch am Ende des Krieges abberufen worden an die Front. Doch das konnte auch Gefangenschaft bedeuten. Nicht zwangsläufig mussten sie … Sie vermieden das Wort.

Er berichtete, dass er letztes Jahr schon da gewesen sei. Als Einziger. Und dass er froh sei, jetzt nicht mehr allein zu sein.

Irgendwann, sagte er, kaufe er sich eine Taucherausrüstung. Und dann …

Die anderen sahen zu ihm, sahen, wie er seine Hand zu einem Zeichen formte. Daumen und Zeigefinger bildeten einen Kreis, die anderen Finger spreizte er strahlenförmig ab.

Was dieses Zeichen denn bedeute, wollten sie wissen.

Tauchersprache sei das. Alles in Ordnung heiße es, sagte er, und zündete sich eine neue Zigarette an.

Das sei es, sagte einer. Die Jungen, die so schnell zu Männern wurden, lachten auf einmal wieder wie damals. Und sie schworen erneut. Dieses Tauchersymbol solle ihr Geheimzeichen sein. Denn eines Tages würde auch für sie wieder »alles in Ordnung« sein. Dank dieses Sees.

Kluftinger hatte Schnalke aufgetragen, nichts an dem Ofen zu verändern. Man würde ihn baldmöglichst erneut in Augenschein nehmen und womöglich auch abholen. Dagegen hatte Schnalke vehement protestiert und schließlich doch noch sein Handy gezückt, um einen Anwalt anzurufen.

Nun saß Kluftinger im Auto und nahm die Straße nach Hopfen am See. Er hatte von Strobl eine SMS bekommen, er solle so bald wie möglich ins Altersheim kommen, es sei dringend. Dort hatten Marx und Strobl Alfons Karg, der ja nicht selbst mit seinen alten Kriegskameraden ins Präsidium nach Kempten hatte kommen können, besucht. Weiter wusste er noch nichts.

Er war innerlich noch ganz aufgewühlt von der Entdeckung, die er eben gemacht hatte. Die Kollegen in Kempten hatte er bereits informiert und auch Dietmar Lodenbacher Bescheid gegeben.

Endlich angekommen rannte Kluftinger mehr in das Heim als dass er ging. Die Ereignisse schienen sich nun regelrecht zu überschlagen. Erst sein Fund und jetzt eine weitere wichtige Neuigkeit, die auf ihn warten sollte.

Nachdem er sich an der Pforte nach Kargs Zimmernummer erkundigt hatte, lief er über die Treppe in den zweiten Stock. So voller Tatendrang war er lange nicht gewesen. Er nahm die ersten Stufen im Laufschritt, was er aber bereits am ersten Treppenabsatz wegen eines heftigen Hustenanfalls bitter bereute. Als Kluftinger die Tür zum Zimmer mit der Nummer 211 öffnete, war er noch immer außer Atem.

In dem stickigen Raum saß ein alter Mann teilnahmslos mit halb geöffnetem Mund in einem Ledersessel. Marx und Strobl blickten unbeteiligt aus dem Fenster.

Kluftinger wollte Karg zur Begrüßung die Hand reichen, doch der Alte reagierte überhaupt nicht, er sah ihn nicht einmal an.

»Lass gut sein, der kann dich nicht hören«, klärte Strobl ihn auf. »Ist völlig umnachtet. Leider. Herr Karg bekommt noch nicht einmal mit, wenn du hier einen Güterzug durchrattern lässt. Schlaganfall, weißt du?«

»Ach so, vielen Dank auch! Ich hab grad eine sensationelle Entdeckung gemacht, von der ich wegen euch überstürzt aufgebrochen bin, und ihr macht einen netten Seniorennachmittag im Heim, oder wie? Was gibt's denn so Wichtiges?«

Strobl gab Kluftinger ein beschriebenes Blatt Papier.

»Schau dir das mal an, dann siehst du, warum wir dich sofort geholt haben. Den haben wir in seiner Kommode gefunden. Halt ihn als Erstes gegen das Licht!«

Kluftinger ging zum einzigen der raumhohen Fenster, das nicht von dunklen Holzjalousien verdunkelt war. Von hier aus hatte man einen herrlichen Blick über den See nach Füssen bis nach Neuschwanstein. Kluftinger hielt den Brief, der auf edlem Büttenpapier geschrieben war, an die Scheibe. »Kruzifix«, stieß er überrascht hervor. Ein Wasserzeichen schimmerte durch das Papier – dasselbe Zeichen, das ihm bei diesem Fall schon so häufig begegnet war.

»Aber der Inhalt ist eigentlich noch interessanter als die Aufmachung«, bemerkte Friedel Marx.

Kluftinger begann den Brief, vergilbt und auf einer alten, mechanischen Schreibmaschine geschrieben, zu lesen. Absender und Datum fehlten. Die Anrede jagte Kluftinger einen ersten Schauer über den Rücken:

Lieber Alfons, treuer Kamerad!

Du warst stets ein tapferer Gefährte auf unserem gemeinsamen Weg. Und warst der Lauterste, der Aufrichtigste von uns. Unrecht war Dir stets ein Greuel, auch in den schweren, aber erfüllenden Zeiten unseres Dienstes fürs Vaterland. W. sagte einmal, Du seiest das personifizierte Gewissen unseres Bundes und er hat wohl Recht damit. Und so ist es nur billig, daß Du wegen des unerfreulichen Vorfalls, der unserer Gruppe unlängst widerfahren ist, die fehlende Gerechtigkeit anmahntest! Wir haben uns zu Richtern gemacht, das ist wahr. Aber wir hätten nicht zulassen können, daß G. das Ziel unseres gemeinsamen Strebens, das Ziel des Wartens und der Entbehrung opfert oder den Lohn allein davonträgt. Du mußt versuchen, es richtig einzuordnen! Es wäre nicht gerecht gewesen. Damals haben wir gelobt, daß wir Kameraden seien, bis ins kühle Grab. Und sollten sie versuchen, uns unser Geheimnis zu entreißen, so haben wir uns geschworen, daß weder

Folter noch Tod unsere Zunge lockern sollte. Verstehe unsere Lage! Unser Bund ist größer als der Einzelne.

Kameradschaftliche Grüße
J.

Kluftingers Hände zitterten, als er den Brief weglegte.

»So, und jetzt lesen Sie noch diesen Brief hier!«, forderte ihn Friedel Marx auf, die ein weiteres Schriftstück in Händen hielt.

Dieses Schreiben war anders als das erste: Das Papier war von derselben Qualität und wies, wie Kluftinger feststellte, dieselbe Prägung auf. Aber es war weniger vergilbt, fast noch rein weiß. Und das Schreiben musste auf einem Computer geschrieben und mit einem alten Nadeldrucker gedruckt worden sein. Wieder fehlte der Briefkopf, diesmal aber stand ein Datum am oberen rechten Rand: Januar 1990.

»Wie lange ist denn der Karg schon in diesem Zustand?«, wollte Kluftinger von den Kollegen wissen.

»Er hat vor vier Monaten seinen dritten Schlaganfall gehabt, seitdem ist er nicht mehr ansprechbar, hat uns der Pfleger gesagt. Zuvor war er von zwei leichteren Schlägen zwar körperlich teilweise gelähmt, aber bei klarem Verstand«, sagte Strobl.

Kluftinger nickte und begann zu lesen:

Lieber Alfons, treuer Kamerad!

P. wird sich vorsehen müssen. Wir hatten ihn nicht mehr auf unserer Rechnung. War vorherzusehen, wohin es ihn verschlägt?
Ich weiß, daß Du, lieber Alfons, Skrupel hast. Aber haben wir so lange gewartet, um uns von einem alles zerstören zu lassen?
Treue zu unserem Schwur, das war es, was alles bewahrt hat. Und wenn es für unsere Söhne war.

Dein Kamerad
J.

»Und? Was sagst du jetzt?«, fragte Strobl ungeduldig.

»P. wird sich vorsehen müssen … Hm. Pius Ackermann?«

»Natürlich«, nickte Friedel Marx. »P. steht natürlich für Pius Ackermann.«

Kluftinger ging zum Fenster und sah hinaus. Es hatte angefangen zu schneien. Das Schloss war plötzlich kaum mehr zu sehen. Karg lag nach wie vor in seinem Sessel und atmete schwer.

»Wir müssen diesen Ackermann finden«, brummte Kluftinger. »Wenn er zu Hause nicht aufzutreiben ist, dann woanders! Schreibt ihn zur Fahndung aus. Zu seiner eigenen Sicherheit.«

Dann drehte er sich um, lächelte und sagte: »Ihr werdet nicht glauben, was ich gerade gefunden habe …«

12. Februar 1946

Der Marsch durch den Schnee bereitete ihm Schmerzen. Noch immer war sein Bein nicht verheilt. Aber er würde nicht zulassen, dass sie es ihm abnahmen. So viele hatte er gesehen, denen sie kurzerhand den Unterschenkel amputiert hatten. Solange es noch Hoffnung gab, würde er alles tun, um nicht als Krüppel durch die Welt laufen zu müssen.

Fast anderthalb Stunden hatte er gebraucht vom Tal aus. Immer wieder war er mit seinem Stock weggerutscht. Doch er hatte es geschafft. Unbemerkt von den Besatzern stand er nun so, dass er durch einige Baumreihen die Wasseroberfläche sehen konnte, die mit brüchigem Eis bedeckt war. Bei der alten, krummen Weide wollten sie sich treffen, am Jahrestag. Doch niemand war hier. Das ganze Seeufer lief er ab, doch er fand keinen.

Verzweifelt drehte er sich eine Zigarette und zündete sie an.

Ob er der Einzige war, der alles lebend überstanden hatte? Waren all die Kameraden noch gefallen, nachdem man ihre Gruppe aufgelöst und sie in alle Himmelsrichtungen verstreut hatte, um an den Fronten zu kämpfen? Oder befanden sie sich in Kriegsgefangenschaft? Einer würde heute sicher nicht kommen: ihr damaliger Vorgesetzter, Feldwebel Zettler. Er war nicht mehr am Leben. Er verzog die Lippen zu einem Grinsen und nickte. Nein, es gab nur noch sie.

Doch auf einmal machte sich in seinem Magen ein flaues Gefühl breit. Was, wenn die anderen es nur nicht ernst genommen hatten? Wenn sie sich sagten, dass doch alles nur dumme Jungenphantasien waren, wie man sie aus den Karl-May-Büchern kannte? Oder waren sie vielleicht auch … Er hustete den Rauch der Zigarette aus. Nein, das konnte nicht sein, weil es nicht sein durfte.

Er dachte nach. Das flaue Gefühl in seinem Magen wurde stärker. Was, wenn die anderen bereits alles durchgezogen hatten? Oder hatten am Ende die Amerikaner … Er würde es heute nicht herausfinden können.

Unwillkürlich schüttelte er den Kopf und machte sich auf den Rückweg durch das Faulenbacher Tal. Er würde wieder hierher kommen. In genau einem Jahr.

Kluftinger kam bekannt vor, was er sah, als er aus dem Aufzug stieg, und es gefiel ihm ganz und gar nicht. Immer, wenn er mit seinen Kollegen einer besonders »heißen« Sache auf die Spur kam, war es das gleiche Bild: Ein angespannter, schwitzender Lodenbacher lief dann stets schon im Gang auf und ab und erwartete sie. Als er den Kommissar erblickte, stürmte er auf ihn zu und ließ eine niederbayerische Wortkaskade auf ihn prasseln, von der Kluftinger kein Wort verstand.

»Würden Sie schon mal in mein Büro vorgehen, Herr Lodenbacher, ich muss noch mal ganz dringend wohin. Ich komm dann sofort zu Ihnen, versprochen«, schlug Kluftinger vor.

Als er die Tür zu seinem Dienstzimmer schließlich öffnete, kam ihm Sandy Henske entgegen und verdrehte die Augen. Er sah, wie seine Mitarbeiter samt Friedel Marx um Dietmar Lodenbacher herumstanden. Der lief gestikulierend zwischen ihnen auf und ab und Kluftinger hörte Worte wie »hoaklig« und »Fingaspitzngfuih«. Das waren die Standardvokabeln seines Chefs bei Fällen, die etwas außerhalb des normalen Polizeialltags lagen.

»Ah, Herr Kluftinga, sand S' aa scho do! Jetzad miassen mir amoi schaung, wia ma des hendln.«

Kluftinger hätte beinahe gelacht bei dieser Mischung aus Englisch und Niederbayerisch, doch im Augenblick schien es ihm ratsamer, möglichst ernst zu bleiben. Er hörte Lodenbacher also aufmerksam zu, nickte dann und wann, bejahte die Frage, ob er es für richtig halte, dass Lodenbacher bereits einen namhaften Historiker hinzugezogen habe, zog sich aber schließlich doch dessen Unmut zu, als er erklärte: »Ich denke, die Nazis haben da oben ein großes Ding laufen gehabt. Und alle, die das heil überstanden haben, waren nicht daran interessiert, dass davon irgendetwas ans Licht kommt.«

»Jetzt song S' doch ned Nazis und Heil und soiche Sochn! Des is a hoaklige Sach!«, protestierte Lodenbacher.

»Ja wie denn dann Ihrer Meinung nach?«

»Naa, I moan hoid, mia miassn dös mit – wia sogt ma – obsoluter Diskretion oogeh«, wand sich ihr Vorgesetzter. »Es warn ja ned olles … Nazis, domois, ned? Mia woin doch neamand wos oohänga.«

Kluftinger nickte. Weniger aus Zustimmung, sondern weil er genau wusste, worum es Lodenbacher in Wirklichkeit ging: Er wollte sich mal wieder mit niemandem anlegen. Einige der Menschen, die im

Nationalsozialismus herausgehobene Stellungen hatten, verfügten noch immer über Einfluss. Und waren die bereits tot, so gab es ihre Nachkommen, die meist wenig Interesse an einer öffentlichen Aufarbeitung ihrer Familiengeschichte hatten. Einige davon mochten Lodenbachers Golffreunde sein, mutmaßte der Kommissar.

Diese Politik des geringsten Widerstands seines Chefs verabscheute Kluftinger zutiefst. Ihm ging es immer nur um die Sache, da war er kompromisslos. Andere Sichtweisen waren seiner Meinung nach bei der Polizei fehl am Platze. Er nahm sich vor, von nun an absichtlich Worte wie »Schergen« oder »Henkersknechte« einfließen zu lassen.

Mitten in Kluftingers Überlegungen klingelte das Telefon. Kluftinger nahm ab. Der Anrufer, der sich als Professor für Geschichte an der Humboldt-Universität Berlin vorstellte, verlangte nach Lodenbacher. Er reichte den Hörer seinem Chef. Der hörte einige Sekunden zu, wurde dann blass und setzte sich. Er blickte seine Kollegen an und sagte in den Hörer: »Kennan S' des no amoi song? I loss meine Kollegn grod mithean.« Lodenbacher stellte den Lautsprecher an.

»Wie gesagt: Sie sind da auf eine historische Sensation gestoßen«, kam es aus dem Lautsprecher. »Der Kollege, der das Wort ›Seegrund‹ auf diesen Metallteilen entdeckt hat, kann sich selbst auf die Schulter klopfen.« Alle sahen Kluftinger an, der errötend abwinkte.

»Es gibt einige offene Fragen, die sich mit der Geschichte des Dritten Reiches verbinden, wissen Sie«, tönte die Stimme weiter. »Sie haben ja vielleicht von der Suche nach dem Bernsteinzimmer gehört. In eine ähnliche Kategorie fällt die Frage, was sich hinter dem ›Projekt Seegrund‹ verbirgt.«

Die Beamten warfen sich fragende Blicke zu.

»Aus historischer Sicht ist das sogar noch bedeutender«, fuhr der Wissenschaftler fort. »Das Bernsteinzimmer ist sicher von herausragender kunstgeschichtlicher Bedeutung. Aber ›Seegrund‹ ist die Antwort auf eine jahrzehntelang offen gebliebene Frage, die die Nazis betrifft. Die Frage nach ihrer legendären Geheimwaffe.«

Beim Wort »Nazis« wollte Kluftinger schon seinen Chef herausfordernd angrinsen, doch als er den Begriff »Geheimwaffe« vernahm, erstarb sein Lächeln sofort.

»Wir wissen seit vielen Jahren von einem Projekt namens ›Seegrund‹. Dokumente, die wir gefunden haben, weisen darauf hin, dass es sich dabei um eine geheime Versuchsreihe handelt, mit der die Nazis den scheinbar verlorenen Krieg noch einmal herumreißen wollten.«

Kluftinger musste sofort daran denken, was Martl Bartenschlager ihm von seinen Kindheitserlebnissen erzählt hatte, von den Lichtblitzen und den Explosionen, die er am Alatsee beobachtet hatte. Atemlos lauschte er den weiteren Ausführungen des Geschichtsprofessors.

»Lange Zeit dachte man, die V2-Rakete sei diese Geheimwaffe gewesen, doch inzwischen weiß man, dass es noch etwas anderes gab. Diese Versuchsreihe namens ›Seegrund‹ konnten wir bisher keinem bestimmten Ort und auch keiner bestimmten Waffe zuordnen. Es gab mehrere Vermutungen, auch der Alatsee war eine Zeit lang im Gespräch, die Spekulationen wurden dann aber wieder fallen gelassen.

Die Amerikaner haben ja in den fünfziger Jahren intensiv an diesem See geforscht und auch wenn sie uns nie detailliert über ihre Ergebnisse informiert haben, so gehen wir doch davon aus, dass sie nichts wirklich Substantielles gefunden haben.

›Seegrund‹ war also Legende, Mythos – bis heute. Sie, meine Herren, haben vielleicht den Schlüssel gefunden, der uns die Tür zu den Antworten öffnet. Ich hoffe, Sie finden das nicht zu pathetisch, aber aus historischer Sicht haben Sie einen Schatz gehoben.

Herr Lodenbacher, wenn es Ihnen recht ist, kommen wir so bald wie möglich. Ich muss nur noch ein paar Dinge organisieren, ich denke, morgen könnten wir bei Ihnen sein. Und … ähm … ich kann Ihnen da natürlich keine Vorschriften machen, aber ich hielte es für besser, das zunächst nicht an die große Glocke zu hängen.«

Lodenbacher willigte ein und legte auf. Etwa eine Minute lang herrschte völlige Stille im Büro. Dann erhob sich Lodenbacher, lief zur Tür und sagte: »Ich werd eine obsolute Nochrichtnsperre verhenga, is dees klor? Oiß, wos nach draußd geht, laffd üba mi.« Dann knallte er die Tür hinter sich zu. Die fünf Beamten, die im Zimmer zurückblieben, sahen sich mit einer Mischung aus Ungläubigkeit und Betroffenheit an.

»Was war denn das jetzt?«, fragte Strobl, der als Erster seine Sprache wiedergefunden hatte.

»Historische Sensation«, wiederholte Maier mit glänzenden Augen.

»Wisst ihr, was das bedeutet, Kollegen?«, fragte Marx. »Wir werden in die Geschichtsbücher eingehen.«

Maier nickte heftig: »Die Maier-Enthüllung …«

»Ja, ganz bestimmt, Kollege«, mischte sich nun auch Kluftinger in das Gespräch ein. »Wer hat es denn gefunden, hm?«

»Ja, du«, flüsterte Maier zerknirscht.

»Wer? Ich hab das jetzt grad nicht ganz verstanden«, bohrte Kluftinger nach.

»Du hast's gefunden, nicht ich«, erwiderte Maier nun etwas lauter und die anderen grinsten.

»Vielleicht wird das sogar mal eine Frage bei Günther Jauch oder bei Trivial Pursuit«, gluckste Hefele.

Kluftinger sah vor seinem geistigen Auge bereits das verdutzte Gesicht von Doktor Langhammer, wenn er ihn wieder einmal zu einer Partie dieses Wissensspiels nötigen würde und dann eine Frage nach ihm kommen würde.

In diese Phantasie, die für ein zufriedenes Lächeln auf den Lippen des Kommissars sorgte, platzte ein Kollege der Verkehrspolizei. Er legte ihnen mit großer Geste ein Foto hin, das offenbar mit einer Radarkamera aufgenommen worden war, und sagte stolz: »Schaut mal, was ich da habe.«

Alle erhoben sich und warfen einen Blick auf das Foto, das einen Mann in einem Wagen zeigte, der offenbar zu schnell unterwegs gewesen war.

»Respekt, Tommy«, sagte Strobl und schlug dem Polizisten auf die Schulter. »Da habt ihr tatsächlich einen Temposünder erwischt, ganz herzliche Gratulation. Mit so etwas können wir natürlich nicht dienen, wir haben grad nur ein sechzig Jahre altes Welträtsel gelöst.«

Die Kollegen grinsten sich an, nur die Miene des Polizisten verfinsterte sich. »Wenn ihr immer so lang braucht, um eure Fälle zu lösen … Aber jetzt schaut's euch den Mann mal genau an!«

Noch einmal beugten sich die Kriminalbeamten über das Foto. Keiner von ihnen erkannte die Person auf dem Foto, ein schätzungsweise Sechzig- bis Siebzigjähriger mit dunklem Mantel.

»Huhu, wenn das nicht der böse schwarze Mann ist«, grinste Hefele mit gespielt furchtsamer Miene.

»Lodenbacher?«, warf Kluftinger ein.

Jetzt platzte dem Verkehrspolizisten der Kragen: »Himmelherrgott, jetzt macht's halt mal eure Augen auf. Die Autonummer! Schaut doch mal auf die Autonummer.«

Das Grinsen aus ihren Gesichtern verschwand schlagartig.

»HRO. Das gibt's nicht«, presste Kluftinger heiser hervor. »Das ist …«

»Genau! Rostock. Das Auto, das ihr gesucht habt. So, jetzt ist euch das Spotten vergangen, oder?«

»Allerdings. Woher stammt denn das Foto?«

»Aus Pfronten. Das ist aus einem der fest installierten Starenkästen geschossen worden. Vorgestern. Das Auto gehört Pius Ackermann, ich nehme an, das wird der auf dem Foto sein.«

»Das war saubere Arbeit, wirklich«, lobte Kluftinger. »Aber jetzt sag: Wisst ihr am Ende auch noch, wo der Mann ist?«

»Leider nicht«, erwiderte der Polizist.

Kluftinger richtete sich auf: »Also Kollegen, es müsste doch mit dem Teufel zugehen, wenn sich der nicht noch irgendwo in der Nähe rumtreiben würde. Ihr setzt mir Himmel und Hölle in Bewegung, bis wir Pius Ackermann« – er tippte auf das Foto auf dem Schreibtisch – »hier im Büro sitzen haben. Guten Abend.«

Erst als Kluftinger zu Hause in seine Einfahrt biegen wollte, konnte er seine Gedanken von seinem Fall lösen. Er schimpfte laut, denn der starke Schneefall des Tages hatte die Einfahrt unpassierbar gemacht. Er parkte also auf der Straße, stapfte dann zum Geräteschuppen und griff sich die Schneeschaufel. Gerade, als er beginnen wollte, die Einfahrt zu räumen, streckte seine Frau ihren Kopf aus der Eingangstür heraus: »Du brauchst nicht zu schippen, ich hab den Martin angerufen.«

»Du hast was?«

»Ich hab den Martin angerufen. Weil du so krank bist. Langhammers haben doch so eine tolle neue Fräse.«

In diesem Moment bog unter Hupen der Mercedes des Doktors um die Ecke. Auf einem Anhänger thronte die besagte, leuchtend rote Schneefräse. Kluftinger traute seinen Augen nicht: So ein Kaliber hatte nicht einmal der Hausmeister der Polizeidirektion, obwohl der gut und gerne zweitausend Quadratmeter zu räumen hatte. Der Doktor hingegen brachte es mit Gehsteig vielleicht auf schlappe hundert.

»Na, da bin ich ja gerade richtig gekommen, sonst hätte unser Invalide noch selbst den Schnee geräumt«, trällerte Langhammer, als er aus dem Auto stieg und den Anhänger öffnete.

Ungeahnte Kraftreserven wurden im Kommissar frei und ihn packte eine unbändige Wut, als der Doktor grinsend seine Höllenmaschine in die Auffahrt rollte. Seine Hände schlossen sich so fest um den Griff der Schneeschaufel, dass die Knöchel weiß hervortraten. Nur unter Aufbringung seines ganzen Willens schaffte er es, Langhammer die Schaufel nicht über den Schädel zu hauen.

»Hören Sie, das braucht's wirklich nicht, so krank bin ich nicht«, versuchte er den Arzt abzuwimmeln, doch gegen ihn und gegen seine eigene Frau, hatte er keine Chance. Er fühlte sich regelrecht entmannt, als Langhammer den Auswurfkamin zur Seite kurbelte und das Fräswerk startete, worauf sich die Maschine röhrend in Gang setzte. Aus einer Tasche seines Anoraks holte der Doktor einen Gehörschutz und setzte ihn auf. Wie eine wild gewordene Mickymaus hüpfte er hinter der Fräse her.

»Wissen Sie, das ist ein schöner Ausgleich für mich«, brüllte der Doktor und seine weiße Zahnreihe leuchtete dabei noch heller als der Schnee, den der Scheinwerfer der Fräse anstrahlte. »Ich habe heute eine sehr komplizierte endoskopische OP ambulant durchgeführt, da habe ich gar nichts gegen ein bisschen grobe Arbeit am Abend. Und was haben Sie so getrieben?«

Kluftinger meinte, deutlich die Geringschätzung in dieser Frage herauszuhören. »Ach, nur ein welthistorisches Rätsel gelöst und mir dabei den Weg in die Geschichtsbücher geebnet«, antwortete der Kommissar und versuchte, es möglichst beiläufig klingen zu lassen.

Der Doktor sah ihn ein paar Sekunden lang prüfend an, dann zeigte er wieder sein breites Lächeln und winkte ab: »Ach, Sie immer mit Ihren Späßchen. So, jetzt muss ich aber mal loslegen, sonst kommen Sie heute nicht mehr in Ihre Einfahrt!«

Mit diesen Worten ließ er den Motor aufheulen und setzte seine Maschine in Bewegung, die sofort Unmengen Schnee aus dem Kamin an den Rand der Einfahrt spuckte. Als der Doktor sich umdrehte und sah, dass ihn der Kommissar mit großen Augen beobachtete, streckte er stolz die Brust heraus und legte noch einen Zahn zu. Schnell wandte sich Kluftinger ab und ging ins Haus.

»Der tut grad so, als hätt er das Ding entwickelt«, grantelte Kluftinger im Hausgang vor sich hin. Es ärgerte ihn, dass der Doktor seinen Blick bemerkt hatte. Er überlegte fieberhaft, wie er die erlittene Schmach wieder wettmachen könnte. Auf einmal hellte sich seine Miene auf und er lief in den Keller, wo er die billigste Flasche Wein aus dem Regal zog, die er finden konnte. Zusammen mit einem Zwei-Euro-Stück und einem Blatt Papier, auf das er die Worte »Fürs Benzin! Danke!« schrieb, legte er sie vor die Tür.

Als er vor dem Zu-Bett-Gehen noch einmal nach draußen ging, um sein Auto in die Garage zu fahren, sah er, dass seine kleine Aufmerksamkeit noch immer an ihrem Platz stand. Er vermutete schon, dass sie der Doktor nicht gesehen hatte, da bemerkte er, dass ein weiterer Zettel zusammen mit einem Fünf-Euro-Schein daneben lag. Auf dem Papier stand in schwer leserlicher Ärztehandschrift: »Für ordentlichen Wein.«

Als Kluftinger am nächsten Tag seinen Wagen auf den Parkplatz der Kemptener Polizei lenkte, erwartete ihn bereits sein Kollege Eugen Strobl. Es war ein kalter Donnerstagmorgen und die Sonne würde sich heute am trüben Himmel nicht sehen lassen. Wie so oft im Allgäu im Dezember. Vor der Polizei zog ein kleiner Traktor mit Schneepflug seine Runden, dessen knallroter Lack im Kommissar ungute Erinnerungen an den vorigen Abend wachrief. Kluftinger winkte dem Hausmeister vom Auto aus zu, als Strobl die Wagentür öffnete.

»Morgen, Eugen!«

»Morgen. Das ist ein Service, was? Du kommst ins Büro und wir haben schon die ersten Ergebnisse. Brühwarm und frisch serviert.«

Es war schon kurz vor neun. Gegen halb acht hatte Kluftinger im Büro angerufen und angekündigt, heute später zu kommen, weil er endlich auch einmal in den Genuss des reichhaltigen Frühstücks kommen wollte, das seine Frau »den Kindern« zurzeit jeden Tag machte.

»Ja, das ist schon ein gutes Gefühl, dass endlich wieder was weitergeht«, freute er sich, nachdem ihn Strobl unterrichtet hatte, man habe anhand der Meldebescheinigungen der Hotels Ackermann in einer kleinen Pension in Pfronten ausfindig gemacht.

Als auf der rechten Seite das »Haus Annerose« auftauchte, ein schlichter Bau im Pfrontener Ortsteil Kappel, stand davor wie erwartet Friedel Marx und rauchte einen Zigarillo zu Ende. Vom Auto aus hatten sie sie noch angerufen und gefragt, ob man denn nun nach »Ried«, »Kappel«, »Dorf« oder »Weißbach« kommen solle: Pfronten bestand aus einer Vielzahl eigenständiger Weiler.

Am »Haus Annerose« war anscheinend seit den späten sechziger Jahren nichts mehr verändert worden: Die Schindeln waren mit weinroter Lackfarbe angestrichen, ein gemaltes Edelweiß schmückte in trauter Einigkeit mit einem gelüftelten Enzian die Fassade. Darunter war in geschwungenen, rosafarbenen Buchstaben der Name der Pension und der Hinweis »Garni« zu lesen. Früher hatte sich Kluftinger oft gefragt, wie viele Hotels dieser mächtige Konzern Garni wohl unterhielt, bis man ihn dann darauf hingewiesen hatte, dass dieses »Garni« mit dem Frühstück oder dem Essen oder mit sonst etwas, jedenfalls nichts mit den Betreibern zu tun hatte.

Die Frau, die den Polizisten die Tür öffnete, hatte das Rentenalter bereits deutlich überschritten.

»Grüß Gott! Sie sind jetzt wegen dem Ackermann da, gell? Mein Name ist Annemarie Briechle, ich bin die Inhaberin. Ja, das stimmt schon. Sie werden sich jetzt vielleicht wundern, warum das Haus dann Annerose heißt, obwohl …«

»Ist Herr Ackermann da?«, unterbrach Kluftinger ihren Redeschwall.

»Ist Herr Ackermann da«, wiederholte die Frau mit dem grauen Dutt. »Der Ackermann ist leider noch nicht aufgetaucht, seit Sie mich benachrichtigt haben. Wer von Ihnen ist denn der Leiter? Der Herr Maier, mit dem ich telefoniert habe?«

»Der Maier ist nicht dabei. Das ist auch kein Leiter. Der fällt höchstens bald mal von einer runter, wenn er so weitermacht!«, brummte Kluftinger missmutig und erntete dafür einen verwunderten Blick der Wirtin. »Mein Name ist Kluftinger. Meine Mitarbeiter Frau Marx, Herr Strobl.«

»Also, wenn Sie mich fragen, man sieht's ihm direkt an!«, flüsterte Frau Briechle mit verschwörerischem Blick.

»Was denn?«, wollte Kluftinger wissen.

»Was denn. Na ja, dass mit ihm was nicht stimmt. Mit dem Ackermann, mein ich. Er ist ein bisschen zu galant zu den Damen, zu mir war er das zu Beginn auch, ein bisschen zu unauffällig, was seine Kleidung und sein Auftreten angeht. Für sein Alter sieht er ja noch gut aus und scheint auf den ersten Blick eine gute Partie zu sein. Schließlich ist er allein stehend. Bei mir hat er es ja als Erstes versucht, aber ich bin und bleibe Witwe. Ich habe mir nie viel aus den Männern gemacht. Und immer hatte er so schlüpfrige Sprüche auf den Lippen. ›Auch späte Rosen blühen schön, Annerose‹, hat er gesagt, wo ich doch gar nicht Annerose heiße. Stellen Sie sich vor! Ich habe mir das verbeten. Den ganzen Tag ist er seitdem unterwegs. Dass er ein Betrüger sein könnte, hab ich mir gleich gedacht. Aber Heiratsschwindler sind von der ganz üblen Sorte«, empörte sich die Wirtin.

»Frau Briechle«, hob Strobl als Erster an, wobei er nur schwer sein Lächeln unterdrücken konnte, »wie kommen Sie denn darauf, dass wir deswegen hier sind? Hat Ihnen das der Herr Maier gesagt?«

Kluftinger ließ die Frau gar nicht antworten und ergriff seinerseits das Wort: »Wie auch immer, könnten wir Herrn Ackermanns Zimmer kurz in Augenschein nehmen?«

»Augenschein. Können Sie, ja, ich gehe mit und sperre es Ihnen sofort auf.«

Kluftinger war es im Grunde gleichgültig, wie die Briechle darauf gekommen war, dass es sich bei Ackermann um einen Heiratsschwindler handelte. Wahrscheinlich hatte sie zu viele Filme aus den sechziger Jahren gesehen. Aber so würde sie zumindest nicht nach den wahren Gründen der Ermittlungen fragen.

Im Obergeschoss der Pension waren die Türstöcke so niedrig, dass alle den Kopf einziehen mussten, als sie das Fremdenzimmer betraten. Frau Briechle wies darauf hin, dass sie ruhig alles durchsuchen könnten, sie als Hausherrin gebe ihnen die Erlaubnis. Sie wolle der Aufklärung von Verbrechen schließlich nicht im Wege stehen. Um die Kooperationsbereitschaft der älteren Dame nicht aufs Spiel zu setzen, wies Kluftinger sie im Folgenden auch nicht darauf hin, dass sie mit ihren neugierigen Blicken, mit denen sie jeden ihrer Schritte verfolgte, zumindest den Aufklärern von Verbrechen gehörig im Wege stand.

Als Kluftinger den Schrank öffnete, winkte er die Kollegen zu sich: Ein paar Flossen und Taucherbrillen lagen darin, ebenso ein Gerät, das wie ein futuristischer Staubsauger wirkte und das Strobl als Metalldetektor identifizierte.

»Sieh mal an. Der alte Herr taucht also auch! Erstaunlich, wie sportlich die alle noch sind.«

»Nein, nein, das hat er nicht selber verwendet«, mischte sich die Wirtin ein. »Ich hab ihn das auch gefragt. Sein Neffe ist Taucher und er hebt die Sachen nur für ihn auf. Der war auch schon ein paar Mal mit da, der Neffe.«

»Könnten Sie diesen Neffen beschreiben?«, wollte Kluftinger wissen.

»Neffen. Jederzeit. Ich würde ihn auch wieder erkennen«, erwiderte sie eifrig.

»Eugen: Phantombild von dem anfertigen lassen. Da soll dann gleich der Renn Willi jemanden schicken. Ruf ihn bitte nachher an.«

Strobl nickte.

Kluftinger nahm sich nun die beiden Nachtkästchen aus lackiertem Kirschbaum vor. Annemarie Briechle blickte ihm über die rechte Schulter und kam ihm dabei so nah, dass er ihren Atem im Nacken spürte.

»Frau Briechle, wenn Sie uns jetzt bitte allein lassen könnten?« Kluftingers Ton wurde auf einmal schärfer. Wenn er etwas hasste, dann war es, wenn man seine Individualdistanz unterschritt.

»Ich?«, fragte die Pensionswirtin verwundert nach.

»Ja, Sie. Bitte, könnten Sie uns die Kopie von Ackermanns Ausweis bringen, die Sie gemacht haben, als er hier das Zimmer bezogen hat?«, versuchte Strobl die Situation zu retten.

Mit einem missbilligenden Blick auf Kluftinger verließ sie das Gästezimmer.

Der Kommissar hatte die Zeitschriften, die zuoberst in der Schublade lagen, herausgenommen und stieß darunter auf einen großen, gefalteten Bogen Papier. Auf dem Bett breitete er ihn aus. Es war eine topographische Karte. Eine Karte des Alatsees, das war keine Überraschung mehr für ihn. Auf dem detaillierten Plan waren die Höhenlinien der umgebenden Hänge ganz exakt eingezeichnet, das Ufer war zwar am Rand noch kartiert, der eigentliche Seegrund aber als weißer Fleck dargestellt.

Nicht einordnen konnte Kluftinger die Kreuzchen, Linien und Sternchen, die von Hand auf der Karte vermerkt waren. Sie verliefen von der Straße von Füssen über Bad Faulenbach bis in die weiß dargestellte Wasserfläche hinein.

»Was wollen die alle mit dem alten Schrott, der da unten liegt?«, fragte Kluftinger, wobei er sich von den Kollegen keine Antwort erwartete.

»Frau Marx, wir müssen unbedingt nach dem Ackermann fahnden«, sagte Kluftinger nach einer gedankenversunkenen Pause.

»Das machen wir seit gestern, lieber Kollege«, brummte die Marx. »Seit der Brief bei Karg aufgetaucht ist, das sollten Sie schon noch wissen.«

»Ja … dann jetzt halt g'scheit fahnden, mein ich!«

Sie hatten im Zimmer sonst nichts gefunden. Die Karte hatte Kluftinger wieder zusammengefaltet und eingesteckt. Nun stand er mit Strobl an dem kleinen Tresen im Eingangsbereich.

Friedel Marx war bereits nach draußen gegangen, um »frische Luft zu schnappen«, wie sie grinsend gesagt hatte. Immerhin paffte sie einem wenigstens nicht mehr dauernd die Hucke voll, dachte Kluftinger. Vielleicht hatten seine Beschwerden endlich gefruchtet.

Strobl schlug auf die alte Klingel, die auf der Ablage stand. Wortlos kam kurze Zeit später Annemarie Briechle mit der Kopie des Personalausweises.

»Frau Briechle«, flüsterte Kluftinger in verschwörerischem Ton, wobei er sich diesmal ganz nah zu seiner Gesprächspartnerin beugte. »Sie müssen uns jetzt helfen. Das ist eine sehr sensible Aufgabe, um die ich Sie bitte, aber ich bin mir sicher, Sie können damit umgehen.«

Kluftinger sah an der sich aufhellenden Miene der Wirtin, dass sie angebissen hatte und ihm seinen rüden Ton von vorhin nicht mehr nachtrug.

»Sie müssten uns unbedingt benachrichtigen, wenn Herr Ackermann nach Hause kommt. Rufen Sie uns unbedingt sofort an, hören Sie? Dabei ist aber wichtig, dass Sie sich nichts anmerken lassen. Wir wollen ihn schließlich nicht aus Versehen vorwarnen, nicht wahr?«

Annemarie Briechle schluckte und nickte heftig.

»Wann kommt er denn für gewöhnlich nach Hause?«

Die Wirtin reagierte nicht, sondern sah sie mit großen Augen an.

»Frau Briechle, wann kommt er denn gewöhnlich nach Hause?«

»Ich … der … der kommt meistens so am frühen Nachmittag. Wahrscheinlich, um ein Nickerchen zu machen«, antwortete sie.

»Also«, hob Kluftinger noch einmal an, »wie gesagt, eine sehr verantwortungsvolle Aufgabe, die Sie da übernehmen. Sie müssen sofort anrufen. Aber keine Angst, Frau Briechle, Ihnen droht keine Gefahr – wenn Sie ihm nichts verraten!«

Wieder nickte die Frau.

Als die drei Polizisten wieder im Auto saßen, sagte Strobl versonnen: »Aber es hätt mich schon noch interessiert, warum das Haus jetzt ›Annerose‹ heißt.«

In Friedel Marx' Büro herrschte eine bedrückende Stille. Die Beamten fühlten sich zur Untätigkeit verdammt. Kluftinger überlegte, ob er sich gleich noch einmal den Souvenirhändler Appel vorknöpfen sollte, der sich bei der Befragung in seinem Büro so wenig souverän präsentiert hatte. Aber letztlich schien Pius Ackermann der Schlüssel zur Lösung dieses Rätsels, das hatten die Ermittlungen gezeigt.

Der Kommissar massierte sich mit leichtem Druck die Schläfen. In seinem Kopf pochte es, er hatte das Gefühl, nicht richtig denken zu können. Ihm war auch klar, warum: Das kleine Büro seiner Kollegin war vollkommen von bläulichem Dunst erfüllt. Der Aschenbecher auf ihrem Schreibtisch war schon wieder gut gefüllt, obwohl sie erst seit etwa einer Stunde hier waren und bei ihrer Ankunft nur einzelne Zigarillos darin gelegen hatten. Kluftinger bekam kaum noch Luft.

»Ich geh mal raus«, sagte er im Aufstehen und fügte etwas leiser, an Strobl gewandt, hinzu: »Ich glaub, wir sollten uns nachher gleich einer prophylaktischen Chemotherapie unterziehen.«

Obwohl er nur in einen fensterlosen, muffigen Gang trat, hatte er das Gefühl, als ströme frische Waldluft in seine Lungen. Es ärgerte ihn, dass seine Kollegin so wenig Rücksicht auf seine geschundenen Atemwege nahm. Aber sagen wollte er auch nicht dauernd etwas, um nicht als Jammerlappen dazustehen.

Er verschränkte die Arme hinter dem Rücken und schlenderte durch den schmalen Gang. Es sah so aus wie bei ihnen in Kempten: Neonlampen an der Decke warfen hartes Licht auf die gemauerten, nicht verputzten Ziegelwände, wie sie für Zweckbauten der achtziger Jahre typisch waren. Daran hingen einige Plakate, die Fahndungsfotos von Top-Terroristen zeigten. Der Kommissar spazierte auf die Glasvitrinen zu, die am hinteren Ende des Ganges aufgestellt worden waren. Er ahnte bereits, was sich darin befand, denn auch in der Direktion in Kempten gab es so etwas: Es war eine Art kleines Museum, ein Sammelsurium kurioser Beweisstücke, Andenken an wichtige oder in irgendeiner Weise bemerkenswerte Fälle, Schriftstücke, Fotos, die nicht nur die Geschichte der jeweiligen Polizeidienststelle darstellten, sondern zusammengenommen auch ein Panoptikum der Kriminalgeschichte im Allgäu abgaben. In Kempten waren neben ein paar Präparaten aus Willi Renns Gruselkabinett auch ungewöhnliche Mordwerkzeuge zu sehen, etwa eine Vorhangschnur und eine Sense, beides Reliquien aus Fällen, die Kluftinger bearbeitet hatte. Regelmäßig jagte ihm der Anblick einer ausgestopften Krähe eine Gänsehaut über den Rücken. Den Vogel hatten sie einmal auf einer Leiche gefunden.

Nun war Kluftinger gespannt darauf, was die Füssener in dieser Hinsicht zu bieten hatten. Er konnte sich an kein wirklich spektakuläres Verbrechen in dieser Stadt erinnern, jedenfalls nicht, so lange er in Kempten Dienst tat. Dementsprechend wenig eindrucksvoll präsentierte sich die Sammlung auch, die neben einem an der Grenze zu Österreich beschlagnahmten Bündel Falschgeld den Schwerpunkt auf eine historische Darstellung der Polizeiarbeit zu legen schien. Ein Paar uralte eiserne Handschellen lagen aus, ein Foto daneben zeigte die erste Mannschaft, die in Füssen Dienst getan hatte.

»He, Sie, das ist fei kein Museum und wir sind auch keine Wärmestube!«

Der Kommissar drehte sich um und sah einen kleinen, unrasierten Mann mit schlampig aussehender Uniform und fettigen Haaren den

Gang entlang wuseln. Er musterte Kluftinger misstrauisch und wollte ihn gerade fragen, was er hier verloren habe, da fuhr ihm der Kommissar in die Parade: »Ich g'hör auch zum Verein. Kluftinger, Kripo Kempten.«

Sein Gegenüber bekam große Augen. Peinlich berührt stotterte er: »Ach, so … so hoher Besuch, Kollege Kluftinger. Ich hab ja schon so viel von Ihnen gehört. Mei, dass Sie mal bei uns vorbeischauen. Ich hab jetzt gedacht, wegen Ihrem Aufzug … ich mein …« Er brach ab und sein Kopf lief knallrot an. Ihm schien klar zu sein, dass er sich mit einer Vollendung des Satzes endgültig den Zorn seines Gegenübers zuziehen würde. Er blickte am Kommissar vorbei zu den Glasvitrinen und sagte dienstfertig: »Ach, Sie interessieren sich für unsere Geschichte? Da kann ich Ihnen gerne was dazu sagen, ich habe einige von den Stücken selbst ausgesucht.«

»Nein, danke, ich schau nur ein bissle rum«, antwortete Kluftinger kurz und ehrlich und mit den gleichen Worten, mit denen er sich in Kaufhäusern aufdringliche Bedienungen vom Leib hielt. Nach einer Führung durch diese kümmerliche Ausstellung war ihm nun wirklich nicht zumute. Der Polizist machte sich mit ein paar albern wirkenden, angedeuteten Verbeugungen schleunigst aus dem Staub.

Der Kommissar wandte sich wieder den Vitrinen zu. Rechts von ihm beanspruchte eine alte Uniformjacke ein ganzes Schaufenster. Gleich daneben hing eine Fotografie, die seine Aufmerksamkeit erregte. Sie zeigte einen Taucher in einem altertümlich anmutenden Tauchanzug. Der Helm war eine riesige Glocke aus Messing mit einem runden, vergitterten Sichtfenster. Von der Glocke führte ein Schlauch zu einem Apparat, um den einige Männer in Uniform herum standen; gleich neben ihnen wehte eine US-Flagge. Unter dem Bild stand mit blauer Tinte geschrieben: »Alatsee, Tauchmanöver der Amerikaner, Juni 1955.« Kluftinger zog die Brauen nach oben. Inzwischen konnte er sich denken, was die Soldaten dort gesucht hatten.

Er ging weiter und sein Blick wanderte über eine Art Tisch, auf dem unter einer Glasplatte verschiedene Dokumente ausgelegt waren. Kluftinger schaute nur oberflächlich darüber, er war nicht in der Stimmung, sich in irgendwelche historischen Akten einzulesen. Er wandte sich schon wieder ab und richtete seinen Blick auf die nächste Vitrine, in der eine alte, von Hand zu kurbelnde Sirene lag, da gefror seine

Bewegung. Schweiß trat auf seine Stirn und er schluckte. Er drehte sich langsam um und senkte seinen Kopf wieder über den Tisch. Tatsächlich, seine Sinne hatten ihm keinen Streich gespielt. Mit klopfendem Herzen las er das Schriftstück, das vor ihm lag. Es war datiert auf den 30. Mai 1950 und trug den Stempel der Bayerischen Staatskanzlei:

An den Herrn Ministerpräsidenten
Dr. Hans Ehard, München,
Prinzregententstr. 7.

Betrifft: a) Rothschildschatz auf Schloß Neuschwanstein
b) Reichsbankgold im Raume Füssen

Bezug: Zwischenbericht des Präsidiums der Landpolizei von Bayern
Berichterstatter: Ob. Insp. d. LP. Martin

Die Ermittlungen der hiesigen Dienststelle zu den im obigen Betreff angeführten Vorgängen sind vorläufig abgeschlossen. Der größte Teil der beteiligten Personen wurde ermittelt und protokollarisch oder informatorisch zur Sache gehört. Über das Ergebnis wird nachfolgend berichtet.
Da die Einlagerung eines Teils des Rothschildschatzes auf Schloß Neuschwanstein mit den angeblichen Goldtransporten der ehemaligen Deutschen Reichsbank in den Raum Füssen in keinem Zusammenhang stehen ...

Der Kommissar schluckte. Die zweite Seite war nicht ausgestellt. Kluftinger wollte bereits die Vitrine öffnen, da bemerkte er ein weiteres Schreiben. Es war ein als geheim gekennzeichneter Brief der Oberfinanzdirektion unter Doktor Schön an den damaligen Bundesfinanzminister, dessen Abschrift am 21. Juli 1953 der Polizei Füssen zugeleitet wurde.

G e h e i m !

21. Juli 1953

An den

Herrn Bundesminister der Finanzen

Bonn/Rhein
Rheindorferstraße 116

Betr.: Bergung von Munition, Schrott und sonstigem Eigentum des ehemaligen Deutschen Reiches aus den Alp-Seen bei Füssen

Meine Bundesvermögensstelle K e m p t e n berichtete mir, daß die z.Zt. vom Bayerischen Staatsministerium für Wirtschaft und Verkehr mit Munitionsbergungen beauftragte Firma N., Schrottgroßhandlung, Spezialfirma für Abbruch und Bergung, Augsburg, um die Genehmigung zur Bergung eines angeblich im Alatsee versenkten Schatzes der ehemaligen »Reichsschatzkammer« nachgesucht habe.

Die Firma N. hat u.a. im Alatsee nach etwa dort verlegten Kabeln getaucht. Da ein bereits heraufgezogenes Kabel wieder in den See zurückgefallen und im Schlamm versunken war, warf die Firma einen 2 Ztr. schweren Anker in den See und zog ihn am Grund entlang. Dabei wurde ein Kupferseil gehoben und bis zu einem Punkt, etwa in der Mitte des Sees, herausgezogen; von hier aus führte es dann senkrecht auf den Seegrund. Durch plötzlich auftretenden Sturm wurde das Kupferkabel dann aber aus seiner Verankerung gerissen und konnte geborgen werden. An dem Kupferseil war nach Angabe des Herrn N. eine Plombe mit dem Prägedruck »Reichsschatzkammer«. Da in dem See eine Schwefelquelle vorhanden ist, die die Arbeiten unter Wasser ausserordentlich erschwert, kann sich der jeweilige Taucher nur sehr kurz an der vorerwähnten Stelle aufhalten.

Aus Kreisen der Bevölkerung ist der Firma N. berichtet worden, daß etwa 3-4 Wochen vor dem Zusammenbruch 2 LKW's mit KZ-lern, die von höheren Offizieren bewacht waren, an den Alatsee fuhren. Daraufhin wurde für etwa 6 Stunden Fliegeralarm gegeben, sodaß die Bevölkerung nicht beobachten konnte, was im Einzelnen am Alatsee geschah. Auf den LKW's befanden sich angeblich mehrere Kisten in der Grösse 50 x 20 x 20 cm. Die Kisten waren angeblich verlötet.

Herr N. betonte ausdrücklich, daß er, wenn etwa eine andere Bergungsfirma von mir eingesetzt werden sollte, dies unter allen Umständen verhindern würde, damit der Schatz nicht mehr geborgen werden könne.
Mir wurde von dem von mir vorsorglich an den Alatsee entsandten Aufsichtsbeamten ferner mitgeteilt, daß ein amerikanischer Major mit 2 Zivilamerikanern in einem Opel-Kapitän mit deutscher Zulassungsnummer bereits zweimal am Alatsee war. Angeblich wollten die Amerikaner die Firma veranlassen, für Rechnung der Besatzungsmacht ein Einmann-Versuchs-U-Boot zu bergen, welches auf dem Grunde des Alatsees liegen soll.

In Vertretung
(Seuss)

Kluftingers Mund war staubtrocken. Er atmete schwer. Dann fiel ihm siedendheiß sein Besuch in Ackermanns Hotelzimmer heute Morgen ein. Mit zitternden Händen langte er in seine Tasche und zog das Papier heraus, das er von dort mitgenommen hatte. Er entfaltete es und betrachtete es nun zum zweiten Mal, diesmal allerdings mit anderen Augen. Da waren die Linien, die das Ufer markierten, die Straße nach Füssen, der Alatsee. Und da waren diese handschriftlich hinzugefügten Kreuze …

Er schlug sich gegen die Stirn. Hatte ihm seine Erkältung so die Sinne vernebelt? Wie hatte er das nur übersehen können!

Eilig hob er die Glasplatte, fischte die Dokumente heraus, lief aufgeregt den Gang hinunter und stieß die Tür zu Friedel Marx' Büro auf. Die Köpfe seiner beiden Kollegen flogen erschrocken herum.

»Herrgott, wir waren wie vernagelt«, polterte Kluftinger. Mit seiner rechten Hand hielt er die Papiere in die Luft und rief so aufgeregt, dass sich seine Stimme dabei überschlug: »Eine Schatzkarte. Es ist eine Schatzkarte.«

Marx und Strobl blickten sich mit großen Augen an. Die Beamtin machte eine wegwerfende Handbewegung. Kluftinger warf die Tür hinter sich ins Schloss und rannte zu ihrem Schreibtisch und schrie: »Haben Sie sich eigentlich schon mal Ihr eigenes Museum angeschaut?« Mit diesen Worten knallte er ihr die Dokumente auf den Tisch. Sie wollte zunächst gegen Kluftingers aufbrausende Art protestieren, überflog jedoch die Zeilen vor sich und blickte ihn dann erschüttert an. Nun trat auch Strobl zu ihnen, las und wurde bleich.

»Mein Gott«, flüsterte er.

»Wer kann was Genaueres darüber wissen?«, fragte der Kommissar.

Seine Kollegin überlegte kurz, dann sprang sie auf und sagte: »Es gibt da einen Historiker auf dem Schloss. Der weiß bestimmt was. Hier!« Mit diesen Worten warf sie Kluftinger seinen Mantel zu und sie stürmten aus dem Büro.

Friedel Marx hatte darauf bestanden, ihr Auto zu nehmen, um zum Schloss zu fahren. Schließlich kenne sie sich hier am besten aus und zudem habe sie in ihrem alten Subaru Allradantrieb.

Strobl war im Büro geblieben, falls Ackermann auftauchen oder sonst eine neue Entwicklung eintreten sollte.

Die ganze Fahrt über wippte Kluftinger nervös mit den Füßen. Erst als das Schloss vor ihnen auftauchte, wurde er etwas ruhiger. Kein schlechter Arbeitsplatz, dachte er sich. Erhaben ragten die Türme von

Neuschwanstein über die verschneiten Baumwipfel. Wild hupend und mit aufheulendem Motor bahnte sich Friedel Marx den Weg vorbei an den Souvenirläden. Die Straße war noch mit einer dünnen Schneedecke überzogen und einmal musste Friedel Marx scharf bremsen, weil ein Asiate auf die Fahrbahn lief, um ein Foto zu schießen.

»Fahr heim zum Fujiyama!«, kommentierte die Polizistin das Verhalten des Touristen. Kluftinger quittierte dies mit einem missbilligenden Blick, den seine Kollegin nicht recht einzuordnen wusste. Sie zündete sich einen Zigarillo an, woraufhin Kluftinger schwer zu husten anfing und das Seitenfenster herunterkurbelte.

Seine Kollegin drosselte ihr Tempo kaum, als sie in den eigentlich für Autos gesperrten Weg hinauf zu Neuschwanstein und zur Marienbrücke einbog. Von der Brücke aus konnte man die berühmten Postkartenfotos vom Schloss schießen.

»Sakrament, schleicht's euch halt«, schimpfte Frau Marx in Richtung der Touristen, die hier scharenweise den Weg bevölkerten. Dabei blies sie den Rauch in dicken Schwaden aus dem Mund.

Die Kutscher, die die Touristen für viel Geld mit ihren Gespannen nach oben beförderten, schienen im Gegensatz zu den Fußgängern weniger bereit, dem Auto, das ihrer Meinung nach hier nichts verloren hatte, Platz zu machen. Wütend drohten sie mit ihren Peitschen.

Da beugte sich Friedel Marx zum Beifahrersitz hinüber, um das Handschuhfach zu öffnen. Aus dem fielen erst dutzende leere, zerknüllte Zigarillopackungen, dann kam eines der Blaulichter mit Magnethalterung zum Vorschein. Grinsend setzte sie es aufs Dach und schaltete es ein.

»Ohren zuhalten«, brummte Friedel Marx noch.

Wie vom Blitz getroffen fuhren die Pferde zusammen und machten einen Satz an den Fahrbahnrand. Grinsend drückte Marx aufs Gas und schon nach kurzer Zeit hatten sie das Schlosstor erreicht. Im Inneren des Durchlasses hallte das Signalhorn so laut, dass sich die dort wartenden Besucher reflexartig die Ohren zuhielten. Endlich verstummte auch die Sirene. Beim Aussteigen bemerkten sie, dass die in der Schlange stehenden Besucher fast alle Kamera oder Fotoapparat auf sie gerichtet hatten.

Die Beamten liefen zum Informationsschalter, der sich im vorgelagerten Torbau befand. »Kenntat Sie mir a Information geaba, bittschee?«, fragte der Kommissar in viel breiterem Allgäuer Dialekt, als er ihn sonst benutzte. An Orten wie diesem war es ihm besonders wichtig, dass man ihn als Einheimischen wahrnahm. »Ei was wolle Se denn?«, fragte die Frau an der Kasse beiläufig, ohne zu Kluftinger hinzusehen – in tiefstem Hessisch.

»Polizei. Doktor Bandura, und zwar gleich!«, blaffte die Marx sie an.

»Moment …«, sie sah auf ihren Computerbildschirm, »Herr Doktor Bandura macht gerad eine Führung. Wenn Sie möschten, könnense noch dazustoßen, isch verständische den Kolleschn am Eingang.«

Als die Beamten an den Wartenden vorbei zum Eingang gingen, erhob sich aufgeregtes Stimmengewirr, ehe man ihnen die Tür öffnete und sie dann hinter ihnen schloss. Der Mann am Eingang beschrieb ihnen den Weg zu Banduras Gruppe und ließ sie dann allein zurück.

Es dauerte ein paar Sekunden, bis sie die Ehrfurcht, die sie beim Anblick der gewaltigen Halle verspürten, abgeschüttelt hatten. Doch dann besannen sie sich wieder ihres Auftrages und begannen zu laufen. Den langen Gang im »Ritterhaus« entlang, einem Verbindungstrakt zum Hauptgebäude, durch prunkvolle Säle und Räume voller Gold und Silber.

Nachdem ob des anfänglichen Laufschritts sowohl Friedel Marx als auch Kluftinger heftig anfingen zu husten, beschlossen sie in stillschweigendem Einvernehmen, langsamer zu gehen. Der Thronsaal, den Kluftinger und Marx nach einigen Schlafgemächern der Dienerschaft erreichten, war leer. Obwohl sie es eilig hatten, blieben die Beamten kurz stehen, so sehr nahm sie der Anblick dieser prächtigen Halle gefangen. Eigentlich glich sie mehr einer Kirche als einem Festsaal. Das leuchtende Blau der Säulen, der Mosaikfußboden, der schneeweiße Marmor und das viele Gold boten einen überwältigenden Anblick, von dem sich die Polizisten nur mühsam losreißen konnten.

Durch das königliche Schlafzimmer, das Kluftinger wegen seiner dunklen, mit kostbaren Schnitzereien versehenen Eichenholz-Vertäfelung besonders gefiel, ging es in die Ankleide und das Wohnzimmer bis zur Grotte. Kluftinger war lange nicht mehr dort gewesen, aber jedes Mal jagte ihm dieses bunt beleuchtete Beispiel der bizarren Launen des Paradiesvogels, der einst über das Königreich Bayern herrschte, einen Schauer über den Rücken. Im ehemaligen Arbeitszimmer jedoch verharrte er für einen Augenblick ehrfürchtig. Er hatte einen

Blick aus dem Fenster geworfen: Vor ihm lagen tief verschneit das Füssener und Schwangauer Tal. Dunkle Wolken drängten sich darüber zusammen. Der Anblick war atemberaubend.

»Können wir wieder?«, riss ihn die Marx aus seinen Gedanken. Weiter ging es die steile Wendeltreppe nach oben, die in einer großen Palme aus Stuck endete. Nun hörten die beiden eine Stimme hinter einer verschlossenen Tür.

Friedel Marx öffnete die Tür und sie betraten den riesigen Sängersaal im vierten, obersten Stockwerk des Schlosses. Hoch ragten die reich verzierten Wände, auf denen Szenen aus der Parzivalsage dargestellt waren, bis zu einer gewaltigen Holzdecke, die nach oben trapezförmig zulief. Von der Decke hingen vier riesige goldene Leuchter. Der Führer einer vielleicht fünfzehnköpfigen Gruppe nahm die hereinkommenden Polizisten zunächst gar nicht wahr. Mit monotoner Stimme beschrieb er den Raum: »... und der Saal ist in Teilen eine Kopie des Festspielsaals der Wartburg, in dem 1207 der Sängerstreit stattgefunden haben soll. König Ludwig, ein glühender Verehrer des Mittelalters und der Kompositionen Richard Wagners, konnte leider nie die Akustik dieses Raumes genießen. Die aus sechsundneunzig Teilen bestehende und bunt gefasste Fichtendecke sollte als Resonanzkörper ähnlich wie bei Streichinstrumenten den Ton der Musik verstärken. Wie kommen Sie hier herein und was kann ich bitte für Sie tun?«

Kluftinger hatte zunächst gar nicht bemerkt, dass der Mann am Ende ihn und seine Kollegin angesprochen hatte, so wenig unterschied sich die Anrede von dem leiernden Singsang seines sicher immer gleich lautenden Textes.

»Herr Doktor Bandura?«, fragte Kluftinger.

Bandura nickte. Unter seinem grünen Lodencape zeichnete sich ein massiger Körper ab. Oben war Bandura ganz schmal, mit hängenden Schultern, am Bauch und den Hüften aber derart voluminös, dass Kluftinger sich neben ihm vorkam wie ein Hänfling.

»Wir würden Sie gern in einer dienstlichen Angelegenheit sprechen. Kripo Kempten.«

Noch einmal sah der Mann auf und auch die Aufmerksamkeit seiner Gruppe war geweckt. Dann fuhr er in seinen Ausführungen fort und lenkte damit die Blicke der Touristen wieder auf sich. Schließlich ging er zu einer Tür an der Stirnseite des Raumes und öffnete sie.

»Ich darf Sie nun bitten, sich über die hundertsechsunddreißig Stufen der Wendeltreppe in die Schlossküche zu begeben, die für damalige Zeiten modernste Großküche Europas: Details können Sie den unten angebrachten Hinweistafeln entnehmen. Wir hoffen, die Führung hat Ihnen gefallen, und wir würden uns freuen, Sie bald wieder in einem Schloss der Bayerischen Schlösser- und Seenverwaltung begrüßen zu dürfen, ich darf Sie darauf hinweisen, dass auch in den Treppenhäusern, in der Schlossküche wie auch im schlosseigenen Andenken-Shop das Rauchen untersagt ist, bitte achten Sie auf der Treppe auf Ihren Kopf, die Tür ist nur einen Meter neunzig hoch, vielen Dank und auf Wiedersehen.«

Völlig ohne Modulation in der Stimme hatte Bandura seinen Text heruntergebetet. Als die Gruppe, die sich als Kirchenchor aus dem Bayerischen Wald entpuppt hatte, nach einem Kanon, der eilends wegen der einzigartigen Akustik angestimmt worden war, den Raum verlassen hatte, schob Bandura mit schwankenden Hüften seinen massigen Körper auf Kluftinger und Friedel Marx zu.

»So, was kann ich für Sie tun?«

»Kluftinger, Kripo Kempten. Das ist meine Kollegin, Frau Marx. Wir sind mit einigen Fragen gekommen, die Sie uns vielleicht beantworten können. Es geht um … warten Sie …«, Kluftinger reichte ihm das Schriftstück aus der Vitrine. »Es geht um die Vorgänge, die hier beschrieben sind.«

Bandura las sich das Papier kurz durch und gab es Kluftinger zurück.

Er holte tief Luft, seufzte und hob an zu reden: »Nun, ich weiß zwar nicht, warum sich die Kriminalpolizei dafür interessiert, ich will Ihnen aber gern sagen, was ich darüber weiß. Und das ist aus historischer Sicht vielleicht weniger, als Sie sich erhoffen. Ich kann Ihnen nämlich weder sagen, wo der Rothschildschatz abgeblieben ist, noch, wo Sie das legendäre Reichsbankgold finden.«

Kluftinger traute seinen Ohren nicht. Bandura hatte nun eine völlig andere Stimme, redete in lebendigem Tonfall.

»Es gibt natürlich einiges, was wir sicher wissen. Am Ende des Krieges, etwa ab 1943, ahnten viele längst, dass der deutsche Größenwahn in einem unvergleichlichen Debakel enden würde. Um für diesen Fall Sorge zu tragen, brachte man systematisch die Bestände von Museen,

Kunstsammlungen, wissenschaftlichen Sammlungen und Bibliotheken in Sicherheit. Und Sicherheit, das versprach aus damaliger Sicht am ehesten die Provinz. Gerade die Allgäuer Kappellen, ländliche Schlösser und Pfarrhäuser wurden zur Sicherung der Kunst- und Goldschätze auserkoren.

Was damals alles in Kisten verpackt und an die verschiedensten Orte gebracht wurde, kann man sich gar nicht vorstellen. Ein Wunder, dass so vieles davon überhaupt jemals wieder aufgetaucht ist.

Wenn Sie so wollen, war ab 1943 das Allgäu mehr und mehr der Luftschutzbunker deutscher Kunst. 1946 gab es sogar sechs große Ausstellungen von Meisterwerken deutscher Kunst in Kempten und Memmingen, bevor die Bestände wieder auf die Museen und Sammlungen verteilt worden sind.

Aber zurück in die Wirren der letzten Kriegsmonate: Sonderkommandos wurden gebildet und generalstabsmäßig wurde die Verlagerung immenser Kostbarkeiten organisiert. Schätzungen gehen davon aus, dass das verlagerte Gut hier im Allgäu einen Wert von etwa fünfhundert Millionen Goldmark hatte. Und das Reichsbankgold ist dabei noch nicht einmal eingerechnet.

Nur vage kann man jedoch den Umfang der Beutekunst, die nach dem Krieg nie wieder aufgetaucht ist, benennen. Dazu gehört auch der Familienbesitz der Rothschilds. Diese Familie war damals in der ganzen Welt für ihren Reichtum bekannt. Zusammen mit den Rockefellers waren die Rothschilds so etwas wie die Finanzgeber der westlichen Welt. Sehr wertvolle Gemälde befanden sich bis zum Krieg in ihrem Besitz, etwa von Velasquez, van Dyck oder van Gogh. Vor allem für ihre einzigartige Sammlung von Rubinensembles wurde Baroness von Rothschild beneidet. Die Frau von Louis Rothschild, der von den Nazis gefangen genommen wurde, war außerdem eine große Liebhaberin von Schmuck. Und so ließ ihr Mann ihr zu jedem Fest ein Armband, einen Ring, ein Collier und Ohrringe aus den teuersten Rubinen machen, immer anders gefasst und immer in anderen Formen. Legendär sind etwa die Ohrringe mit Rubinen, die in Tränenform geschliffen worden sind. Die Roten Tränen, hießen sie.

Und die Familie sammelte natürlich die Mouton-Rothschild-Weine. Auch die Weinsammlung ist seit dem Krieg verschollen. In den achtziger Jahren ist einmal ein Lafite Rothschild von 1799 bei einer

Versteigerung aufgetaucht. Da gingen die Gerüchte wieder los, ob dies eine Flasche der legendären Sammlung sei. Damals hat ein Deutscher die Flasche für eine halbe Million Mark gekauft. Stellen Sie sich vor, der Wein war noch trinkbar! Das ging durch die Medien. Da waren auch hier einige, die sich bei mir erkundigen wollten. So etwas legt sich wieder. Seitdem ist diesbezüglich jedenfalls wieder Ruhe eingekehrt. Bis heute.«

Bandura hatte ohne Punkt und Komma geredet. Kluftinger hatte ihn nicht unterbrechen wollen, deshalb hakte er erst jetzt nach: »Doktor Bandura, Sie haben vorhin gesagt, dass gegen Ende des Krieges Sonderkommandos gebildet wurden. Gab es hier in Füssen solche Kommandos?«

»Lassen Sie mich erst noch etwas zu den Rothschilds sagen. Was Sie noch nicht wissen, ist, dass ein großer Teil des Familienschatzes tatsächlich hier im Schloss gelagert wurde. Überwiegend wertvolle Gemälde.«

Kluftingers Kiefer klappte herunter.

»Jetzt freuen Sie sich mal nicht zu früh. Ebenso ist bekannt, dass das meiste davon noch im Jahr vierundvierzig von den Nazis nach Salzburg geschafft worden ist. Aber einiges blieb im Schloss. Das alles wurde sehr gut bewacht. Zwölf Kontrollpunkte mit zwölf Kontrolluhren waren hier installiert, zwölf zivile Wachen patrouillierten Tag und Nacht. Bis die Amerikaner kamen und alles übernahmen. Ob vorher doch noch mal was weggekommen ist, das ist Spekulation. Die Rothschilds haben selbst lange hier gesucht. Einer ihrer Anwälte hat sich hier rumgetrieben und auch ein paar Leuten gutes Geld für Informationen gezahlt.«

Kluftinger fragte noch einmal nach den Sonderkommandos.

»Ach wissen Sie, da gab es so viele. Bestimmt auch hier. Die wurden aus dem Boden gestampft, wenn es nötig war, und dann auch gleich wieder aufgelöst.«

»Halten Sie es für möglich, dass das NS-Regime die Sachen in Seen versenken ließ?« Der Kommissar hielt den Atem an. Plötzlich hatte er selbst die Szene vor Augen: Die letzten Kriegstage. Einige leichte Lastwägen und Motorräder. Junge Soldaten. Der See, der keine Geheimnisse preisgibt.

»Mit Sicherheit ist das geschehen. Die Alliierten haben aus einigen Seen und Weihern nach dem Krieg immer wieder verlötete Kisten herausgezogen. Sie müssen wissen, dass die meisten versteckten Beutegüter oder Schätze ja wieder aufgetaucht sind. Professionelle Schatzsucher sind damals durch halb Deutschland gezogen. Nur einige spektakuläre Dinge sind eben verschollen geblieben. Na ja, und seitdem kommen hier immer wieder Wünschelrutengänger und illegale Schatztaucher her …«, erzählte Bandura ruhig. Kluftinger war aufgeregt. Auf einmal verstand er.

»Was ist dran an den Gerüchten, dass im Alatsee noch Schätze liegen?«, wollte Marx wissen.

Bandura sah sie an und schüttelte den Kopf: »Wenn ich zu hundert Prozent wüsste, dass da unten das Bernsteinzimmer oder irgendein Goldschatz liegt, dann hätte ich die nötigen Schritte bereits unternommen«, grinste er. »Im Ernst: Das sind Gerüchte, teilweise Berichte von Augenzeugen, die aber nicht mehr genau nachvollziehbar sind. Ich kann Ihnen da nichts Genaues sagen, tut mir leid. Es hält sich allerdings hartnäckig diese Geschichte von den Lastwagen mit den KZ-Häftlingen, die an den Alatsee gefahren worden seien. Dann habe es sechs Stunden lang Fliegeralarm gegeben, damit sich kein ungewollter Zeuge dorthin verirren würde.«

»Hat man denn jemals etwas im Alatsee gefunden?«, fragte Kluftinger.

»Kommt darauf an, was man unter ›etwas‹ versteht. Immer wieder waren und sind an den zugänglichen Stellen Leute mit Metalldetektoren unterwegs. Am Ufer, in den wenigen Flachwasserzonen. Nun war der See lange Zeit militärisches Sperrgebiet, wie Sie wissen müssen. Und da hat sich an Metall einiges angesammelt. Von spektakulären Funden weiß ich allerdings nichts.«

Kluftinger unterrichtete Bandura detailliert über seinen Fund in der Hütte des Schamanen. Als er geendet hatte, antwortete der Historiker unwirsch: »An die Schlösser- und Seenverwaltung hat bei diesem Fund natürlich niemand gedacht. Sagen Sie Ihrem Chef ruhig, dass für Dinge, die in bayerischen Seen liegen, die bayerischen Wasserwirtschaftsämter oder aber wir zuständig sind und nicht irgendwelche Kollegen aus Berlin, die Ihr Herr Lodenmacher da verständigt hat. Wann, sagen Sie, kommen die Herrschaften?«

Kluftinger war nicht auf die gereizte Reaktion Banduras gefasst gewesen. Er wollte auch nicht den Sündenbock für seinen Vorgesetzten abgeben. »Wie gesagt, es tut mir sehr leid, aber das hat unser Chef versaubeutelt. Die Herren müssten eigentlich heute im Lauf des Tages noch kommen.«

»Gut, auch bei Ihnen werden Funktionsstellen wohl nicht vorwiegend nach Qualifikation besetzt, wie? Na ja, warum sollte das bei der Polizei anders sein als in allen anderen Behörden«, schimpfte der Historiker und klang dabei ziemlich resigniert. »Wenn Sie dann bitte veranlassen, dass ich bei allen Aktionen hinzugezogen werde, ja? Ich bin hier noch bis sieben Uhr unabkömmlich, dann rufen Sie mich bitte an.« Bandura reichte Kluftinger eine Visitenkarte. Dann gab er zuerst Marx, danach Kluftinger die Hand und geleitete die beiden zur Tür.

»Wir sehen uns, Frau Marx, Herr Kluftinger«, sagte er zum Abschied und es klang wie eine Order.

Friedel Marx stellte jedoch noch eine Frage, die sie die ganze Zeit beschäftigt hatte: »Eine letzte Frage, Herr Bandura. Rein interessehalber. Sind eigentlich alle Führer hier im Schloss Historiker? Da sind Sie ja wohl reichlich überqualifiziert, oder?«

Bandura lachte verächtlich, bevor er antwortete. »Machen Sie Witze? Das sind Hausfrauen, Studenten und ehemalige Zeitsoldaten, die ins Berufsleben eingegliedert werden sollen. Völlig unqualifiziertes Pack. Ich bin im Laufe der so viel gepriesenen Verwaltungsreform dazu verdonnert worden. Der bayerische Staat möchte sich nicht mehr so viele Historiker in den Schlössern leisten. Alles sei schließlich zur Genüge dokumentiert, aufbereitet und erforscht. Letztes Jahr haben sie mich vor die Wahl gestellt: Ich hätte als Geschichtslehrer an eine Schule wechseln können. Das wäre mein Untergang gewesen! Und so muss ich zwei Tage in der Woche immer denselben Text aufsagen, den ich irgendwann selbst entworfen habe. Das macht sie mürbe. Sie stumpfen irgendwann völlig ab. Da ist es Ihnen auch egal, ob die Schulklassen, die hier durchgeschleust werden, zuhören, oder nicht. Ich lebe für die drei Tage, an denen ich meiner eigentlichen Arbeit am Schreibtisch und in den Denkmälern nachgehen kann.«

Kluftinger und seine Kollegin hatten beinahe Mitleid mit dem birnenförmigen Mann. Wahrscheinlich hatte er sich Frustspeck angefressen.

Bandura setzte nun wieder sein teilnahmsloses Gesicht auf und wechselte in den leiernden Singsang, den sie bei der Führung von ihm gehört hatten: »Ich darf Sie nun bitten, sich über die hundertsechsunddreißig Stufen der Wendeltreppe in die Schlossküche zu begeben, die für damalige Zeiten modernste Großküche Europas: Details können Sie den unten angebrachten Hinweistafeln entnehmen. Ich darf Sie darauf hinweisen, dass auch in den Treppenhäusern, in der Schlossküche wie auch im schlosseigenen Andenken-Shop das Rauchen untersagt ist. Bitte achten Sie auf der Treppe auf Ihren Kopf, die Tür ist nur einen Meter neunzig hoch. Vielen Dank und auf Wiedersehen.« Er seufzte tief und schloss die Tür hinter den beiden Beamten.

Wie auf Kohlen hatten sie über drei Stunden untätig in der Füssener Polizeistation gesessen. Nur Friedel Marx hatte kurz ihr Büro verlassen, um sich an der Tankstelle drei neue Schachteln Zigarillos zu besorgen. Schließlich könne es noch dauern, bis die Historiker aus Berlin endlich eintreffen würden. Von Lodenbacher hatten sie die strikte Anweisung erhalten, nichts mehr zu unternehmen, bis die Wissenschaftler bei ihnen wären.

»Pass auf!«, zischte Strobl Kluftinger zu, als er schließlich mit einem Mann und zwei Frauen Marx' Büro betrat. »Da ist so eine Tussi vom BKA dabei, die hat's furchtbar wichtig.«

Bundeskriminalamt? Kluftinger war beeindruckt. Mehr noch aber befürchtete er, dass die übergeordnete Behörde nun in die Ermittlungen eingreifen und alles über den Haufen werfen könnte.

»Marlene Lahm«, stellte sich eine der beiden Frauen vor und streckte ihm eine schlanke Hand aus ihrem cremefarbenen Mantel entgegen. Nach einer wohldosierten Pause fügte sie hinzu: »BKA.«

Kluftinger stellte sich und seine Kollegin vor. Aber bevor er irgendwelche Fragen stellen konnte, ergriff Frau Lahm das Wort: »Das sind Professor Timm und seine Mitarbeiterin Anna Schmidt aus Berlin. Wir möchten sofort diesen Ofen sehen.«

»Ja, ja, kein Problem. Das sind nur ein paar Minuten mit dem Auto. Aber soll ich Sie nicht erst einmal über alles Weitere informieren?«

Die Beamtin mit den kurzgeschorenen Haaren, die Kluftinger auf Ende Dreißig schätzte, schüttelte den Kopf. »Wir wissen Bescheid. Den Ofen bräuchten wir«, sagte sie kurz.

Der Kommissar atmete tief durch. Schon die zweite Frau in diesem Fall, die ihm Anordnungen erteilte. Vielleicht war es besser, wenn er ihnen vorerst nichts von dem Schatz erzählte. Auf ihrem Weg zum Auto wurde Marlene Lahm doch noch etwas gesprächiger: »Wir haben bereits Ihrem Vorgesetzten Herrn Lodenbacher erklärt, dass es hier um eine Sache höchster Wichtigkeit geht. Herr Timm und Frau Schmidt werden Ihnen das bestätigen.«

Kluftinger drehte sich zu ihnen um und die beiden nickten nur. Offenbar waren die Hierarchien bereits klar geregelt worden.

»Ich glaube, wir kriegen heute noch richtig Schnee«, sagte Kluftinger in die Stille, die seit einigen Minuten in Friedel Marx' Auto herrschte. Sie waren gerade in der kleinen Holzhütte am Alatsee gewesen und hatten den Ofen in Augenschein genommen. Die Historiker schienen beeindruckt, während Frau Lahm ihren beherrschten Gesichtsausdruck behielt.

Norbert Schnalke dagegen war bleich geworden, als sie ihm mitteilten, was alles passieren könne, wenn er den Ofen weiter betreibe, es gebe da ganz fürchterliche andere Beispiele, wo selbst nach vielen Jahren alles unvermutet in die Luft geflogen sei. So schnell hatte Kluftinger noch niemanden ein Feuer löschen sehen.

Während des ganzen Rückwegs zum Auto hatten die Forscher dann mit Frau Lahm getuschelt, während der Kommissar und Friedel Marx schweigend hinter ihnen hergelaufen waren.

»Ich mach mal das Radio an«, sagte Kluftinger, als er die Stille kaum mehr aushielt. Es schien ihm, als heckten die drei Fremden, die im Fond saßen, buchstäblich hinter seinem Rücken etwas aus.

»... hat der Deutsche Wetterdienst eine Unwetterwarnung für das Voralpenland herausgegeben. Es ist mit starken Schneefällen, Sturmböen und Schneeverwehungen zu rechnen«, tönte eine Stimme aus dem Radio.

»Sag ich's doch«, nickte Kluftinger zufrieden. »Bei so was lieg ich selten falsch, das merk ich im Bein.«

»Eine alte Kriegsverletzung?«, fragte Friedel Marx, ohne dabei die Straße aus den Augen zu lassen.

»Der Punkt geht an Sie«, grinste Kluftinger.

»Wie gedenken Sie nun fortzufahren?« Marlene Lahm hatte ihre Sprache offenbar wiedergefunden.

Kluftinger drehte sich auf dem Beifahrersitz um, obwohl ihm vom Rückwärtsfahren immer schlecht wurde, und sagte: »Hm, Sie sind ja über die gesamten Ermittlungen im Bilde, nicht wahr? Ich dachte, ich kümmere mich mal wieder um die Alten.«

»Die Alten?«

Kluftinger seufzte. Musste er ihr jetzt doch alles von Anfang an erklären?

Friedel Marx' Stimme durchbrach seine Gedanken: »Klingt wie der Lodenbacher!«

»Was?«

»Im Radio. Klingt wie der Lodenbacher.«

Kluftinger spitzte die Ohren. Tatsächlich. Im Radio sprach ein Mann mit unverkennbar niederbayerischem Akzent, wenn auch nicht so ausgeprägt wie ihr Vorgesetzter. Er wollte sich schon wieder der Beamtin auf dem Rücksitz zuwenden, da hörte er, wie jemand im Radio sagte: »Welche Sensation, Herr Lodenbacher?«

Kluftinger schluckte. Blitzschnell drehte er lauter.

»Jo, wir hoben einen, ich dorf doch sogen, historischen Fund gemocht«, sagte er und der Kommissar merkte ihm deutlich an, dass er versuchte, möglichst hochdeutsch zu sprechen.

Alle lauschten gespannt dem Interview, in dessen Verlauf Lodenbacher immer wieder betonte, welche herausragende Leistung *seiner* Abteilung es gewesen sei, bei den von *ihm* geleiteten Ermittlungen dem Projekt Seegrund und damit der verschollenen Geheimwaffe der Nazis auf die Spur zu kommen.

»Wia weaden diesen einzigoartigen historischen Fund entsprechend behondeln und dia Eagebnisse notürlich donn dea Weltöffentlichkeit mitteilen!« Mit diesem Versprechen seines Vorgesetzten endete das Gespräch.

Ein paar Sekunden sagte keiner etwas, dann presste Marlene Lahm ein »Dieser Idiot!« zwischen den Lippen hervor. Kluftinger widersprach ihr nicht.

»Welcher Sender ist das?«, fragte unvermittelt Professor Timm.

»Radio Ostallgäu«, antwortete Friedel Marx.

»Ich schätze, dann haben wir bis morgen früh noch Ruhe.«

»Ruhe?« Kluftinger verstand nicht.

»Sehen Sie«, hob Timm an, »über die Wichtigkeit dieses Fundes hat Herr Lodenberger ja gerade ausführlich gesprochen. Er hat Recht, da gibt es keinen Zweifel. Genau deswegen hätte er es auch lieber für sich behalten sollen, fürs Erste. Nationalsozialismus verkauft sich in den Medien immer noch sehr gut. Denken Sie nur an den Film ›Der Untergang‹. Und wissen Sie, dass Hitlers Konterfei nach wie vor so oft wie kaum ein anderes als Titelbild auf Nachrichtenmagazinen auftaucht?«

Das war Kluftinger zwar neu, doch er sagte nichts.

»Ich erzähle Ihnen das, weil ich Ihnen begreiflich machen will, was Sie ab morgen hier erwartet. Die gesamte Medienlandschaft Deutschlands wird hier einfallen. Ach, was sage ich: Europas!

Wir hatten einmal einen Verdacht, einen Teil des Bernsteinzimmers in einem kleinen polnischen Dorf gefunden zu haben. Glauben Sie mir, nachdem das bekannt geworden ist, war da der Ausnahmezustand.

Als ein paar Tage später die Medienmeute wieder abgezogen ist, lag da kein Stein mehr auf dem anderen. Und das hier ist spektakulärer, glauben Sie mir. Wir haben noch Glück im Unglück, weil wir uns darauf vorbereiten können.

Das war jetzt erst mal ein kleiner Lokalsender, es wird, denke ich, bis morgen früh dauern, bis die großen Stationen und Zeitungen davon Wind bekommen. Aber dann …« Der Professor brachte seinen Gedanken nicht zu Ende.

Die kurze Ansprache verfehlte ihre Wirkung bei den Beamten nicht. Kluftinger schluckte, blickte zu seiner Kollegin und sagte dann seufzend: »Nur gut, dass sie noch nichts von dem Schatz wissen.«

»Welcher Schatz?!« Wie aus der Pistole geschossen kam die Frage von Frau Lahm.

Kluftinger biss sich auf die Unterlippe. Eigentlich hatte er es ihnen ja noch gar nicht erzählen wollen. Aber nun war es zu spät. Und irgendwann musste er ja doch mit der Sprache rausrücken. Also informierte er sie über die alten Männer, die Tauchgeräte, die Karte im Hotelzimmer und die Schatzlegende.

»Ich werd verrückt!« Der Professor ließ sich in die Lehne des Autositzes fallen. In seinem Gesicht spiegelte sich eine Mischung aus Entsetzen und Faszination. »Sie sind auf Gold gestoßen, im wahrsten Sinne des Wortes.« Timm referierte noch einmal kurz über die Legenden um die Nazischätze ganz allgemein.

Der Kommissar drehte sich wieder nach vorne. Ihm war schlecht, aber diesmal kam es nicht vom Rückwärtsfahren. Er hatte das Gefühl, dass ihm die ganze Sache über den Kopf wuchs. Nazis, Goldschätze, Waffensysteme – er hatte doch eigentlich nur einen fingierten Tauchunfall aufklären wollen. Und jetzt das. Er spürte, wie seine Knie weich wurden.

»Wie spät ist es eigentlich?«, fragte er mit zittriger Stimme.

»Kurz vor zehn«, antwortete der Professor. »Meinen Sie, wir könnten noch schnell irgendwo einen Happen essen? Ich hab seit heut früh nichts mehr in den Magen bekommen.«

Sie hielten bei einer kleinen Wirtschaft am Ortsrand von Füssen. Es kostete sie einige Mühe, den Wirt zu überreden, noch etwas für sie zuzubereiten. Schließlich sei die Küche längst geschlossen. Doch nachdem die Beamtin aus Wiesbaden ihren Ausweis vorgezeigt hatte, war der Mann so eingeschüchtert, dass er sich verzog. Linsen mit Spätzle könne er warm machen, rief er aus der Küche zu ihnen, nachdem er bei seiner Frau nachgefragt hatte. Dazu habe er noch Wienerle. Und einen Apfelstrudel mit Vanillesoße als Nachspeise.

Erst, als sie alle etwas zu essen und zu trinken bekommen hatten, kam wieder ein Gespräch in Gang.

»Wir müssen den See sperren«, sagte Frau Lahm schließlich. »Können Sie das bis morgen veranlassen?«

Kluftinger nickte. »Kein Problem. Ich geb's dann auch gleich an den Verkehrsfunk. Vielleicht halten wir so ein paar Reporter davon ab, überhaupt herzukommen.«

»Gut. Aber machen Sie's bitte so unspektakulär wie möglich. Sie können ja sagen wegen Straßenarbeiten oder wegen Schneebruchgefahr.«

»Ich kümmer mich drum«, versprach Kluftinger. »Reicht's Ihnen, wenn die Kollegen gleich morgen früh rausfahren?«

Lahm überlegte und sah zu Timm, der zustimmend mit dem Kopf nickte. »Ja, das wird sicher genügen. Wie wollen Sie nun fortfahren?«

Kluftinger war auf die Frage vorbereitet und er wusste genau, was er antworten würde. »Ich denke, es ist an der Zeit, noch mal die alten

Herren einzubestellen. Wir können nicht warten, bis uns der Ackermann ins Netz geht. Es ist zwar spät, aber am liebsten würde ich es gleich noch veranlassen.«

Alle nickten und Kluftinger sowie seine Füssener Kollegin führten dafür einige Telefongespräche.

Dann widmeten sie sich alle wieder wortlos ihrem Essen. Etwa zwanzig Minuten später klingelte das Handy des Kommissars.

»Ja, Kluftinger… ah, Richard… nicht da? Hm, gut, weiß Bescheid.« Er legte auf und blickte in vier fragende Gesichter. »Das war einer meiner Kollegen. Wagner, einer der Männer, von denen ich gesprochen habe, ist nicht zu Hause und auch sonst im Moment nirgends aufzutreiben.«

»Das geht ja schon gut los!«, seufzte die Marx.

Und sie behielt Recht, denn innerhalb der nächsten halben Stunde tröpfelten nach und nach die Meldungen über die anderen Männer ein, die alle ähnlich lauteten: nicht zu Hause, ausgeflogen, nicht auffindbar.

»Seltsamer Zufall«, murmelte Kluftinger, obwohl er an einen Zufall nicht glauben mochte.

Der Wirt, der um ihren Tisch herumschlich, unterbrach seine Gedankenkette. »Wenn Sie nichts dagegen haben, mir täten jetzt zusperren«, sagte er und deutete mit einer Hand auf die Tische in der Gaststube, die bereits alle verwaist waren.

Sie zahlten also und standen auf. Als sie hinausgehen wollten, klingelte Friedel Marx' Handy. Die anderen gingen schon vor, sie blieb stehen und nahm das Telefonat entgegen. Als sie draußen zu ihnen stieß, war sie sehr aufgeregt.

»Ihr werdet es nicht glauben«, keuchte sie heiser. »Sie haben Pius Ackermann.«

Langsam fuhr das Stahltor der Füssener Polizei auf, um das gelbe Blinklicht tanzten dicke Schneeflocken. Hoffentlich ist die Garage geheizt, schoss es Kluftinger durch den Kopf: Die Kollegen hatten sie in eine Halle bestellt, in der Zoll und Polizei stichprobenartig Fahrzeuge, die ihnen bei der so genannten Schleierfahndung aufgefallen waren, auseinander nahmen. Jetzt sollte dort Ackermanns Auto genau unter die Lupe genommen werden.

Auf dem Polizeihof hupte die Marx dreimal kurz, worauf sich eines der Rolltore der Garagen öffnete. Ein großer, dunkelgrauer Opel stand rückwärts in der Garage. Ein Mann mit kurz geschorenem grauem Haar stand links davon, neben ihm Strobl und zwei Polizisten in grünen Overalls. Dazwischen stand, mit dem Rücken zu ihnen, ein weiterer Mann.

Als Kluftinger aus dem Wagen stieg, nahm er mit Erleichterung zur Kenntnis, dass die Halle angenehm trocken und halbwegs warm war. Er zog sein nicht mehr ganz frisches Stofftaschentuch aus der Tasche und schnäuzte sich kräftig hinein. Dann bat er einen der Beamten, den Professor und seine Mitarbeiterin ins Hauptgebäude zu begleiten.

Kluftinger blickte auf die Uhr und erschrak ein wenig: Es war schon kurz nach halb zwölf und er hatte sich den ganzen Tag über nicht bei Erika gemeldet. Sicher, er hatte heute Morgen so eine Ahnung gehabt und sie vorsorglich gewarnt, dass es spät werden könne. Er beschloss, trotz der fortgeschrittenen Stunde noch kurz daheim anzurufen. Sicher würde Erika vor dem Fernseher schlafen und auf ihn warten. Nach der Strafpredigt seiner Frau, warum er sich denn nicht früher gemeldet habe, bereute er diesen Entschluss jedoch. Schnell beendete er sein Gespräch und hatte es schon wenige Sekunden später vergessen.

Als er näher zu dem Mann trat, den Strobl ihm als Pius Ackermann vorstellte, drehte sich auch dessen Begleiter um. Kluftingers Kiefer klappte nach unten: Es war Klaus, der penetrante Student aus Professor Bittners Forschungsteam. Der mit der Schiebermütze, der sich schon die ganze Zeit über so seltsam verhalten hatte! Unwillkürlich machte Kluftinger einen Schritt zurück. Er schluckte. Kurzzeitig drehte sich alles um ihn, und er hatte schon Angst, dass seine Erkältung ihn in die Knie zwingen würde, doch dann wurde alles ganz klar. Auf einmal formte sich aus dem chaotischen Haufen aus Theorien, Aussagen und Vermutungen ein Bild. Die Lösung des Falles lag vor ihm wie ein Puzzle, dessen System er endlich durchschaut hatte und das er nur noch zusammensetzen musste. Es würde nur noch einen Augenblick dauern, doch er brauchte Ruhe dafür.

»Fangt bitte gleich mal an! Ich muss noch über was nachdenken«, flüsterte er Friedel Marx und Strobl zu. Dann ging er ein paar Schritte zurück und ließ sein Gehirn arbeiten, ohne die anderen dabei aus den Augen zu lassen. Versatzstücke dessen, was Marx und Strobl fragten, drangen an sein Ohr und fügten sich in seinem Unterbewusstsein in das dort entstehende Gesamtbild ein.

Pius Ackermann protestierte zunächst lautstark gegen die vorläufige Festnahme, während Klaus sich im Gegensatz zu den bisherigen Zusammentreffen auffällig still verhielt. Pius Ackermann gab an, dass Klaus sein Neffe sei, er selbst auf dem Weg nach Pfronten in seine Pension.

Friedel Marx fragte Ackermann nun, was es mit der ominösen Karte des Sees auf sich habe, und bei der Antwort horchte Kluftinger auf: »Gute Frau, ich bin Geologe. Ich hatte einen Lehrstuhl in Rostock. Können Sie sich denn nicht vorstellen, dass mich ein Gewässer, das so viele Geheimnisse birgt wie der Alatsee, interessiert? Noch dazu, wo mein Neffe, der in meine beruflichen Fußstapfen tritt, eben dort als Teil eines Forschungsteams agiert?«

»Und wenn ich Ihnen sage, dass es sich bei dem Papier um eine Schatzkarte handelt?«, hakte Strobl nach, was Ackermann mit einem kehligen Lachen und dem in Kluftingers Augen reichlich deplatzierten Kommentar quittierte, ob Strobl zu viel Karl May gelesen habe. Strobl blieb jedoch völlig ruhig. Hätte Kluftinger diese Phrase von Ackermann an den Kopf geworfen bekommen, er wäre unter Garantie laut geworden.

»Wir wissen sehr wohl, was Sie und die anderen am Ende des Krieges am See getrieben haben«, setzte Marx sofort nach.

Das seien alles nur Spekulationen und Gerüchte, die sich über die Jahre verselbstständigt hätten, schimpfte Ackermann. Ammenmärchen, mehr nicht.

»Herrgott, was wollen Sie denn dann hier?«, schnauzte Marx ihn an und es war deutlich zu erkennen, dass ihnen allmählich die Fragen ausgingen. Egal, was sie von ihm wissen wollten, er wand sich wie ein Aal und schien für sie nicht zu fassen. Schließlich bestand er darauf, dass sie ihn gehen ließen. Und den verzweifelten Polizisten fiel tatsächlich kein triftiger Grund mehr ein, Ackermann und seinen Neffen, wenn Klaus das denn tatsächlich war, weiter festzuhalten.

Doch dann passierte etwas, das Kluftinger die Klarheit verschaffte, die er noch brauchte. Das letzte Puzzlestück fügte sich ins große Bild:

Die Marx zündete sich gerade einen Zigarillo an, woraufhin auch Klaus eine Schachtel Zigaretten hervorzog. Als er zum Feuerzeug griff, fiel ihm dies jedoch aus der Hand, er musste sich bücken, um es aufzuheben. Der Kommissar kniff die Augen zusammen und nickte.

Auf die verzagt geflüsterte Frage seiner Kollegin, ob *er* denn keine Fragen mehr habe, man müsse die beiden sonst gehen lassen, reagierte Kluftinger gar nicht mehr. Stattdessen ging er zielstrebig und mit funkelnden Augen auf Ackermann zu, warf Klaus einen Blick zu, legte sich noch ein paar Worte zurecht, holte tief Luft und begann zu sprechen: »Wissen Sie, Herr Ackermann, woran ich am längsten zu kauen hatte? Was ich mir die ganze Zeit nicht erklären konnte? Dass es zwei Seiten, zwei Parteien gibt, die zum Seegrund wollen. Darauf bin ich, ehrlich gesagt, jetzt erst gestoßen, als ich Sie und Ihren…«, Kluftinger warf Klaus einen abschätzigen Blick zu, »… Ihren ›Neffen‹ zusammen gesehen habe. Dann ist bei mir endlich der Knoten geplatzt. Dass das so lange gedauert hat, lag wohl vor allem daran, dass alles auf den ersten Blick anders schien, als es sich dann in Wirklichkeit dargestellt hat.«

Marx und Strobl warfen sich fragende Blicke zu und zuckten mit den Schultern. Keiner wusste, worauf der Kommissar hinaus wollte. Atemlos lauschten sie und Marlene Lahm seinen Ausführungen.

»Zuerst war da mal der Tote, der gar keiner war. Mit Eltern, die gar keine waren. Der Kerl, ein Forscher, der gar keiner war, lag in einer Lache aus Blut, das, wie sich bald herausstellte, auch gar keines war. Am Anfang ermittelte ich also in einem Fall, der eigentlich gar keiner war. Und vielleicht wäre es dabei geblieben: ein ominöser Tauchunfall im Schnee. Aber da war dieses Zeichen. Als Sie nach der Wende zum ersten Mal hierher gekommen sind, Herr Ackermann, müssen Ihnen ja die Augen übergegangen sein. Überall stößt man hier darauf!«

Kluftinger ging auf den Opel von Ackermann zu und malte das Zeichen auf die verdreckte Heckscheibe.

»Letztendlich war es die maßlose Arroganz Ihrer Kameraden, die mir die Augen geöffnet hat. Kein Wunder: Ein Geheimnis, das über sechzig Jahre nicht gelüftet wurde, das scheint gegen alle Eventualitäten gefeit. Und dann wird man überheblich. Und von der Überheblichkeit ist es nur ein kleiner Schritt zum Leichtsinn.«

Kluftinger grinste versonnen und fuhr fort: »Aber der Reihe nach: Der Beginn dieses Falles führt uns zurück, weit zurück in die vielleicht dunkelsten Monate, die unser Land jemals erlebt hat. Es sind die letzten Wochen oder Monate des Krieges.

Alle, die nicht blind sind, sehen, dass es kein gutes Ende nehmen wird. Und man beruft alles ein, was zwei Beine hat, um zu gehen.

Aber Sie haben Glück, Sie werden nicht an die Front geschickt, um Ihren Kopf ins Feuer zu halten wie die anderen in Ihrem Alter. Nein, mit Ihnen allen hat man anderes vor. Sie steckt man in eine Sondereinheit. Es ist nur ein Befehl, der Sie alle zusammenführt, Ihrer aller Leben für immer verändert. Wie viele Kisten waren es denn, Herr Ackermann, die Sie damals, in einer dunklen Nacht, im Alatsee versenkt haben?«

Kluftinger sah den alten Mann an, der aber wich seinem Blick aus und drehte den Kopf weg.

»Egal, wir werden es ja ohnehin bald erfahren. Sie und Ihre Kameraden wissen also selbst nicht genau, was in den Kisten ist, die Sie da transportieren. Aber in Ihnen reift eine Ahnung. Sie versenken die Kisten und versuchen, sich die Stelle zu merken. Doch das ist schwierig mitten in der Nacht. Ohne Kompass, ohne Navigationsgeräte. Aber davon verstehen Sie eh nichts. Sie sind Jungen, gerade aus der Pubertät heraus. Und so leisten die Kinder, denen man die Kindheit genommen hat, einen Eid. Irgendwann werden Sie zurückkommen. Sie alle zusammen. Und nachsehen, was in den vermaledeiten Kisten ist. Dann wird man gerecht teilen. Aber zu einem richtigen Bund gehört ein Zeichen. So stand es in den Abenteuergeschichten, nicht wahr? Was mir wirklich Respekt einflößt, ist, dass dieser Bund von Jungen, dass dieses Versprechen so lang gehalten hat. Vielleicht war es Ihr Stolz, ein so großes Geheimnis zu bewahren. Doch es gab etwas, das Sie nicht wussten.«

Kluftinger machte eine Pause und wartete, bis Ackermann ihn stirnrunzelnd ansah.

»Sie wussten nicht, dass der See noch zwei andere Geheimnisse barg. Geheimnisse, die aus dem See so etwas wie einen unbezwingbaren Tresor gemacht haben.

Erstens: Der Seegrund war aus damaliger Sicht nach menschlichem Ermessen und mit der damaligen Technik unerreichbar. Die Schwefelbakterien waren sozusagen das Siegel der Verschwiegenheit, das niemand durchbrechen konnte.

Zweitens: Die Nazis hatten Waffenversuche dort oben gemacht, hatten den See zum Sperrgebiet erklärt und möglicherweise ihre Superwaffe erprobt. Deshalb haben später auch die Amerikaner einige Jahre den See abgesperrt. Ohne je etwas zu finden. Oder haben sie es nur nicht bekannt gemacht?«

Bei der letzten Frage zuckte Ackermann leicht zusammen.

»Doch Ihr Krieg ist noch nicht zu Ende. Ganz am Schluss kommen Sie doch noch an die Front. Russische Gefangenschaft?«

Ackermann nickte zögerlich.

»Dann Ostdeutschland. Sie werden Geologe. Ich weiß nicht, wie es Ihnen ergangen ist. Aber es hat Sie nicht losgelassen, was? Die Kisten. Die Kameraden. Die sich ohne Sie weiterhin trafen. Wurde damals Ihr Hass gesät? Und der Zweifel? Wussten die anderen, was mit Ihnen passiert war? Und nach der Wende haben die anderen Sie einfach abblitzen lassen? Haben die Sie nicht mehr auf der Rechnung gehabt?

Jetzt wollten Sie bestimmt auch nicht mehr mit denen teilen. Aber die anderen haben Ihnen gedroht, stimmt's? Ich habe einen entsprechenden Brief gelesen. Und dann wittern Sie endlich Ihre Chance. Bringen auf einem Kongress Professor Bittner auf die Fährte des Sees. Sie wissen, dass man für Ihr Unterfangen einen Roboter, gutes Equipment und nicht zuletzt die nötigen Genehmigungen braucht. Sie wissen also, dass der einzige Weg zum Seegrund über ein offizielles Forschungsvorhaben führt. Und jetzt kommen Sie ins Spiel, Klaus!«

Der Student schreckte auf und sah Kluftinger mit großen Augen an.

»Sie müssen einen Maulwurf in das Team einschleusen, Ackermann, jemanden, der Ihre Interessen im Auge hat. Mit all dem Equipment wird sich schon die Gelegenheit ergeben, irgendwann nachts auf eigene Faust loszulegen, nicht wahr? Sind Sie eigentlich wirklich sein Neffe?«

Klaus blieb starr.

»Egal. Was Sie nicht wissen, Ackermann, ist, dass die anderen ebenfalls einen Verbindungsmann platzieren: den Sohn Ihres Kameraden Johann Röck. Wie Sie Ihren Klaus ins Team gebracht haben, weiß ich nicht, vermutlich studiert er tatsächlich Geologie …«

Der Student nickte, ohne Kluftinger anzusehen.

»Die andere Seite hingegen ist nicht so zimperlich. Die tauschen kurzerhand einen Mitarbeiter des Projekts aus, den sie mit einigem Schweigegeld ins Ausland schicken und somit aus dem Weg schaffen.

Wann haben Sie gemerkt, dass Sie nicht der Einzige waren, der nicht an den Forschungen interessiert ist, Klaus? Und wie lange hat es dann noch bis zu dem Mordversuch gedauert?«

Klaus sagte kein Wort, stattdessen sah er regungslos zu Boden. Kluftinger blickte sich zum ersten Mal um, seit er mit seinem Monolog begonnen hatte. Alle sahen ihn gebannt an.

»Sagen Sie, haben Sie ihn im Morgengrauen erwischt, als er versucht hat, allein am Roboter zu hantieren? Wussten Sie bereits, wer er war? Haben Sie ihm angeboten, zu helfen? Sind Sie mit ihm auf eine Bootstour gegangen, von der es für ihn keinen Rückweg geben sollte?

Oder war es ganz anders? Hat er sich Ihnen offenbart, als er merkte, dass er es allein nicht schaffen würde? Oder hat er Ihnen sogar Geld geboten?

Eigentlich gleichgültig, denn was Sie erreichen wollten, hat nicht geklappt. Denn er hat überlebt. Und wieder macht Ihnen dieser mysteriöse See einen Strich durch die Rechnung. Wie ein Fanal breitet er seine rote Farbe über dem Sterbenden aus.

Ich hätte ihn sicher nicht gefunden, wäre nicht diese riesige Lache gewesen. An diesem Tag hat der blutende See eines seiner Geheimnisse preisgegeben.«

Zufrieden suchte Kluftinger die Blicke seiner nach wie vor bewundernd dreinschauenden Kollegen. Er genoss die Anerkennung, die sich in ihren Gesichtern spiegelte. Das stachelte ihn an, noch eins draufzusetzen: »Ackermann, wissen Sie übrigens, wann mir klar geworden ist, dass es zwei Seiten gab? Als das Forschungsmaterial verschwand.«

Eine Weile sagte niemand etwas und es schien, als lauschten alle dem Heulen des Windes, der draußen immer heftiger blies. Dann räusperte sich Strobl und fragte: »Warum bist du denn ausgerechnet dabei auf die Existenz von zwei Gruppen gekommen?«

Der Kommissar lächelte. »Der Bund der Alten wollte den Schatz heben und er hier wollte es verhindern. Eine Seite war ja bereits ausgeschaltet. Wieso hätten dieselben die Instrumente zerstören sollen? Dafür musste jemand anderes verantwortlich sein.«

Strobl sah ihn mit großen Augen an. Kluftinger war sich nicht sicher, ob er sich verständlich genug ausgedrückt hatte, aber er wollte sich damit jetzt nicht aufhalten. Zielstrebig ging er auf Ackermann zu. Mit forscherer Stimme als zuvor sagte er: »Wenn mich nicht alles täuscht, sind Sie gerade auf dem Weg zum See, nicht wahr, Herr Ackermann?«

Ackermann hatte die Veränderung in Kluftingers Auftreten ebenfalls bemerkt. »Also bitte, Herr Kluftinger, wo denken Sie hin?«, wiegelte er ab. »Mitten in der Nacht. In meinem Alter! Ich bin froh, wenn ich in mein Bett komme.«

Kluftinger lächelte selbstsicher. Er ging langsam um Klaus herum, der ihn fragend ansah. Mit einer plötzlichen Bewegung zog er ihm von hinten die Hose herunter. Er trug eine dieser weiten Cargojeans, die sich leicht nach unten ziehen ließ. Nicht nur der Student, auch die anderen waren sprachlos. Erst nach einer Schrecksekunde erkannten sie den Grund für Kluftingers seltsames Verhalten: Der völlig perplexe Student stand nicht etwa in Unterhosen da. Stattdessen kam ein schwarzglänzender Taucheranzug zum Vorschein.

Friedel Marx brach als Erste das Schweigen: »Respekt, Kollege Kluftinger! Das nenn ich Kombinationsgabe«, sagte sie und pfiff durch die Zähne.

»Es würde mich nicht wundern«, fuhr Kluftinger herablassend fort, »wenn wir im Kofferraum auch den Roboter finden. Eugen, mach doch mal kurz auf.«

Strobl ging in Richtung Auto. Im selben Moment setzte sich auch Klaus in Bewegung, wollte auf den Beamten zustürzen, doch er verhedderte sich schon beim zweiten Schritt derart in seiner heruntergezogenen Hose, dass er der Länge nach hinfiel. Dann drehte er sich auf den Rücken und strampelte wild mit den Füßen, um sich von seinen Fußfesseln zu befreien.

»Ich glaube, Sie legen ihm vorsichtshalber auch noch Handschellen an«, schlug Kluftinger einem der Polizisten vor. Er hatte Mühe, sein Lachen zurückzuhalten.

Strobl hatte mittlerweile den Kofferraum des Opels geöffnet und winkte die Kollegen zu sich. Kluftinger war der Letzte, der einen Blick in den Wagen warf. Von einem Tauchroboter war darin nichts zu sehen. Strobl hob einen Teppich nach oben, darunter fanden sich säuberlich in eine Decke gepackt zwei Jagdgewehre und ein Revolver.

Kluftinger war überrascht. Für einen Moment geriet seine Souveränität ins Wanken. »So, Herr Ackermann, jetzt sagen Sie mir sicher gleich, dass Sie gerade auf dem Weg zur Jagd waren. Nachtjagd am Seegrund, oder wie?«

»Na gut, das Spiel, das so lange gedauert hat, ist damit wohl aus«, hob der Alte mit sonorer Stimme an. »Sie waren brillant, Herr Kommissar, wirklich. Man kann sagen, dass ich in Ihnen wohl meinen Meister gefunden habe, und das gilt auch für die anderen.

Nur eines haben Sie nicht verstanden. Da sind Sie völlig auf den Holzweg geraten: Wir haben weder die Ausrüstung der Forschungsgruppe zerstört noch sind wir im Besitz des Tauchroboters.«

Kluftinger zog die Brauen nach oben. Sollte er sich wirklich getäuscht haben? Sollte er sich ein Kartenhaus gebaut haben, das nun mit einem Handstreich zum Einsturz kam? Seine Lippen bebten, als er Ackermann aufforderte, weiterzusprechen.

»Meine Kameraden hatten mit dem jungen Röck ihren Zugang zum See verloren.«

»Sie meinen also, die Alten, ich meine, Ihre Kameraden haben die Forschungen sabotiert, damit ihnen nicht durch Zufall oder absichtlich jemand zuvorkommt?«

»Verstehen Sie denn nicht?« Ackermann wurde laut. Es schien ihm nun ein Bedürfnis zu sein, die Sache gänzlich aufzuklären, um so Kluftingers Irrtum nachzuweisen. »Während wir hier palavern, sind die wahrscheinlich am See und heben die Kisten!«

»Ich bitte Sie! Es hat einen regelrechten Schneesturm draußen und es ist stockfinstere Nacht. So blöd werden die kaum sein!«

»Was meinen Sie denn, warum wir versucht haben, dort hinaufzukommen, heute Nacht?«

Kluftinger wurde es heiß, sein Gesicht lief rot an. Natürlich! Deshalb die Waffen.

»Der Radiobeitrag …«, dachte er laut.

»Sicher!«, rief Ackermann. »Irgendein Idiot von Ihnen hat doch über die Medien die Sache mit der Geheimwaffe rausgeblasen. Das ist die letzte mögliche Nacht. Ab morgen bleibt da kein Stein mehr auf dem anderen. Die kämmen den kompletten Seegrund durch, das versteht sich doch von selbst!«

Kluftinger bebte innerlich. Ganz hatte er die Sache eben doch nicht überrissen. »Eugen, Frau Marx, Frau Lahm, wir fahren sofort los! Sie kommen mit, meine Herren«, sagte er, an die Polizisten gewandt. »Und dass mir irgendjemand Verstärkung ruft!«

12. Februar 1945, 5.10 Uhr

Eine ganze Weile lauschten sie nur dem Dröhnen des Motors und dem Tosen der Naturgewalten. Wie versteinert saßen sie da, doch es war nicht die Kälte, die sie lähmte. Sie hatten nicht mehr gesprochen, seit sie die Kisten im See versenkt hatten. Sie brauchten nicht zu sprechen, denn jeder dachte dasselbe. Sie waren alle dabei gewesen, was gab es da noch zu sagen.

Der Krieg gehe verloren, murmelte plötzlich einer.

Ob er spinne, empörte sich ein anderer. Für solche Äußerungen könne er erschossen werden. Gerade in diesen Zeiten bedeute ein Leben nicht mehr viel, auch ein so junges wie das ihre.

Wenn es aber doch stimme, beharrte der Erste.

Aber er dürfe es eben nicht laut sagen, zischte der andere. So sei es doch, oder, Johann? Er wandte sich an seinen Nebenmann.

Der nickte nur. Michael sei ein Weichei, aber er habe Recht. Der Krieg sei verloren. Diese Tatsache müssten sie akzeptieren. Auch er, sagte er ernst.

Er hatte das Gefühl, dass Johann noch mehr sagen wollte, doch er blickte ängstlich zu dem Neuen in ihrer Runde. Wie er heiße, wollte er wissen.

Pius, antwortete der andere leise.

Man habe hier einen Kodex, Pius, ließ er den Neuen wissen. Alles, was unter ihnen gesprochen werde, bleibe unter ihnen. Verrätern gehe es schlecht.

Pius nickte.

Ob sie denn nicht wüssten, was das bedeute, setzte Johann erneut an. Sie blickten ihn fragend an.

Wenn der Krieg verloren werde, fuhr er fort, seien sie die Einzigen, die über die Kisten Bescheid wüssten.

Und der Feldwebel, sagte Tassilo.

Johann antwortete nichts.

Ein Tresor, sagte plötzlich einer mit Jungengesicht am hinteren Ende des Lastwagens.

Sie drehten sich ihm zu.

Was er damit meine, fragten sie. Er blieb still, starrte selbstversunken auf den Boden.

Alfons, rief einer, worauf der zusammenzuckte und weiterredete.

Der See sei wie ein Tresor. Niemand komme da hinunter. Da gebe es unheimliche, unerklärliche Vorgänge. Man nenne ihn den blutenden See. Weil er ab und zu rote Flüssigkeit ausspeie.

Sie sahen sich ungläubig an.

Nein, nein, das stimme schon, beharrte Alfons, verwunschen sei der See. Ein todbringender Mönch mit einem riesigen Schlüsselbund gehe dort um.

Spukgeschichten, sagte Michael verächtlich, doch es klang eher, als wolle er sich damit selbst beruhigen.

Ob sie denn nicht verstünden, mischte sich nun wieder Johann ein. Niemand würde dort unten etwas heraufholen. Vor allem nicht, da nur sie wussten, wo man suchen musste.

Plötzlich wurden sie aufgeregt. Die Wangen ihrer bleichen Gesichter färbten sich rot. Sie verstanden auf einmal, worauf Johann hinaus wollte.

Und wenn nichts Wertvolles drin sei, fragte Michael.

Lachhaft, schüttelte Johann den Kopf. Dann hätte man heute nicht so ein Tamtam gemacht. Sie würden schon sehen, was drin sei, wenn sie die Kisten irgendwann bergen würden.

Dann begannen sie, sich auszumalen, was in den Kisten verborgen sein könnte. Von Gold und Juwelen war die Rede, von Schmuck und unermesslichen Schätzen.

Man müsse das Geheimnis bewahren, sich wieder hier treffen, gemeinsam den Schatz heben, lautete ihr Schluss.

Eure Hände, sagte Johann und streckte seine aus.

Zögernd legten die anderen ihre Hände auf seine, zuletzt Pius. Und dann schworen sie. Dass sie niemandem je davon erzählen würden, dass sie alles tun würden, um den Schatz für sich zu heben, dass sie sich wieder treffen würden, jedes Jahr auf den Tag genau vom heutigen Datum an gerechnet. Wieder hier, am See, bei der krummen Weide.

Als sie fertig waren, keuchten sie aufgeregt. Dann sagte Johann, dass es nur eine Strafe für die geben dürfe, die sich nicht an diesen Schwur hielten. Die anderen schluckten. Dann sah ihnen Johann einem nach dem anderen in die Augen. Zusammenhalt, flüsterte er. Nur so könne man es schaffen.

»Das gibt's doch nicht!« Kluftinger stieß einen Fluch aus. »Ausgerechnet heute! Uns pressiert's, und hier bricht das Schneechaos los.«

Der Kommissar saß nach vorn gebeugt mit zusammengekniffenen Augen hinter dem Lenkrad seines Wagens. Er hatte darauf bestanden, selbst zu fahren; Marx' zweifelhaften Fahrkünsten wollte er sich bei diesem Wetter nicht aussetzen. Er bewegte den Kopf hin und her, als könne er so seine Sicht auf die Straße wenigstens ein klein wenig verbessern. Doch es nutzte nicht viel, denn draußen tobte ein Schneesturm, wie er ihn lange nicht erlebt hatte: Wie kleine Geschosse rasten die Flocken im Lichtkegel der Scheinwerfer auf das Auto zu, ein paar Meter weiter verdichteten sie sich zu einer undurchdringlichen weißen Wand.

Immer wieder schaltete er zwischen Fern- und Abblendlicht hin und her, denn er konnte sich nicht entscheiden, welches die bessere Sicht bot: Mit Fernlicht konnte er zwar weiter sehen, aber wenn er es anschaltete, war es, als fange es jetzt erst richtig an zu schneien. Mit dem Abblendlicht war es zwar dunkler, aber dafür blieb das ganze Ausmaß des Unwetters verborgen und man war weniger abgelenkt. Kluftinger hielt das Lenkrad fest umklammert, denn ab und zu wurde der alte Passat von einer Windböe erfasst und er hatte dann Mühe, ihn auf Kurs zu halten.

»Wie lange wird es mit der Verstärkung dauern, hast du gesagt?«

Strobl, der neben dem Kommissar saß, zuckte mit den Schultern. »Sie wissen es nicht genau, vielleicht zwanzig Minuten, vielleicht eine halbe Stunde. Das Landratsamt hat Katastrophenalarm ausgelöst wegen des Sturms. Die kommen teilweise nicht durch, da sind schon mehrere Bäume umgeknickt. Die haben alle verfügbaren Einheiten im Einsatz. Aber die beeilen sich schon.«

»Na hoffentlich«, sagte der Kommissar besorgt und blickte auf die Uhr gleich neben dem Tacho: Es war gleich eins. Er wäre gerne schneller gefahren, aber mehr als die knapp sechzig Stundenkilometer, die er drauf hatte, ließ das Wetter beim besten Willen nicht zu. Und selbst bei diesem Tempo kam er sich wie ein Raser vor, so wenig sah er von der Straße.

Die beiden Frauen hinter ihm sagten kein Wort. Stattdessen saßen sie verkrampft auf dem Rücksitz und starrten respektvoll auf die sich Bahn brechenden Naturgewalten. Bis auf ein Scheinwerferpaar hinter ihnen war die Straße wie leergefegt. Es gehörte zu dem Polizeiwagen, der sie zum See begleitete. Wenigstens zwei Kollegen hatten sie mitnehmen können, das war besser als nichts, fand Kluftinger.

Als er von der Hauptstraße nach links in das kleine Sträßchen bog, das ihn die vergangenen Tage so oft zum Alatsee geführt hatte, dachte er für einen kurzen Moment an den Tag vor zwei Wochen, an dem er mit seiner Familie hier gewesen war. Damals hatte sich die Gegend als Winterwunderland präsentiert, jetzt schien sie wie der Vorhof zur Hölle.

»Pass auf!«, schrie Friedel Marx plötzlich von hinten und mit einem plötzlichen Ruck kam das Auto zum Stehen. Kluftinger gab Gas, der Motor heulte auf, doch das Auto bewegte sich nicht.

»Zefixsakrament!«, schimpfte er. Er war in einer Schneewehe stecken geblieben.

»Das auch noch«, seufzte der Kommissar und stieg aus, um sich ein Bild von der Lage zu machen. In dem Augenblick, als er die Tür öffnete, war es ihm, als tauche er seinen Kopf in Eiswasser. Schneidend pfiff die kalte Luft um seinen Kopf. Er schloss für einen Moment die Augen, schlug den Kragen hoch, zog den Kopf ein und stapfte nach vorn. Sein Passat hatte sich bis zu den Scheinwerfern in den Schnee eingegraben. Dampfend schmolz das kalte Weiß am Glas der Lampen, die unbeirrt in die Wechte leuchteten. Schnell stieg der Kommissar wieder ein, ließ sich auf seinen Sitz fallen und keuchte: »Ihr müsst schieben.«

Er hatte erwartet, dass Friedel Marx protestieren und ein Lamento anstimmen würde, dass sie ihren Allrad hatte nehmen wollen, doch ohne ein weiteres Wort zu verlieren, stieg sie aus. Strobl folgte ihr. Nur Marlene Lahm blieb sitzen.

»Ich … ich hab wohl die falschen Schuhe an«, sagte sie entschuldigend.

Kluftingers Blick wanderte ihre schlanken Beine entlang nach unten und er nickte. »Sehen zwar ganz fesch aus, aber an den Stiefelchen werden Sie heute keine Freude haben«, prophezeite er ihr.

In diesem Moment ruckte es außen am Wagen: Strobl, Marx und die beiden Polizisten, die ebenfalls angehalten hatten, hatten angefangen zu schieben. Kluftinger gab etwas Gas, der Motor heulte auf, dann rutschte der Wagen seitlich weg, bis die Reifen wieder Halt fanden und der Passat einen Satz nach vorn machte, wobei Friedel Marx abrutschte und der Länge nach im tiefen Schnee landete.

Als seine Helfer wieder einstiegen, sah seine Kollegin aus, als hätte sie sich gerade aus einer Lawine ausgegraben. Bei anderer Gelegenheit hätte dieser Anblick bei Kluftinger sicher große Heiterkeit ausgelöst, doch heute nahm er kaum davon Notiz. Mit verkniffenem Gesicht konzentrierte er sich wieder auf die Straße und lenkte das Auto den Berg hinauf. Als sie die Kuppe kurz vor dem Parkplatz am See passiert hatten, schalteten sie das Licht aus. Nur ein paar vereinzelte Laternen, die am See entlang platziert waren, warfen ihr trübes Licht in die Dunkelheit.

»Aha, wir sind tatsächlich nicht die Einzigen«, entfuhr es dem Kommissar, als sie den Parkplatz erreicht hatten. Ein großer Jeep stand dort, und das offenbar noch nicht lange, denn er war von einer höchstens zwei Zentimeter hohen Schneeschicht bedeckt. Kluftinger parkte seinen Wagen genau hinter dem Geländewagen und veranlasste die Polizisten, ihr Auto direkt davor abzustellen, um den Wagen für alle Fälle zu blockieren.

»Und wenn der jemand ganz anderem gehört?«, fragte die Marx.

»Dann hat der eben Pech gehabt«, gab Kluftinger knapp zurück. »Jetzt aber genug geschwätzt. Wir gehen raus und vor zum See. Aber vorsichtig, wir sollten so lange wie möglich im Schutz der Bäume bleiben. Und geredet wird nur das Nötigste.« Er wollte schon aussteigen, da fiel ihm noch etwas ein: »Ach ja: Wir unternehmen nichts, bis die Verstärkung da ist, klar? Ich will keine Heldentaten sehen von euch!«

Alle nickten, auch die Kollegin vom BKA. Kluftinger stülpte sich seine Dreizackmütze über den Kopf, dann stiegen sie aus. Wieder fühlte er sich, als trete er in einen dieser Windkanäle, in denen man Fahrzeuge auf ihre Wintertauglichkeit testete. Der Sturm pfiff ihnen scharf um die Ohren und schon nach wenigen Sekunden hatte er sich durch ihre Mäntel gefressen und sich wie eine eiskalte Hand um ihre Körper gelegt.

Als Kluftinger die beiden Polizisten über das weitere Vorgehen instruierte, musste er laut sprechen, denn der Wind blies so stark, dass er kaum sein eigenes Wort verstand. Sein Stille-Gebot, das er gerade ausgegeben hatte, kam ihm plötzlich lächerlich vor.

»Habt ihr eure Waffen?«, fragte er. Alle nickten – bis auf Friedel Marx.

»Ich … ich weiß gar nicht, wo ich meine hab«, stotterte sie. Es war ihr sichtlich unangenehm, doch auch wenn es Kluftinger in dieser Situation ärgerte, hatte er doch Verständnis für seine Kollegin. Auch er trug seine Dienstwaffe so wenig wie möglich mit sich herum. Wortlos drehte er sich um, öffnete den Kofferraum seines Wagens, holte etwas hervor und ging damit zu Marx.

»Hier. Besser als nix.« Mit diesen Worten reichte er ihr das Eisen, das der Roboter vor wenigen Tagen aus dem See gefischt hatte.

Endlich gab Kluftinger das Zeichen zum Aufbruch und alle folgten ihm. Tief gebeugt und gegen den Wind gestemmt liefen sie in Richtung Seeufer. Sie hatten das Wasser noch nicht ganz erreicht, da nahm Kluftinger im Augenwinkel ein seltsames Flackern wahr. Als er den Kopf drehte, wollte er zuerst nicht glauben, was er sah: Seine Füssener Kollegin versuchte verzweifelt, im Schutz ihrer hohlen Hand einen Zigarillo anzuzünden, den sie sich bereits in den Mund gesteckt hatte.

Die Schlampigkeit mit der Dienstwaffe hatte er ihr durchgehen lassen, doch nun fauchte er sie an: »Sind Sie wahnsinnig? Sie können sich ja gerne umbringen mit diesen Dingern, aber uns lassen Sie bitte aus dem Spiel. Wenn das jemand sieht …«

Weil sie nicht sofort reagierte, nahm Kluftinger ihr kurzerhand den Glimmstängel aus dem Mund und warf ihn in den Schnee. Dann ging er wortlos weiter. Seine Kollegin kam nicht dazu, zu protestieren, denn er hob die Hand zum Zeichen, dass sie nun besonders vorsichtig sein müssten, weil sie aus dem Schutz der Bäume heraustraten. Der Kommissar wagte sich als Erster vor und bedeutete den anderen, in der Deckung des Wäldchens zu warten. Nur noch ein kleiner Abhang lag zwischen ihm und dem See, der wie eine riesige schwarze Träne in der Schneehölle vor ihnen lag. Die Schneeflocken, die auf der Wasseroberfläche auftrafen, schienen sich lautlos in seinen unheimlichen Tiefen aufzulösen. Erst sah er nur die peitschenden Flocken, doch dann entdeckte er als Schattenriss ein Boot. Etwa fünfhundert Meter rechts von ihnen schien es still auf dem See zu liegen. Kluftinger kniff die Augen zusammen und glaubte sogar zu erkennen, dass in dem Boot jemand saß. Langsam ging er rückwärts in den Wald und berichtete den anderen.

»Hast du sonst noch jemanden gesehen?«, fragte Strobl. Auf seinem Haarschopf lag eine dicke Schneeschicht, was ihm ein seltsam fremdes Aussehen verlieh.

»Nein, ich kann das Ufer nicht einsehen. Wir müssen weiter nach da drüben.« Kluftinger streckte die Hand aus und ging voraus. Wieder folgten ihm die anderen, eine stumme Prozession im eisigen Sturm. Sie kamen nur langsam voran, weil sie nicht auf dem Weg gingen, sondern im Wald durch den knietiefen Schnee marschierten.

Kluftinger sah sich um: Alle waren dicht hinter ihm. Fast alle, denn Marlene Lahm hatte mit dem Fortkommen am meisten Schwierigkeiten und ihre ungelenke Art, mit der sie in ihren Stiefeln durch den Schnee stakste, amüsierte den Kommissar für einen kurzen Moment. Doch sein Lächeln verschwand sofort, als vom Ufer Stimmen zu ihnen herauf drangen.

Der Kommissar legte einen Finger auf seine Lippen und deutete in die Richtung, aus der die Gesprächsfetzen gekommen waren. Sofort duckten sich seine Begleiter und pirschten sich an die Baumgrenze heran. Friedel Max bezog so nahe bei ihm Stellung, dass Kluftinger ihren Atem in seinem Nacken spüren konnte. Dann hoben sie vorsichtig die Köpfe.

Zwei Meter unter ihnen, gleich am Seeufer, standen alte Bekannte: Wagner, Appel, Röck und die anderen drei Alten, die vorgestern noch in seinem Büro gesessen hatten. Sie trugen dicke Mäntel, einige von ihnen auch Pelzmützen, doch Kluftinger hatte sie sofort erkannt. Bei ihnen waren noch zwei deutlich jüngere Männer, die der Kommissar noch nie gesehen hatte. Sie starrten auf einen Monitor, der im Inneren eines VW-Busses stand. Vor der offenen Schiebetür des Wohnmobils war eine Markise ausgefahren, die sie vor dem Unwetter schützte. Einer der beiden Unbekannten hielt ein Funkgerät in der Hand und sprach etwas hinein, was Kluftinger nicht verstand. Am Ufer lag ein weiteres Boot, ein Schlauchboot mit Außenbordmotor. Das alles sah aus wie eine gespenstisch verzerrte Version der Forschungsarbeiten, die bis vor kurzem hier noch stattgefunden hatten.

Plötzlich erhob sich neben ihm Friedel Marx aus dem Schnee, drehte sich zu den anderen, flüsterte »Zugriff!« und wollte den kleinen Abhang hinunterstürzen. Kluftinger schaffte es gerade noch, sie an ihrem Mantel wieder nach unten zu reißen: »Halt's Maul«, schrie er lauter, als er es eigentlich wollte. Diese Frau würde sie noch alle ins Grab bringen. »Ich hab doch gesagt, wir warten auf ...« Kluftinger verstummte. Einer der Männer hatte sich aus der Gruppe gelöst und lief in ihre Richtung.

»Ducken«, raunte er den anderen zu und sie gingen auf Tauchstation. Mehrere Minuten wagten sie nicht, sich aus ihrer kauernden Stellung zu erheben. Erst dann machte Kluftinger seinen Hals lang und spähte vorsichtig nach unten. Die Männer standen alle wieder mit dem Rücken zu ihnen da. Der Kommissar atmete tief durch und entspannte sich etwas. Er warf Friedel Marx einen tadelnden Blick zu. »Herrgottsakrament, was ist denn eigentlich Ihr Problem? Wollen Sie, dass wir ...«

»Sie haben die zweite!« Der laute, entzückte Schrei eines der Männer bei dem Kleinbus unterbrach Kluftingers geflüsterte Strafpredigt.

Die zweite? Hatte er die Wortfetzen richtig identifiziert? Der Wind stand günstig und trug die Stimmen nun deutlicher in ihre Richtung. Der Kommissar spürte, wie ihm die Kehle eng wurde. Er blickte sich um. Auch die anderen hatten es gehört und ihre Mienen verrieten ihre Anspannung.

»Abwarten«, formten Kluftingers Lippen lautlos.

Der Monitor war viel zu weit weg, als dass die Beamten auch nur annähernd hätten erkennen können, was auf dem kleinen Bildschirm zu sehen war. Doch Kluftinger konnte sich schon denken, was es war. Er hatte die Übertragungen des Roboters schließlich bereits zwei Mal live miterlebt – denn zweifellos war es der vermisste Roboter, der ihnen die Bilder auf den Monitor schickte.

Der Mann mit dem Funkgerät schrie nun wieder in dieses hinein: »Ja, ich geb euch die Position durch, hörst du?« Anschließend nannte er ein paar Zahlen und Himmelsrichtungen. »Und jetzt bringt den Pressluftballon runter! Genauso wie vorher, nicht, dass der Gurt abrutscht!«

Kluftingers Herz schlug bis zum Hals. Er spürte die Kälte kaum noch, so aufgeregt war er. Was würden die Männer im See bergen? Würde nun endlich das letzte Geheimnis des Seegrunds gelüftet?

Plötzlich bewegten sich die kleinen Fichten am Rand des Ufers und Schnee stob auf. Zwei weitere Männer traten auf die Gruppe zu.

Erst als sie nah genug am Monitor waren, der einen fahlen Lichtschein auf die Gesichter warf, erkannte Kluftinger einen von ihnen: Es war Norbert Schnalke, der Schamane.

Er schluckte. Hatte dieser ein wenig beschränkt wirkende Öko sie alle an der Nase herumgeführt?

Doch Kluftinger kam nicht dazu, den Gedanken zu Ende zu verfolgen, denn die kräftige Gestalt, die Schnalke folgte, versetzte diesem einen derart heftigen Stoß ins Kreuz, dass er der Länge nach hinfiel.

»Der ist hier rumgeschlichen«, sagte der Mann verächtlich. Und nach einer Pause fügte er an: »Was sollen wir mit ihm machen?«

»Ich bin nicht rumgeschlichen, ich habe hier eine Hütte. Und ich habe nichts gesehen, nichts, wirklich! Mir geht es nur um die Seele des Sees.« Das Wimmern, das Schnalke dann anstimmte, verhallte im Heulen des Windes.

Gleichzeitig mit den Polizisten stießen auch die alten Männer einen Fluch aus. »Was sollen wir mit ihm machen?«, fragte Appel ratlos in die Runde.

Johann Röck, auf einen Stock gestützt, antwortete mit versteinerter Miene: »Tut, was ihr tun müsst. Er muss schweigen.«

Danach trat eine Stille ein, in der nur das Ächzen der Äste über ihnen zu hören war. Dann nickte der breitschultrige Mann und griff Schnalke grob am Arm.

»Nein, ich hab wirklich nichts gesehen. Gar nichts! Ich schwör's!« Die Stimme des sonst so sanft auftretenden Schamanen überschlug sich. Schrill flehte er die Männer an, ihm nichts zu tun, offenbar befürchtete er das Schlimmste. Ebenso wie Kluftinger, der jetzt sofort eine Entscheidung fällen musste.

Er drehte sich zu seinen Kollegen um, die ihm zunickten, noch ehe er etwas sagte. Langsam holte er seine Waffe aus dem Holster, versicherte sich, dass auch die anderen ihre Pistolen in der Hand hatten, stand auf, holte tief Luft und stürzte sich den schneebedeckten Abhang hinunter.

Sie waren noch nicht ganz unten, da stimmten sie ein Gebrüll an, das die Männer am See erschrocken zusammenfahren ließ.

»Hände hoch! Polizei!«

»Stehen bleiben!«

»Ganz ruhig!«

Ihre Stimmen gellten durch die stürmische Nacht, doch die Männer machten keine Anstalten, sich zu bewegen. Wie zu Eis erstarrt standen sie da und glotzten die Beamten mit weit aufgerissenen Augen an. In manchen spiegelte sich das blanke Entsetzen.

Kluftinger war auf der Hut, fürchtete er doch, dass diese Männer zu allem bereit wären, um ihr so lange gehütetes Geheimnis zu bewahren und ihre so lange geplante Aktion zu Ende zu bringen.

Strobl nahm einem Mann gerade das Funkgerät ab, damit der seine Kollegen auf dem See nicht warnen konnte, da fiel der Schuss.

Diesmal erstarrten auch die Polizisten und für einen Moment rührte sich niemand. Langsam drehte sich Kluftinger um: Hinter ihnen stand Marlene Lahm, die Waffe gen Himmel gerichtet, die Haare vom Sturm zerzaust wie eine Rachegöttin und schrie: »Keiner bewegt sich!«

Der Kommissar spürte, wie ihm das Blut in den Kopf schoss. Rasende Wut machte sich in ihm breit und er schrie zurück: »Sie dämliche Kuh! Es hat sich doch überhaupt niemand bewegt!«

Dann wurde es wieder still. Alle lauschten nun in Richtung See, doch nichts tat sich dort. Kluftinger wollte schon aufatmen, da heulte ein Motor auf und er sah, wie das Boot losfuhr.

Ohne nachzudenken rannte Kluftinger auf das Schlauchboot am Ufer zu und hechtete hinein. Obwohl er noch nie ein Motorboot gesteuert hatte, wusste er, was zu tun war: Am Motor befand sich wie bei seinem Rasenmäher eine Leine, an der man reißen musste, um ihn zu starten. Er hatte das in unzähligen Filmen gesehen. Doch jemand anders kam ihm zuvor und an Friedel Marx' entschlossenem Blick sah er, dass es keinen Sinn haben würde, sie ans Ufer zurückzuschicken. Also ließ er sie das Boot starten, das mit einem Ruck auf den sturmumtosten See fegte. Immer wieder klatschten sie hart auf die kleinen Wellen, die der Wind aufwühlte.

»Wir müssen ihnen den Weg abschneiden«, schrie Kluftinger seiner Kollegin zu und deutete zum Parkplatz, auf den das andere Boot offensichtlich zuhielt. Die Marx nickte und schwenkte den Steuerknüppel.

Das andere Boot drehte ab und fuhr jetzt wieder zurück. Kluftinger erkannte schemenhaft einen Mann, hinter ihm stand etwas, das aussah wie eine Kiste. Er schluckte. Das musste es sein, das Geheimnis, das so tief auf dem Grund des Sees gelegen hatte, dass es all die Jahre unentdeckt geblieben war. Nun war es zum Greifen nah.

Sie hatten bereits aufgeholt und jetzt war es Kluftinger, der einen Schuss in die Luft abgab. Der Mann vor ihnen zuckte zusammen und fuhr geduckt weiter.

»Machen Sie sich mal ein bissle leichter«, schimpfte der Kommissar. Vielleicht war es doch keine gute Idee gewesen, seine Kollegin mitzunehmen. Trotzdem holten sie auf. Sie waren noch etwa dreißig Meter entfernt und Kluftinger konnte den Mann jetzt deutlich sehen. Er trug einen Taucheranzug. Beide hielten auf das Ufer zu, das dem Parkplatz gegenüber lag.

»Sehen Sie das?« Marx streckte die Hand aus und deutete auf das Wasser.

»Was?«

»Übernehmen Sie mal!« Schwankend stand die Beamtin auf und kam zu ihm. Mit schreckgeweiteten Augen sah Kluftinger, dass ihr Boot nun führerlos war und stürzte zum Steuerknüppel. Als er die Stange, die an dem kleinen Außenbordmotor befestigt war, sicher im Griff hatte, sah er, dass Friedel Marx sich weit über den Rand ihres Bootes hinausgelehnt hatte und mit einer Hand ins Wasser griff.

»Was machen Sie da?«, schrie er schrill, doch sie gab keine Antwort.

Da sah er das Seil. Es war an dem anderen Boot befestigt und trieb hinter ihm durchs Wasser. Kluftinger dämmerte, was seine Kollegin vorhatte, und er bekam es mit der Angst zu tun.

»Um Gottes willen, lassen Sie das, das ist viel zu …« Doch es war zu spät. Marx hatte das Seil gepackt und drehte sich stolz grinsend zu ihm um. Wenige Sekunden später jedoch änderte sich ihr Gesichtsausdruck, als das Seil sich spannte und sie mit einem gewaltigen Ruck aus dem Boot geschleudert wurde.

Kluftinger stockte der Atem. Sie tauchte kurz unter und dann prustend wieder auf. Sie hatte noch immer das Seil in der Hand und wurde daran durchs Wasser gezogen. Und noch etwas sah der Kommissar: Das andere Boot wurde schlagartig langsamer. Ganz im Gegensatz zu Kluftinger, der an Fahrt gewann und innerhalb weniger Sekunden zu dem Taucher aufgeschlossen hatte. Ohne nachzudenken hielt er mit voller Geschwindigkeit auf das andere Boot zu und rammte es so heftig, dass der Mann herausgeschleudert wurde und ebenfalls im See landete. Kluftinger wäre selbst beinahe aus dem Boot gefallen, konnte sich aber gerade noch am Rand festkrallen. Sein Motor gab ein glucksendes Geräusch von sich und erstarb.

Blitzschnell wendete der Kommissar sein Schlauchboot und hielt auf seine Kollegin zu, deren strampelnde Bewegungen allmählich langsamer wurden. Dem Kommissar war klar, dass sie so höchstens ein paar Minuten überleben könnte. Als er sie erreicht hatte, drosselte er den Motor und zog sie ächzend aus dem Wasser.

Beinahe wären sie dabei gekentert, doch schließlich lag Friedel Marx nach Luft japsend im Trockenen. Aber Kluftinger hatte keine Zeit, sich weiter um sie zu kümmern, denn im Augenwinkel sah er, wie der Taucher ebenfalls versuchte, wieder in sein Boot zu klettern. Der Kommissar blickte ans Ufer, doch die anderen waren zu weit entfernt, als dass sie ihnen hätten helfen können. Nur schemenhaft nahm er sie durch das dichte Schneetreiben wahr.

»Geht's?«, fragte er seine Kollegin, hektisch zwischen ihr und dem Taucher hin und her blickend.

»Ja, schnappen Sie ihn sich«, presste Marx hervor.

Reflexartig zog Kluftinger seinen Mantel aus, warf ihn über sie und ging schwankend zum Bug. Der Wind hatte die Boote zusammengetrieben und während sich der Taucher gerade in sein Boot wälzte, sprang Kluftinger mit einem Satz zu ihm hinüber. Allerdings hatte er den Wind nicht mit einberechnet, verlor das Gleichgewicht und landete schmerzhaft auf der Schulter. Blitzschnell zog er seine Waffe, doch der Mann im Taucheranzug hatte sich inzwischen aufgerichtet und schlug sie ihm mit dem Fuß aus der Hand. Kluftinger sah noch, wie sie in hohem Bogen aus dem Boot geschleudert wurde, da durchzuckte sein Bein ein stechender Schmerz. Wie ein Berserker hieb der Taucher mit dem Fuß auf ihn ein.

In einem Akt der Verzweiflung holte Kluftinger mit dem rechten Bein aus und traf den Mann so heftig, dass der den Halt verlor und ihm entgegenfiel. Sofort packte er den Kommissar und versuchte nun, ihn mit der Faust zu treffen.

Da schlug Kluftinger zurück und landete einen Treffer am Kinn des Mannes, der benommen zurücktaumelte. Kluftinger nutzte diesen Moment, um sich aufzurichten, doch als er stand, erstarrte er. Der Taucher saß vor ihm auf den Boden und richtete einen metallischen Gegenstand auf ihn: eine Harpune. Er schluckte. Fieberhaft suchte er nach einem Ausweg, doch der Mann folgte mit der Harpune jeder seiner Bewegungen.

12. Februar 1945, 2.35 Uhr

Der Regen prasselte auf den schlammigen Weg. Die verwachsenen, kahlen Äste der Laubbäume ächzten unter der Gewalt des Sturms. Daneben bogen sich einige Fichten so stark, dass es aussah, als duckten sie sich vor den Naturgewalten. Sturzbäche aus braunem Schmelz- und Regenwasser ergossen sich in den See und ließen seinen Pegel dramatisch ansteigen.

Plötzlich schwoll das Tosen an, schien mit einem Mal noch bedrohlicher – dann durchschnitt ein einzelner Scheinwerfer die Dunkelheit des Ufers. Ein Scheinwerferpaar folgte, dann noch eines. Knatternd kämpfte sich ein Motorrad mit Beiwagen das sumpfige Sträßchen entlang. Die zusammengebissenen Zähne des Mannes auf der Maschine reflektierten das spärliche Licht. Hinter ihm dröhnte der Dieselmotor eines Lastwagens und ließ den Boden erzittern, ein weiteres Motorrad bildete die Nachhut.

Der Lärm auf der Pritsche des Lastwagens war ohrenbetäubend. Das Getöse des Motors und der Räder drang von unten ungedämpft in den Innenraum, von oben peitschte der Regen gegen die Plane. Die Gesichter der jungen Männer, die darin auf den harten Holzlatten saßen, waren bleich. Ihre Uniformen waren durchnässt, die Stiefel von einer dicken Schlammschicht überzogen. Vor einer Stunde hatten sie noch tief schlafend in ihren Betten gelegen, dann waren sie gekommen. Hatten Befehle gebrüllt, sie zur Eile angetrieben, alle Fragen nach dem Ziel abgeschmettert. Befehle stellte man in diesen Zeiten nicht mehr in Frage.

Einer von ihnen war in der Eile die Treppe heruntergestürzt, doch sie hatten keine Zeit gehabt, sich um ihn zu kümmern. Der Feldwebel hatte ihn kurzerhand mit einem jungen Mann aus einer anderen Einheit ersetzt. Eigentlich war er fast noch ein Kind, und doch war er höchstens ein Jahr jünger als sie.

Die Fahrt hatte nicht lange gedauert, dann hatten sie angehalten. Am Schloss. Verwirrt hatten sie sich angesehen. Wieder hatte der Feldwebel gebrüllt, sie durch das Portal getrieben und sie schwere, eiserne Kisten verladen lassen. Dann waren sie wieder aufgesessen.

Nun schaukelten sie auf der Ladefläche des LKWs hin und her und sahen sich mit angsterfüllten Augen an. Dieser Auftrag war anders als die bisherigen. Ihre kleine Einheit war zwar zu so etwas wie einer vielseitig verwendbaren, mobilen Eingreiftruppe geworden, aber einen so seltsamen Befehl wie heute hatten sie noch nie erhalten.

Wo man hinfahre, fragte der Neue.

Sie zuckten mit den Schultern.

Darauf wandte sich einer um, blickte durch einen Schlitz in der Plane und sagte irritiert: Zum Alatsee, meine er.

Keiner konnte sich einen Reim darauf machen, doch sie hatten auch keine Zeit dazu, denn mit einem Ruck kam der Lastwagen zum Stehen. Sie fielen von ihren Pritschen, einige landeten hart auf den Kisten. Dann hob sich die Plane und das Gesicht des Feldwebels tauchte wieder auf.

Schnell, ausladen, schrie er.

Sie packten die Kisten und schleiften sie nach draußen.

Zum See, bellte ihr Vorgesetzter in den Sturm.

Als sie durch den Regen zum Ufer liefen, reckten sie plötzlich erschrocken die Köpfe in die Höhe.

Fliegeralarm, schrie einer und die anderen ließen die Kisten fallen und wollten zurück in den Wald laufen, doch der Feldwebel hinderte sie daran.

Das sei nur wegen ihnen, sagte er. Damit alle schön in ihren Kellern blieben und sie in Ruhe arbeiten könnten.

Zögernd nahmen sie ihre Fracht wieder auf und gingen zum See. Keiner sagte mehr etwas. Zu viele Fragezeichen beherrschten ihre Gedanken.

Als sie am Ufer anlangten, sahen sie zwei kleine Ruderboote.

Da wurde ihnen alles klar.

»Du hättest dich nicht einmischen sollen«, presste der Taucher zwischen den Zähnen hervor und in seinen Augen las Kluftinger, dass er bereit war, abzudrücken. Eine nie gekannte Panik überfiel ihn. Langsam stand der Mann auf. Sollte Kluftinger versuchen, ihn zu beschwichtigen, ihm die Folgen seines Handelns klar zu machen? Oder würde das nur seine Wut anstacheln? Was um Gottes willen konnte er tun?

Und dann geschah alles ganz schnell: Mit ungeheurer Wucht wurde das Boot nach oben geschleudert. Die Harpune entglitt dem Taucher, der versuchte, sich irgendwo festzuhalten. Doch er wurde ebenso wie Kluftinger aus dem Boot geworfen. Im Augenwinkel sah der Kommissar einen großen, roten Gegenstand aus dem See auftauchen, dann verschluckte sie das Wasser.

Es war, als drücke eine eisige Hand sein Herz zusammen. Sein Körper war vom eiskalten Wasser wie gelähmt. Ein paar Sekunden sank er in die finstere Stille des Alatsees. Dann übernahm sein Überlebensinstinkt die Regie und wild rudernd schwamm er der Oberfläche entgegen. Drei Züge, zwei … er tauchte auf und sofort wurde die Stille vom Tosen des Sturms zerrissen. Mit pochendem Herzen sah er sich um, sah das nur wenige Meter entfernte Boot – und den Taucher, der es bereits erreicht hatte. Noch einmal lähmte ihn die Furcht, dann nahm er alle Kraft zusammen und schwamm auf das Boot zu.

Völlig außer Atem erreichte er es schließlich, hakte sich mit den Armen am Rand ein und wollte sich hochziehen, doch er hatte keine Kraft mehr. Schon die wenigen Sekunden im eisigen Wasser hatten ausgereicht, um ihn all seiner Reserven zu berauben. Nur ein paar Zentimeter konnte er sich nach oben ziehen. Genug, um über den Rand zu sehen. Doch was er sah, begriff er nicht: Der Taucher war schneller gewesen und saß bereits wieder im Boot, doch er regte sich nicht. Erst nach ein paar Sekunden hob er ganz langsam die Arme. Schließlich erkannte Kluftinger, was passiert war: Im anderen Boot stand Friedel Marx, in der Hand die Harpune.

Sie hatten das Ufer noch nicht ganz erreicht, da sahen sie, wie nacheinander Polizei-, Kranken- und Feuerwehrwagen mit zuckenden Blaulichtern die Uferstraße entlang fuhren. An der Spitze räumte ein gelb blinkender Schneepflug den Weg.

Friedel Marx und Kluftinger saßen hinten im Boot, den Mantel des Kommissars hatten sie sich über die Schultern geworfen. Vor ihnen hockte mit gesenktem Kopf der Taucher, die Hände mit Handschellen auf den Rücken gebunden. Das andere Motorboot schlingerte an einem Seil hinter ihnen her, selbst den roten Pressluftballon hinter sich herziehend, der so unvermutet aufgetaucht war.

»Da war noch ein zweiter«, krächzte die Marx, als sie das Ufer fast erreicht hatten.

»Was?«

»Da war noch ein zweiter Taucher, aber der hat sich nur kurz gezeigt, und als er gesehen hat, was los war, ist er gleich wieder abgetaucht.«

»Hm.« Kluftinger war zu kalt, um ausführlicher auf den Hinweis seiner Kollegin zu reagieren.

Als sie das Ufer erreichten, wurden sie von besorgt dreinblickenden Sanitätern in Empfang genommen. Strobl, der an Land das Kommando übernommen hatte, kam auf ihn zu. Sofort gab man Marx und Kluftinger Notfall-Kleidung, die sie anzogen, warf ihnen anschließend wohlig warme Decken um, heißer Tee wurde ihnen gereicht, und die Lebensgeister kehrten langsam in ihre Körper zurück.

Am inzwischen von zahlreichen Scheinwerfern und Blaulichtern hell erleuchteten Ufer standen die alten Männer wie betäubt. Auch die Historiker waren inzwischen eingetroffen. Schnalke saß apathisch im Fond eines Krankenwagens und ließ sich den Blutdruck messen. Er tat dem Kommissar leid. Sicher hatte er einen schweren Schock erlitten.

»Seht mal, was ich da aus dem Wasser gefischt habe«, rief plötzlich ein Polizist hinter Kluftinger. Er drehte sich um und sah den zweiten Taucher, der, ebenfalls in Handschellen, in einen Polizeibus verfrachtet wurde. Marx nickte dem Kommissar zu. Er nickte zurück und ein Lächeln huschte über seine Lippen. Sie hatten es tatsächlich geschafft.

In diesem Moment stieg Pius Ackermann aus einem der Polizeiwagen. Kluftinger konnte sich nicht erklären, warum sie ihn hierher gebracht hatten, doch nun beobachtete er gebannt den hoch gewachsenen Mann, der, von zwei Polizisten begleitet, mit erhobenem Kopf auf die sechs alten Männer zuschritt. Johann Röck drehte sich weg, die anderen starrten ihn unbewegt an.

Keiner sagte etwas, auch keiner der Beamten. Sie alle spürten die Spannung, die in der Luft lag. Für manche war es wahrscheinlich das erste Wiedersehen nach mehr als sechzig Jahren. Was würde sich in den nächsten Augenblicken hier abspielen? Kluftinger beschloss, den Dingen ihren Lauf zu lassen.

Michael Appel war der Erste, der der Spannung nicht mehr standhielt. Seine Augen füllten sich mit Tränen und er brach in ein erbärmliches Schluchzen aus. Sein ganzer Körper wurde von einem Weinkrampf geschüttelt.

Da begann Ackermann zu sprechen: »Kameraden«, sagte er, doch er legte all seine Verachtung und seinen Zorn in dieses Wort. »Wenn wir zusammengehalten hätten, wie wir es uns hier geschworen haben, vor sechzig Jahren …«

»Du warst nie einer von uns«, schnitt Wagner ihm das Wort ab. Seine Augen waren hasserfüllt. »Nur ein dummer Zufall hat dich in dieser Nacht in unsere Einheit verschlagen, das weißt du genau«, geiferte er. »Du kannst von Glück sagen, dass du noch …«

Plötzlich weiteten sich Wagners Augen und er wurde bleich. Die anderen folgten seinem Blick und auch sie erstarrten: Jeweils zwei Polizisten schleppten die beiden Kisten ans Ufer, die die Taucher aus dem See geborgen hatten, und stellten sie vor Kluftinger ab. Alle traten respektvoll ein paar Schritte zurück, so dass sich ein Kreis um den Kommissar und die Truhen bildete.

Das Metall hatte im Lauf der Jahrzehnte eine grüne Farbe angenommen, teilweise war es mit einer zentimeterdicken, verkrusteten Dreckschicht überzogen. Nur das reliefartig hervorstehende Hakenkreuz verriet noch ihre Herkunft.

Zwei Beamte in Uniform traten vor, um sie zu öffnen, doch sie schafften es nicht. Alles Klopfen, Hämmern, Zerren und Drücken hatte keinen Erfolg.

»So wird das nichts, die Dinger sind verlötet wie Panzerplatten«, rief Ackermann ihnen spöttisch grinsend zu.

»Das haben wir gleich«, sagte einer der Feuerwehrmänner und kam kurze Zeit später mit einem Schneidbrenner wieder. Kluftinger trat ein paar Schritte zurück und wandte seine Augen ab, als eine grelle Flamme aufleuchtete und Funken in alle Richtungen stoben.

»Nicht direkt in die Flamme sehen«, riet er Appel, der neben ihm stand, doch der schien wie hypnotisiert. Erst als Kluftinger ihn am Arm packte, löste sich seine Spannung. Er sah den Kommissar an. »Jetzt, wo alles vorbei ist, kann ich nicht glauben, was wir alles getan haben, nur für, für …« Seine Augen füllten sich wieder mit Tränen.

Kluftinger nutzte den Augenblick und stellte ihm die Frage, die ihn die ganze Zeit schon gequält hatte: »Warum haben Sie die Dinger denn nicht schon früher geholt?«

Nun wandte sich auch Wagner dem Kommissar zu: »Meinen Sie, wenn wir es gekonnt hätten, wir hätten es nicht längst getan? Erstens wussten wir nicht genau, wo sie lagen. Und viele von uns waren in Gefangenschaft, danach mussten wir erst einmal unser Leben wieder auf die Reihe bekommen nach dem Krieg. Dann kamen die verdammten Amis, da hatten wir keine Chance.

Meinen Sie, die hätten nicht auch gerne was gefunden? Die waren Jahre hier oben – nichts. Und die hatten Tauchgeräte, Lampen und weiß Gott was alles. Wir nicht. Für uns hieß es also: warten. Und wir wurden sehr geduldig im Laufe der Jahre. Als wir dann selbst die Möglichkeit hatten zu tauchen, haben wir es natürlich versucht. Aber der See ist tückisch, das haben Sie ja selbst festgestellt. Was er einmal auf seinen Grund gezogen hat, gibt er nicht gern wieder her. Oh, wir haben diesen See hassen gelernt. Aber gleichzeitig war er wie eine Art Tresor. Was wir nicht kriegen konnten, bekam auch kein anderer. So vergingen die Jahre. Zu viele Jahre. Immer wieder haben wir es versucht. Auch andere. Manche haben dabei ihr Leben gelassen. Bis das Tauchen verboten wurde. Und dann kamen diese Roboter. So einen mussten wir haben – und das Schicksal wollte es, dass dieses Forschungsteam …«

»Halt endlich dein Maul, Tassilo!« Mit schneidender Schärfe zischte Röck den Befehl und Wagner verstummte.

»Die Suche hat ihnen den Verstand geraubt«, sagte Ackerman abschätzig. »Sie hat …«

»Geschafft!«

Ihre Blicke richteten sich wieder auf den Feuerwehrmann, der sich erhob und unschlüssig in die Runde schaute. Es war totenstill geworden. Alle hielten den Atem an. Sogar der Sturm schien innezuhalten, doch niemandem fiel das auf.

Kluftinger trat einen Schritt vor und sagte mit heiserer Stimme: »Machen Sie's auf.«

Wieder kniete sich der Feuerwehrmann hin und rüttelte an der Kiste. Doch die aufgeschweißte Platte klemmte noch in ihrer Verankerung. Hilfe suchend blickte er sich um. Da hatte Kluftinger eine Idee. Er ging zu Friedel Marx, flüsterte ihr etwas ins Ohr, worauf sie zum Boot lief und mit dem Montiereisen zurückkam, das Kluftinger ihr am Auto gegeben hatte. Damit trat der Kommissar zu dem Feuerwehrmann und sagte: »Lassen Sie mich mal.«

Als er das Eisen ansetzte, fiel sein Blick auf die Prägung. Es war eine Ironie des Schicksals, dass ausgerechnet das Werkzeug, das sie vor mehr als einer Woche als Erstes dem Grund entrissen hatten und das eigentlich mit einem ganz anderen, vielleicht noch größeren Geheimnis des Sees zu tun hatte, nun die Kiste vor ihnen öffnen sollte. Er setzte das Brecheisen an, hebelte an der Truhe herum, es knackte ein paar Mal, dann flog der Deckel mit einem Krachen auf.

Keiner rührte sich. Kluftinger zögerte noch einen Moment. Er wusste nicht, was die Kiste beherbergte und er war sich nicht sicher, welchen Inhalt er sich eigentlich erhoffte. Als er hineinspähte, versuchten alle, an seinem Blick etwas über den Inhalt abzulesen, doch der Kommissar verzog keine Miene. Er kniete sich vor die Kiste, was wie ein stilles Gebet vor einem bizarren Altar anmutete.

Dann entspannten sich seine Züge und er lächelte. Ein Raunen ging durch die Reihen, als Kluftinger mit beiden Händen in die Truhe griff. Als er sich wieder erhob, sahen die anderen ein Bündel Papiere in seinen Händen.

Plötzlich durchbrach ein schrilles Lachen die Stille. Es kam von Tassilo Wagner.

Kluftinger kniete etwas hilflos mit den Papieren in seinen Händen da und blickte sich um. Als sein Blick den des Historikers traf, sagte er: »Können Sie sich das mal anschauen?«

Das ließ der sich nicht zweimal sagen. Im Laufschritt eilten er und seine Kollegin zum Kommissar und rissen ihm die Papiere geradezu aus der Hand. Ein paar Sekunden blätterten die beiden sie aufgeregt durch, hielten sie immer wieder in den Lichtschein eines der großen Suchscheinwerfer, tuschelten miteinander und sahen dann den Kommissar an. In ihren Augen lag der glasige Blick seliger Verzückung.

Wagners Lachen war inzwischen in ein ersticktes Schluchzen übergegangen. »Das soll der verdammte Schatz sein? Dieser … Müll?«, presste er hervor.

Wie von der Tarantel gestochen drehte sich Professor Timm zu ihm um und fauchte ihn an: »Sie haben ja keine Ahnung! Und ob das ein Schatz ist!« Etwas weniger zornig, aber genauso aufgeregt sagte er an den Kommissar gewandt: »Das sind aller Voraussicht nach die verschollenen Papiere zum Bau der Superwaffe, von der die Nazis immer geredet haben. Verstehen Sie: alles! Sehr, sehr detaillierte Bau- und Funktionspläne, soweit ich das sehen kann. Das wird ein Erdbeben auslösen, so viel ist sicher. Wissen Sie …«, Timm senkte seinen Kopf etwas und flüsterte, »… es ist so, das habe ich Ihnen ja noch gar nicht gesagt, dass die Amerikaner damals am Alatsee doch was gefunden haben. Aber nicht viel. Ein paar Aufzeichnungen über Strömungsversuche mit Hohlkörpern. Und allein das hat ausgereicht, um bessere, stromlinienförmigere Torpedos, Flugzeuge und U-Boote zu bauen, als es sie jemals zuvor gegeben hat. Stellen Sie sich nur vor, die hätten das damals in die Hände gekriegt. Oder die Deutschen hätten gar die Waffe noch …« Er verstummte.

Dem Kommissar schwirrte der Kopf. So viele »historische Sensationen« für jemanden, der an Geschichte nicht übermäßig interessiert war – das war ein bisschen zu viel des Guten.

Ein plötzlich aufflammender Lichtblitz ließ Kluftinger zusammenzucken. Der Feuerwehrmann hatte sich die zweite Kiste vorgenommen. Der Kommissar hatte sie schon fast vergessen, aber nun war er gespannt, was sich darin wohl befinden würde. Diesmal überließ er es dem Feuerwehrmann, die Truhe aufzubrechen. Friedel Marx hatte sich derweil an seine Seite gesellt, einen Zigarillo im Mund. Nach allem, was sie durchgemacht hatten, gönnte Kluftinger ihr den Genuss von Herzen.

»Auch eine?«, fragte sie, als sie sein wohlwollendes Lächeln bemerkte.

Er überlegte kurz und antwortete dann: »Gerne. Ich hab früher ja auch mal …«

Grinsend reichte sie ihm das Päckchen und gab ihm Feuer. Allerdings löste schon sein erster Zug einen so Furcht erregenden Hustenanfall aus, dass er den Rest ungeraucht und mit einem entschuldigenden Lächeln in den Schnee warf.

»Nummer zwei!«, rief da nun der Feuerwehrmann und die Beamten traten näher.

Wieder blickten sie auf ein Bündel Papiere und einige alte, graue Aktenordner, deren Metallkanten mit Flugrost überzogen waren. Kluftinger zog einen heraus. Diesmal waren es keine Baupläne, sondern Listen. Er wollte wieder den Professor um Hilfe bitten, doch der stand bereits dicht hinter ihm und sah ihm über die Schulter.

»Und?«, fragte der Kommissar.

»Das sind detaillierte Aufstellungen …«, er vergewisserte sich mit einem Blick und fuhr dann fort, »… über jede Menge Gemälde und andere Kunstschätze. Darf ich mal?« Er nahm den Ordner an sich und blätterte in den vergilbten, brüchigen Seiten herum.

»Hm, da ist aber noch mehr. Diese Liste hier beinhaltet Wertgegenstände wie …« Er stockte.

»Professor?«

»Das, was hier aufgelistet ist, ist der Rothschildschatz, da gibt es keinen Zweifel.«

Kluftinger nahm dem Professor den Ordner aus der Hand und ging damit auf die Alten zu.

»Haben Sie zu dieser Liste irgendwas zu sagen?«, fragte er, doch er erhielt keine Antwort.

»Gibt es noch weitere Kisten?«

Keine Reaktion.

»Da ist noch was«, rief ihn Friedel Marx zurück. Sie holte ein kleines, metallenes Kästchen aus der zweiten Truhe.

»Was ist das?«, fragte sie.

Kluftinger wusste es nicht und auch der Historiker zuckte mit den Achseln.

»Das werden wir gleich haben«, sagte der Kommissar, nahm das Kästchen und versuchte, es zu öffnen. Er brauchte all seine Kraft dazu, doch schließlich gab der Deckel nach. Das Innere war mit Zeitungspapier ausgeschlagen, darin befand sich ein kleines Tütchen aus vergilbtem Pergamentpapier.

Mit zitternden Fingern nahm Kluftinger es heraus, legte es auf seine Handfläche und öffnete es. Darin lagen zwei goldgefasste Ohrringe. Doch was dem Kommissar den Atem stocken ließ, war ihre Gestalt: Die rubinroten Steine, die sich in der Fassung befanden, hatten die Form zweier Tränen.

Kluftinger ballte die Faust um die Schmuckstücke. Dann rannte er noch einmal zu den Alten hinüber. Drohend hob er die Faust: »Gibt es noch mehr Kisten?«

Kluftinger erntete nur erbittertes Schweigen.

»Herrgottsakrament, jetzt sagen Sie uns das! Was hat es denn jetzt noch für einen Sinn, wenn Sie schweigen? Es ist aus, Sie werden nie mehr irgendwas von Ihrem Schatz sehen. Also: Gibt es *noch mehr* Kisten?«

Die Alten rührten sich nicht. Da fühlte der Kommissar mit einem Mal eine Woge der Erschöpfung über sich hereinbrechen. Er war zu müde, um weiterzumachen. Sollten sich eben andere um diese Unverbesserlichen kümmern. Seine Arbeit war erledigt.

Aber er hatte das ungute Gefühl, dass das Geheimnis wohl nie ganz gelüftet werden würde. Denn auch, wenn sie vieles erreicht hatten, eines hatten sie nicht geschafft: die Mauer des Schweigens zum Einsturz zu bringen.

»Die ... die Spitze sitzt a bissle schie... schie... schiefffff!« Kluftinger wurde von einem regelrechten Niesanfall durchgeschüttelt. Er lag dick eingepackt in sein Bettzeug auf der Wohnzimmercouch, seine Stirn zierte ein feuchter Waschlappen, vor ihm stand ein orangefarbenes Kunststofftablett mit einer Thermoskanne, einer Tasse, einigen Medikamentenschachteln, Hustenbonbons, Vitamintabletten und zahlreichen benutzten Taschentüchern darauf.

»Vatter, jetzt lass uns das heuer halt mal machen, wir werden das schon ohne dich hinkriegen«, seufzte Markus, der mit seiner Freundin Yumiko gerade den Weihnachtsbaum schmückte.

»Ich hab Heiligabend immer den Christbaum geschmückt. Noch nie in all den Jahren, in denen wir hier wohnen, hab ich mir das nehmen lassen. Noch ...« Auf den Niesanfall von vorhin folgte ein rasselnder Husten, worauf Frau Kluftinger ins Wohnzimmer gelaufen kam und besorgt fragte, ob ihr Mann seine Medizin auch genommen habe.

»Ich ernähr mich seit Tagen von nix anderem mehr als von Medizin«, antwortete er heiser. »Und hat's was genützt?« Er ließ der Frage ein demonstratives Schniefen folgen.

»Da! Da müssen noch Kugeln und eine Kerze hin«, sagte er, nachdem er dem jungen Paar eine Weile zugeschaut hatte, und deutete kraftlos und vage auf den Baum. Auch den hatte er heuer nicht selbst kaufen können und entsetzt mit ansehen müssen, wie Markus eine ausladende, wahrscheinlich sündteure Blautanne ins Wohnzimmer geschleppt hatte.

»Vatter, jetzt schlaf! Sonst kriegst du von der Bescherung heut Abend auch nix mit.«

Beleidigt schob sich Kluftinger den Waschlappen mit zittrigen Fingern über die Augen und fiel sofort in einen unruhigen Schlaf.

Als er wieder erwachte, war es bereits dunkel und das Haus erfüllt vom Duft einer deftigen Soße. Jedenfalls meinte er, ein Ansatz dieses Duftes habe sich in die Eukalyptus-Kamille-Wolke gemischt, die ihn seit Tagen umgab. Wie jedes Jahr gab es auch heuer »Gschwollene« mit Kartoffelsalat, wie jedes Jahr würden sie Punkt sieben Uhr essen, singen und sich schließlich über die nach Kluftingers Ansicht viel zu zahlreichen und kostspieligen Geschenke hermachen. Doch diesmal war es eben nicht wie jedes Jahr, denn Kluftinger fühlte sich sterbenskrank. Und auch wenn er das Weihnachtsfest über alles liebte, würde er heute nicht genügend Kraft aufbringen, eine auch nur halbwegs aktive Rolle darin zu übernehmen. Sein Sturz in das Eiswasser des Alatsees war einfach zu viel für seinen von der Erkältung eh schon geschwächten Körper gewesen.

Er drückte auf die Fernbedienung, die auf seiner Decke platziert war, und zappte sich gelangweilt durch das weihnachtliche Fernsehprogramm. Fast auf jedem Sender sang irgendein Knabenchor oder glückliche Familien lagen sich unter dem Christbaum in den Armen. Sogar zwei Jahresrückblicke brachten sie schon. Plötzlich hielt er inne. Hinter einer attraktiven Reporterin mit knallrotem Mikrofon zeichnete sich deutlich die idyllische Landschaft des Alatsees ab. Seit Tagen lieferten sich die Fernsehsender ein Wettrennen um die neuesten

Nachrichten und Gerüchte aus Füssen. Gebannt hatte er alles verfolgt, hatte zugesehen, wie zahlreiche Taucher im See verschwanden, wie weitere Tauchroboter zu Wasser gelassen wurden, wie sie ohne Beute wieder nach oben kamen.

»Jetzt mach halt mal den Fernseher aus«, ermahnte ihn seine Frau zum wiederholten Mal. »An Weihnachten haben wir noch nie ferngesehen.«

»Nein, ich will das sehen!«, beharrte er und starrte wie hypnotisiert auf die Mattscheibe.

Er stellte den Ton lauter und hörte die Reporterin sagen: »… blieb die Suche nach weiteren Kisten im See bisher erfolglos. Die Männer, die mutmaßlich mit dem Versenken der Kisten betraut waren, schweigen sich nach wie vor darüber aus, ob es noch weitere Truhen gibt. Zwei der Kisten sind, wie schon mehrmals vermeldet, bei einer nächtlichen Polizeiaktion geborgen worden. Die Männer sind inzwischen, so weit es ihr Gesundheitszustand zulässt, in Untersuchungshaft verbracht worden, weil sie mit mehreren Verbrechen in Zusammenhang mit der Schatzsuche in Verbindung gebracht werden.

Inzwischen ist auch der junge Mann aus dem Koma erwacht, dessen Auffinden den ganzen Fall erst ins Rollen gebracht hatte. Laut Polizei hat er sofort nach dem Aufwachen die ganze Geschichte bestätigt. Es geht ihm den Umständen entsprechend gut, ließ das Krankenhaus verlauten.«

Kluftinger zog die Nase hoch. »Hätt er sich ruhig früher überlegen können, das mit dem Aufwachen«, brummte er. »Hätt er uns viel Arbeit erspart.«

»Gesichert sind dagegen die Erkenntnisse, die sich auf die gefundenen Waffenpläne beziehen«, fuhr die Reporterin fort. »Auch wenn die Historiker sich noch bedeckt halten und weitere Auswertungen abwarten wollen, gibt es schon untrügliche Anzeichen, die auf die Brisanz des Fundes verweisen. Ich habe hier neben mir Frau Doktor Anna Schmidt von der Humboldt-Universität Berlin, die uns einige der Fragen beantworten kann.«

Kluftinger hob den Kopf ein paar Zentimeter, ließ ihn aber gleich wieder ins Kissen fallen, weil schon die kleine Bewegung ein heftiges Hämmern in seinen Schläfen auslöste. Er erinnerte sich an die Schmidt und er erinnerte sich vor allem daran, dass sie bei ihren bisherigen Zusammentreffen so gut wie überhaupt nicht gesprochen hatte. Und nun gleich im Fernsehen? Er war gespannt.

»Frau Schmidt«, fuhr die Reporterin fort, »was können Sie uns zu den neuesten Ergebnissen sagen?«

»Was zweifellos feststeht, ist, dass die Waffe, vermutlich eine spezielle, verfeinerte Art von Torpedo, die hier getestet wurde, nicht mehr zur Serienreife kam. Zudem wurden Hohlkörper, wahrscheinlich Flugzeuge, getestet, die wegen Materialknappheit und um Gewicht zu sparen praktisch völlig aus Holz …«

»Jetzt reicht's!«

Die Bildröhre wurde schwarz.

»Heut ist Weihnachten, wir wollen jetzt nix mehr von Waffen und so einem Zeug hören.« Erika stand hinter ihm, die Fernbedienung in der Hand. Er hatte nicht einmal bemerkt, wie sie sie ihm weggenommen hatte.

Seufzend nickte der Kommissar. Sie hatte ja Recht, für heute war es wirklich genug.

»Schau mal, das Geschenk hat der Martin vorher dagelassen, als du geschlafen hast. Da hab ich ihm unseres gleich mitgegeben.« Erika legte ihm ein Päckchen auf die Decke.

»Wie ›unseres‹? Schenken wir denen jetzt neuerdings auch was?«

»Schon immer«, antwortete seine Frau kurz. »Übrigens ist unser Geschenk nicht nur was für sie. Ich habe uns alle zu einem Tanzkurs hier in Altusried angemeldet.«

Kluftingers Schläfen hämmerten wieder, doch er war zu schwach, um zu protestieren. Das würde er zu verhindern wissen. »Leg mal das Ding da unter den Baum«, keuchte er mit einem verächtlichen Blick auf das Geschenk. Mehr brachte er nicht heraus.

»Ich hoffe, es schmeckt euch«, sagte Kluftinger demonstrativ röchelnd, als die anderen am Esstisch Platz genommen hatten. Er klang nicht, als meine er es ernst. Es machte ihm schwer zu schaffen, dass er heute keinen Bissen des traditionellen Weihnachtsessens herunterbrachte, obwohl Erika ihm eine klein geschnittene Portion ans Krankenlager gestellt hatte. Eigentlich war er sonst ganz heiß darauf. Ganz im

Gegensatz zu Yumiko, die bei dem Anblick der Würste zusammengezuckt war und geflüstert hatte, dass sie keine »Angeschwollenen« möge. Auch die Erklärung, es handele sich lediglich um Bratwürste aus Kalbsbrät ohne Haut, konnte sie nicht umstimmen.

»Lasst's mich nur krank hier liegen und unterhaltet euch recht nett. Ich krieg nicht einmal was mit!«

»Hier, nimm das mal, dann bist du auch beschäftigt und lässt uns in Ruhe essen«, sagte sein Sohn und legte ihm ein braunes Päckchen auf den Tisch.

»Von wem ist das?«, fragte Kluftinger zögerlich.

»Keine Ahnung«, sagte Markus. »Kam mit der Post. War kein Absender drauf.«

Kluftinger nahm das Paket und versuchte, am Poststempel den Herkunftsort zu identifizieren. Doch die Schrift war zu verwischt und der Versuch, sie zu entziffern, strengte ihn zu sehr an. Also packte er es aus. Es war schwer und er konnte sich nicht vorstellen, was es wohl sein würde.

Mit zittrigen Fingern riss er die Verpackung auf und starrte in die Augen von König Ludwig, den er in Form einer Büste in Händen hielt. Sie hatte eine zarte, ins Rosa gehende Farbe. Es war eine kleine Wetterstation. Dieselbe, die er für Yumiko gekauft hatte, als er das erste Mal in Appels Souvenirladen gewesen war und er die gierigen Blicke gesehen hatte, die ein Japaner der Büste zuwarf.

Er fragte sich noch, von wem das Geschenk wohl sein könnte, da rief Markus vom Esstisch herüber: »Was ist es denn?«

»Ach, nix«, brummte Kluftinger, der nicht wollte, dass Yumiko die Büste sah, bevor sie sein Geschenk aufmachen würde.

»Jetzt zeig halt«, forderte Markus ihn auf.

»Ja, zeig her«, schloss sich Erika an.

Da hielt er die Büste hoch und sagte: »Die verändert die Farbe, je nach Wetter.«

Ein paar Sekunden war es still, dann prusteten die drei am Tisch los.

»Da scheint dich ja jemand gar nicht zu mögen«, sagte Markus lachend.

Yumiko nickte und fügte hinzu: »So was kann man normal bloß meinen dämlichen Landsleuten andrehen.«

Erika schließlich rief: »Das scheußliche Ding bleibt mir nicht in der Wohnung. Das kannst du gleich wieder zurückschicken!«

Kluftinger wurde es noch heißer, als ihm wegen seines Fiebers eh schon war.

»Von wem ist es denn jetzt eigentlich?«, wollte Markus wissen.

Der Kommissar hatte fast vergessen, nach einer Karte zu suchen. Tatsächlich befand sich auch ein Kuvert in dem Päckchen. Er öffnete es und entfaltete einen karierten Zettel, auf den ein paar Zeilen in winzig kleiner Schrift gekritzelt waren.

»Geschätzter Kollege«, stand da und Kluftinger ahnte bereits bei diesen Worten, von wem der Brief war. »Als kleine Erinnerung an unseren Fall habe ich Ihnen ein Andenken aus Füssen geschickt. Sie haben es damals im Laden so bewundert, da dachte ich, das ist bestimmt das Richtige. Auch, damit Sie in Zukunft immer die entsprechende Kleidung parat haben, wenn es mal wieder ins Ostallgäu geht. Noch einmal vielen Dank für die gute Zusammenarbeit. Wir passen eigentlich saugut zusammen, oder? Frohes Fest, Ihre Friedel.«

Kluftinger hob die Augenbrauen. »Ihre Friedel« – da konnte er ja noch froh sein, dass Sie ihm nicht das Du angeboten hatte. Er wollte den Zettel schon weglegen, da sah er, dass auch auf der Rückseite etwas stand: »P.S.: Ich habe gehört, dass Sie nach unserem gemeinsamen Bad krank geworden sind. Mir selbst geht es gut. Vielleicht sollten Sie sich doch öfter mal an meinem Geheimmittel versuchen. Ich hab Ihnen was mitgeschickt.«

Kluftinger schaute in das Päckchen, doch darin war nichts mehr. Dann nahm er das Kuvert noch einmal zur Hand und bemerkte erst jetzt, dass sich noch etwas darin befand. Er drehte es um und ließ den Gegenstand in seine Hand gleiten. Schon bei dem Geruch, der ihm nun in die Nase stieg und Erinnerungen weckte, kündigte sich wieder ein heftiger Hustenreiz an.

In seinen Fingern hielt er einen dunkelbraunen Zigarillo.

Michael Kobr, geboren 1973 in Kempten, aufgewachsen in Kempten und Durach. Im Hauptberuf ist er Realschullehrer für Deutsch und Französisch. Mit großer Leidenschaft, wie er versichert. Doch wenn der gebürtige Kemptener, wohnhaft in Memmingen mit seiner Frau und Tochter, am Abend alles erledigt hat, wenn er die Arbeiten seiner Schüler durchkorrigiert hat, dirigiert ihn seine zweite große Leidenschaft an den Computer. Michael Kobr ist begeisterter Krimi-Autor. Zusammen mit seinem Freund und Autoren-Kollegen Volker Klüpfel sorgt er für Furore in der Krimi-Szene. »Milchgeld« tauften die beiden ihr Erstlingswerk, in dem Kommissar Kluftinger im Allgäu nach einem Mörder sucht. Das zweite Buch, »Erntedank«, fand wieder Eingang in die Bestsellerlisten und spätestens seitdem gehört Kluftinger zur ersten Riege der »Kult-Kommissare«. Krimis haben es dem Lehrer Kobr schon seit längerem angetan. Am liebsten liest er französische Autoren, vor allem Georges Simenon. Noch lieber aber trifft er sich abends mit Volker Klüpfel, um die Szenen für den »neuen Klufti« zu besprechen. Die beiden kennen sich schon seit der gemeinsamen Schulzeit in Kempten. Die Idee, Bücher zu schreiben, hatten sie auf einer langen Autofahrt, weil ihnen »langweilig war«. Und nun sind sie als viel gefeiertes Autorenteam auf zahlreichen Lesungen unterwegs.

Volker Klüpfel, geboren 1971 in Kempten, hat viele Jahre in Altusried gewohnt. Wer dort aufwächst, verfällt für gewöhnlich der Schauspielerei mit Leib und Seele. Bei Freilichtspielen und vielen Inszenierungen im Theaterkästle wirkte er mit. Eine weitere Leidenschaft heißt allerdings: Krimis schreiben. Volker Klüpfel, Kulturredakteur der Memminger Zeitung, studierte vor seinem Einstieg in den Redakteursberuf Politikwissenschaft, Journalistik und Geschichte in Bamberg, arbeitete als Praktikant bei einer Zeitung in den USA und beim Bayerischen Rundfunk. Volker Klüpfel begeistern an Krimis vor allem dunkle, mystische Motive. Besonders die Werke der schwedischen Krimiautoren wie Henning Mankell haben es dem Allgäuer angetan. Ob seiner eigenen Werke war er zunächst skeptisch, »ob die nicht nur die Verwandtschaft kauft«. Seitdem aber die beiden ersten Werke des Autorenduos Klüpfel/Kobr, »Milchgeld« und »Erntedank«, die Bestsellerlisten erklommen haben, ist auch er restlos überzeugt von dem Qualitäten seines Protagonisten: Kommissar Kluftinger, ein beleibter, Kemptener Kommissar mittleren Alters, der sich grantelnd, aber ungeheuer liebenswert durch die mysteriösen Kriminalfälle ermittelt. »Seegrund« ist der dritte Fall für »Klufti«, wie Klüpfel und Kobr ihren Kommissar auch nennen.

Übrigens: Schon tüftelt er mit seinem Autor-Kollegen Michael Kobr am nächsten Kluftinger-Fall.

Die Autoren danken der Polizeidirektion Kempten und den Staatlichen Archiven Bayerns für die große Hilfsbereitschaft und Unterstützung bei der Recherche. Wir verdanken außerdem dem Dokumentarfilm »Der blutende See« und den darin dargestellten Forschungsergebnissen eine wichtige Recherche- und Inspirationsquelle für das Buch.

Volker Klüpfel, Michael Kobr

Milchgeld

Kluftingers großer Fall. 320 Seiten.
Piper Taschenbuch

Ein Mord in Kommissar Kluftingers beschaulichem Allgäuer Heimatort Altusried – jäh verdirbt diese Nachricht sein gemütliches Kässpatzen-Essen. Ein Lebensmittel-Chemiker des örtlichen Milchwerks ist stranguliert worden. Mit eigenwilligen Ermittlungsmethoden riskiert der liebenswert-kantige Kommissar einen Blick hinter die Fassade der Allgäuer Postkartenidylle – und entdeckt einen scheinbar vergessenen Verrat, dunkle Machenschaften und einen handfesten Skandal.

»›Milchgeld‹ ist ein Volltreffer, weil er Mentalität in Reinform verkörpert.«
Süddeutsche Zeitung

05/1899/03/L

Volker Klüpfel, Michael Kobr

Erntedank

Kluftingers zweiter Fall. 384 Seiten.
Piper Taschenbuch

Der Allgäuer Kriminalkommissar Kluftinger traut seinen Augen nicht: Auf der Brust eines toten Mannes in einem Wald bei Kempten liegt, sorgfältig drapiert, eine tote Krähe. Im Lauf der Ermittlungen taucht der Kommissar immer tiefer in die mystische Vergangenheit des Allgäus ein, und es beginnt ein Katz-und-Maus-Spiel mit dem Mörder, bei dem die Zeit gegen ihn arbeitet. Denn alle Zeichen sprechen dafür, dass das Morden weitergeht …
Mit eigenwilligen Ermittlungsmethoden riskiert der liebenswert-kantige Kommissar einen Blick hinter die Fassade der Allgäuer Postkartenidylle und deckt Abgründe auf.

»Kommissar Kluftinger hat in seinen Kniebundhosen durchaus das Zeug zum Columbo von Altusried. Und schon deshalb wird dieser Krimi auch über die Grenzen des Allgäus hinaus bekannt werden.«
Die Welt

05/2061/02/R

Volker Klüpfel, Michael Kobr

Laienspiel

Kluftingers vierter Fall. 368 Seiten. Piper Taschenbuch

Lodenbacher, der Chef von Kommissar Kluftinger, tobt. Ausgerechnet bei ihnen im schönen Allgäu hat sich ein Unbekannter auf der Flucht vor der österreichischen Polizei erschossen. Verdacht: Er plante einen terroristischen Anschlag. Bloß wo? Nun muss Kluftinger nicht nur mit Spezialisten des BKA, sondern auch noch mit den Kollegen aus Österreich zusammenarbeiten. Doch das ist nicht sein einziges Problem. Er soll mit seiner Frau Erika und dem Ehepaar Langhammer einen Tanzkurs absolvieren. Gleichzeitig steckt er mitten in den Endproben für die große Freilichtspiel-Inszenierung von »Wilhelm Tell« … Kluftingers vierter Fall von dem Allgäuer Autoren-Duo Volker Klüpfel und Michael Kobr.

»Kommissar Kluftinger ist ein höchst plastischer, liebenswert eigenwilliger Ermittler, wie es im Kriminalroman auch international nur wenige gibt.«
Vanity Fair

05/2413/01/L

Volker Klüpfel / Michael Kobr

Rauhnacht

Kluftingers fünfter Fall. 368 Seiten. Piper Taschenbuch

Eigentlich sollte es für die Kluftingers ein erholsamer Kurzurlaub werden, auch wenn das Ehepaar Langhammer mit von der Partie ist: ein Winterwochenende in einem schönen Allgäuer Berghotel samt einem Live-Kriminalspiel. Doch aus dem Spiel wird blutiger Ernst, als ein Hotelgast unfreiwillig das Zeitliche segnet. Kluftinger steht vor einem Rätsel: Die Leiche befindet sich in einem von innen verschlossenen Raum. Und über Nacht löst ein Schneesturm höchste Lawinenwarnstufe aus und schneidet das Hotel von der Außenwelt ab …

»Volker Klüpfel und Michael Kobr sind das erfolgreichste Autorenduo Deutschlands.«
Der Spiegel

05/2629/02/R

Volker Klüpfel, Michael Kobr

Zwei Einzelzimmer, bitte!

Mit Kluftinger durch Deutschland. 224 Seiten. Piper Taschenbuch

Kommissar Kluftinger reist nicht gern – seine geistigen Väter sind wegen ihm jedoch in ganz Deutschland unterwegs. Dieses Nomadenleben konfrontiert die beiden Allgäuer mit bisher ungeahnten Herausforderungen, denen sie sich mutig stellen: Wie verhält man sich auf einem roten Teppich, wenn einen kein Fotograf knipsen will? Welche Allüren sollte man sich zulegen, um in der literarischen Welt ernst genommen zu werden? Und, allen voran, wie macht man den Veranstaltern klar, dass auch für ein Autorenduo ein Doppelzimmer keinesfalls in Frage kommt?

Mit drei Kurzgeschichten um Kommissar Kluftinger sowie einem Regionalkrimi, der diesen Namen auch verdient

05/2749/01/L

Jürgen Seibold

Rosskur

Ein Allgäu-Krimi. 384 Seiten. Piper Taschenbuch

Die Kripo Kempten ist in hellem Aufruhr. Nach spektakulär gescheiterten Mordermittlungen soll ein neuer Hauptkommissar übernehmen – ein Niedersachse. Ein Skandal im traditionsbewussten Allgäu und denkbar schlechte Voraussetzungen für Eike Hansen. Sein erster Fall: Ein Mann soll von der Lechbrücke gestürzt sein. Doch als die Beamten am vermeintlichen Tatort eintreffen, fehlt von der Leiche jede Spur …

05/2737/01/R

Nicola Förg

Hüttengaudi

Ein Alpen-Krimi. 288 Seiten.
Piper Taschenbuch

Kommissarin Irmi Mangold ärgert sich: Warum nur hat sie sich von ihrer Nachbarin zu dieser albernen Schrothkur in Oberstaufen überreden lassen? Und dann steht sie am Urlaubsort plötzlich vor einem Toten, der ihr mehr als bekannt vorkommt: ihrem Exmann Martin Maurer … Währenddessen hat es Kollegin Kathi Reindl in Garmisch mit dem toten Liftmann Xaver Fischer zu tun, der zu Lebzeiten im Skiclub mitmischte. Ein arger Dorn im Auge war ihm die moderne Skihütte, deren Wirte er so piesackte, dass sie schließlich verkaufen wollten. Zwei Mordfälle mit derselben Todesursache – wirklich nur Zufall?

»Liebenswert menschelnder Alpen-Krimi.«
Freundin Donna

»Grantig, witzig, authentisch, so macht ein ländlicher Krimi Spaß!«
Bild Online

»Was für ein famoses Ermittlerinnen-Duo!«
Maxi

05/2734/01/L

Nicola Förg

Mordsviecher

Ein Alpen-Krimi. 320 Seiten.
Piper Taschenbuch

Noch schnattern sie glücklich vor sich hin, die artgerecht gehaltenen Gänse, deren Daunen in der Firma von Kilian Stowasser zu edlen Jacken und Schlafsäcken verarbeitet werden. Doch warum ist der Unternehmer unter so seltsamen Umständen zu Tode gekommen? Hatte er doch Dreck am Stecken? Irmi Mangold und Kathi Reindl haben es mit einem kniffligen Fall zu tun, bei dem nicht nur Gänse ihre Federn lassen müssen …

»Spannung gepaart mit Humor – perfekt!«
Lea

»Was für ein famoses Ermittlerinnen-Duo!«
Maxi

05/2747/01/R

Jörg Steinleitner

Tegernseer Seilschaften

Ermittlungen am Tegernsee. 256 Seiten. Piper Taschenbuch

Ein Bauer wird erhängt im Wald aufgefunden. Polizeihauptmeisterin Anne Loop, neu am Tegernsee, glaubt nicht an Selbstmord. Sie vermutet, dass Ferdinand Fichtner ein Doppelleben führte, in dem Geheimgeschäfte und erotische Verwicklungen eine Rolle spielten. Was verheimlichen Fichtners Stammtischbrüder? Und gibt es eine Verbindung zum Tod des Milliardärs, der eines Tages leblos in seinem Swimmingpool treibt? Anne Loop begibt sich auf Spurensuche, und was sie entdeckt, erschüttert die Idylle …

»Mit seinem Tegernsee-Krimi schließt Steinleitner eine Lücke auf der literarischen Landkarte und präsentiert zugleich die heißeste Polizeihauptmeisterin aller Zeiten.«
Prinz München

»Abwechslungsreich und unterhaltsam.«
Abendzeitung

05/2526/01/L

Jörg Steinleitner

Aufgedirndlt

Ein Fall für Anne Loop. 256 Seiten. Piper Taschenbuch

Am Morgen nach dem großen Seefest fischt ein Pensionist die Leiche einer leicht bekleideten jungen Frau aus dem Wasser. Polizistin Anne Loop muss nach dem ominösen Unbekannten fahnden, mit dem das hübsche Hippiemädchen direkt vor seinem Tod Sex hatte. Schon bald steht ein illustrer Kreis von Verdächtigen fest: ein Scheich, der in der bayerischen Idylle ein Harems-Casting durchführt, ein paar Lokalpolitiker mit handfesten Immobilieninteressen, ein Schlagersänger und natürlich jede Menge eifersüchtiger Tegernseer.

»Humorig, satirisch und mit Liebe zum Alpenland und seinen Menschen erzählt.«
Krimi-Magazin zu »Tegernseer Seilschaften«

»Miss Marple in Hotpants – die heißeste Polizeihauptmeisterin aller Zeiten.«
Prinz Magazin zu »Tegernseer Seilschaften

05/2750/01/R